Die Sonne strahlt, die Partys und Straßencafés locken, alles spricht für einen tollen Sommer. Doch Sara, Anfang Dreißig, leidet: Sie ist, mal wieder, auf dem Planet der Singles gelandet, und was ihr da an männlichen Figuren über den Weg läuft, genügt ihren Ansprüchen beim besten Willen nicht: »Es war wie im Schlußverkauf! Haufenweise Ramsch im Angebot, und kaum etwas war wirklich zu gebrauchen.«

Allen Erfahrungen zum Trotz: Sara und ihre Freundinnen geben es nicht auf, den Traummann, den Märchenprinzen, aufzuspüren. Was aber finden sie? Typen, die auch nach dem fünften Kuß Frösche bleiben, Typen, denen der Schreibtisch alles ist, Typen, die quatschen und nerven, Typen, die schon ein One-night-Stand überfordert oder, tragischerweise, schwul sind. Und bei alledem tickt die biologische Uhr, will die ewige Jobfrage geklärt und der verwelkte Kopfsalat im Kühlschrank entsorgt sein ...

»Frösche und Prinzen« – das ist das komische, das aufreibende, das turbulente Großstadtchaos der Gefühle. In guten wie in schlechten Zeiten.

Andrea Brown studierte Völkerkunde in Sydney und München. Danach Werbe- und PR-Arbeit. Heute schreibt sie als freie Autorin für Fernsehen und Printmedien und lebt in München.

Andrea Brown

Frösche und Prinzen

Roman

RECLAM VERLAG LEIPZIG

ISBN 3-379-01592-X

© Reclam Verlag Leipzig 1997

Reclam-Bibliothek Band 1592
3. Auflage, 1997
Reihengestaltung: Hans Peter Willberg
Umschlaggestaltung: Kay Krause und Alexander Fleischmann
Gesetzt aus Meridien
Satz: Satz Repro Grafik GmbH, Leipzig
Druck und Bindung: Ebner Ulm
Printed in Germany

1

»Mist, daß du gerade nicht da bist! Ich bin hier auf der Messe und habe einen wahnsinnig süßen Typen kennengelernt. Er ist einfach toll, wir sind schon in der heißesten Flirtphase, und heute abend kann ich für nichts mehr garantieren, tja also, ich erzähle dir alles, wenn ich am Freitag zurück bin.«

»Hallo, Sara, bitte melde dich, wenn du wieder zu Hause bist! Ich hätte noch Lust wegzugehen, falls du nicht zu schlapp bist, ruf zurück!«

Ich schaltete den Anrufbeantworter ab und ließ meinen Rucksack im Flur auf den Boden fallen. Dann schlüpfte ich aus den Schuhen und ging in die Küche. Ich brauchte erst mal etwas Kaltes zu trinken. Es war ein ziemlich heißer Tag, eigentlich der erste richtige Sommertag in diesem Jahr. Die Nachmittagssonne strahlte durch die Balkontür, und kleine Staubkörnchen tanzten in der Luft.

Wie war das noch in der Werbung? Leichtfüßig wie eine Ballerina tänzelt die erfolgreiche Karrierefrau nach einem arbeitsreichen Tag zum Kühlschrank. Dynamisch reißt sie die Türe ihres blitzsauberen Geräts auf und strahlt in seinen fabrikneuen Bauch, als erwarte sie, darin die englischen Kronjuwelen zu finden. Wir wissen natürlich, wie die Geschichte endet, weil wir oft nicht schnell genug auf die Fernbedienung drücken, wenn die Werbung kommt, und dann sehen wir sie wieder: Sie lernt nie dazu. Immer wieder reißt sie mit dem gleichen erwartungsvollen Lächeln die Kühlschranktür auf, und jedesmal steht da nur ein einsamer Topf Margarine. Ich würde ausflippen, wenn mir das passieren würde, doch die Ballerina trägt es mit Fassung. Da macht sich der Ballettdrill bemerkbar: Sie schreit nicht, sie tobt nicht, im Gegenteil! Sie juchzt entzückt und lächelt den Topf so verliebt an, als wäre er ein verzauberter Prinz oder mindestens eine verzauberte Pizza.

Ich öffnete meinen nicht ganz so blitzblanken Kühlschrank und entsorgte einen mitgenommen wirkenden Kopfsalat. Hinter einem Körbchen matschiger Erdbeeren kam ein Nußjoghurt zutage, dessen Verfallsdatum gestern abgelaufen war. Ich stellte ihn samt Aschenbecher und Zigaretten auf ein Tablett, und um den Imbiß abzurunden, löste ich eine Brausetablette in einem Glas Wasser auf: Magnesium mit Vitaminen. Es war zugegebenermaßen kein opulentes Mahl, aber für mich alleine betreibe ich keinen Aufwand.

Ich ging ins Wohnzimmer und legte mich gemütlich auf mein rotes Sofa, um mich den Vorabendserien zu widmen. Zwischen halb sieben und halb acht war ich grundsätzlich nicht ansprechbar. Ich tauchte in die überschaubare Welt ein, in der niemand größer war als vierzig Zentimeter und einem selbst weltbewegende Probleme nicht länger als eine Viertelstunde an den Nerven zehren konnten, weil dann die Werbung kam. Toni Danza aus ›Wer ist hier der Boss‹ war wirklich süß! Seine Chefin Angela schlich jetzt schon seit Monaten um ihn herum wie meine Freundin Isabel um eine Tafel Schokolade, wenn sie auf Diät ist. Bis jetzt hatte sie sich noch beherrschen können. Sofern nicht eines dieser bedeutenden Sportereignisse anstand, kam danach Alf. Er hatte eine erstaunliche Ähnlichkeit mit meiner kleinen Schwester. Sie hatte natürlich nicht so große Ohren oder so eine tiefe Stimme wie er, aber sie strapazierte ihre Umgebung nach dem gleichen System wie ihr haariger Kollege aus dem All.

Als ich die Glotze anschaltete, flimmerte Angela über den Bildschirm. Sie lag im Bett und warf sich unruhig hin und her.

»Tony, Tony!« stöhnte sie.

Ich nahm einen Schluck von dem Vitaminkunstdünger und räkelte mich genüßlich auf der Couch. Ob es diesmal endlich klappen würde mit den beiden?

Ich war müde. Schlapp, wie Isabel zu sagen pflegte. Gestern abend war es mal wieder spät geworden. Ich hatte mir zwar vorgenommen, in Zukunft einfach früher zu gehen, wenn ich mich nicht so toll amüsierte, aber irgendwie blieb ich dann doch immer hängen. Man soll bekanntlich gehen, wenn's am schönsten ist. Aus diesem Grund blieb ich meistens, denn ich konnte ja nicht wissen, ob es später noch schöner wurde. Mit Tom wäre mir so was nicht passiert. Wir wären gemeinsam gegangen, und danach wäre es zu Hause am schönsten geworden. Wir hatten eine prima Zeit miteinander gehabt, jedenfalls kam es mir im nachhinein so vor. An manchen Tagen konnte ich es immer noch nicht fassen, daß wir jetzt schon fast ein Jahr getrennt waren. Wir hatten uns an der Uni kennengelernt und uns im Seminar über vernetzte Kommunikation ineinander verliebt. Ich habe nicht die leiseste Ahnung, worum es bei vernetzter Kommunikation geht, weil er im Seminar neben mir saß und ich ausschließlich mit ihm kommunizierte. Am Anfang nur nonverbal, darin bin ich besonders gut! Ich kann Blicke werfen, die Sharon Stone vor Neid erblassen lassen würden, und natürlich ziehe ich genauso knappe Röckchen an wie sie, wenn's drauf ankommt. Auf dem Semesterabschlußfest ging er mir dann endlich ins Netz. Wir waren drei Jahre lang ein Paar, meine persönliche Bestzeit, bis die Beziehung mit einem lauten Knall endete. Nachdem sich der Staub gelegt hatte, guckte ich mich um und stellte fest, daß ich auf dem Planet der Singles gelandet war. Es war wie im Schlußverkauf! Es wurde haufenweise Ramsch angeboten, und kaum etwas war wirklich zu gebrauchen.

Gestern abend war ich mit Ulf verabredet, einem gutaussehenden Typen, den ich am vorigen Wochenende auf einem Fest kennengelernt hatte. Es ließ sich ganz nett an. Wir trafen uns im Innenhof des Stadtcafés, das an diesem Abend von schwarzgekleideten Cineasten bevölkert war, die, französische Zigaretten rauchend, aus dem benachbarten Kino strömten. Die Frauen trugen als Zeichen geistvoller Individualität bunte Brillen und die Männer kleine Lagerfeld-Zöpfe.

Mein Date nicht. Ulf war einfach nur knackig. Seine blonden Haare hatten keinen erkennbaren Schnitt, jedenfalls hatten sie in den letzten Monaten anscheinend keinen gehabt. Sie kringelten sich in wuscheligen Locken um sein hübsches Gesicht. Er trug eine verwaschene Jeans und ein weißes T-Shirt, ungebügelt natürlich. Ulf war Maler, soviel hatte er mir auf dem Fest verraten. Nicht Anstreicher, obwohl er so aussah, mit den Farbspuren unter seinen Fingernägeln. Er war im Münchner Frühsommer der einzige schön gebräunte Mann, und diese Tatsache hatte mich in Ermangelung anderer relevanter Auswahlkriterien auf der Fete für ihn eingenommen. Seine Haut roch nach Sonne und Strand, also verabredete ich mich mit der Frühlingsschwalbe.

»Ich bin froh, wieder hier zu sein!« sagte Ulf, sobald wir uns an einen Tisch gesetzt hatten.

Ich lächelte unverbindlich, denn schließlich war es noch zu früh, um ihm zu gestehen, wie froh ich darüber war, daß er hier war.

»Ägypten ist schon verdammt stressig auf die Dauer«, sagte er.

»Naja, München ist auch nicht gerade ein Sanatorium!«

Er nickte seufzend und fuhr sich mit den Händen durch den zerzausten Haarschopf.

»Wem sagst du das!«

Seine Finger waren schmal und trotzdem kräftig, und seine Fingernägel sahen aus wie weiße Muscheln mit kleinen Farbtupfern drauf. Ich beobachtete verzückt, wie er mit einer Strähne seiner blonden Haare spielte, bis mich die Stimme von Anica, der Kellnerin, unsanft in die Wirklichkeit zurückholte. Ich bestellte Weißwein und Ulf ein Bier.

»Möchtet ihr auch was essen?« fragte Anica.

»Danke, ich hab keinen Hunger!«

»Ich schon«, sagte mein Beduine. »Was schmeckt denn gut bei euch?«

»Eigentlich alles!« log Anica, aber nachdem sie meinen zweifelnden Blick gesehen hatte, sagte sie, der Feldsalat sei ganz annehmbar. »Oder ihr nehmt die Käseplatte. Da könnt ihr wirklich nichts falsch machen!«

Wir bestellten eine Käseplatte für zwei Personen, weil Ulf meinte, dann könnte ich auch ein bißchen mitessen. Ich war einverstanden. Eine gemeinsame Käseplatte war eine gute Basis, um sich näherzukommen, dachte ich und betrachtete seine wohlgeformten Lippen. Sie sahen verlockend weich und zart aus. Er war sicher ein sinnlicher Esser, und man weiß ja, welche Qualitäten denen sonst noch nachgesagt werden!

»Ich brauche mal wieder was Anständiges zu essen, Felafels bringen's auf die Dauer echt nicht!« erklärte er.

Iß nur, dachte ich, und nickte zustimmend mit dem Kopf, mit leerem Magen läßt es sich nicht gut flirten, von anderen Dingen mal ganz abgesehen.

»Und was hast du in Ägypten sonst noch gemacht? Ich meine, außer Felafels essen?«

»Nicht viel!« sagte er und grinste spitzbübisch. »Ich bin ja hingefahren, um mich in der Wüste zu sammeln und Ideen für meine Ausstellung zu bekommen. München hat mich zum Schluß ziemlich angelascht. Ich war total uninspiriert.«

»Und, hat dich in der Wüste die Muse geküßt?«

»Ne! Es hat nicht so geklappt, wie ich es mir vorgestellt hatte, weil es in Ägypten zu heiß ist, um zu arbeiten. Die Hitze setzt einem so zu, daß man nur die nächste Palme suchen und darunter abhängen kann. Es ist keine kreative Atmosphäre zum Arbeiten, leider!«

Was sich für mich märchenhaft anhörte, war für den armen Jungen anscheinend ein Alptraum gewesen! Ich nickte verständnisvoll und guckte ihm in die Augen. Sie waren so tief und grün wie das Meer vor einer Südseeinsel, und ich tauchte ein. Seine Worte plätscherten wie sanfte Wellen an meinem Ohr. Ich achtete nicht auf ihren Inhalt, denn ich war an einer Erläuterung seiner künstlerischen Krise nicht interessiert. Man darf Männern nicht so genau zuhören, sonst ist man in Null Komma nichts vollkommen desillusioniert, und in der nächsten Sekunde fragt man sich verzweifelt, warum man nicht zu Hause vor der Glotze geblieben ist. Frauen sind anders, feinfühliger. Sie bereiten sich auf die erste Verabredung vor. Sie widmen sich ausführlich der Kleiderfrage, entfernen die Haare an den Beinen und überlegen sich geistreiche Gesprächsthemen. Besonders witzige Sätze proben sie sogar mit ihrer Freundin am Telefon. Männer dagegen reden, wie ihnen der Schnabel gewachsen ist. Wenn sie am Tag der Verabredung ihr Auto in die Werkstatt gebracht haben, schrecken sie nicht davor zurück, einem lang und breit zu erklären, welches Teil vermutlich kaputt ist, wie lange die Reparatur voraussichtlich dauern und was sie kosten wird. Keuschheitsgürtel können nicht lusttötender sein als solche Gespräche!

Während Ulf also weiter über die Strapazen seiner Ägyptenreise berichtete, genoß ich seinen Anblick. Zumindest körperlich hatte ihm der Aufenthalt nicht geschadet, stellte ich fest. Er sah noch toller aus, als ich ihn vom Samstag her in Erinnerung hatte. Er war braungebrannt, und durch das T-Shirt zeichnete sich sein muskulöser Oberkörper ab. Ein gebräunter Körper, der sich drei Monate in der Wüste ausgeruht hatte und dort nicht viel mehr als ein paar Sanddünen gesehen hatte, war eine vielversprechende Voraussetzung für eine gelungene Verabredung.

Ich hatte meinerseits die letzten Monate keineswegs in der Wüste verbracht, sondern im Dschungel der Großstadt, wo ich im Ausverkauf der Singles eifrig in den Angeboten gewühlt hatte, und dieses Schnäppchen wollte ich mir nicht entgehen lassen. Es fiel mir ja sozusagen in den Schoß wie eine reife Dattel von einer Palme, wenn man bei dem Bild mit der Wüste bleiben wollte.

Während er redete, versuchte ich aus der Erinnerung den Zustand meines Schlafzimmers zu rekonstruieren. Es war wahrscheinlich nicht sehr aufgeräumt, und zu allem Überfluß fürchtete ich, daß mein gesamtes Stofftierarsenal über das Bett verteilt herumlag. Es ist eine Sache, mit jemandem Sex zu haben, und eine andere, mit jemandem so intim zu sein, daß er meine Stofftiere zu Gesicht bekommen darf. Dabei fiel mir ein, daß ich dringend Isabel anrufen und sie bitten mußte, die Morgenschicht an der Uni zu übernehmen, damit ich mich nicht in aller Frühe aus den Armen meines Beduinen schälen mußte.

»Hi, Sara, was machst du denn hier?«

Irene hatte sich neben meinem Stuhl aufgebaut und erweckte den Eindruck, daß sie auf keinen Fall ohne eine detaillierte Auskunft das Feld räumen würde. Irene war die geborene Klatschreporterin und immer auf dem laufenden, was das Liebesleben anderer Leute anging. Sie hatte eine besondere Antenne, mit der sie Informationen aufnahm, und an der Stelle, an der bei anderen Diskretion angesiedelt ist, hatte Irene ein Megaphon, mit dem sie die Neuigkeiten herumposaunte. Bei Tragödien lief sie zur Hochform auf, das hatte ich zu spüren bekommen, als es zwischen Tom und mir gekracht hatte. Während mir meine anderen Freundinnen versicherten, daß er ein wahres Ekel sei und ich Glück hätte, ihn endlich los zu sein, streute Irene kräftig Salz in die Wunden.

»Stell dir vor, ich hab Tom gestern auf dem Fest gesehen!« verkündete sie fröhlich. »Er schien sich köstlich zu amüsieren!«

Wahre Freundinnen hätten niemals vergessen zu berichten, daß er sich sinnlos besoffen hatte oder wie ein wandelnder Leichnam aussah, während Irene ständig betonte, was für ein toller Mann er doch sei. Auch jetzt hielt sie noch engen Kontakt zu meinem Ex und deckte mich weiterhin mit Infos ein, ob ich es wollte oder nicht. Ich wollte es nicht, aber wenn sie mal angefangen hatte zu berichten, wurde ich irgendwann doch neugierig und ließ sie erzählen.

Im wirklichen Leben arbeitete Irene als Redakteurin. Sie verfaßte Filmbeschreibungen für Fernsehzeitungen. Es war ihr Job, epische Inhaltsbeschreibungen von Spielfilmen auf drei Zeilen zu kürzen, die dann unter einem Foto aus dem Film abgedruckt wurden. Das sah dann so aus:

Frustrierte Wasserstoffblondine mit schlecht sitzendem BH auf der Suche nach Ehemann, der ihr endlich mal eine neue Brille spendiert, verliebt sich in armen Buchhalter. Komödie. Ich war mir sicher, daß selbst die selige Marilyn da oben im Hollywoodhimmel Irenes scharfe Zunge fürchtete!

Irene war ganz in Schwarz heute abend und trug eine schmale bunte Brille, als hätte sie sich mit den anderen Brillenträgerinnen abgesprochen.

»Hi, Irene«, sagte ich höflich.

Seit der Geschichte mit Tom begegnete ich ihr mit diplomatischer Distanz. Aber Irene bemerkte die Veränderung in meinem Verhalten nicht, sie war feinen Nuancen gegenüber immun. Nur so war es zu erklären, daß ihr nicht im geringsten auffiel, als sich über ihrem eigenen Kopf ein Gewitter zusammenbraute: Ein paar Monate nach der Sache mit Tom setzte sich ihr Mann von ihr und den beiden Kindern ab. Erstaunlicherweise forderte Irene jetzt absolute Loyalität von mir. Ihr Fall sei mit meinem nicht zu vergleichen, erklärte sie, denn ihr Volker hatte eine Affäre mit einem Mann. Das sei ja wohl der Gipfel der Frechheit! Womöglich war er schon schwul gewesen, als er mit ihr die Kinder zeugte, und hatte sie von Anfang an schamlos hintergangen. Ich fand, daß sie übertrieb. Einen Mann als Nebenbuhler zu haben, stellte ich mir vergleichsweise unproblematisch vor, schließlich muß frau dann nicht befürchten, wegen eines strafferen Busens verlassen worden zu sein! Letztlich entschied ich, daß ich mir über ihr Problem nicht den Kopf zerbrechen mußte, nachdem sie mich so eiskalt hatte auflaufen lassen, als ich ihren Beistand gebraucht hätte.

»Ich setze mich mal kurz zu euch«, erklärte Irene. »Ich störe doch nicht?«

Noch bevor ich den Mund aufmachen konnte, stellte sie auf ihre einfühlsame Art fest, daß sie uns keineswegs störte, und rückte einen Stuhl an unseren Tisch. Sie plazierte sich genau zwischen mich und den Beduinen, den sie durch ihre Brillengläser neugierig fixierte, ein Prüfvorgang, der bei ihr erfahrungsgemäß mit dem hilfreichen Kommentar endete, daß Tom doch am besten zu mir gepaßt hätte. Innerhalb von Sekunden hatte sie Ulf in ein Gespräch über Eisenstein verwickelt, dessen Meisterwerk sie gerade genossen hatte. Um den Ausführungen über einen dreistündigen Stummfilm zu entgehen, ging ich erst mal aufs Klo.

Dort balgte sich die übliche Meute hübscher Frauen nach dem Motto ›Machen Sie das Beste aus Ihrem Typ‹ vor dem Spiegel. Nach einem netten Plausch mit einer nervösen Blondine, die Ärger mit einer ihrer Haarsträhnen hatte, die nicht so wollte wie sie, drängelte ich mich auch etwas vor dem Spiegel herum.

Dann rief ich Isabel an. Zum Glück ging alles klar. Auf Isabel war eben Verlaß. Wir teilten uns eine Assistentenstelle an der Uni. Es war ein Job ohne viel Zukunft, aber mit um so mehr Gegenwart, weil wir ihn flexibel handhaben konnten, so daß unser Privatleben nicht darunter litt. Dieses konzentrierte sich bei Isabel auf die Wochenenden, denn Thorsten, der jungdynamische zukünftige Wirtschaftsboss, den sie zu ehelichen gedachte, studierte in Hamburg. Durch ihn und den Gedanken an die strahlende Zukunft an seiner Seite war sie den Versuchungen des Nachtlebens gegenüber immun, so daß sie ein beneidenswert beschauliches Leben führte. Sie ging hin und wieder ins Kino oder schlürfte einen Cocktail, aber im großen und ganzen hatte sie acht Stunden Schlaf pro Nacht. Ihre Haut dankte es ihr. Von meinen Freundinnen war sie die einzige, die ständig aussah, als hätte sie die letzten Tage auf einer Schönheitsfarm verbracht. Ich dagegen brauchte immer etwas Tünche, um die Spuren, die das Leben hinterließ, notdürftig zu vertuschen.

Als ich an den Tisch zurückkam, waren der Beduine und Irene immer noch ins Gespräch vertieft. Sie waren inzwischen von Eisenstein abgekommen und hatten sich der Filmkritik im allgemeinen zugewandt.

»Was ich an Woody Allen so toll finde, ist, daß er sich mit dem Thema Mütter wirklich ernsthaft auseinandersetzt«, erzählte der Beduine gerade.

»Ich weiß, was du meinst«, nickte Irene. »Mütter und ihre Söhne! Das ist ein tabuisiertes Thema in unserer Gesellschaft. Mütter und Töchter, Väter und Töchter, das hört man überall. Es kommt einem schon zu den Ohren raus. Aber der Einfluß der Mütter auf ihre Söhne interessiert anscheinend keinen Menschen!«

»Es ist im Grunde ein Skandal, was da passiert!« sagte Ulf.

»Genau! Mütter behandeln ihre Söhne ganz anders als ihre Töchter, und ein Mann kann oft sein ganzes Leben lang die Nabelschnur zu seiner Mutter nicht kappen.«

Der Beduine mußte anscheinend über die Tragweite dieser Äußerung nachdenken und schwieg vor sich hin.

Ich bestellte noch was zu trinken. Irgendwie kam ich mir hier überflüssig vor. Anica, die Kellnerin, blinzelte mir vielsagend zu, als sie das Glas Wein auf den Tisch stellte. Ich kannte sie, solange ich denken konnte, jedenfalls, seit das Stadtcafé existierte. Inzwischen war sie hier zu einer Institution geworden und fester Bestandteil des Ladens wie die Designerstühle und die unsägliche Speisekarte. Ich vermutete, daß sie aufgrund ihrer jahrelangen Erfahrung im Nachtleben Männer mit einer Art Röntgenblick durchschauen konnte. Ich bin wie Aschenputtel, das sich abends aufstylt und auf den Ball geht, um einen Prinzen zu beeindrucken, den es nur vom Hörensagen kennt. Was weiß sie wirklich über ihn, außer daß er einen sicheren Job bei Hofe hat? Anica dagegen ist die kluge Taube. Die Schlechten ins Töpfchen, die Guten ins Kröpfchen – oder umgekehrt. Es wäre interessant zu wissen, was die kluge Taube von Ulf hält, dachte ich und warf ihm einen prüfenden Blick zu. Das schien ihn aus seinen Meditationen zu wecken, und er meldete sich wieder zu Wort.

»Das mit der Nabelschnur hast du gut rübergebracht«, sagte er zu Irene. »Ich mache genau dasselbe mit meiner Mutter durch. Sie kann mich nicht loslassen!«

»Oh, wirklich?« fragte die Klatschreporterin und rückte noch ein bißchen näher an ihn heran. Offensichtlich witterte sie pikante Informationen und wollte sich kein Detail entgehen lassen.

»Ja«, seufzte mein Wüstenprinz, »dadurch, daß ich male, verdiene ich ja kein Geld in dem Sinn. Ich bin sozusagen abhängig von ihr, finanziell. Das geht mir tierisch auf den Keks! Sie könnte ja etwas Knete lockermachen, damit ich mir eine eigene Bude leisten kann, aber nein, das kommt nicht in die Tüte. Sie versucht regelrecht, mich mit dieser Taktik kleinzukriegen. Hat wahrscheinlich was mit Neid zu tun, weil sie sich früher nicht so entfalten konnte. Sie hat ja gleich meinen Vater geheiratet und mit ihm diese Firma aufgebaut. Jetzt redet sie ständig auf mich ein, daß ich da mit einsteige, damit sie mich noch mehr unter ihrer Fuchtel hat. Aber ich will damit nichts zu tun haben. Jedenfalls ist sie total schizo, denn sie fragt mich alle zwei Tage, wann ich denn mal endlich auf eigenen Beinen stehen würde. Sie kapiert nicht, daß ich das nicht kann, wenn sie nicht bereit ist, mich loszulassen!«

Resigniert über diese Tragik zuckte er mit seinen Schultern.

Ich war zugegebenermaßen verwirrt angesichts dieser verqueren Logik, und Irene biß sich auf die Lippen, um nicht loszulachen.

»Das einzig Positive an der Sache ist«, krönte Ulf seine Ausführungen, »daß ich mich um Haushaltskram nicht kümmern muß, weil wir eine Haushälterin haben.«

Der Gedanke schien ihn mit seinem Schicksal zu versöhnen.

Ich fragte mich, ob die Haushälterin Sohnemann abends ins Bett brachte und auch dafür sorgte, daß er entspannt einschlief. Es war zum Heulen! Der stolze Beduine verwandelte sich vor meinen Augen in einen Säugling, der an Mutters Brust hing.

Irene warf mir von der Seite einen bedeutungsvollen Blick zu. Ihre Brillengläser blitzten verdächtig, und sie lächelte zufrieden. Für sie hatte sich der Abend gelohnt. Auf ihren Forschungen über die unergründlichen Abgründe der Spezies Mensch war sie heute auf ein echtes Prachtexemplar gestoßen, und ich konnte mir vorstellen, wie sie mit dieser Trophäe hausieren ging.

»Die arme Sara«, hörte ich sie sagen, »ihr könnt euch nicht vorstellen, mit was für Typen die sich neuerdings trifft! Na ja, in einem gewissen Alter wird die Auswahl eben dünn!«

Ich hätte sie erwürgen können! Warum mußte sie ihn so entlarven? Ich mußte schleunigst verschwinden, bevor der Säugling noch mal den Mund aufmachte und weitere Peinlichkeiten von sich gab.

»Leute, ich bin furchtbar müde«, sagte ich. »Ich geh dann mal nach Hause.«

»Gute Idee«, sagte Irene wie aus der Pistole geschossen, »es ist ja schon spät. Sara, laß uns zusammen gehen, ich hab doch den gleichen Weg!«

Sie stand auf und zückte ihren Geldbeutel.

»Tschau, Ulf, man sieht sich«, sagte ich zu dem hübschen Riesenbaby, das verdutzt von seiner Käseplatte aufblickte. Dieser Versuch, meine Haut und meinen Ruf, oder was noch davon übrig war, zu retten, paßte ihm nicht in den Kram.

»Was? Du gehst schon?« fragte er entgeistert. »Warte einen Moment, dann begleite ich dich. Wir können ja bei dir noch ein Glas Wein trinken oder einen Kaffee! Den könnte ich jetzt gut vertragen!«

»Ulf, das geht leider nicht! Ich muß morgen sehr früh raus. Übrigens ist der Cappuccino hier echt gut. Besser als das Essen!«

Letzteres war wenigstens nicht gelogen.

»O. k.«, sagte er und sank ermattet auf seinen Stuhl zurück. »Ich ruf dich an. War echt nett heute abend! Mit euch beiden kann man sich super unterhalten.«

»Prima! Bis demnächst!« Ich warf meinem Beduinen einen letzten Blick zu, dann gingen wir an die Bar zum Zahlen.

»Läßt du diesen Schnuckel hier alleine hocken?« fragte Anica.

Ihr Röntgenblick war nicht so scharf, wie ich vermutet hatte. Es war wohl im Moment etwas Staub auf der Linse.

»Der Schein trügt«, klärte ich sie auf. »Sobald er seinen Mund aufmacht, hat es sich ausgeschnuckelt.«

Sie grinste vielsagend: »Don't talk – just kiss!«

In diesem Moment tauchte Ulf hinter ihr auf. Er sah so toll aus mit seinen wilden blonden Locken und den funkelnden grünen Augen, daß ich mein überstürztes Aufbrechen fast wieder bereute.

»Wie gut, daß ich euch noch erwische!« sagte er atemlos.

Mein Herz fing an, schneller zu klopfen. Jetzt müßte er nur erklären, daß das ödipale Geschwätz nur Spaß war, weil er Irene bluffen wollte, und ich könnte bleiben und mit ihm weiterflirten.

»Ich wäre schön blöd dagestanden, wenn ihr verschwunden wärt!« sagte er.

»Was ist denn los?« fragte ich und lächelte ihn aufmunternd an.

»Könnt ihr für mich mitbezahlen? Ich hab nämlich meinen Geldbeutel vergessen!«

»Es ist uns eine Ehre«, sagte Irene wie aus der Pistole geschossen.

»Das ist wirklich nett! Ich hab noch dran gedacht, Geld zu holen, bevor ich losgegangen bin, aber meine Mutter hat mein Konto seit Ägypten noch nicht wieder aufgefüllt. Ich bin einfach zu doof!«

»Allerdings!« sagte ich.

Dann gingen Irene und ich durch den Torbogen auf die Straße.

»Tu mir einen Gefallen und sag jetzt nichts!« bat ich.

»Was gibt's da noch zu sagen? Ich schätze, wir brauchen beide einen Drink!«

Wir bogen in die Müllerstraße ein und gingen in Richtung Zar. Ich mochte das Zar nicht besonders gerne, weil die Atmosphäre dort so deprimierend war wie am russischen Hof unter der Herrschaft Katharina der Großen, aber es lag in der Nähe, und schlimmer konnte es heute abend sowieso nicht mehr werden.

Als wir die Tür aufmachten, strömte uns rauchige Luft entgegen. Trübsinnig dreinblickende Schattengewächse richteten ihre stumpfen Blicke auf uns, vermutlich in der Hoffnung, die Neuankömmlinge würden sie aus ihrer Lan-

geweile erlösen. Ich war heute denkbar schlecht dazu geeignet. Ermattet lehnte ich mich an die Wand neben der Tür
und zündete eine Zigarette an. Irene hatte es auf sich genommen, die Caipirinas zu organisieren. Zu diesem Zweck
lehnte sie jetzt an der Bar. Hin und wieder drehte sie
sich zu mir und rollte mit den Augen. Das bedeutete, die
Chancen standen schlecht, in der nächsten Zeit an Drinks
zu kommen. Zwischen der Phase, in der sie versuchte,
den Barmann durch Anstarren auf sich aufmerksam zu
machen, und den Phasen, in denen sie sich augäpfelrollend
zu mir drehte, graste sie die Gesichter der Schattengewächse nach eventuellen Bekannten ab. Ich hoffte instän-
dig, daß sie heute abend auf keine weiteren Cineasten
treffen würde! Wer weiß, welche Abgründe sich aus einer
Doris-Dörrie- oder Steven-Spielberg-Besprechung auftun
könnten? Bei meinem Pech und Irenes bohrenden Fragen
würde sich ein Micky-Maus-Fan als Sodomist outen.
Endlich hatte sie Erfolg mit ihrer Starrtechnik, und der
Barmann gewährte ihr die entscheidende Audienz. Irene
war eben eine Frau, die bekam, was sie wollte, von der
Schlappe mit ihrem Mann einmal abgesehen.
Ich kannte sie seit Ewigkeiten, sofern man bei einem Menschen wie ihr von Kennen sprechen konnte. Auf eine
gewisse Art blieb sie mir immer fremd. Sie hatte den unter-
kühlten Charme einer Verkäuferin in einer Chanel-Bou-
tique. Als ich ihr zum ersten Mal begegnete, war ich erstaunt, daß sie im gleichen Semester wie ich war. Sie
wirkte wie eine Fernsehmoderatorin oder zumindest ein
sehr hohes Semester. Damals wohnte ich in einer WG mit
einem Mathematikstudenten, der nie in seinem Leben
einen Putzlappen anfaßte und Chili aus der Dose aß, und
einer Verkäuferin in einem Plattenladen, die sich für eine
Musikerin hielt. Sie lief Tag und Nacht mit dem Walkman
herum und machte lauthals Stimmübungen. Irene lebte
dagegen mit Volker in einer schnuckeligen Dreizimmer-
wohnung, Altbau natürlich, und toll eingerichtet. Sie
schrieb schon fleißig Seminararbeiten, als ich noch immer
nicht wußte, wo die Mensa war, und sie hatte einen tollen

Job, als ich mich mit meinen Abschlußprüfungen herumquälte. Ganz nebenbei brachte sie zwei Töchter zur Welt und tippte Volkers Doktorarbeit. Irene schaffte alles, was sie sich in den Kopf setzte, anscheinend ohne sich anstrengen zu müssen. Sie gehörte jedenfalls nicht zu den Frauen, die ständig über ihren Stress redeten, und äußerlich wirkte sie nie mitgenommen oder müde, wie andere Leute bei dem Versuch, Job, Kinder und Beziehung unter einen Hut zu kriegen. Im Gegenteil, Irene wirkte stark und gelassen und schien niemals Hilfe zu brauchen. Vielleicht war sich Volker überflüssig vorgekommen? Nachdem die Doktorarbeit fertig war, verliebte er sich in einen exaltierten Jüngling mit langen Wimpern, der ständig Probleme hatte und rund um die Uhr jemanden brauchte, der für ihn sorgte. Zum ersten Mal erlebte ich Irene wirklich gestresst. Sie verbreitete ausnahmsweise keine Geschichten über das Liebesleben anderer Leute, sondern redete nur über Volker. Darüber hinaus magerte sie ab, bis sie wie ein Skelett aussah – ein hübsches natürlich, und fing an, Kette zu rauchen. Aber sie drehte nicht durch und heulte stundenlang ins Telefon, wie ich es bei meiner Trennung von Tom getan hatte. Sie schnappte ihre Kinder und räumte das Feld für den Jüngling. Dann beantragte sie das Sorgerecht und bestand auf pünktlicher Überweisung des Unterhalts. Der Jüngling war froh, daß sie kampflos gegangen war, nur die Unterhaltsforderung fand er unverschämt hoch angesichts der Tatsache, daß er kein Einkommen hatte und Volker jetzt auch für ihn aufkommen mußte. Es konnte ihm nicht zugemutet werden zu arbeiten, erklärte er, denn er war nicht gewillt, sein Schwulsein zu verbergen, wie es einige Opportunisten unter uns taten. Dabei guckte er Volker aus seinen großen blauen Kinderaugen an. Ganz im Gegenteil, kicherte er, er wollte seine sexuellen Neigungen offen ausleben. Deshalb sei er so viel Diskriminierung ausgesetzt, daß er es in keinem Job lange aushalten könne. Ich fragte mich, wie Jahre mit einer Frau wie Irene so spurlos an Volker vorübergegangen sein konnten? Merkte er nicht, daß dieser Schwachkopf schlicht zu faul war, etwas aus seinem Leben zu machen? Volker merkte gar nichts. Er litt an Gehirnerweichung und brabbelte etwas von den kulinarischen Genüssen, mit denen sein Süßer ihn allabendlich verwöhnte. Hormone zerfraßen diesen promovierten Geist!

Inzwischen hatte Irene die Drinks ergattert und steuerte auf mich zu. Ich sog das saure Zeug genießerisch ein.

»Und was macht dein Liebesleben so?« wollte ich wissen. Sie schien erhaben über dieser Frage zu schweben. Weiße Zähne und braune Haut hatten ihrem Gehirn jedenfalls nichts anhaben können. Vor ihren Augen könnten sich sämtliche Söhne der Wüste nackig im Sand räkeln, dachte ich, Irene würde nur kühl an ihrem Drink nippen und das Ereignis herumerzählen.

»Alles bestens! Ich habe heute wieder eine Anzeige aufgegeben, suche ungebundenen Mann um die Dreißig, Nichtdaumenlutscher, der mir von seinem eigenen Taschengeld eine Käseplatte spendieren kann. Und nach welchen Kriterien suchst du deine Männer aus?«

Wir schüttelten uns vor Lachen, so daß die Caipirinas überschwappten. Die Schattengewächse glotzten uns neugierig an.

2

Als ich nach Hause kam, war Lynn schon im Bett.

Auf dem Anrufbeantworter war eine Nachricht von Paul. Er teilte mir seine neue Nummer mit und daß er in den nächsten Tagen mit der Band auf dem Land sei. Warum ich mich nie melden würde? Wir müßten uns unbedingt, unbedingt bald treffen!

Paul kam aus Florida und sah verdammt gut aus. Er behauptete steif und fest, in mich verliebt zu sein, und baggerte unermüdlich an mir herum. Daran änderte auch die Tatsache nichts, daß er alle paar Monate eine neue Affäre hatte, bei der er dann immer postwendend einzog. Daher änderte sich seine Telefonnummer ständig, und ich wußte nie, wo ich ihn erreichen konnte. Es war also nicht nur meine Schuld, daß wir nicht zusammenkamen. Bei der letzten Affäre hatte ich mal angerufen, doch zu dem Zeitpunkt war er schon bei der nächsten eingezogen, was ich nicht wußte. Als ich die Frau nach Paul fragte, mußte ich erst mal eine Schimpftirade über mich ergehen lassen, bis ich endlich zu Wort kam und klarstellen konnte, daß ich nicht die Neue war.

»Sieh nur zu, daß du es nie wirst!« riet mir die Ex-Affäre. Ich erklärte ihr, daß ich nicht im Traum daran dachte, mich auf diese Schokoladenversion eines Casanovas einzulassen, auch wenn sie vermutlich noch so süß schmeckte.

»Recht so!« pflichtete sie mir bei. Er sei ein arroganter Sack, der sich einbilde, nichts im Haushalt tun zu müssen.

»Nur weil er schwarz und Sänger ist, denkt er, Frauen würden ihn von vorne bis hinten bedienen, und wenn sie mal nicht so wollen wie er, könnte er sofort zur nächsten überwechseln!«

Es war klar, daß sich die Ex-Affäre darüber ärgerte, aber meiner Meinung nach schätzte Paul seine Lage durchaus realistisch ein. Die Frauen flogen auf ihn. Wenn er mit seiner Band auftrat, standen sie reihenweise vor der Bühne und begleiteten jede seiner Bewegungen mit ekstatischen Quietschern. Paul röhrte derweilen ins Mikrofon und begutachtete von oben herab das Angebot des Abends. Klar, daß er die vielen Möglichkeiten, die sich ihm darboten, nur bewältigen konnte, indem er die Frauen häufiger wechselte als der Durchschnittsmann! Das war sozusagen Teil seines Jobs. Die Ex-Affäre hatte kein Verständnis für die beruflichen Anforderungen in der Musikbranche.

»Er ist ein arroganter Sack«, sagte sie unversöhnlich. Jedenfalls konnte sie mir die neue Nummer nicht geben. Die wüßte sie selber gerne, sagte sie, denn die Ratte schulde ihr noch Geld.

Als ich mittags an die Uni kam, wartete Isabel schon auf mich. Ich gab Entwarnung wegen Ulf.

»Es war ein Reinfall, nicht der Rede wert«, sagte ich.

Dann fuhren wir mit unseren Rädern in den Englischen Garten. Wir hatten eine Stunde Mittagspause, die wir intensiv nutzten. Entweder gingen wir shoppen oder in ein Café, meistens redeten wir über Dinge, die an der Uni anfielen.

»Geertz bräuchte dringend einen Haarschnitt«, bemerkte Isabel. »Ich bin fast umgefallen, als er heute morgen zur Türe reinkam. Er sieht schon aus wie Jürgen Drews, und es wird täglich schlimmer!«

»Das ist seine Art, die achtziger Jahre zu ignorieren«, erklärte ich.

»Wir sind aber inzwischen in den Neunzigern!«

»An der Uni gehen die Uhren eben anders.«

Wir hatten uns angewöhnt, diesen Lieblingsspruch von Geertz in allen möglichen und unmöglichen Situationen zu verwenden. Er handhabe das genauso. ›An der Uni gehen die Uhren anders‹, war sein rhetorischer Joker, den er beliebig aus dem Ärmel zog und damit alle anderen Argumente ausstach. Seine zweite Trumpfkarte war der Spruch: ›Sie machen das schon, ich habe vollstes Vertrauen.‹

»Wie wahr«, lachte Isabel, »heute morgen mußte ich wieder was für ihn faxen, weil er einfach nicht kapiert, wie man das Gerät benutzt! Ich habe es ihm zum hundertsten Mal gezeigt, aber ich glaube, er hat mir wieder mal nicht zugehört.«

»Davon kannst du ausgehen. Er hat wahrscheinlich darüber nachgedacht, welche Auswirkungen diese neue Art der Kommunikation auf die moderne Gesellschaft hat.«

Professor Geertz war der Vorstand des Institutes, an dem wir studiert hatten, und jetzt unser Chef. Er hatte so lange mit der Uni-Verwaltung gerungen, bis er zwei halbe Assistentenstellen für uns durchgeboxt hatte. Das war eine unglaubliche Leistung, wie jeder weiß, der einmal in die Mühlen der Unibürokratie geraten ist. Aber endlich hatte es dann geklappt, und wir durften loslegen. Wir sollten ihm helfen, eine Ausstellung über australische Kunst zu organisieren. Ich hatte zwei Semester in Sydney studiert und eine Magisterarbeit über die Kunst der Aborigines geschrieben. Isabel hatte über das Kamel als Transportmittel im südlichen Afrika gearbeitet, was inhaltlich nicht so naheliegend war, aber Geertz störte das nicht.

»Mit Ihrem Magister haben Sie bewiesen, daß Sie in der Lage sind, organisiert und systematisch zu arbeiten, und mehr wird hier auch nicht verlangt!«

Leider war er der einzige Arbeitgeber weit und breit, der eine so hohe Meinung von Uni-Absolventen hatte. Für ein Jahr waren wir also glückliche Besitzerinnen eines Jobs und machten uns eifrig ans Werk. Wir sammelten kiloweise Adressen von Malern, informierten uns über Einfuhrbestimmungen von Bildern und die Preisgestaltung von Katalogen. Dann wälzten wir Bücher über Ausstellungskonzepte und stellten fest, daß Ausstellungen nach einem Standardrezept funktionierten: Man nehme einen Nagel, hänge die Bilder daran auf, darunter bringe man einen möglichst kryptischen Titel an. Man verfasse einen Katalog, der nicht unter drei Kilo wiegen darf. Ein guter Katalog zeichnet sich dadurch aus, daß man ihn auch als Hantel benutzen kann. Die Leute sollen ja was davon haben! Kataloge müssen einen abwaschbaren Einband haben, denn sie liegen vorzugsweise auf Couchtischen herum, um Besuchern zu demonstrieren, daß man kulturell auf dem laufenden ist, und dienen als Ablage für Aschenbecher. Galerien sind da etwas unkomplizierter. Sie drucken Infoblätter mit Lobeshymnen auf den Künstler, die man problemlos im Altpapier entsorgen kann. Unsere Ausstellung sollte auf jeden Fall nicht so ablaufen. Irgendwie anders, unkonventioneller. Das war bis jetzt alles, was wir wußten.

In der Mittagspause gingen wir zum Eisbach, um Sonne auf die Winterhaut scheinen zu lassen, was ja bekanntlich inspirierend wirkt. Da man sich in diesem Teil des Englischen Gartens, wie in jedem München-Reiseführer nachzulesen, nackt sonnen darf, stellen sich hier eine Menge Männer zur Schau, die freiwillig niemand anschauen würde. Wir suchten uns eine Stelle, an der ansehnliche

Leute lagen, und streiften unsere Klamotten ab. Pünktlich zum Sommeranfang stellte sich bei mir das schlechte Gewissen ein, daß ich zu wenig für meinen Körper tat, zu viel rauchte und Süßkram aß. Ich hatte eine annehmbare Figur und, worauf ich besonders stolz war, fast keine Orangenhaut! Einer der wenigen Vorteile meiner autolosen Existenz war, daß ich überall mit dem Fahrrad hinfuhr und dadurch ziemlich fit war. Natürlich hatte ich mich geärgert, daß ich meinen geliebten Mini verkaufen mußte, als Toms Mietanteil plötzlich fehlte, aber es war immerhin gut für meine Figur. Isabel sah natürlich toll aus. Sie hatte ihre qualvolle Frühjahrsdiät hinter sich, und ihre blonden Haare waren leicht rötlich getönt. Daß sie eine makellose Haut hatte, von keinem Pickelchen oder Fältchen getrübt, sagte ich bereits. Das soll sich auf keinen Fall nach Neid anhören, ich bin stolz darauf, attraktive Freundinnen zu haben. Ich denke, daß jede Frau ihre eigene Schönheit hat, und die kann sie tragen oder unter den Scheffel stellen. Ich bin für Tragen.

In Isabels Fall bezog sich das Tragen darüber hinaus auf das ständige Herumtragen von Einkaufstüten voller Utensilien, die ihre natürliche Schönheit unterstreichen sollten. Sie war einkaufssüchtig.

»Ich muß nach der Arbeit dringend nach Pantoletten suchen«, sagte sie, sobald wir unsere Handtücher auf der Wiese ausgebreitet hatten. »Das wird der Superstress! Es ist immer das gleiche! Du siehst die Sachen in allen Zeitschriften und kannst sie dann nirgendwo kaufen! Ich hätte solche Lust, nach London zu fahren und richtig zu shoppen!« Sie seufzte.

»Aber leider kann ich mir nur eines leisten, entweder den Flug oder die Klamotten!«

London war für uns das Shoppingparadies schlechthin. München ist nicht so ergiebig für Leute mit unserem Geschmack. Isabel tat sich besonders schwer, weil sie eine Perfektionistin war. Sie beharrte auf ihrem Recht, immer zu bekommen, was sie wollte, und duldete keine Niederlagen.

Wenn sie eine Klamotte haben wollte, konnte sie furchtbar verbissen sein. Sie bekam eine sonst nie auftretende Falte zwischen den Augenbrauen und klemmte ihren Rucksack kampfeslustig unter den Arm. Dann graste sie wie die Polizei bei einer Großfahndung die Straßen ab, indem sie die Stadt systematisch in Planquadrate einteilte und nicht vom vorgeschriebenen Weg abwich. Sie in diesem Zustand zu begleiten war die Hölle. Sie duldete keine Pinkelpausen, trinken und essen durfte man erst nach erfolgreicher Beendigung des Feldzuges oder wenn man einen Kreislaufkollaps vortäuschte. Und selbst dann war sie wenig zartfühlend.

»Reiß dich zusammen, du Schwächling«, zischte sie und stopfte einem Traubenzucker in den Mund.

Ihre Launen wechselten während dieser Einkaufsattakken ständig. Es ging mit freudig-erwartungsvoll los: In dieser Phase wurde das ersehnte Stück in allen Details beschrieben, inklusive einer Aufzählung aller bereits vorhandenen Kleidungsstücke, zu denen sich der neue Fummel tragen läßt, und der Erklärung, daß es so betrachtet geradezu zwingend war, es zu kaufen. Dann folgte eine Schilderung der Situationen, in denen man es tragen könnte, gekrönt von der Bemerkung, daß Thorsten, der Manager in spe, es sicher ganz geil finden würde. Auf die Theorie folgte die Praxis, und das war der Anfang vom Ende: Mit zusammengekniffenen Lippen und dem bedrohlichen Blick eines Bullterriers vor dem Angriff hetzte sie durch die Stadt, bereit, jedem an die Kehle zu gehen, der sich ihr in den Weg stellte. Sie riß die Türen der Boutiquen auf, schob freundlich lächelnde Verkäuferinnen kurzerhand beiseite und fiel über den Laden her wie die biblische Heuschreckenplage. Vor den vor Schreck geweiteten Augen der entsetzten Verkäuferinnen verwüstete sie die Regale, indem sie alles, was dem ersehnten Stück entfernt ähnlich sah, herauszerrte und in die Umkleidekabinen schleppte. Wenn sie in einem Teil wider Erwarten nicht wie Miss Universum aussah, lag das natürlich nie an ihr, weil sie ja die Idealfigur hatte, sondern das Kleid war schlecht geschnitten oder miserables Design. In so einem Fall wurde sie unflätig und fing an zu schimpfen und suchte den nächsten Laden heim. Das Ende waren wilde Flüche auf das Provinzkaff, in dem wir unser Dasein fristeten, das uns dazu verurteilte, ewiggestrigen Boutiquebesitzerinnen fantasielose Fetzen abzukaufen. Aber nicht mit ihr! Sie setzte die Fahndung nur um so verbissener fort. Meistens kapitulierten die Götter vor so viel Starrsinn und ließen Isabel schließlich finden, was sie suchte. Dann glättete sich die Falte zwischen den Augenbrauen, und Isabel wurde wieder der umgänglichste Mensch, den ich kannte. Bis zum nächsten Anfall!

»Wir könnten ja zusammen ein bißchen bummeln gehen«, schlug sie mit einem erstaunlichen Mangel an gesunder Selbsteinschätzung vor. »Wie wär's am Samstag?«

Es war unglaublich! Welche Irre würde sich freiwillig von ihr den Samstag ruinieren lassen? Mit mir durfte sie nicht rechnen. Ich liebte es, samstags lange auszuschlafen und mittags mit Lynn auf dem Markt einzukaufen. Nachdem wir uns mit Lebensmitteln eingedeckt hatten, gingen wir zum Sushi-Essen. Am Platzl, gegenüber dem Hofbräuhaus, gab es eine kleine Sushi-Bar, in der japanische Touristen verkehrten und das Essen erschwinglich war. Wir setzten uns an einen der wackeligen Tische und genossen das fremd klingende Stimmengewirr um uns herum.

Es gibt viele Möglichkeiten, seinen Samstagmittag zu verbringen, bei uns hatte es sich so eingebürgert. Danach wurde meistens geputzt.

Lynns Putzverhalten war größeren Schwankungen ausgesetzt als meines, was sie auf ihre australische Herkunft zurückführte. Alle Angelsachsen seien Ferkel, erklärte sie lakonisch. Zum Beweis dieser These zitierte sie einen altbekannten Witz.

»Du bist in England auf Urlaub. Wo versteckst du am besten dein Geld?« Kunstpause. »Unter den Putzmitteln!« Haha!

Nur die Amerikaner seien eine Ausnahme. Die hätten einen ähnlichen Reinlichkeitsfimmel wie die Deutschen, behauptete sie so steif und fest, als handelte es sich bei ihren Beobachtungen um wissenschaftlich erwiesene Tatsachen. Doch mich konnte sie mit diesen Argumenten nicht hinters Licht führen. Die Zusammenhänge zwischen ihrem Putzverhalten und ihren beruflichen Erfolgen waren nicht zu übersehen. Wenn sie Stress im Büro hatte, legte sie riesigen Wert auf ein ordentliches Heim. Sobald es ihr wieder gut ging, versanken wir im Chaos. Zur Zeit hatte sie Stress, und bei uns war es blitzblank. Eigentlich wäre es der richtige Moment gewesen, unsere Vermieterin zu der Wohnungsbesichtigung einzuladen, mit der sie uns ewig in den Ohren lag.

»Ich muß bei Ihnen mal nach dem Rechten sehen«, forderte sie in regelmäßigen Abständen, wenn sie mich im Hausflur abpaßte. »Zwei alleinstehende Frauen nutzen eine Wohnung unverhältnismäßig ab.«

Als hätten wir ein Bordell eingerichtet oder würden in Ermangelung adäquater männlicher Lebenspartner die Tapeten von den Wänden kratzen! Leider mußte ich die alte Dame immer wieder vertrösten, denn Lynns Karriere unterlag starken Turbulenzen, und es konnte bei uns von einem Tag auf den anderen wieder aussehen wie auf der Müllkippe.

Lynn ist Architektin. Ich hatte sie in Sydney kennengelernt, wo ich dank einer großzügigen Stiftung, die von wohlmeinenden Förderern meines vom Aussterben bedrohten Faches ins Leben gerufen worden war, ein Jahr an der Uni studieren konnte. Unverzüglich stürzte ich mich ins Nachtleben, um die Einheimischen zu studieren. Auf einer Party fiel mir ein helles Lachen auf, das über die laute Musik hinweg zu hören war. Das muß eine Frau sein, die Spaß versteht, dachte ich und machte mich auf die Suche nach der Stimmungskanone, immer dem Ton nach. Das Lachen kam unter einem wippenden blonden Haarschopf hervor. Die Frau war offensichtlich etwas angetrunken, jedenfalls war es die einzige Erklärung dafür, daß sie sich Marshmellows in die Nasenlöcher stopfte, während sie tanzte. Ich mußte über den skurrilen Anblick lachen. Wenn man aufhört, sich darüber zu wundern, was die Leute in Australien unter Amüsement verstehen, kann man es genießen. Ich steckte zwei Marshmellows als künstliche Brustwarzen unter meinen engen Body und ging auf die Tanzfläche. Das war der Anfang meiner Freundschaft mit Lynn. Als ich wieder zu Hause war, schrieb mir Lynn, daß es in Australien keine interessanten Jobs für sie gab. Aus irgendeinem Grund bildete sie sich ein, daß sich ihre Branche in Deutschland gerade in einem Boom befand, und wollte hier arbeiten. Ein paar Wochen später zog sie bei mir ein.

Isabel schreckte mich aus meinen Gedanken und gab weitere Informationen zum Thema zum besten.

»Das praktische daran ist ja, daß man sie zu allem tragen kann«, sagte sie, »außerdem findet Thorsten sie sicher total geil!«

Nachdem das geklärt war, war die Mittagspause auch schon vorbei, und wir gingen zurück ins Institut. Ich steckte tief in Papierkram, als Boris anrief, so daß ich ihn abwimmeln mußte, obwohl ich mich eigentlich freute, mal wieder von ihm zu hören.

»Ich ruf zurück«, sagte ich geistesabwesend.

Boris war mein aktueller Flirt. Es war ein bequemes, weil lauwarmes Verhältnis. Wir trafen uns gelegentlich, aber wenn Boris sich nicht meldete, dachte ich kaum an ihn. Wenn er dann mal anrief, klappten unsere Verabredungen oft nicht, weil er ein Chaot war, dem ständig die verrücktesten Dinge passierten: Neulich war er beim Schlauchbootfahren von einem Gewitter überrascht worden. In allerletzter Minute hatte er sich auf eine Insel retten können, bevor der Blitz seinen hübschen Körper in Kohle verwandelt hätte. Ich schimmelte inzwischen in der Bar, in der wir verabredet waren, vor mich hin. Als ich nach ein paar Drinks endlich kapiert hatte, daß er nicht mehr erscheinen würde, bewegte ich meinen eingecremten, parfümierten und auch sonst in jeder Hinsicht auf eine Liebesnacht vorbereiteten Körper unverrichteterdinge wieder nach Hause und legte mich vor den Fernseher.

Im Grunde war ich froh, daß er nicht wie eine Klette an mir hing, und seine Unzuverlässigkeit wog mein notorisches Zuspätkommen auf. Es ist wie verhext: Wenn ich aus der Türe gehen will, kriege ich in der letzten Sekunde Zweifel bezüglich meiner Kleidung. Dann bleibe ich mit dem Schlüsselbund in der Hand in der Tür stehen, und rätsle über die Frage, ob es nicht besser wäre, das weiße Hemd anzuziehen anstatt des schwarzen oder umgekehrt. Kurz darauf stehe ich splitterfasernackt vor meinem Schrank und raufe mir verzweifelt die Haare. Wenn ich dann endlich wieder angezogen bin, kann ich meinen Schlüssel nicht mehr finden, und schließlich hetze ich mit heraushängender Zunge viel zu spät zu meinen Verabredungen. An Boris schätzte ich, daß er nie sauer oder vorwurfsvoll war, wenn ich zu spät kam. Wie sollte er auch, war er doch selbst das personifizierte Chaos! Er war einer von diesen James-Bond-Typen, an dem sich Frauen sämtliche Zähne ausbeißen, wenn sie versuchen, eine Beziehung mit ihm zu führen. Frauen, gebt es auf, James Bond läßt sich nicht festlegen. Und nehmt es nicht persönlich, es liegt nicht an euch! Der Mann hat eine Mission. Er kann jederzeit von höherer Stelle abberufen werden. Dann muß er in sein Bondmobil springen und mit quietschenden Reifen davonbrausen. Es ist einfach so, er hat es im Blut. Boris war so ein abenteuerlicher Chaot, und es war pures Glück, daß ich nicht in ihn verliebt war. Ich nahm, was ich von ihm kriegen konnte, und nutzte den Freiraum, den dieses Arrangement mir gab, um mich anderweitig umzusehen. Manchmal nervte es allerdings, wie an dem Tag mit dem Gewitter: Als ich nach der Warterei in der Bar wieder zu Hause angekommen war und es mir im Bett gemütlich gemacht hatte, klingelte es Sturm an der Tür. Es war Boris, klatschnaß und völlig durchgefroren.

»Hallo, Sara, ich bin's!« sagte er überflüssigerweise, als ich die Tür aufmachte. »Hast du etwa schon geschlafen?«

Da ich weiß, daß Vorwürfe an einem James Bond abprallen wie die Kugeln der russischen Agenten, schüttelte ich nur den Kopf.

»Es tut mir wirklich leid, daß ich uns den Abend vermasselt habe!« sagte er.

Dabei guckte er mich mit seinem Til-Schweiger-Hunde-Blick zerknirscht an. Er hatte wuschelige blonde Haare, die strahlendsten blauen Augen der Welt und zarte, leicht gebräunte Haut. Die nassen Klamotten, die die Konturen seines muskulösen Körpers hervorhoben, taten ein übriges. Als er sah, daß ich angesichts dieser Optik dahinschmolz wie ein Stück Butter in der Pfanne, grinste er zufrieden.

»Na, komm schon rein!« sagte ich und zog ihn in die Wohnung.

Ich ließ ein heißes Bad ein, und wir tranken Weißwein in der Wanne. Nach dem prickelnden Bad schickte ich ihn nach Hause, als Rache für sein Grinsen. Vielleicht kapierte er mal, daß ich zur Abwechslung nichts gegen ein Treffen zu einer zivilen Zeit gehabt hätte. Ich war schließlich nicht Dornröschen und hatte Besseres zu tun, als jahrhundertelang auf einen Prinzen zu warten, auch wenn der so hübsch war wie Boris!

Ich nahm mir vor, ihn erst morgen zurückzurufen. Heute war ich nicht in der Stimmung, womöglich wieder den ganzen Abend irgendwo auf ihn zu warten. Als emanzipiertes Bondgirl hatte ich eigene Pläne: Heute abend wollte ich es mir zu Hause gemütlich machen und fernsehen.

Unser Institut lag im Hauptgebäude der Uni, dem alten und ehrwürdigen Kernstück eines riesigen Komplexes, der seine Ableger über die ganze Stadt verteilt hat. Die Naturwissenschaften und andere Studiengänge, in denen man reale Berufe erlernen konnte, waren schon längst in funktionellere Gebäude umgezogen, im alten Teil, der verwinkelt und geheimnisvoll ist wie eine mittelalterliche Kathedrale, dümpelten die Geisteswissenschaften vor sich hin. Die Räume sind hoch und die Mauern dick. Es ist immer ein paar Grad kälter als draußen, und wenn ich über meinen Schreibtisch gebeugt saß, umgab mich klösterliche Stille und der Mief vergangener Jahrhunderte. Ich liebte das und hätte es nicht anders haben wollen. Isabel und ich hatten uns in einer Art Vorraum zu Geertz' Arbeitszimmer ausgebreitet. Er war mit zwei Schreibtischen und ein paar Stühlen aus den fünfziger Jahren spärlich möbliert. Auf dem Boden stapelten sich Bücher, und in den Regalen staubten Zeitschriften und Unterlagen vor sich hin, deren Inhalt oder Daseinszweck niemand kannte. Doch die Technisierung unserer Gesellschaft hatte auch vor unserem Institut nicht haltgemacht. Es standen ein paar Computer herum, die seit neuestem sogar mit Modem ausgestattet waren, so daß wir während der Arbeitszeit nach Herzenslust im Internet herumsurfen konnten. Unter den hohen Fenstern fristeten einige Pflanzen ihr Dasein. Ich vertrieb mir die Zeit damit, sie zu gießen oder umzutopfen, wenn ich gerade mit meiner Arbeit nicht weiterkam.

Als ich so gegen fünf Uhr mit Blumengießen fertig war, schloß ich das Büro ab und fuhr mit dem Fahrrad nach Hause. Der Anrufbeantworter blinkte wie verrückt, und als ich ihn abhörte, tönte mir Theresas aufgeregte Stimme entgegen.

»Ich bin wieder da!« Pause. »Die Messe war superstressig, deshalb bleibe ich heute abend zu Hause und regeneriere mich. Melde dich!«

Die zweite Nachricht war nachdrücklicher.

»Ich bin's noch mal. Laß uns zusammen frühstücken gehen, ich muß dich unbedingt sprechen. Unbedingt!«

Ich wählte ihre Nummer, aber es war besetzt.

3

Als Lynn und ich am Samstag vom Einkaufen zurück waren, rief ich Theresa an.

»Na endlich! Ich dachte schon, du bist verschollen«, seufzte sie theatralisch, als sei sie kurz vor dem Ertrinken und ich der einzige Mensch mit einem Rettungsboot.

Wir trafen uns im Innenhof des Stadtcafés. Die Ertrinkende sah umwerfend aus. Ihr Haar hatte eine Wandlung in Richtung blond erfahren und glänzte in der Sonne. Sie trug ein enges schwarzes Leinenkleid, das mit Sicherheit das Monatsgehalt eines mittleren Angestellten wert war. Um ihre Schulter hing eine entsprechende schwarze Jil-Sander-Tasche, aus der sie ein silbernes Zigarettenetui angelte.

»Ich hab Mineralwasser bestellt, weil ich dringend abnehmen muß! Auf der Messe habe ich schrecklich gesündigt!«

»Und du meinst, wenn du Wasser trinkst, wird dir vergeben?« erkundigte ich mich und erntete einen strafenden Blick.

»Es war unglaublich! Ich habe den ganzen Tag auf den Sekt und die leckeren Häppchen vor mir gestarrt, da mußte ich natürlich naschen. Abends ging's dann noch fett zum Essen. Spesenkonto, versteht sich, und danach durch das Frankfurter Nachtleben, da wurde dann ordentlich gebechert. Ich glaube, ein Cocktail hat so viele Kalorien wie eine Schweinshaxe! Ich bin jedenfalls dick und aufgeschwemmt. Ich hab schon aus Frankfurt Terry Deischel angerufen, sie ist meine einzige Rettung. Ab Montag gehe ich wieder zu ihr, und danach fange ich ein neues Leben an. Allerdings habe ich keine Ahnung, wovon ich sie bezahlen soll, weil ich das ganze Geld, das ich in Frankfurt verdient habe, an Ort und Stelle auf den Kopf gehauen habe.«

Terry besaß ein Kosmetikstudio, das von Theresa maßgeblich mitfinanziert wurde. Ohne sie hätte Terry vermutlich längst dichtgemacht, so wie unzählige Klamottenläden, in die Theresa ihr sauer verdientes Geld trug. Und das ihrer Eltern, die ihre im Magisterstress befindliche Tochter rücksichtsvoll gewähren ließen.

»Hast du mich hierherzitiert, um deine nicht vorhandenen Figurprobleme zu besprechen?« erkundigte ich mich.

»Wenn's nur das wäre«, seufzte sie und sah auf einen Schlag sehr mitgenommen aus.

Ihre fachkundig gepflegte Stirn legte sich bedrohlich in Falten. Der Blick ihrer grünen Augen richtete sich in den sommerblauen Himmel und verlor sich in der Leere des Universums. Ihre armen Eltern waren Psychologen, und ich konnte mir lebhaft vorstellen, wie sie angesichts der Jammergestalt, die das Ergebnis ihrer Erziehung war, schuldbewußt das Scheckbuch zückten. Der Anblick oder die pure Erwähnung von Geld konnten die düsteren Schatten aus Theresas Gesicht schlagartig vertreiben. Diese Erfahrung hatten schon viele ihrer Freunde gemacht, die ihr was pumpten, wenn die Eltern sich unerwarteterweise mal knickerig verhielten. Theresa mit Barem auszuhelfen gab einem das Gefühl, der Menschheit einen guten Dienst zu erweisen. Sie bedankte sich überschwenglich und schwor baldige Rückzahlung inklusive Zinsen. Doch das Geliehene zurückzubekommen war ein aufwendiges Unterfangen, denn sie konnte wochenlang wie vom Erdboden verschluckt sein. Wenn man sie schließlich erwischte, zapfte sie das nächste Opfer an, mit dessen Geld sie die Schulden beglich. Auf diese Weise war sie ständig auf der Flucht vor einigen Leuten und befand sich mit anderen in geschäftlichen Verhandlungen. Als Ausgleich für den ganzen Stress mußte sie ihren gebeutelten Körper pflegen und in edle Gewänder hüllen. Sie war in diesem Teufelskreis gefangen wie ein Hamster in seinem Laufrad.

Ich bereitete mich innerlich darauf vor, daß sie mich jetzt anpumpen würde, doch diesmal würde ich hart bleiben. Von mir sah sie keine müde Mark mehr, denn diese finanziellen Transaktionen hatten unsere Freundschaft schon oft genug strapaziert. Aber es kam anders, als ich dachte.

»Stell dir vor, ich habe mich verliebt!« sagte sie. »Ausgerechnet in einen Kollegen!« Sie seufzte.

»Ich weiß, daß man das nicht tun sollte, aber er ist ein Traummann, und ich bin verrückt nach ihm. Es ist die ganz große Liebe, das hab ich im Gefühl!«

Seit es vor zwei Jahren mit Martin, ihrer langjährigen Liebe, den Bach hinuntergegangen war, hatte Theresa einige ganz große Lieben erlebt. Nach Martin kam Peter, ein Musiker, der aufgrund seiner Vorliebe für Kokain zwar im Bett eine Null war, dafür aber zu echten und intensiven Gefühlen in der Lage. Anders als Martin, die lahme Socke. Der sparte seine Gefühle für die zahllosen Affären auf, die ihm sein Job als Barkeeper verschaffte. Alle wußten, daß er nicht treu war, denn er übte die Aufreißertour, die ihm seine nächtlichen Erfolgserlebnisse verschaffte, auch tagsüber im Freundeskreis. Aber bei Tageslicht und ohne einen gewissen Alkoholpegel im Blut wirkte sein Casanova-Getue nur peinlich. Martin galt allgemein als Schleimer, nur Theresa vergötterte ihn blind, und niemand hatte den Mut, ihr die Wahrheit zu stecken. Als sie ihn im Damenklo der Bar mit einer Schwarzhaarigen erwischte, war sie zutiefst geschockt.

»Bitte verzeih mir! Ich liebe nur dich, mein Bärchen«, schwor Martin. »Das war ein Ausrutscher. Die Frau ist doch gar nicht mein Typ!«

Nachdem er wochenlang gefleht hatte, entschied sich Theresa, nicht so nachtragend zu sein, und erhörte ihn. Aber das Mißtrauen blieb. Ab jetzt war sie ständig auf der Hut vor potentiellen Konkurrentinnen, und jede Frau in Martins Nähe war eine Quelle möglicher Gefahren. Ich konnte nicht verstehen, was Frauen an Martin so toll fanden, davon abgesehen, daß er in der Bar Drinks auf Kosten des Hauses verteilte. Zu der Zeit lernte Theresa Terry Deischel kennen, deren Ansichten ihr Leben nachhaltig veränderten: Es sei ihre Schuld, daß Martin fremdgeht, erklärte Terry, sie hätte sich zu sehr in die Beziehung fallengelassen und wäre für ihn langweilig geworden. Daraufhin kaufte Theresa Klamotten, bis ihr windiger Ikeaschrank aus allen Nähten platzte, tönte sich die Haare rassig dunkel und unterzog sich bei Terry sämtlichen Behandlungen der modernen Körperpflege. Im Sommerurlaub auf Korsika führte sie ein Strandspaziergang an einem Zelt vorbei, aus dem Martins vertraute Stimme zu vernehmen war.

»Komm her, du heißes Stück! Ich hab mich schon den ganzen Tag nach dir gesehnt!«

Sie traute ihren Ohren nicht, denn sie konnte ja nicht gemeint sein! Eine kichernde Frauenstimme beseitigte ihre letzten Zweifel. Beherzt riß sie den Reißverschluß des Zeltes auf. Diesmal war es eine Blonde. War die vielleicht sein Typ?

Die Rückfahrt im Zug überlebte Theresa kaum. Wie hatte es im Reiseprospekt geheißen? Auf Korsika werden Sie einen unvergeßlichen Urlaub erleben! Die darauffolgenden Tage verbrachte sie auf meinem roten Sofa. Ihre Augen waren vom Weinen verquollen, was sie später bei Terry teuer zu stehen kam, und ihr Leben hatte keinen Sinn mehr. Die besten Jahre, schluchzte sie, waren vorbei, und die hatte sie ausgerechnet an einen Lügner vergeudet. Wir redeten Tage und Nächte durch. Mit der Regelmäßigkeit einer tibetanischen Gebetsmühle wiederholte sie monoton die eine Frage: »Warum mußte mir das passieren?«

Ich wußte es nicht, und sie schien auch keine Antwort zu erwarten. Als sie keine Tränen mehr hatte und wieder anfing, feste Nahrung zu sich zu nehmen, überzog ich mein Konto, und wir kleideten sie neu ein. Das Shoppen verschaffte den seelischen Wunden eine gewisse Linderung, und als Peter die leergefegte Bühne ihres Lebens betrat, fingen sie an zu heilen. Er zauberte das Lächeln auf ihr Gesicht zurück. An seiner Hand stieg sie wie der Phönix aus der Asche in nie geahnte Höhen auf. Da Peter stimmungsmäßig leider sehr labil war, folgten auf die luftigen Höhen grausame Abstürze in eisige Tiefen. Überschüttete er sie an einem Tag mit Aufmerksamkeiten, konnte er am nächsten kalt und herzlos sein. Die Beziehung war eine ständige Achterbahnfahrt. Wahre Leidenschaft geht eben bis zum Äußersten, erklärte Theresa. Als das Leiden überhandnahm und Theresa geschafft war, verließ Peter sie. Diesmal bezog sie den Platz auf meinem Sofa nur kurz und tröstete sich schnell mit einem Stuntman. Der bestach zunächst durch die körperlichen Vorzüge, die Peter nicht beschieden waren, doch sehr viel mehr hatte er auch nicht zu bieten. Anfangs schätzte sie seine Schweigsamkeit. Reden ist Silber, Schweigen ist Gold, lautete damals ihre Devise. Doch auf die Dauer wird es monoton, wochenlang nur die eigene Stimme zu hören:

»Wie geht's dir heute, mein Schatz?«

»Gut.«

»Wie hat dir das Abendessen geschmeckt?«

»Gut.«

»Liebst du mich?«

»Gut.«

Theresa verlor die Nerven und setzte den Verdutzten vor die Tür.

»Wer ist denn diesmal der Glückliche?« fragte ich.

Ich war gespannt zu erfahren, wo diesmal der Haken war. Irgendeine Macke mußte ihr Neuer haben, sonst wäre sie nicht auf ihn abgefahren. Theresa schien auf die Stirn geschrieben zu haben: ›Suche Mann. Leichte Schäden kein Hindernis. Nehme auch gebrauchte oder reparaturbedürftige Modelle.‹ Sie zog diese Typen geradezu magnetisch an.

»Spar dir deinen Zynismus! Volkan ist wunderbar. Er ist der schönste Mann der Welt, hat die zarteste Haut, die du dir vorstellen kannst, pechschwarzes, lockiges Haar, und wenn er lacht, siehst du eine strahlendweiße Zahnreihe!«

»Wie nett, daß dein Neuer intakte Zähne hat!«

»Was bist du so biestig? Vielleicht, weil du im Moment nicht mal die dritten Zähne von einem lebendigen Mann zu sehen kriegst? Von diesem unreifen Bubi mal abgesehen.«

Damit spielte sie auf Boris an, der fünf Jahre jünger war als ich. Mir fiel ein, daß ich ihn nicht zurückgerufen hatte, und er hatte sich auch nicht wieder gemeldet. Die Chancen, mein Wochenende mit einem Schuß Erotik zu würzen, waren denkbar gering. Theresa hatte recht, meine Lage war alles andere als rosig.

»Entschuldige«, sagte ich ehrlich zerknirscht. »Erzähl mal, wie habt ihr euch denn kennengelernt?«

»Ich kannte ihn schon länger. Er arbeitet auch im Verlag. Im Lager, er verpackt die Bücher und so. Aber weil er verheiratet ist, habe ich ihn nie beachtet, ist doch verständlich, oder?«

Ich verstand nur, daß sie diesmal den Vogel abgeschossen hatte!

»Und er hat dir erzählt, daß er sich scheiden läßt und Abendkurse belegt, um in die Chefetage aufzusteigen?«

»Er kann sich nicht scheiden lassen«, erklärte sie, »wegen der Familie!«

Wer hätte das gedacht?

»Er ist Türke. Bei denen zählen familiäre Werte noch mehr als bei uns.«

»Und deshalb treibt er es mit dir? Von der Seite hatte ich die Dinge noch nie betrachtet!«

»Naja, er hatte nie die Möglichkeit, sich selbst zu entscheiden. Du weißt doch, wie das ist, arrangierte Ehen und so! Als er achtzehn war, haben seine Eltern eine Frau für ihn aus der Türkei einfliegen lassen, und damit war die Sache gelaufen.«

»Und dann haben sie ihm mit dem Hammer auf den Kopf gehauen und ihn aufs Standesamt geschleppt, richtig?«

Ich war fassungslos vor so viel Gutgläubigkeit und räumte im Geiste schon mal mein Sofa.

»So ungefähr«, sagte sie mit vollem Ernst, »kapier doch mal! Er hatte nie die Chance, frei zu wählen! Ich bin sozusagen die erste für ihn.«

»Naja, aber er ist doch erwachsen und kann leben, wie es ihm gefällt. Warum bleibt er denn verheiratet?«

»Wegen der Kinder. Er möchte ihnen ein intaktes Zuhause bieten.«

Die männliche Jungfrau hatte schon zwei Kinder gezeugt! Mir schwirrte der Kopf. Kein Wunder, daß Theresa von dieser absonderlichen Lebensgeschichte zunächst verwirrt war!

»Ihr zwei hattet anscheinend ein paar schöne Tage«, sagte ich, »weit weg von München und seiner Familie. Dabei kann man es belassen, ich meine, ihr lauft euch im Verlag ja nicht ständig über den Weg?«

Ihre nächsten Worte raubten mir die letzte Hoffnung.

»Bist du übergeschnappt?« rief sie und faßte sich an die gepflegte Stirn. »Ich will ihn wiedersehen! Ich muß! Es ist keine Bettgeschichte, jedenfalls nicht nur. Wir verstehen uns prima. Er ist der netteste Mensch, den du dir vorstellen kannst, und wir lachen viel zusammen. Außerdem ist er so zärtlich wie kein anderer, glaub mir, so was hab ich noch nie erlebt! Er hat mein Gesicht in seine Hände genommen und stundenlang geküßt, ganz sanft, und mir dabei die liebsten Sachen ins Ohr geflüstert. Ich bin dahingeschmolzen. Er hat mich ständig gestreichelt, meine Haare, meine Wangen, einfach alles, und mir gesagt, wie schön er mich findet. Er liebt meine Augen, sie sind pfefferminzfarben, sagt er, und er liebt meinen Körper. Weißt du, er hat mich unermüdlich gestreichelt und geküßt. Bei vielen Männern läuft alles nach einem Schema ab, das zwar individuell abgewandelt wird, aber es ist in seiner Struktur absehbar und irgendwie austauschbar. Wie ein Drehbuch. Ein bißchen küssen, dann am Busen rumfummeln, und dann wird losgelegt. Du kennst das Spielchen! Es funktioniert reibungslos, naja, schon reibungsintensiv, aber eben total absehbar, und du spürst, daß der Film mit anderen Darstellern haargenau so gedreht werden könnte. Wenn ich mit einem Mann ins Bett gehe, erfahre ich, wie er Sex macht, ganz grundsätzlich, verstehst du? Er macht es immer so, ob mit mir oder einer anderen. Dieses Drehbuch errichtet eine Mauer, hinter der man sich in seiner Nacktheit verstecken kann. Was glaubst du, wie viele Männer keine Ahnung haben, wann die Frau einen Orgasmus vortäuscht? Seit Meg Ryan wissen wir ja, wie leicht das geht! Wenn man keucht und stöhnt und die Adern am Hals anschwellen läßt, sieht es richtig aus, und der Typ nimmt es einem ab. Und warum tun Frauen das? Nicht weil sie frigide sind oder doof oder weil es ihnen egal ist, ob sie kommen oder nicht. Nein! Es ist ihnen zu umständlich und zu peinlich, dem Typen zu erklären, wie er's machen soll. Man ist zwar nackt, aber echte Intimität läßt man nicht zu. Keiner traut sich, das bewährte Drehbuch auf den Müll zu schmeißen und sich auf den anderen einzulassen.«

Sie wühlte in ihrer Tasche nach einem Feuerzeug, steckte eine Zigarette an und strich sich eine Haarsträhne aus der Stirn. Ich angelte nach ihrem Glas und nahm einen Schluck vom Mineralwasser. Dann guckte ich nach Anica, um endlich zu bestellen. Sie war nicht da, also winkte ich ihrer Kollegin.

»Volkan hat kein Drehbuch«, sagte Theresa mit sanfter Stimme. »Bei ihm fühle ich mich nackt, wenn er nur mein Gesicht berührt, und ich spüre, daß er mich sieht. Nur mich! Keine fremden oder eigenen Drehbücher, keine Szenen aus Filmen oder Büchern, keine anderen Frauen.«

Sie lächelte mich an und sah glücklich aus. Ihre Pfefferminzaugen spiegelten das zarte Grün der Blätter auf den Bäumen, und die Sonne spielte in ihrem blonden Haar.

»Kannst du mich wenigstens ein bißchen verstehen?«

»Ich glaube schon«, mußte ich zugeben.

Sie fühlte sich gut, alles andere zählte nicht. Jedenfalls nicht heute, und zur Not gab's ja immer noch mein rotes Sofa, dachte ich. Nachdem wir ausgetrunken hatten, gingen wir in die Annie-Leibovitz-Ausstellung.

4

Als ich die Wohnungstür aufsperrte, drangen dichter Zigarettenqualm und laute Musik aus der Küche. Ich hatte Besuch von meiner kleinen Schwester! Sie hatte wie üblich ihre Freunde im Schlepptau, denn Teenies kommen nicht einzeln vor. Sie leben in Gruppen.

Sophie war das Nesthäkchen in unserer Familie, das Ergebnis einer Unaufgeklärtheit meiner Eltern, die anscheinend davon ausgegangen waren, zwei Töchter im beginnenden Teenie-Alter seien ein ausreichender Schutz vor einer weiteren Empfängnis. Während sie meiner Schwester Vera und mir erklärten, wie wir verhindern könnten, daß ›es‹ uns passierte, wurde meine Mutter schwanger. Das neue Baby brachte das Familiengefüge ziemlich durcheinander und nahm von Anfang an eine Sonderrolle ein. Die Kleine wurde von allen verhätschelt, und sie genoß Freiheiten, die Vera und ich nur vom Hörensagen kannten. Sie war unser aller Baby und mauserte sich im Handumdrehen zur Prinzessin.

Zur Zeit besuchte sie ein Internat am idyllischen Starnberger See, wo unsere Eltern sie für die Dauer ihres USA-Aufenthaltes zwischengelagert hatten. Die Wochenenden sollte sie im Schoß von Veras Familie verbringen, doch sie ignorierte dieses Arrangement wie auch sonst alle Vorschriften, die ihr Lebensgefühl möglicherweise einschränken könnten, und nistete sich statt dessen bei mir ein. Veras Vorortidylle gehe ihr auf den Geist, erklärte sie, sie wollte Stadtluft schnuppern.

Sophie hatte, wie gesagt, große Ähnlichkeit mit Alf. Natürlich war sie hübscher als der Flokati vom Melmak, aber ihr Verhalten deutete darauf hin, daß sie auch von einem fernen Planeten stammte. Vieles, was wir hier auf der Erde tun, war ihr ebenso fremd wie ihrem knuddeligen Kollegen, und ich eckte manchmal ganz schön an, wenn ich versuchte, sie mit den hiesigen Sitten und Gebräuchen vertraut zu machen.

»Verdammt noch mal, Sophie, die ganze Badewanne ist voller Haare, nachdem du geduscht hast!«

»Ja. Und?«

»Das ist eklig!«

»Die spülen sich von alleine runter, wenn der Nächste duscht!«

»Es hat aber keiner Lust zu duschen, wenn die Wanne voller Haare ist!«

»Es ist nicht mein Problem, wenn ihr dreckig bleiben wollt.«

Wenn sie Alf war, verwandelte ich mich in die sauertöpfische Kate, allerdings ohne einen geduldigen Willi an meiner Seite zu haben, der mich in den Diskussionsrunden mal ablösen konnte. Wenn sie nicht Alf war, verstanden wir uns prima.

Die Kids hatten, soweit ich das erkennen konnte, den gesamten Inhalt des Kühlschranks auf dem Tisch ausgebreitet, außer der Misopaste und den Kosmetika, die Lynn duty-free gekauft hatte. Die Ärmste würde Misosuppe mit Nachtcreme frühstücken müssen, wenn ich nicht versuchte, ein paar Bestände zu retten. Zu diesem Zweck, und natürlich um meine kleine Schwester zu begrüßen, arbeitete ich mich durch den Qualm ins Zentrum des Geschehens vor.

»Hi, Sophie, schön, dich zu sehen!« Ich umarmte sie.

»Bitte laß uns eine Kleinigkeit zu essen übrig!«

»Das ist ja eine nette Begrüßung! Kann ich noch in Ruhe meinen Kaffee austrinken, bevor du weitermeckerst?«

Ich wußte, daß Außerirdische reizbare Wesen sind, wenn es um Essen geht. Daher beschloß ich, den Kampf um die Nahrung nicht zum Äußersten zu treiben, und verkniff mir vorsichtshalber auch die Frage, wer die Küche nach der Freßorgie aufräumen sollte. Sie erübrigte sich ohnehin, dachte ich seufzend, Sophie würde mir in ihrer unwiderstehlichen Logik erklären, daß ich selbst für die Ordnung in meiner Küche zuständig war. Sie war schließlich gekommen, um mich zu besuchen, und nicht, um bei mir aufzuräumen.

»Null Problemo«, sagte ich deshalb versöhnlich und verzog mich in mein Zimmer.

Ich stellte einen Aschenbecher auf den Annie-Leibovitz-Katalog und zündete eine Zigarette an. Ich liebte mein Zimmer. Es war groß und hell. Der Parkettboden verlieh ihm einen edlen Touch, egal, ob es aufgeräumt war oder nicht, was ich sehr praktisch fand. Als ich mit Tom zusammenlebte, war dieser Raum unser Wohnzimmer gewesen. Ich hatte endlose Wochen und Monate damit zugebracht, die Wohnung zu finden. Die Chancen waren größer, einen Sechser im Lotto zu kriegen als eine bezahlbare Wohnung in der Innenstadt. Die Suche war schrecklich frustrierend. Meine Tage vergingen nach einem ewig gleichen Schema, ohne daß ich Ergebnisse, geschweige denn ein Erfolgserlebnis vorzuweisen hatte. Morgens hing ich am Telefon. Natürlich war überall ständig besetzt. Wenn ich dann endlich einen Besichtigungstermin vereinbart hatte, schmiß ich mich in ein gediegenes Outfit und hetzte zu der angegebenen Adresse, wo schon eine Schlange von Leuten vor der Tür wartete, die alle ähnlich gediegen gekleidet waren. Jeder zupfte an seinen Haaren herum, und niemand schien

sich in seinem Aufzug wohl zu fühlen. Die Besichtigung einer noch so schäbigen Bruchbude zog mehr Leute an als ein Castingtermin bei MTV, nur die Stimmung war nicht so gut. Alle drängelten schweigend durch die Zimmer und bedachten sich gegenseitig mit frostigen Blicken. Paare berieten sich flüsternd in den Ecken. Dann ging der Ansturm auf die Immobilienhaie los. Makler sind wie Mitesser. Hin und wieder muß sich jeder mit ihnen herumschlagen. Die Männer redeten ernsthaft und verständig mit ihnen wie Geschäftsleute unter sich. Die Frauen machten auf Hausmütterchen, auch wenn sie wirkten, als könnten sie eher ein Großunternehmen organisieren als ein Fenster putzen. Die besten Chancen, erhört zu werden, hatten verheiratete kinderlose Angestellte des mittleren Gehaltssegments, und jeder versuchte, dieses Ideal so glaubhaft wie möglich zu verkörpern. Alle bemühten sich, verheiratet und berufstätig und kinderlos zu wirken. Singles hatten schlechte Karten, ihnen unterstellten die Mitesser häufig wechselnden Geschlechtsverkehr, was Rotweinflecken auf dem Teppichboden und nächtliche Eifersuchtsszenen auf dem Gang mit sich brachte. Alleinstehende Männer waren besonders ungern gesehen. Verunsichert standen sie in den Ecken herum und gedachten reuevoll ihrer verpatzten Chancen: ›Ich hätte mit Maria nicht so offen über meine Bindungsängste sprechen sollen. Es war unsensibel, ihr ausgerechnet an unserem sechsten Jahrestag zu sagen, daß wir nichts überstürzen sollten. Jetzt hat sie Otto geheiratet, und ich kriege nie eine anständige Wohnung!‹
Junge Paare hatten das Handicap, daß sie als emotional instabil galten. Erfahrungsgemäß waren sie entweder nach kurzer Zeit wieder getrennt, in welchem Fall die Eigentümer es mit Singles zu tun hatten, siehe oben, oder sie bekamen Kinder, obwohl sie Stein und Bein geschworen hatten, unfruchtbar zu sein. Kinder waren grundsätzlich zu meiden, denn die machten aus einer Wohnung Kleinholz.
Alte Leute kriegten natürlich auch keinen Mietvertrag, denn die hatten ja bekanntlich die Angewohnheit, klamm-

heimlich in der Wohnung zu sterben oder den Winter auf Gran Canaria zu verbringen, ohne ihre Post abzubestellen. Dann stapelten sich Briefe und Zeitschriften im Hausflur, und das war ärgerlich.

Hatte man erfolgreich vorgetäuscht, mittelalterlich, angestellt und unfruchtbar zu sein und in einer monogamen Beziehung zu leben, kam man in die engere Wahl. Wenn man dann noch ein einwandfreies Führungszeugnis hatte und aus einer guten Familie stammte, war einem der Mietvertrag fast sicher.

»Sie sind direkte Nachfahren des Sonnenkönigs? Solide Familie!«

Jetzt mußte man sich bereit erklären, für die Renovierung und Modernisierung der Wohnung selbst aufzukommen. Man konnte ja schlecht die armen Hausbesitzer für seine übertriebenen Ansprüche bluten lassen.

»Es stört Sie, daß die Toilette auf dem Gang ist? Sie stellen sich ja ganz schön an, wenn man bedenkt, daß Ihre Vorfahren in Versailles auf den Boden gepinkelt haben!«

Tom und ich hatten weder viel Geld noch einflußreiche Verwandte, dafür waren wir jung und hatten hohe Ansprüche. Parkett, Stuck an der Decke und absolut zentrale Lage waren die Mindestvoraussetzung. Darunter ging nichts. Daß die Wohnung spottbillig sein mußte, war sowieso klar. Entsprechend gestaltete sich die Suche.

»Vielleicht solltet ihr eure Ansprüche ein bißchen runterschrauben?« rieten die Realisten in unserem Freundeskreis. Das kam für uns überhaupt nicht in Frage, und schließlich klappte es doch: dreieinhalb Zimmer, Altbau, Stuck und das Ganze direkt in der Innenstadt. Wir konnten unser Glück nicht fassen. In den folgenden Wochen riß ich Teppichböden auf, schliff und versiegelte das Parkett und strich die hohen Wände. Wenn Isabel und Theresa mir nicht geholfen hätten, wäre ich wahrscheinlich heute noch beschäftigt. Wir malerten und putzten, kauften Vorhänge und bohrten Gardinenstangen an und bauten Regale auf. Zwischendurch hockten wir auf dem frischversiegelten Parkett, rauchten und hörten ABBA und aßen Pizza aus der Packung. Tom hatte gerade seinen ersten Job und kümmerte sich um die Finanzierung des Vorhabens.

Am ersten April konnten wir einziehen, im Juli zog Tom wieder aus und überließ mir die Wohnung, weil ich mitten in der Lernerei für die Abschlußprüfungen steckte. Er suchte sich ein Zimmer in einer Wohngemeinschaft, und ich konnte mir den Kopf darüber zerbrechen, wie ich die Miete für den Altbautraum auftreiben sollte. Über irgendwelche Leute hörte ich von einem Job als Promoterin für einen neuen Softdrink. Es war ziemlich easy: Ich mußte als Nonne verkleidet durch die Stadt gehen und Leute überreden, den Drink zu probieren.

»Sündhaft gut«, hauchte ich verführerisch unter meiner Kutte hervor.

Dabei zwinkerte ich den Versuchskaninchen aufmunternd zu und verwies auf die netten Werbegeschenke, die willige Testpersonen zur Belohnung erhielten: Schwarze Kondome mit dem Namen des Getränks drauf für die Männer, schwarze Strumpfbänder für die Frauen. Die Männer hatten ständig was an ihren Geschenken zu meckern. Einige wollten lieber Strumpfbänder anstatt Kondome, andere erklärten mir, daß Werbekondome Billigprodukte aus der Dritten Welt seien und ob ich mir schon mal überlegt hätte, daß Leute sich dadurch mit allem möglichen infizieren könnten. Es sei geradezu Körperverletzung, die Dinger zu verteilen! Da ich nicht an der Verbreitung von Krankheiten schuld sein wollte, warf ich die Kondome in die nächste Mülltonne und verteilte nur noch Strumpfbänder. Meine Arbeitgeber lobten mich, weil ich alle Kondome losgekriegt hatte, und stopften mir am nächsten Tag noch mehr in meine Taschen. Seit ich zum Schutz der Versuchskaninchen die Kondome anderweitig los wurde, ging die Arbeit sehr zügig voran. Nur die Test-Männer hatten wieder was zu nörgeln. Was sie denn mit Strumpfbändern anfangen sollten? Sie seien doch keine Tunten, meckerten sie.

Ich war froh, als der Job zu Ende war. Meine Arbeitgeber waren sehr zufrieden mit mir und versprachen, sich wieder zu melden, wenn sie eine Promoterin brauchten.

»Du warst unser bestes Pferd im Stall!« sagten sie aner-
kennend.

Leider dachte man an der Uni nicht so positiv von mir. Ich
vermasselte meine Prüfungen, weil ich vor lauter Promotion nicht zum Lernen gekommen war, und mußte eine
Ehrenrunde drehen. Es war eine schwierige Zeit, aber
zum Glück hatte ich meine Freundinnen.

»Try once more like you did before, sing a new song,
Ciquitita«, rieten die Mädels von ABBA, während Isabel,
Theresa und ich Toms Hinterlassenschaften in den Müll
warfen.

Er hatte bei seinem überstürzten Auszug natürlich nur
Sachen mitgenommen, die er gebrauchen konnte. Die leeren Bierflaschen, die Computerzeitschriften und die kaputten Fahrräder durfte ich behalten. Schließlich übernahmen
meine Eltern Toms Mietanteil und rieben mir das bei jedem Telefonat unter die Nase.

Im September kam Lynn aus Australien. München gefiel
ihr gut, und wie alle Ausländer liebte sie das Oktoberfest.
Im Bierzelt lernte sie einen urigen Mann in Lederhosen
kennen, der ein Architekturbüro hatte und sofort jemanden brauchte. Daher entschloß sie sich, bei mir einzuzie-
hen, und ich mußte mir das Genörgel meiner Eltern nicht
länger anhören. Lynn übernahm die zwei Zimmer, die
ineinander übergingen, und ich bezog das Wohnzimmer
und richtete mir das halbe Zimmer am Ende des Flurs als
Schlafzimmer ein, indem ich eine große Matratze auf den
Boden legte. Das Bett hatte Tom mitgenommen, weil er es
anscheinend gut gebrauchen konnte.

Vermutlich, um lästige Auseinandersetzungen wegen der
Möbel zu vermeiden, hatte er seinen Auszug auf einen
Tag gelegt, an dem ich mit Isabel im Schwimmbad war. In
meiner Abwesenheit hatte er sich dann ungestört bedient.
Als ich nach Hause kam und feststellte, daß er mich nicht
nur mit der Miete sitzenließ, sondern auch noch die
schönsten Möbelstücke abgestaubt hatte, bekam ich einen
mittleren Wutanfall, der jegliches Aufkommen von Lie-
beskummer im Keim erstickte. Das Kapitel Tom war damit

abgehakt, und mit Lynns Einzug fing ein neues Leben an. Da sie Blau-Grün-Töne liebte, sahen ihre Räume aus wie das Reich von Arielle der Meerjungfrau. Bei Bad und Klo machte sie einen Kompromiß, und ich durfte sie in helles Orange tauchen, während sie darauf bestand, die Küche mintfarben zu streichen.

»Pipigrün«, unkte ich zuerst, doch es sah am Schluß sehr nett aus.

Ich tauchte mein Schlafzimmer in venezianisches Rot und ließ die Wände im Spiegelsaal weiß. Ich bezog das stahlgraue Sofa knallrot und hängte wallende Vorhänge aus Musselin auf. Tom hatte Vorhänge spießig gefunden und an jedem Fenster Lamellen angebracht, mit dem Erfolg, daß unser Wohnzimmer wie die Empfangshalle eines Hotels ausgesehen hatte. All das änderte ich jetzt. Die Stühle, die in Schwarzweiß-Kontrasten gehalten waren, überzog ich mit knalligen Farben. Mein neuer Tisch war eine Glasplatte vom Flohmarkt, die in einer früheren Inkarnation ein Bankschalter gewesen war. Sie war dick und schwer. Lynn half mir, sie auf zwei Metallböcke zu wuchten.

»Es kann nicht schaden, einen kugelsicheren Tisch zu haben«, grinste sie, »bei deinen Kochkünsten!«

Ich fühlte mich richtig wohl in meinem Zimmer. Um dieses Gefühl uneingeschränkt genießen zu können, hatte ich meinen Arbeitstisch auf den Flur verbannt. Es war ein alter Holztisch, Marke Sperrmüll. Sperrmülltage sind für mich so aufregend wie Weihnachten. Man weiß nie, was man bekommt, aber meistens ist es was Schönes. Meine Fundstücke schleppte ich in die geheizte Garage von Vera und Gottfried, die so geräumig war, daß die vierköpfige Familie im Notfall darin bequem hätte wohnen können, und restaurierte sie liebevoll. Besonders stolz war ich auf meinen Schreibtisch, den ich eigenhändig abgehobelt und mit Bienenwachs versiegelt hatte. Als ich ihn in die Wohnung schleppte, duftete er nach Wald. Neue Möbel dagegen riechen wie Plastiktüten im Supermarkt und haben den unverbindlichen Charme von Versicherungsvertretern. Man kann sie erst ins Herz schließen, wenn man Erlebnisse mit ihnen verbindet. Heute mag ich sogar meinen Computer, was ich nie gedacht hätte, als ich zum ersten Mal in sein Glotzauge starrte.

Tom hatte Informatik studiert und führte einen erbitterten Kampf gegen meine vorsintflutliche Arbeitsweise: Jedesmal, wenn ich eine Seminararbeit schreiben sollte, brach das Chaos über mich herein. Es fing damit an, daß ich Zettel und Notizen auf meinem Schreibtisch stapelte, bis der überquoll und ich darauf keinen Platz mehr zum Arbeiten hatte. Dann war ich gezwungen, am Küchentisch zu schreiben und meine Zettel und Notizen über den Fußboden zu verteilen, wo sie ständig durcheinanderkamen und nur nach dem Zufallsprinzip wieder auftauchten. Die meisten verschwanden auf Nimmerwiedersehen in den allesverschlingenden schwarzen Löchern meiner Wohnung.

»Warum kaufst du dir keinen Computer?« fragte Tom immer, wenn ich wieder mal verzweifelt einen Zettel suchte.

»Das lohnt sich nicht«, erklärte ich, »nicht wegen der zwei Seminararbeiten pro Semester. Und später, als forschende Ethnologin, werde ich meine Ergebnisse in ein Diktaphon sprechen, und meine Sekretärin kann das für mich abtippen.«

So machten es die Profs an der Uni auch, bevor sie sich auf die nächste Reise in den Dschungel begaben. Diese ausgetüftelte Argumentation machte auf Tom keinen Eindruck.

Als ich an meinem Geburtstag morgens aufstand und zum Zähneputzen ins Bad schlurfte, kam ich an meinem Schreibtisch vorbei. Zu meinem größten Erstaunen stand dort ein Computer, der mich mit seinem leeren Glotzauge anstarrte. Entsetzt starrte ich zurück.

»Alles Gute zum Geburtstag!« sagte Tom stolz.

Er deutete auf das schmutziggraue Plastikteil mit dem schwarzen Glotzauge. Unter dem Bildschirm klebte ein Sticker, auf dem stand ›du mich auch!‹, und ein anderer, der ›Keine Macht den Drogen – Alle Macht den Doofen‹ forderte.

»Den können wir doch prima gebrauchen«, sagte Tom.

Er hatte das Teil einem Kumpel billig abgekauft und betrachtete die Errungenschaft voller Stolz.

»Danke«, schniefte ich.

Ich war total enttäuscht! Ich hatte gehofft, er würde mir diesmal etwas schenken, das mir auch gefiel. Etwas Romantisches wie Schmuck, Parfüm oder so. Oder die Ohrringe, die ich in einem Schaufenster gesehen und ihm gezeigt hatte, in der Hoffnung, den Lauf des Schicksals zu beeinflussen. Aber es war alles umsonst. Meine Beziehung zu Tom war am Ende, das fühlte ich an meinem Geburtstag, und der Computer erinnerte mich ständig daran. Noch lange danach konnte ich das häßliche Ding nicht angukken, ohne auf der Stelle in Depressionen zu verfallen. Ich versuchte, ihn zu ignorieren, solange es ging. Als es sich nicht mehr vermeiden ließ, setzte ich mich, wenn auch höchst widerwillig, vor das glotzende Teil. Mit der Zeit schlossen wir Frieden, und ich vertraute ihm meine Gedanken an. Ich stellte fest, daß sie in seinem Plastikbauch besser aufgehoben waren als auf den unzuverlässigen Zetteln, und aus der anfänglichen Ablehnung wurde eine Freundschaft, obwohl ich den Verdacht nicht los wurde, daß der Computer Tom und mich getrennt hatte.

Erschrocken zuckte ich zusammen, als Sophie ihren Kopf zur Tür hereinsteckte.

»Ciao, wir gehen jetzt!«

Bevor ich noch etwas sagen konnte, war die Tür wieder zu. Ich sprang auf und lief ihr hinterher.

»Kommst du wieder? Übernachtest du hier oder bei Vera?«

Es war eine rein rhetorische Frage, denn ich wußte, was sie für Veras Reihenhausidylle empfand. Gegen das Haus an sich war nichts einzuwenden, aber die Bewohner waren eine harte Prüfung. Gottfried spielte an den Wochenenden den Superpapi, und Vera hielt Vorträge über Kindererziehung. Wenn sie gerade schwanger war, redete sie von Ultraschalluntersuchungen und Schwangerschaftsstreifen, wenn sie nicht schwanger war, davon, daß sie es bald wieder werden wollte.

»Dreimal darfst du raten!« antwortete Sophie. »Also bis nachher.«

Sie zog die Tür mit einem lauten Knall hinter sich zu.

Ich riß das Fenster in der Küche auf und ließ die Rauchschwaden abziehen. Ein solches Chaos hätte der Heuschreckenschwarm in Veras Küche nicht veranstalten dürfen. Während ich die abgenagten Reste der Wochenend-Vorräte in den Abfall warf, überlegte ich, wie ich mich an ihr rächen könnte. Für Alf war es das schlimmste, wenn er in der Garage übernachten mußte, doch leider hatte ich keine Garage. Nachdem ich das Geschirr gespült und den Boden gefegt hatte, beschloß ich, mich nach einer geeigneten Garage umzusehen.

5

Sonntagvormittag schien die Sonne.

Auf dem roten Sofa im Wohnzimmer war eine Decke ausgebreitet, unter der ein Fuß hervorlugte. Sophie schlummerte selig. Die Nachwuchsprinzessin der Technopaläste atmete gleichmäßig und hatte jetzt das unschuldige Gesicht eines Kleinkindes. Neben ihr auf dem Kopfkissen lag ihr abgeschabter Teddy, den sie als ständigen Begleiter in ihrem Rucksack überall mit hinschleppte. Sie spürte, daß sie beobachtet wurde, und öffnete die Augen und blinzelte mich an.

»Bin noch soo müüüde!«

»Was hältst du davon, wenn wir später im Café Forum frühstücken?«

»Hmhm«, murmelte sie und zog die Decke über den Kopf.

Ich ging in die Küche und machte mir Tee, dann legte ich mich wieder ins Bett und wählte Markus' Nummer. Er war ein guter Freund und zur Zeit der einzige Mann in meinem Leben, von sporadisch auftretenden Erscheinungen wie Boris abgesehen. Markus arbeitete als Reporter für diverse Fernsehsender, und sein Leben war wie ein

Film, der zu schnell abgespult wurde. Allein vom Zusehen wurde einem schwindlig, und mehr als das war nicht drin, denn der einzige Mann in meinem Leben war schwul.

»Hi, Sara!« brüllte Markus ins Telefon. »Na, wie war der Frühlingsanfang? Irgendwelche aufregenden Neuigkeiten, seit ich weg war? Irgendwelche Bekanntschaften gemacht?«

Was erwartete der Mensch von mir? Er war kaum eine Woche weg gewesen.

»Nö«, sagte ich verschlafen, »absolute Ebbe.«

»Dann halte dich ran! Du weißt ja, mit dem Flirten ist es wie mit dem Autofahren! Man darf nicht aus der Übung kommen!«

»Aha! Was passiert denn dann? Findet man die Gangschaltung nicht mehr?«

»Doch«, lachte er, »die ist ja bei den besseren Modellen nicht zu übersehen! Aber man wird unsicher. Man sucht die absurdesten Begründungen dafür, daß man schon so lange diesen Kick nicht mehr hatte. Dann fängt man an zu rätseln, ob man zu dick oder zu dünn oder zu blond oder zu braun ist. Du weißt doch, besonders Frauen sind anfällig dafür. Am Schluß stehen sie dann in Kneipen herum und reden mit der besten Freundin darüber, wie doof die Männer sind.«

Ich mußte lachen.

»Du sprichst wohl aus Erfahrung?«

»Das kannst du laut sagen! Manchmal nervt es mich ganz schön, daß ich auf Männer stehe! Ihr Frauen seid doch die tolleren Menschen. Und ihr dürft viel schönere Klamotten anziehen als wir.«

»Danke! Und bevor ich mich von einem tollen Menschen in eine verbiesterte Zicke verwandle, sag mir bitte Bescheid. Und, wie läuft's bei dir? Übst du fleißig?«

»Wenn du schon fragst, also, ich habe einen unheimlich netten Typen kennengelernt! Er ist schnuckelig, sieht toll aus und ist so heiß, daß du Spiegeleier auf ihm braten kannst!«

»Wie praktisch! Bist du verliebt? Hast du Herzklopfen und weiche Knie, wenn du an ihn denkst?«

»Die Knie werden weich, und woanders wird's hart«, lachte er.

»Fantastisch! So soll es sein«, sagte ich. »Woher kennst du ihn? Was macht er beruflich?«

»Auf diese Frage habe ich gewartet. Wirklich sehr originell!« Er seufzte. »Ich kann es dir nicht sagen. Du tötest mich auf der Stelle!«

»Ich ahne es: Schon wieder ein Frisör!« stöhnte ich.

Markus' letzte Flamme war Frisör gewesen, und ich hatte keine guten Erfahrungen mit Vertretern dieser Berufssparte gemacht. Irgendwann fingen sie alle an, einen mit missionarischem Eifer zu einem neuen Haarschnitt zu bekehren, der am ersten Tag ganz toll aussah und ab dann nur noch zum Heulen, weil man nicht die Zeit hatte, sich die Haare jeden Morgen umständlich über eine Rundbürste zu fönen, oder angeblich das falsche Shampoo benutzte.

»Oliver ist eigentlich Stylist. Ich werde dafür sorgen, daß er dich nicht belästigt.«

»Dafür wäre ich dir sehr dankbar«, sagte ich, »und wie war Berlin?«

»Toll! Irre. Die Stadt steht nicht still. Du hast keine Sekunde Ruhe«, berichtete er begeistert. Ruhe war das letzte, wonach sich Markus sehnte. »Wir haben einen Film über Designerdrogen gedreht und waren rund um die Uhr auf Achse. Es ging um Aufputschmittel. Die sind auf Managementetagen und in Tanztempeln vertreten.«

»Sag bloß, ihr habt Manager zu einer Beichte über Drogen gekriegt?«

»Nein, die reden erst drüber, wenn sie einen Entzug hinter sich haben. Da haben wir ein paar vor die Kamera gekriegt, so mit Balken über den Augen und so.«

»Nett! Und wie war's mit den Ravern?«

»Viel lustiger. Aber auch anstrengender! Manche Tanztempel machen morgens um sechs auf, wenn die anderen schließen, so daß du nahtlos von Freitagabend bis Sonntagabend durchraven kannst. Ohne Pause! Die Leute, die dahin gehen, sind meistens Kids. In unserem Alter hat man die Kraft nicht mehr.«

Ich mußte an die schlafende Prinzessin denken und daran, daß ich den Samstagabend vor der Glotze verbracht hatte.

»Ich dachte, die Power kriegst du von den Aufputschmitteln?« verteidigte ich meine altersschwache Generation.

»Wie hast du es denn durchgehalten? Bist du zwischendurch mal schlafen gegangen?«

»Wir waren tagsüber im Bett und haben jeweils von Mitternacht bis zum Morgen gedreht. Im Morgengrauen kommen dann die ganzen grüngesichtigen Leichen aus den Tempeln ans Tageslicht gekrochen und wechseln in einen andren Schuppen über. Es ist im Grunde nur mit Speed zu bewältigen, aber ich schlucke nichts, weil ich es nicht vertrage. Ich hab Kaffee getrunken und Guaranakaugummis gekaut.«

Ich machte mir Sorgen um die schlafende Prinzessin.

»Und woran merke ich, ob jemand was geschluckt hat, ich meine, nachher?«

»Gar nicht. Die Leute sind dann einfach nur müde, völlig ausgepowert, mehr nicht.«

»Das ist alles? Keine Nebenwirkungen?«

»Doch, klar, aber nicht sofort. Das Problem ist, daß niemand weiß, ob das Zeug verträglich ist oder nicht, weil die chemische Zusammensetzung variiert. Du mußt dir das so vorstellen, daß Leute die Pillen in einer Art Heimküche produzieren. Backe, backe Kuchen. Was nehmen wir denn heute? Eine Prise Rattengift oder lieber noch etwas von dem Pflanzenvernichtungsmittel? Wie war das noch, zwanzig Gramm oder zwanzig Milligramm? Na, was soll's, es darf ruhig ein bißchen mehr sein. Bei diesem Teufelszeug kann jedes Mikrogramm zuviel tödlich sein. Es ist wie russisches Roulett.«

Ich nahm mir vor, der Prinzessin aufs Zahnfleisch zu fühlen.

»Wissen die Kids das denn, ich meine, daß es lebensgefährlich sein kann?«

»Und diese besorgte Frage kommt von einer Kettenraucherin?« lachte er. »Aber während du dir im vollen Bewußtsein deine Lungen ruinierst, glaube ich nicht, daß sich die Leute, die Pillen schlucken, über die Folgen im klaren sind. Zum einen erleben sie, daß es meistens gut geht, und dann ist die Aufklärung einfach mangelhaft.«

»Ich dachte, jeder weiß, daß Drogen nicht gesund sind?«

»Die User von Aufputschmitteln sehen sich nicht als Drogenabhängige. Es sind ganz andere Leute als der Klischee-Alki, der seine Frau verprügelt, oder die Heroinleiche vom Bahnhofsklo. Sie sind keine Abgestürzten, sondern eher sehr angepaßte, straighte Menschen, die am Wochenende mal aussteigen wollen.«

»Ich steige mit Caipirinas aus«, sagte ich, »als Teenie hab ich gekifft.«

»Und von einer besseren Welt geträumt? Hab ich auch.«

»Ich hab nicht nur davon geträumt«, verteidigte ich mich, »ich hab auch was dafür getan! Ich habe ständig gegen alles mögliche demonstriert, zum Beispiel gegen Ronald Reagan oder gegen die Diskriminierung von Schwulen im öffentlichen Dienst.«

»Wie putzig!« lachte Markus. »Und auf der Demo hast du dann zum ersten Mal echte Schwule gesehen und bist schrecklich erschrocken, weil es so bärbeißige Typen in Lederklamotten mit Hundehalsband und Sicherheitsnadeln in den Brustwarzen waren? Hast du dafür wenigstens schulfrei bekommen?«

Ich schwieg beleidigt.

»Das ist der Unterschied zu damals«, erzählte Markus weiter, »es gibt keine Ideologie, wenn du dich mit Aufputschmitteln zuknallst. Keine Träume. Die Leute wollen nicht kämpfen, sondern sich die Rübe zudröhnen. Am Montag morgen stehen sie dann wieder stramm. Es sind typische Yuppiedrogen.«

»Du bist doch selbst ein kleiner Yuppie!«

»Du meinst, weil ich mich gut anziehe und Geld verdienen will? Quatsch. Ich liebe meinen Job, das ist etwas andres! Aber ich bin nicht bereit, meine Träume für den Job aufzugeben.«

»Was für Träume hast du denn? Gucci-Uhren für alle?«

Er lachte.

»Hast du Lust, dir meinen Film anzugucken? Er ist ganz gut geworden, wir hatten einen Spitzenkameramann und haben ein paar tolle Effekte reingebaut.«

»Wenn er nicht langweilig ist, gerne.«

»Was denkst du von mir? Es ist kein pädagogisch wertvoller Aufklärungsfilm über die verkorkste Jugend von heute! Ich könnte ja heute abend vorbeikommen, da bin ich sowieso in eurer Nähe. Ihr habt doch einen Videorecorder? Danach könnten wir auf ein Fest gehen, damit du deine Flirt-Übungen machen kannst. Oder hast du schon was vor heute abend?«

»Ich bin mit Keanu Reeves verabredet, aber ich schätze, ich kann umdisponieren. Was ist das denn für ein Fest?«

»Ein Freund von mir arbeitet in einer Werbeagentur, und die sind jetzt umgezogen. Es ist die feierliche Inbetriebnahme der neuen Räumlichkeiten. Übrigens direkt in eurer Nachbarschaft, zwei Straßen weiter. Robert und Nana kommen auch. Vielleicht hat Lynn ja auch Lust, falls sie nicht heute abend mit Johnny Depp verabredet ist? Wenn ihr genug habt, müßt ihr nur umfallen und seid im Bett.«

Ein Pluspunkt bei Lynn, denn sosehr sie Parties liebt, ist ihr nichts verhaßter, als sich am Montag morgen halbtot vor Müdigkeit ins Büro zu schleppen, und da sie meines Wissens auch keine aufregende Verabredung hatte, sagte ich vorsorglich zu.

Als die Prinzessin wach war, gingen wir zum Frühstücken. Die Terrasse des Forum war schon knallvoll. Ein Katzentisch in der Sonne war noch frei. Die Prinzessin bestellte Müsli und frischgepreßten Orangensaft, ich nahm Earl Grey und Toast mit Marmelade.

6

Markus klingelte in dem Moment, als wir mit der sommerlichen Umgestaltung des Balkons fertig waren.

»Geranien«, rief er begeistert, »gute Traditionen sterben eben nicht aus!«

Lynn mixte Gin Tonics, und wir setzten uns inmitten der neugepflanzten Pracht auf den Balkon.

Die Prinzessin saß wie in Trance vor dem Fernseher und guckte Beverly Hills 90210. Es war nur dem ausgezeichneten Casting zu verdanken, daß man nicht abschaltete, wenn die kalifornischen Kids sich mit Problemen herumschlugen, von denen Normalsterbliche nur träumen können, denn die Schauspieler sahen extrem gut aus.

»Das Telefon in meinem Cabrio funktioniert nicht«, sagte Kelly gerade, »ausgerechnet jetzt, wo ich anfange als Model zu arbeiten und ständig erreichbar sein muß!«

Sophie studierte diese Berichte kalifornischer Alltagskultur mit akribischer Genauigkeit, denn sie wollte nicht als Außenseiterin dastehen, wenn sie eines Tages in Beverly Hills lebte, was ihr erklärtes Ziel war. Außerdem stand sie auf Dylan.

Als die Serie zu Ende war, schoben wir Markus' Film ein.

Stampfende Rhythmen dröhnten aus der Glotze. In der Dunkelheit konnte man Köpfe erkennen, die zu Tausenden im Lichtkegel der Scheinwerfer auf und ab hüpften. Dann kamen ein paar Raver zu Wort, die erklärten, daß sie zwar total fertig seien, aber daß es megastark sei, das Wochenende durchzuraven. Ein Junge erzählte alles zum Thema Speed, was er erlebt hatte. Er litt unter Schlafstörungen und konnte sich tagsüber nicht mehr konzentrieren, redete schnell und hektisch und fuhr sich ständig mit den Händen durch sein Haar. Er war schrecklich nervös und guckte wirr in die Kamera, die dann auf Markus schwenkte. Der fuhr sich auch durch seinen schwarzen Schopf und sagte für die Zuschauer, die kurz in der Küche waren, um sich Chips zu holen, daß dies ein kleiner Ausflug in das Berliner Nachtleben war, und kündigte für nächste Woche einen Bericht über das Leben von Drag Queens in der hessischen Provinz an. Dann kamen noch mal hektische Rhythmen, und der Beitrag war zu Ende.

Wir gratulierten ihm zum gelungenen Film. Die Prinzessin sagte, daß ihr die Musik gut gefallen hätte.

»Aber es ärgert mich, daß es so aussieht, als ob alle, die Techno mögen, speedsüchtig sind! Das ist so, als würde man behaupten, daß alle Besucher des Oktoberfestes Alkoholiker sind. Das ist Quatsch! Es geht um das Abheben durch die Musik, und wenn die gut ist, braucht man keine Drogen. Finde ich jedenfalls.«

Mir fiel ein Stein vom Herzen. So einfach hatte ich mir das nicht vorgestellt! Ich hatte mir schon die aufwendigsten Tricks überlegt, mit denen ich die Prinzessin aufs Glatteis führen wollte, um der grausamen Wahrheit auf die Spur zu kommen.

»Machst du auch mal einen Film über die Münchner Szene?« fragte die Prinzessin. »Da würde ich gerne mitmachen!«

»Ich bestimme die Themen nicht«, sagte Markus. »Aber Jugendszene ist im Moment der Hit in den Medien. Jugendliche sind die Exoten von heute. Sie werden mit dem gleichen voyeuristischen Schaudern beobachtet wie früher die Elefantenmenschen im Zirkus. Was machen sie, was denken sie, und wieso zum Teufel piercen sie sich? Das Traurige daran ist, daß die neuen Exoten mitten unter uns leben, und man hätte jederzeit die Möglichkeit zu reden. Aber man tut es nicht. Je weniger Leute zueinander Kontakt haben, um so mehr Reportagen und Talkshows gibt's im Fernsehen. Es ist irgendwie traurig!«

»Naja«, sagte die Prinzessin. »Ich glaube, das kommt daher, daß es leichter ist, vor Leuten zu reden, die man danach nie wiedersieht, als sich direkt mit jemandem auseinanderzusetzen. Und die Moderatoren widersprechen einem auch nicht. Die sind froh, daß sie Gäste für ihre Show haben, und das Publikum klatscht sowieso bei jedem Mist.«

»Sie kriegen es eingeblendet, wann sie klatschen sollen.«

»Aha«, nickte die Prinzessin.

»Es ist nicht immer einfach, direkt mit Leuten zu sprechen, das stimmt schon«, sagte Markus, »ich weiß noch, wie lange ich rumüberlegt habe, wie ich meinen Eltern am besten beibringe, daß ich auf Männer stehe! Meine Güte, war das ein Stress! Ich hätte weiß Gott was darum gegeben, wenn sie's übers Fernsehen erfahren hätten!«

»Und wie bist du schließlich damit rausgerückt?« erkundigte ich mich.

»Gar nicht«, grinste er, »mein Freund hat die Katze aus dem Sack gelassen! Er kam vorbei, um mir zum Abi zu gratulieren. Da platzte dann die Bombe. Ich saß mit meiner Mutter und meiner Oma auf der Terrasse beim Kaffeekränzchen. Es gab Kaffee und Kuchen und ein Gläschen Sekt oder zwei. Alles so richtig gediegen. Meine Oma überreichte mir gerade einen fetten Scheck als Geschenk, als er durch die offene Gartentür marschierte und mir diesen wunderschönen Strauß überreichte. Lauter langstielige Rosen! Es war umwerfend. Ich war so gerührt, es war so romantisch, daß ich alles um mich herum vergessen habe, und dann hab ich ihn einfach mitten auf den Mund geküßt.«

Die Prinzessin quietschte entzückt, und ich mußte lachen.

»Naja, und das war dann mein Coming-out. Kurz und wohlschmeckend! Meine Oma saß total geplättet in ihrem Gartenstuhl. Sie sah aus, als wäre sie unter einen Traktor gekommen. Nach einer Weile sagte sie: ›Siesste, jetzt hasste det Abitur, nu klappt et ooch mit de Liebe!‹«

Es war inzwischen spät geworden, und die Prinzessin schnürte ihr Bündel und machte sich auf den Weg ins Internat. Bevor sie in Beverly Hills aufs College gehen konnte, mußte sie erst mal morgen einen Schultag bewältigen.

»Wie mich das ankotzt!« sagte sie zum Abschied.

»Denk dran, wenn du das Abitur hast, klappt es auch mit der Liebe!« rief Markus ihr hinterher.

»Das ist mir piepegal«, rief sie und stürmte die Treppe hinunter.

»So unbekümmert möchte ich auch noch mal sein«, seufzte Markus.

7

Fünf Minuten später standen Robert und Nana in der Tür. Die beiden waren in allerbester Stimmung. Robert, aufgekratzt wie immer, begrüßte uns überschwenglich.

»Hallo, meine Schätzchen! Ich habe einen Stimmungsmacher mitgebracht, damit wir in Laune kommen.« Er schwenkte eine Flasche Champagner in der Luft, deren Inhalt bedrohlich schäumte.

»Na, ihr beiden?« antwortete ich. »Was macht das Leben so?«

»Alles im grünen Bereich«, sagte Nana. »Und bei dir?«

»Das Übliche. Ich schufte bis zum Umfallen. Als Belohnung hab ich mir heute einen neuen Rock gegönnt. Ich fühle mich richtig toll darin!«

Ich trug ein enges kurzärmeliges T-Shirt, mittelblau, mit einem winzigen V-Ausschnitt, und dazu den neuen Wikkelrock. Er war silbern und glitzerte wie eine Weihnachtsdekoration. Um diesen glamourösen Effekt etwas zu dämpfen und um bequem tanzen zu können, hatte ich Turnschuhe an den Füßen. Mit diesem Look lag ich voll auf Roberts Linie. Er stellte heute seinen wohltrainierten Oberkörper in einem engen Shirt im Captain-Kirk-Stil zur Schau. Er war sehr modebewußt und immer bestens gepflegt, so daß viele dachten, er sei schwul. An die wirklichen Prachtexemplare kommen wir Frauen nicht ran, denn die bleiben unter ihresgleichen, dachte ich mit Bedauern, als ich ihn kennenlernte. Da er ständig mit Markus unterwegs war, schien es eine klare Sache zu sein. Bis ich Nana kennenlernte und erfuhr, daß die beiden ein Paar waren. Robert war ein witziger Typ, immer guter Laune und zu jedem Spaß bereit. Er kokettierte mit seinem androgynen Image und verwirrte Leute für sein Leben gern, indem er abwechselnd mit Markus, Nana oder mir flirtete und dann Arm in Arm mit Nana verschwand. Nana war der ruhende Pol neben diesem lebhaften Mann. Sie war ruhiger, nachdenklicher und kleidete sich auch nicht so auffällig wie ihr Liebster. Meistens trug sie wie heute Jeans und ein T-Shirt.

»Und weshalb gibt's heute Schampus?« fragte Markus. »Seid ihr schwanger oder habt ihr im Lotto gewonnen?«

»So ähnlich«, sagte Nana. »Ich habe heute eine ganz tolle Wohnung angeschaut. Wir sind noch nicht ganz sicher, ob wir sie nehmen wollen, weil Robert doch für ein Jahr ins Ausland möchte. Ich müßte in der Zeit jemanden mit reinnehmen, weil ich die Miete nicht alleine bezahlen kann.«

»Mach das doch, warum nicht?« sagte Lynn. »Wenn die Wohnung schön ist, würde ich zuschlagen! Wo ist sie denn?«

»Im Lehel, ganz nah an der Isar!« sagte Robert begeistert. »Es ist eine superklasse Bude mit allem Schnickschnack, den man sich wünschen kann!«

Nana lachte.

»Sie ist wirklich toll gelegen, da kann man nicht meckern«, sagte sie, »hat zwei große Zimmer mit Parkett und hohen Decken und eine große Küche, ich schätze mal an die zwanzig Quadratmeter.«

»Das ist keine Küche, sondern ein Ballsaal«, unterbrach Robert sie.

»Naja«, sagte Nana. »Man kann jedenfalls bequem zu mehreren dort essen. Von der Küche geht ein Balkon ab, also es ist wirklich schön! Und in gutem Zustand.«

»Das hört sich traumhaft an«, fand ich.

Die Vorstellung, daß dieses verliebte Paar in so einer schnuckeligen Bude wohnen würde, versetzte mir einen Stich. Ich fühlte mich so ausgeschlossen. Der Planet der Singles war von dem der Paare Lichtjahre entfernt.

Ich lebte gerne mit Lynn zusammen. Es war schön entspannt. Mit einem Mann ist das Leben viel komplizierter. Man kann zum Beispiel nicht einfach den ganzen Sonntag im Bademantel herumhängen, es sei denn, man erfindet eine heimtückische Krankheit. Oder man muß reden, obwohl man nichts zu sagen hat, sonst wird einem unterstellt, daß in der Beziehung was nicht mehr stimmt.

»Du hast den ganzen Abend kein Wort gesagt! Du interessierst dich nicht mehr für mich!« würde Lynn niemals sagen.

Außerdem sind Männer so unselbständig! Tom wäre im Leben nie von selbst auf die Idee gekommen, den Kühlschrank abzutauen oder meine Dreckwäsche mitzuwaschen, wenn er die Maschine anschaltete. Oder im Frühling Pflanzen für den Balkon zu kaufen und einen Sonnenschirm aufzustellen. Er lagerte dort statt dessen Pfandflaschen und Fahrradersatzteile. Aber er kochte leidenschaftlich gerne, was meine Mutter immer wieder zu Seufzern der Verzückung veranlaßte.

»Zu meiner Zeit gab es solche Männer nicht, leider!« sagte sie mit Bedauern in der Stimme.

Ich erklärte ihr dann zum hundertsten Mal, daß sie keinen Grund hatte, mich zu beneiden oder sich nach einem jüngeren Mann umzusehen. Nach Toms Kochaktionen sah es bei uns nämlich aus wie in Villariba und Villabacho vor Erfindung des Spülmittels, und der Dreck, den er veranstaltete, stand etwa in Faktor zehn zum Ergebnis. Es waren nicht nur die Töpfe und Pfannen, er saute sämtliche Arbeitsflächen derartig ein, daß sich selbstklebende Schichten entwickelten. Man bewegte sich in der Küche wie eine Fliege auf einem Honigbrot.

Andererseits war es auch toll, mit einem Mann zusammenzuleben. Man hatte immer jemanden, der die Vorhänge aufhängte oder den Videorecorder programmierte oder zumindest versprach, es zu tun, und es war schön, wenn einen abends im Bett jemand erwartete. Ob ich mal wieder einen Mann finden würde, den ich gerne um mich hatte? Im Moment sah die Situation eher trostlos aus.

»Du schaust zu viel fern!« sagte meine Mutter, wenn ich mich bei ihr über den Mangel an akzeptablen Männern in dieser Stadt beklagte. »Im wirklichen Leben laufen keine Robert Redfords herum!«

Als ob ich den gewollt hätte! Sein unmoralisches Angebot hätte ich nicht unbedingt abgelehnt, denn wer mit einem Oscar-Preisträger im Bett war, hatte sicher jede Menge zu erzählen, aber eigentlich stand ich mehr auf die Männer meiner Generation. Eine Beziehung mit einem älteren Mann kann nicht von Dauer sein, und man sieht ja an der armen Anna Nicole Smith, wo das endet. Ihr Sugardaddy war noch nicht unter der Erde, als sie sich schon mit den anderen Erben um die Hinterlassenschaft prügeln mußte. Vor lauter Frust fing sie an zu fressen, und jetzt sieht sie aus wie ein Fesselballon kurz vor dem Abheben.

»Vielleicht bist du zu wählerisch«, orakelte meine Mutter. »Guck deine Schwester an! Ihr Mann hat auch seine Macken, und trotzdem ist sie glücklich mit ihm.«

Das gab mir dann den Rest, und ich beschloß, dieses Thema mit meiner Mutter nicht mehr zu erörtern. Mein Schwager Gottfried hatte meiner Ansicht nach weit mehr als nur eine Macke. Ich konnte ihn nicht länger als fünf Minuten am Stück ertragen, ohne daß sich meine Nackenhaare aufstellten, und eher wäre ich ins Kloster gegangen, als mit so jemandem mein Leben zu verbringen.

Nachdem wir auf das Glück des jungen Paares angestoßen hatten, gingen wir auf das Fest in der Werbeagentur.

Die Agentur war im Hinterhaus. Durch die hohen Fenster schien buntes Licht, und man hörte Leute palavern. Innen war es designermäßig und edel. Die Wände des Ziegelbaus waren nicht verputzt und weiß getüncht. Es standen ein paar helle Holztische mit Edelstahlfüßen herum. Im Gegensatz zu den bunten Lampen waren die meisten Leute in Schwarz gehüllt. Da konnten die Modepäpste für diesen Sommer so viel Buntheit postulieren, wie sie wollten, die Wiederkehr der schrillen Siebziger quittierten diese Menschen mit einem gelangweilten Schulterzucken.

Ich kannte niemanden, nahm mir aber vor, diesen Zustand schleunigst zu ändern. Leider fand Markus es unheimlich witzig, Lynn und mich als ›meine beiden Frauen‹ vorzustellen, so daß ich beschloß, mich von ihm abzuseilen. Es hatte sich schon oft als strategisch günstig erwiesen, sich an der Bar zu positionieren. Eine quietschvergnügte Quirlige blitzte mich aus weitaufgerissenen Augen an.

»Na, wonach ist dir denn heute abend, rot, weiß, Prosecco oder alkoholfrei?«

»Ich hätte gerne einen netten Mann, mit dem ich hemmungslos flirten kann, aber für den Anfang tut's auch ein Prosecco.«

Eine Sekunde lang guckte mich die Quirlige erschrocken an, aber als sie mir den Wein reichte, strahlte sie wieder.

»Na dann viel Erfolg noch!«

Hinter mir drängelten zwei schwarzgekleidete Typen an die Bar. Ich versuchte es mit dem Strahlelächeln der Quirligen, aber die beiden waren nicht zu beeindrucken.

»Entschuldige. Wir wollen nur was bestellen, dann sind wir wieder weg«, sagte der eine mit ernster Stimme.

Er war anscheinend immun gegen grinsende Frauen, die auf Parties an der Bar herumlungerten, und drehte sich wieder zu seinem Kumpel.

»Ich fand die gesamte Konzeption von Anfang an nicht durchdacht«, sagte er.

Der Kumpel schaute grübelnd in sein Weinglas. Er sah irgendwie unglücklich aus.

Ich schaltete mein Lächeln ab, weil es keinen Sinn hatte, es an diese Trauergestalten zu verschwenden, und verkrümelte mich ein paar Schritte weiter. Hier unterhielt sich eine hochgewachsene Blondine in Schwarz mit einem dicklichen Typen über Geld. Sie warfen mit Summen um sich, deren schiere Nennung mich schwindlig werden ließ.

»Die Fünfhunderttausend sind schlicht und ergreifend in den Sand gesetzt«, erklärte der Dicke, ohne mit der Wimper zu zucken.

Die Blondine paffte gelangweilt an ihrer Zigarette.

»Das kann mich nicht jucken«, sagte sie, »ich hab schon ganz andere Budgets den Bach hinunterlaufen sehen.«

Wo zum Teufel war ich hier gelandet? War das ein informeller Empfang beim Finanzminister oder ein Treffen der Mafia? Rechts von mir ging es auch heftig zur Sache. Eine Frau in schwarzen Jeans und schwarzem Sweatshirt schimpfte auf einen nach Autohändler aussehenden Mann mit blonden Pudellocken ein.

»Also, ich hätte mich an deiner Stelle schon längst erschossen. Ich weiß nicht, wie du mit dieser Einstellung leben kannst?«

Da er keine plausible Erklärung für seinen weiteren Verbleib auf dieser Erde lieferte, keifte sie weiter.

»Das Prinzip von Werbung ist es doch nicht, Leute zu verarschen. Für mich ist Werbung die künstlerische Umsetzung moderner Mythen. Wir müssen die Menschen zum Träumen bringen. Wie früher die Dichter. Ich sehe das als Dienst an der Gesellschaft und nicht als Möglichkeit, sich auf Kosten anderer hemmungslos zu bereichern. Wir tragen schließlich Verantwortung für die kollektiven Volksträume!«

»Träume! So ein Quatsch!« schimpfte der Autohändler. »Werbung ist Geschäft. Die Aufgabe ist, Leuten Sachen anzudrehen, die sie im Grunde nicht brauchen. Wer träumt denn zum Beispiel von Meister Proper? Ein Putzmittel ist wie das andere, also was soll der Käse?«

»Die Frau, die Meister Propper kauft, hat sich vielleicht schon immer einen Mann gewünscht, der ihr im Leben zur Seite steht«, sagte die Frau. »Sie sehnt sich nach einem Prinzen. Wenn sie Meister Proper kauft, hat sie nicht nur ein Putzmittel erstanden, sondern einen netten Mann dazu, der immer für sie da ist!«

So einfach war das also! Ich stellte mich näher zu den beiden, weil ich hoffte, weitere Informationen über die Verwirklichung von Träumen zu bekommen.

»Aber wenn sie versucht, ihr Scheuermittel zu küssen, wird ihr die Sache nicht gerade schmecken«, sagte der Autohändler schlagfertig. »Sie wird nach Strich und Faden verarscht. Wo bleiben da deine Träume? Die Frau ist doch besser dran, wenn sie aufhört, von irgendwelchen Prinzen zu träumen. Dann hat sie erstens die Chance, einen wirklichen Mann kennenzulernen, und zweitens ist sie von der Werbung nicht mehr so leicht zu ködern.«

»Sie träumt aber, daran kannst du nichts ändern, und die Werbung verwirklicht ihr diesen Traum!«

»Du könntest ihr genausogut Autoteile oder ein Handy für ihren Hund andrehen. Werbung nützt ihre Träume aus und macht viel Geld dabei, das muß man ganz klar sehen!«

»Meine Vorstellungen haben mit der Art von Prostitution, wie du sie betreibst, nicht das geringste zu tun. Ich finde das echt zum Kotzen!«

Sie war in Rage und blitzte wütend in die Runde. Der Autohändler blieb unbeeindruckt.

»Ich glaub, ich hol uns noch was zu trinken«, sagte er. Dann wandte er sich zu mir. »Möchtest du auch was?« fragte er.

Ich war nicht sicher, ob ich in die Diskussion um Prostitution und Meister Proper hereingezogen werden und mir den Zorn der Sweatshirtfrau zuziehen wollte, daher zuckte ich unschlüssig mit den Schultern. Doch von ihrer Seite schien keine Gefahr zu drohen, denn sie machte mich augenblicklich zu ihrer Verbündeten.

»Diese Typen sind doch widerlich«, sagte sie, kaum hatte er uns den Rücken zugekehrt. »Der wird das Wesen von Werbung nie begreifen! Bernds Lebensziel ist es, möglichst viel Geld einzustreichen und um sechs nach Hause zu gehen. Alles andere interessiert ihn nicht. Ich denke, so jemand kann den Leuten genausogut alte Autos andrehen! Es ist wirklich zum Kotzen!«

Ich konnte sie gut verstehen.

»Auf Festen trifft man die komischsten Leute!« sagte ich, und um die Zunft der Autohändler zumindest teilweise zu rehabilitieren, fügte ich hinzu: »Aber es gibt in jedem Beruf solche und solche! Was macht der Bernd denn beruflich genau?«

»Ach, das weißt du nicht?«, fragte sie, als sei es Bernd auf die Stirn geschrieben, womit er sein Geld verdiente.

»Ich kann es mir vorstellen«, sagte ich, denn auf meine Intuition war normalerweise Verlaß. Ich hätte wetten können, daß Bernd entweder Autohändler oder Tennislehrer war. Er sah genau danach aus. Jedenfalls gehörte er nicht hierher, genausowenig wie ich. Ich fühlte mich mit einemmal völlig deplaziert. Ich war ein Eindringling, der die Sitzung einer verschworenen Gemeinschaft störte. Die Zornige würde vermutlich gleich zwei Bodyguards heranpfeifen, die mich kurzerhand am Kragen packen und unter dem Hohngelächter aller Anwesenden an die frische Luft setzen würden. Ein Wunder, daß sie den armen Autohändler noch nicht hatte teeren und federn lassen. Toleranz gegenüber andersartigen Berufssparten war nicht ihre Stärke.

»Wie kommst du denn hierher?« fragte sie mich. »Wer hat dich denn überhaupt eingeladen?«

Das war mir dann doch zuviel.

»Ich bin mit einem Freund gekommen, der hier jemanden kennt«, konterte ich.

Ich hielt es für angebracht klarzustellen, daß ich in Zukunft auf die dubiose Ehre einer Einladung in diese Kreise leichten Herzens verzichten konnte, deshalb fügte ich hinzu: »Aber ich hau auch gleich wieder ab, denn ich hab mich bis jetzt nur gelangweilt. Man hat das Gefühl, in eine Klausurtagung von Leuten geraten zu sein, die den Raum nicht verlassen dürfen, bis sie nicht alle ihren Club betreffenden Fragen ausdiskutiert haben. Es ist tödlich! Ich stelle mir jedenfalls eine Party anders vor.«

Unerwarteterweise lächelte die Zornige jetzt.

»Du hast wohl mit Werbung nichts am Hut?«

Wider Erwarten schien sie entzückt, ein Exemplar der unbekannten Spezies jenseits der Welt der Werbung vor sich zu haben, und verzog ihre Lippen zu einem Dauergrinsen, das vermutlich versöhnlich wirken sollte. Eine naive kleine Konsumentin, sagte ihr Strahlelächeln, die unbedarfte Repräsentantin einer Zielgruppe, na, die wollen wir doch gleich mal unter die Lupe nehmen! Sie sah aus, als hätte sie vor, mich in ein unterirdisches Labor zu sperren und Studien zur Werbewirksamkeit ihrer Kampagnen zu unterziehen. Zum Frühstück würde ich mit verbundenen Augen den Pepsitest machen und im Anschluß daran gleich herausfinden, ob der Kaffee mit einem Melittafilter gemacht wurde. Uuuhhuuu, Mälitta macht Kaffeee zum

Genuß! Da ich Kaffee nicht mag, könnte ich alternativ die Frage klären, ob runde oder eckige Teebeutel das Aroma fördern. Dann kommt Ilona Christen in ihrem shockinggelben Outfit herein und zwingt mich, an endlosen Leinen, die über grünen Wiesen aufgespannt sind, Wäsche aufzuhängen, um herauszufinden, welches Pulver am weißesten wäscht. Auf jeden Fall würde ich mich strikt weigern, in der sengenden Hitze unter Palmen Rum in mich hineinzukippen! Der pure Anblick dieses Spots verursachte mir ein Katergefühl. Der süße Mann, der sich immer von einer dunkelhaarigen Schönen mit Nudeln füttern läßt, dagegen gefiel mir gut. Ob er auch von meiner Gabel probieren würde? Für ihn würde ich sämtliche Tests auf mich nehmen, er war die Erfüllung meiner geheimsten Träume.

Doch es passierte nichts dergleichen. Die Zornige sagte, sie hieße Anne und sei Texterin. Dann schwieg sie bedeutungsvoll. Da ich die Aussage offensichtlich nicht in ihrer vollen Tragweite erfaßte, fügte sie hinzu, daß der Job unheimlich frustrierend sei, weil man es mit lauter Idioten wie dem Bernd zu tun hatte, und außerdem wahnsinnig schlecht bezahlt.

»Man ist überarbeitet und unterbezahlt«, sagte sie.

Sie habe praktisch jeden Bezug zur Realität verloren und könne ebensogut ihre Wohnung aufgeben und in der Agentur leben.

»Das tue ich sowieso mehr oder weniger«, seufzte sie.

Ihr Leben bestehe nur aus Arbeit. Abends habe sie nur noch das Bedürfnis, eine Kleinigkeit zu essen und sich ins Bett zu legen und Comics zu lesen. Ob dieser trübsinnigen Lebensumstände kippte sie den restlichen Inhalt ihres Weinglases in einem Schluck. Dann guckte sie sich nach dem Nachschub um.

»Wo bleibt bloß dieser Penner mit dem Wein? Wahrscheinlich hat er sich wieder mit irgend so einer nichtssagenden Tusse festgequatscht.« Das fand sie auch wieder zum Kotzen.

»Er hat bei Frauen einen ähnlich platten Geschmack wie bei Werbung«, berichtete sie, »er fährt auf richtige Tussen ab!«

Was hatte sie von ihm anderes erwartet?

»Meistens versucht er, sie mit tollen Jobs zu ködern, und erzählt ihnen was vom großen Geld!«

»Wirklich?«

Ich konnte mir keine Frau vorstellen, deren Karrieretraum der Autohandel war. Anne hatte anscheinend wirklich den Bezug zum realen Leben verloren. Jedenfalls konnte ich es Bernd nicht verübeln, daß er keine Lust mehr hatte, sich von ihr anpöbeln zu lassen, und untergetaucht war. Ich hatte ebenfalls genug von ernsthaften Diskussionen und guckte mich nach Lynn und Markus um. Ich konnte sie nirgends entdecken. Robert und Nana waren auch im Getümmel verschwunden. Statt dessen sah ich Bernd mit einer Flasche und drei Gläsern auf uns zusteuern. Als er mich erblickte, schwenkte er die Gläser in der Luft, und zwei Sekunden später stand er vor uns. Er hatte Schlimmes durchgemacht und wirkte erschöpft, doch Anne kannte kein Pardon.

»Wo warst du so lange? Wir sind hier fast verdurstet«, keifte sie, kaum daß er sich zu uns durchgekämpft hatte.

»An der Bar ist die Hölle los! Ich fürchte, die Getränke sind bald aus!« sagte er. Dieser Gedanke schien ihn mitzunehmen.

Ich fand es fast sympathisch, daß er, ebenfalls Eindringling in der Welt der Werbung, sich um das Wohlergehen der Gäste Sorgen machte. Er war eben ein einfacher Mann und durch seinen bodenständigen Beruf noch nicht vom realen Leben entrückt wie Anne.

»Macht doch nichts, dann gehen wir eben woandershin! Hier ist doch sowieso nichts los«, tröstete ich ihn.

Wir Outsider mußten uns gegenseitig unterstützen.

»Das tut mir aber leid, daß du dich hier langweilst!«

Er war wirklich nett!

»Naja, kein Wunder, du hast mich ja noch nicht kennengelernt! Darf ich mich vorstellen? Bernd Hübner. Mir gehört der Laden hier.«

Ich verschluckte mich fast an meinem Prosecco.

8

Das Erwachen war grausam.

Der Abend mit Anne und Bernd war noch sehr lang geworden, und als ich endlich ins Bett gekommen war, zwitscherten die Vögel, und die Sonne ging auf.

Ich zog die Bettdecke über den Kopf und dankte dem Himmel für die flexiblen Arbeitszeiten an der Uni. Schließlich wurde ich hungrig und mußte mich um meinen knurrenden Magen kümmern. Wie Bernd befürchtet hatte, waren die Vorräte auf der Fete schnell zu Ende gegangen. Ich hatte vom Buffet nichts mehr abbekommen und war entsprechend ausgehungert.

Nachdem ich geduscht hatte, ging ich, hinter einer überdimensionalen Sonnenbrille verborgen, auf die Straße hinunter ins Café Forum, um mich zu stärken, bevor ich in die Uni mußte.

An einem Tisch saß Anica, die Kellnerin aus dem Stadtcafé, und guckte lädiert aus der Wäsche. Als sie mich sah, hob sie eine Hand und winkte müde wie die Queen auf einer Fahrt in der königlichen Kutsche durch London. Ich setzte mich zu ihr.

»Na, was hast du so getrieben? Lange gearbeitet?« erkundigte ich mich.

Sie runzelte die Stirn und seufzte auf, als hätte sie einen plötzlichen Migräneanfall.

»Seh ich so schlimm aus?«

»Was heißt schon schlimm?« sagte ich beschwichtigend. »Manchen steht dieser morbide Touch!«

»Ich war beim Tanzen, und danach noch auf einem Fest, wo ich vor Langeweile fast gestorben bin.« Sie seufzte. »Das Nachtleben ödet mich an, aber zu Hause rumsitzen kann ich auch nicht. Es ist immer dasselbe Gelabere, und anständige Männer gibt es auch keine. Ich habe jedenfalls seit Monaten keinen Mann mehr gesehen, der mich gereizt hätte. Sie haben alle die gleichen Anmachen drauf, die ich schon auswendig kenne, oder sie entpuppen sich nach zwei Sätzen als Vollidioten!«

70

Sie seufzte wieder herzzerreißend, es war ein Jammer.

»Vielleicht gehst du in die falschen Kneipen?«

»Ne! Ich bin in der falschen Stadt oder auf dem falschen Kontinent!«

»Was kann ich euch bringen?« fragte die Kellnerin.

Einen Kneipenführer München und zwei Aspirin, dachte ich, doch dann bestellte ich Eggs Bernaise, und Anica nahm die Rühreier.

»Alles doofe Bubis oder geile Böcke mit Dachschaden«, jammerte Anica unverdrossen weiter, sobald sie bestellt hatte.

»Und was trinkt ihr dazu?« fragte die Kellnerin, ohne mit der Wimper zu zucken.

Wir bestellten Cola und Tee.

»Manchmal sieht die Welt nach ein paar Drinks ein bißchen rosiger aus, aber die Typen gefallen mir trotzdem nicht. Am liebsten mag ich es, wenn laute Musik spielt und man einfach nur tanzt und nicht reden muß.«

Sie würde mich heute nicht aufheitern, soviel war klar. Ich wechselte das unerquickliche Thema, um sie auf andere Gedanken zu bringen.

»Und wann fängt die Schule wieder an?«

Anica arbeitete an ihrer Karriere als Fotografin und besuchte eine Schule, die ihr Können durch ein Zeugnis attestieren sollte. In ihrer freien Zeit kellnerte sie, um sich den Lebensunterhalt zu verdienen.

»Am ersten September. Ich freu mich schon drauf! Fotografieren ist das einzige, das mich am Leben erhält. Ich kann die Dinge um mich herum nur ertragen, wenn ich sie durch die Linse sehe und erst mit der Verzögerung durch die Entwicklung genauer betrachte. Das schafft einerseits Distanz, andererseits nehme ich Details wahr, die ich in der Wirklichkeit übersehen würde. Aber es ist auch Stress, weil ich ja den ganzen Tag in der Schule bin und abends bedienen muß. Trotzdem geht es mir dann besser als jetzt in den Ferien. Ich bin eben ein Workoholic. Ruhepausen bringen mich auf depressive Gedanken! Und du? Wie läuft's so bei dir?«

»Meinst du in bezug auf Männer oder Arbeit?«

»Beides.«

»Also, tolle Männer kenne ich auch nur aus dem Fernsehen. Ich glaube, die sind alle ausgewandert oder ausgestorben. Aber jobmäßig läuft's ganz gut. Wir haben die Ausstellung soweit im Griff. Wir kriegen tolle Beiträge für den Katalog, und einen werde ich sogar selbst schreiben!«

»Wow!« sagte Anica bewundernd.

»Dann redigieren wir das Ganze, treffen die endgültige Bildauswahl, und das Ding kann in den Druck. Den Wein für die Vernissage haben wir auch schon, ja, und einen Redner. Nur Sponsoren fehlen uns noch jede Menge, das ist ein Problem. Am liebsten wäre uns eine Fluglinie, damit wir die Bilder umsonst transportiert bekommen!«

»Ah, ich verstehe!« Anica grinste. »Ihr habt also einen tollen Katalog, Redner und sogar Wein, nur fehlen euch leider die Bilder! Aber sonst habt ihr alles im Griff! Ihr braucht jetzt nur noch jemanden, der so nobel ist, euren Bildern ein Flugticket zu bezahlen, ist das so? Reisen Bilder eigentlich Business- oder Touristen-Klasse? Da ist es geradezu ein Glück, daß ihr den Wein schon habt! Notfalls könnt ihr damit eure Gäste einfach abfüllen, so daß sie es nicht merken, wenn keine Bilder an der Wand hängen!« Sie lachte sich kringelig bei dem Gedanken.

»Wir haben selbstverständlich Bilder«, sagte ich beleidigt, »es ist so: Wenn wir den Transport aus unserem Budget bezahlen müssen, können wir nur ganz wenige Bilder ausstellen!«

Sie kicherte: »Oder ganz kleine!«

Jetzt mußte sie so lachen, daß sie sich fast verschluckte. Es ist immer das gleiche: Des einen Leid ist des andren Freud! Zumindest hatte ich sie von ihren trüben Gedanken abgelenkt. Mich dagegen erheiterte die Aussicht auf die nächsten Wochen weniger. Im Gegenteil, sie jagte mir Angst und Schrecken ein. Es gab wirklich noch jede Menge zu tun, wenn die Ausstellung einigermaßen klappen sollte, und langsam befielen mich Zweifel, ob wir uns nicht übernommen hatten.

»Freut mich, daß du dich amüsierst«, sagte ich freundlich. »Ich lade dich auf die Vernissage ein.«

»Ich fühle mich geehrt.« Sie nickte aristokratisch mit dem Kopf. »Soll ich vorsichtshalber eine Lupe mitbringen?«

Mehr Witze dieser Art konnte ich jetzt nicht ertragen.

»Wir kriegen das hin«, sagte ich, obwohl ich in diesem Moment daran zweifelte, »du wirst schon sehen! Darüber mache ich mir keine Sorgen, naja, oder nur wenige. Das dicke Ende kommt danach. Dann falle ich in ein großes schwarzes Loch und werde hautnah erleben, wie man sich fühlt, wenn jeden Abend in der Tagesschau über einen gesprochen wird.«

»Oh? Planst du eine Karriere als Politikerin oder als Wirtschaftskriminelle?«

»Schön wär's, und finanziell lohnend noch dazu, aber da hab ich keine Chancen. Leute wie ich werden nicht bestochen oder sonstwie in hochdotierte Ämter berufen. Nein, ich werde zur Nummer in der Statistik der Arbeitslosen.«

»Wieso das denn?«

»Mein Job endet mit der Ausstellung.«

Ich seufzte. Meistens schob ich den Gedanken an die Zeit nach dem Job an der Uni so weit weg, wie ich nur konnte, denn er jagte mir eine Höllenangst ein.

»Zerbrich dir jetzt nicht den Kopf über die Zukunft«, sagte Anica, »es findet sich immer alles irgendwie.«

Übernächtigt und mit leerem Magen über die ferne, düstere Zukunft nachzugrübeln war das Dümmste, das man tun konnte, doch ich tat es. Was blieb mir denn anderes übrig? Jeden Tag konnte man in den Nachrichten sehen, daß die Zahl der Arbeitslosen schon wieder gestiegen war. Sie vermehrten sich schneller als Kaninchen, und sie waren überall. Wenn man das Radio oder den Fernseher anschaltete, wurde nur darüber geredet. Und über Sex. Es gab einem wirklich zu denken. Sex war anscheinend der einzige Wirtschaftszweig, der noch boomte. Da ich keine Fähigkeiten hatte, die man in üblichen Berufen gebrauchen konnte, würde mir nichts anderes übrigbleiben, als meinen Lebensunterhalt in der neuen Boombranche zu verdienen! Zum Beispiel in einem Begleitservice. Damit würde ich zwei Fliegen mit einer Klappe schlagen, denn ich würde mich zum Essen ausführen lassen und dabei noch Geld verdienen. Wie praktisch! Eine warme Mahlzeit braucht der Körper ja bekanntlich am Tag. Der Job wäre gut für meine Gesundheit. Ich sah mich an einem nobel gedeckten Tisch sitzen und mit feinem Tafelsilber speisen, das ich nach dem Essen unauffällig in meine Tasche gleiten lasse. Der distinguierte Geschäftsmann mir gegenüber berichtet unterdessen, wodurch er so steinreich geworden ist, daß er sich jetzt den Luxus erlauben kann, mit mir zu dinieren. Nachdem ich mich ausreichend vollgestopft habe, unterhalte ich ihn mit Anekdötchen aus dem Studium. Ich bin schließlich eine qualifizierte Kraft!

»Wußten Sie, daß sich bei Völkern im Pazifik die Männer ihre Penisse von unten aufschlitzen, wenn sie in die Pubertät kommen?«

»Was Sie nicht sagen? Wie interessant!« murmelt der distinguierte Geschäftsmann beeindruckt.

Dann geleitet er mich galant aus dem Restaurant, und wir fahren in seinem schnittigen Wagen mit Ledersitzen in eine elegante Jazzbar. Der Schuppen ist natürlich original im Stil der dreißiger Jahre eingerichtet. Der Geschäftsführer ist ein enger Freund des distinguierten Geschäftsmannes und empfängt uns persönlich.

»Es ist mir eine besondere Freude, daß Sie uns heute abend mit ihrer Anwesenheit beehren«, sagt er und küßt meine Hand.

Dann geleitet er uns an den Tisch neben der Bühne.

Ich seufzte entzückt über diese Vorstellung. Im Grunde sah meine Zukunft gar nicht schlecht aus, die Sache hatte nur einen kleinen Haken, den ich unbedingt klären mußte.

»Gibt es eigentlich einen Begleitservice, bei dem man nicht zwingend mit den Männern ins Bett gehen muß?« erkundigte ich mich bei Anica.

»Wie kommst du denn darauf? Du meinst, weil es Süßigkeiten ohne Zucker gibt oder Bier ohne Alkohol?«

Ich nickte.

»Warum willst du das wissen?«

»Ach, nur so. Ich habe gerade über meine Zukunft nachgedacht.«

»Bevor du so was machst, solltest du erst mal deine anderen Möglichkeiten ausloten! Wie wär's mit Telefonsex?«

Sie lachte. »Da kannst du wenigstens nebenbei bügeln!«

»Ich bügle so gut wie nie!«

»Jetzt mal im Ernst! Du hast studiert und sammelst gerade in deinem Job Erfahrungen! Du hast eine Tagung organisiert, du machst jetzt die Ausstellung, du schreibst Texte, das ist doch was!«

Ich seufzte.

»Jetzt hab dich mal nicht so!« sagte sie streng. »Das Richtige wird schon kommen, aber so ein Begleitservice ist es bestimmt nicht!«

»Findest du mich etwa nicht attraktiv genug?«

»Was ist denn mit dir los? Hast du dein Selbstbewußtsein zu Hause vergessen? Du wärst zu Tode genervt! Kannst du dir die Qualität der Typen vorstellen, die es nicht schaffen, auf normalem Weg eine Frau kennenzulernen, die freiwillig einen Abend mit ihnen verbringt? Die sind noch mal ein paar Kategorien übler als die Männer, die so auf dem freien Markt herumlaufen!«

»Woher willst du das wissen? Vielleicht arbeiten sie zuviel, um jemanden kennenzulernen, oder sind einfach schüchtern!«

»Ich vermute, daß sie einen guten Grund haben, schüchtern zu sein! Penetranter Mundgeruch oder langjähriger Gefängnisaufenthalt, so was in der Art! Männer, die viel arbeiten, kommen auch rum und lernen nette Frauen kennen, es sei denn, sie sind U-Bahn-Fahrer. Die kommen nur rum und lernen niemanden kennen. Ich glaube, daß du ein bißchen mehr Vertrauen in die Zukunft brauchst!«

»Alles, was ich jetzt brauche, ist ein anständiges Frühstück!«

Glücklicherweise kamen in diesem Moment die Eggs Bernaise. Unter normalen Umständen liegt einem so eine Kalorienbombe so schwer im Magen wie ein Betonklotz, aber heute war kein normaler Umstand. Als ich die Eier gegessen hatte, ging es mir wieder besser.

»Mir ist gerade eine tolle Idee gekommen«, sagte ich. »Du solltest das Münchner Nachtleben fotografieren! Du bist so und so nachts immer unterwegs, aber auf diese Weise ist es vielleicht nicht mehr so langweilig?«

»Hmhm«, überlegte sie, »warum nicht? Ich müßte halt immer diese superschwere Kamera mit mir herumschleppen, aber das ist vermutlich therapeutisch richtig für mich, denn ich fühle mich ohne Kamera so verloren! Sie ist ein Körperteil von mir geworden, mein wichtigster. Ich denk mal drüber nach.«

»Ich stelle es mir witzig vor! Am besten gehen wir heute abend mal zusammen los, um das Terrain zu sondieren, was hältst du davon?«

»Heute abend schon wieder auf die Piste? Neee! Das hält meine Gesundheit nicht aus!«

»Wir müssen uns ja nicht gleich die Nacht um die Ohren schlagen. Schließlich soll das kein Vergnügen sein, sondern Arbeit! Eine kurze Exkursion genügt für den Einstieg!«

»Na gut, aber nicht heute! Wie wär's mit morgen?«

»O.k., treffen wir uns gegen zehn im Café in der Muffathalle.«

Nach dem Frühstück fuhr ich an die Uni und versuchte zu arbeiten, was nicht einfach war, weil mir vor Müdigkeit ständig die Augen zufielen.

9

Ich war ratlos.

Mit einem Handtuch um den Körper gewickelt stand ich vor meinem offenen Kleiderschrank und starrte hinein, als wäre der Wirrwarr vor meinen Augen der heilige Gral. Ich wartete auf eine Eingebung. Welche Kleidung war der Assistentin einer angehenden Fotografin angemessen?

Da ich über keinerlei Erfahrung auf diesem Gebiet verfügte, entschied ich mich schließlich für Schwarz. Dunkel, geheimnisvoll und neutral. Sehr bequem, wenn man sich nicht entscheiden kann. Kein Wunder, daß überall Leute in Schwarz herumlaufen, dachte ich, wir sind eben ein Volk von Zauderern und vermeiden es, Farbe zu bekennen.

Glücklicherweise verfügte ich über eine Auswahl an Klamotten, die einer Boutique Ehre gemacht hätte, denn ich kaufte immer treu nach dem Motto: In der Masse liegt die Klasse. Sonderangebote konnte ich von weitem riechen, und ich betrat nur Läden, in denen Kleidung prinzipiell nicht teuer war. Ich hatte keine Lust, für ein Schildchen im Kragen ein Vermögen hinzublättern, davon abgesehen, daß ich dieses Vermögen nicht besaß. Als ich mir einmal ein sündhaft teures Kleid gegönnt hatte, war es das totale Desaster, weil ich mich ständig verpflichtet fühlte, es zu tragen, aber das Wetter so gut wie nie danach war. Inzwischen war es total out und hing als Mahnmal zur Abschreckung vor ähnlichen Anflügen von Konsumzwang in meinem Kleiderschrank. Dort staubte es vor sich hin und harrte des Tages, an dem meine Töchter oder deren Töchter es aus dem Dornröschenschlaf erwecken würden. »Uii! Omi, was habt ihr damals für abgefahrenes Zeug getragen!« werden meine Enkelinnen juchzen.

Dann werden sie in das Teilchen hüpfen, das eine Verkäuferin Anno dazumal als zeitlos chic bezeichnet hatte. Von wegen!

Seitdem wollte ich mich nie wieder einem Kleidungsstück verpflichtet fühlen. Ich genoß die Jagd nach günstigen Teilen, sie gab mir das Gefühl von Freiheit und Abenteuer. Zu meinen letzten Beutestücken gehörte ein hauchdünnes schwarzes Kleid aus einem netzartigen Stoff, das durchsichtig war wie eine Strumpfhose. Das wollte ich heute anziehen. Natürlich mit einem schwarzen Body darunter. Leider sah der Body nach Unterwäscheabteilung aus, so daß ich einen schwarzen Bikini unter das Kleid zog. Meine Haare steckte ich am Hinterkopf zusammen und setzte eine

Sonnenbrille auf, denn es war noch immer erschreckend hell draußen. Jetzt noch ein Hauch Lippenstift, und ich war fertig.

Da ich fand, daß es mal wieder Zeit für ein bißchen Zärtlichkeit in meinem Leben war, sagte ich Boris' Anrufbeantworter, wo mich sein Herrchen heute abend antreffen konnte, obwohl ich wenig Hoffnung hatte, daß ihn die Nachricht rechtzeitig erreichen würde. Bestimmt jagte er schon längst wieder in seinem Bondmobil durch die Stadt! Jetzt nervte es mich, daß wir uns nur nach dem Zufallsprinzip trafen. Ich wollte öfter mal in den Arm genommen werden, und der einzig geeignete Typ, der momentan dafür in Frage kam, war ein unzuverlässiger Chaot oder in wichtiger Mission unterwegs, wenn ich Lust auf ihn hatte.

Den kurzen Weg zur Muffathalle ging ich zu Fuß.

Die Abendstimmung war umwerfend. Die hellgrünen Blätter der Bäume waren in oranges Sonnenlicht getaucht. Die Isar glitzerte rosa- und lilafarben, und am Horizont, oder dem Teil, den man zwischen den Häusern erkennen konnte, tauchte die Sonne in den Fluß.

Mein neues Kleid erregte bei der männlichen Durchschnittspopulation, die hier die Gehwege bevölkerte, mehr Aufsehen, als mir lieb war.

Männer können die eigenartigsten Pfeif- und Zischgeräusche von sich geben, wenn eine Frau ihnen gefällt. Dieser Reflex ist ihnen anscheinend angeboren und so alt wie die Menschheit selbst. Sie können ihn nicht steuern und machen sich über seinen Sinn oder Unsinn offensichtlich keine Gedanken, sonst hätten sie längst gemerkt, daß er aus der Mode gekommen ist wie so viele andere Gebräuche, die auch aus der Steinzeit stammen. Zum Beispiel ist die gute alte Sitte, Tiere, die in der Gegend herumlaufen, mit Keulen zu erschlagen, mittlerweile nicht mehr gebräuchlich. Das gäbe Proteste seitens der Tierschützer. Deshalb verzichtet der moderne Mann auf das eigenhändige Erlegen von Tieren und kauft sein Schnitzel beim Metzger. Aber die Sitte, Weibchen durch Pfeifgeräusche anzulocken, hält sich weiterhin hartnäckig, obwohl ich mir nicht vorstellen kann, daß ein Mann durch Pfeifen oder Augenverdrehen jemals eine Frau wirklich beeindrucken konnte. Geht eine Frau etwa auf so einen Typen zu und sagt: »Hi, du kannst so süß pfeifen, du mußt ein interessanter Mann sein!« Ich glaube kaum!

Noch nerviger als die Pfeifer sind die Gaffer. Sie gehen mit ihren Freundinnen Arm in Arm und verrenken sich dabei unauffällig die Köpfe nach jedem Frauenbein, das sich bewegt. Manche sind wahre Meister in dieser Kunst. Sie berechnen auf die Sekunde genau, wann sie scheinbar zufällig auf ein Schaufenster gucken müssen, um das Objekt ihres Interesses im Vorbeistöckeln ins Visier zu bekommen. Die mitgeführte Begleiterin drücken sie währenddessen mit einem Schraubstockgriff so fest an sich, daß sie sich nicht rühren kann und nicht sieht, wie er den Kopf nach einer anderen verdreht. Ich finde, ein Mann kann rumgucken, wenn er alleine unterwegs ist, wenn er eine Verabredung hat, sollte er sich auf sie konzentrieren. Ich hasse nichts mehr, als mit einem Typen zu reden, dem ich den ganzen Abend auf die Ohrläppchen starren muß, weil er die Augen verdreht, als wäre er ein Rind mit BSE-Symptomen.

Ich war froh, als ich in die Muffathalle eintauchen konnte. Die hier anwesenden Männer waren viel zu cool, um einer Frau zu zeigen, wenn sie sie toll fanden. Das war erholsam im Vergleich zum Spießrutenlauf auf der freien Wildbahn, andererseits lernte man hier auch nie jemanden kennen!

Anica stand schon mit einem Mineralwasser in der Hand an der Bar.

»Na, kann's losgehen?« fragte ich.

»Klar, ich bin fit und super drauf.«

Sie prostete mir zu und blitzte mich aus ihren dunklen Augen vergnügt an. Ich bestellte eine Cola, und dann guckte ich mich um. Der Laden war gut gefüllt, und es saßen ein paar Leute herum, die es wert waren, fotografiert zu werden. Blicke, Gesichtsausdrücke, kleine Gesten, viele hübsche Gesichter und jede Menge sommerlich-nackte Haut. Ein Typ mit Ziegenbart, der versonnen in sein Glas guckte, eine blonde Frau, die mit angewinkelten Beinen auf dem Stuhl saß und kleine Rauchwölkchen in die Luft blies. Anica fummelte an ihrer Kamera herum und schwenkte das Objektiv hin und her wie ein Fernrohr auf einer Aussichtsplattform für Touristen.

»Mami! Ist das da das Matterhorn?«

»Nein, Schätzchen! Das ist dein Finger auf der Linse. Das Matterhorn könntest du sehen, wenn Papi fünfzig Pfennig in den Münzschlitz werfen würde, aber Papi hat leider kein Kleingeld dabei.«

»Was soll diese Anspielung? Nimm doch selbst in Zukunft passendes Kleingeld mit, du hast doch sonst keine Schwierigkeiten, das Konto leerzuräumen!«

»Ich dachte, für die Münzen bist du zuständig, weil du immer jeden Pfennig nachrechnest!«

»Willst du etwa andeuten, ich sei geizig?«

»Ich deute es nicht an, ich spreche es offen aus!«

»Das muß ich mir nicht bieten lassen!«

Papi stapfte ans andere Ende der Plattform und guckte beleidigt den Smog im Tal an, während Anica das Objektiv auf eine Position einpendelte.

Niemand beachtete sie. Dann fing sie plötzlich an zu knipsen. Ihr Gesicht war von der Kamera verdeckt, von der Seite konnte ich nur ein zusammengekniffenes Auge erkennen. Ich zündete eine Zigarette an und beobachtete die Meisterin bei der Arbeit. Sie geriet jetzt in Fahrt und wagte sich näher an die Leute ran. Dann sprach sie ein Pärchen an. Die beiden nickten, und die Meisterin richtete die Linse auf sie. Das Pärchen smilte in die Kamera. Die Frau zupfte sich ihre Haare zurecht, und der Typ setzte ein bedeutendes Gesicht auf. Dann kam Anica wieder an unseren Platz, wo ihre Fototasche stand, um den Film zu wechseln.

»Die beiden sind genial, findest du nicht?«

»Ich weiß nicht? Sie verkrampfen sich, seit sie wissen, daß sie geknipst werden.«

»Das ist normal. Leute, die es nicht gewöhnt sind, fotografiert zu werden, fangen an, über ihr Aussehen nachzudenken, wenn sie eine Kamera sehen. Vorher sitzen sie herum und denken und fühlen von innen heraus, und dann überlegen sie plötzlich, wie sie zweidimensional auf ein Blatt Papier gepreßt aussehen könnten. Das Gefühl, das man von sich hat, stimmt selten mit dem Äußeren überein. Deshalb versuchen die Leute, in die Pose zu gehen, von der sie glauben, daß sie am ehesten das ausdrückt, was sie fühlen.«

»Das hört sich kompliziert an!«

»Ist es auch, und da die wenigsten Leute gute Schauspieler sind, bedeutet es, daß sie entweder ein stereotypes Grinsen auf ihr Gesicht zaubern oder todernst aus der Wäsche gucken. Aber ich kann damit umgehen, ich hab so meine Tricks.«

Sie klappte das Kameragehäuse zu.

»Soll ich dich mal knipsen? Wetten, daß es dir nicht anders geht!«

Mit dieser Möglichkeit hatte ich nicht gerechnet. Man knipste doch nicht seine Assistentin!

»Ach, ich weiß nicht«, sagte ich unentschlossen. »Ich glaube nicht, daß ich für ein Leben im Rampenlicht geschaffen bin.«

Jede Art von Rampenlicht war fatal, denn es zerstörte unbarmherzig sämtliche Illusionen, an denen man vor dem Badezimmer-Spiegel gebastelt hatte, und zerrte die grausamen Tatsachen ans Licht. Vor der Kamera war man nackt, und ich hatte wenig Lust, mich in diesem Zustand auf Film festhalten zu lassen. Nicht mit Eggs Bernaise im Bauch.

»Jetzt stell dich mal nicht so an«, sagte Anica, »es ist doch nur ein Foto! Du bist schließlich auch eine Leuchte des örtlichen Nachtlebens!«

»Na gut, wenn du meinst. Was soll ich denn tun?«

»Nichts! Sei einfach du selbst!«

Wie sollte ich ich selbst sein, wenn ich nichts tat? Was tat ich, wenn ich ich war? Ich versuchte eine Pose einzunehmen, die mir natürlich für mich erschien, und lehnte mich cool an die Bar.

»So?« fragte ich. »Sehe ich so wie ich selbst aus?«

Ich konnte mich beim besten Willen nicht erinnern, wie ich als ich selbst an einer Bar stand, und verfluchte das unsägliche Kleid. Es war so durchsichtig, daß man genau erkennen konnte, wie sich mein Bauch wegen der Eggs Bernaise und anderer Sünden verdächtig nach vorne wölbte! Ich zog ihn ein und versuchte dabei zu lächeln. Es war nicht einfach, Model zu sein!

»Mach nicht so ein Gesicht«, befahl Anica. »Entspann dich, ich bin sowieso noch beim Einstellen.«

Damit das mit dem Entspannen besser klappte, zündete ich wieder eine Zigarette an, und in diesem Moment knipste sie los. Ich war zu überrascht, um wieder in Pose zu gehen, und mußte grinsen. So überlistete sie also verklemmte Models.

»Du bist ein Profi«, sagte ich bewundernd in das Klicken der Kamera hinein.

»Es wäre prima, wenn ich auch entsprechend verdienen würde«, murmelte der Profi und drückte weiter auf den Auslöser.

In dem Moment sah ich Boris zur Tür hereinkommen.

Ich sprang von meinem Hocker auf und stürmte auf ihn zu. Er guckte etwas verwundert, überschwengliche Begrüßungen war er von mir nicht gewöhnt. Die Kamera klickte neben unseren Ohren, während wir uns umarmten und küßten, als hätten wir uns seit Jahrzehnten vermißt.

10

Es war noch dunkel, als Boris und ich aus der Muffathalle aufbrachen, aber die ersten Vögel zwitscherten schon. Wir spazierten Arm in Arm durch die Isarauen. Kaum vorzustellen, daß hier in ein paar Stunden Autos herumbrausen und Menschen durch das grelle Sonnenlicht laufen, radeln und rollerskaten würden!

»Sollen wir uns ein bißchen ans Wasser setzen? Den Wellen zuhören und in den Himmel schauen?« sagte Boris in die Stille hinein.

Anstelle einer Antwort zog ich ihn enger an mich heran. Sein Arm lag auf meiner Schulter, und meine Hand spielte mit seinen Fingern. Er hatte wunderschöne Hände mit schlanken Fingern und leicht rauhen Handflächen. Ich drehte meinen Kopf an seine Schulter und sog den Duft ein. Dann küßte ich seinen Hals. Er war weich und warm und duftete nach Sommer.

Wir schlenderten langsam die Uferböschung hinunter. In der Dunkelheit mußte man vorsichtig einen Fuß vor den anderen setzen. Ich stützte mich auf seinen Arm, während er mich oder sich an meiner Taille festhielt. Als ich den Kies unter unseren Füßen knirschen hörte, ließ ich ihn los und lief zum Wasser. Ein paar Enten quakten leise vor sich hin. Wahrscheinlich träumten sie. Oder sie beschwerten sich.

»Hat man nicht mal nachts vor diesen Menschen seine Ruhe? Diese großen Wesen, die herumrennen und nach Sonnenöl stinken. Wenn man Gerüchten glauben darf, fressen sie uns sogar, das ist doch skandalös!«

»Sieh dir doch an, was sie jeden Sommer hier veranstalten«, quakte eine andere leise in ihr Gefieder. »Sie legen Feuer und verbrennen jede Menge Holz. Als ob es nicht heiß genug wäre! Das Fett irgendwelcher minderwertigen Vierbeiner stinkt zum Himmel, und dann nehmen sie die Stücke in ihre bloßen Hände, reißen mit ihren Riesenzähnen Fetzen raus und verschlingen sie. Es ist widerwärtig! Um den Gestank zu vertreiben, zünden sie Glimmstengel an und rauchen. Dazu trinken sie Unmengen und lassen die leeren Flaschen über das ganze Ufer verstreut liegen. Im nächsten Stadium geben sie den Inhalt ihres Magens wieder und sauen damit den weißen Isarkies ein. Im Grunde kann unsereins den ganzen Sommer keine Flosse an Land setzen!«

Empört schwammen sie erhobenen Hauptes davon. Lautlos und elegant.

Boris setzte sich neben mich und legte seine Hand auf meine Schulter. Dann drehte er mein Gesicht zu sich und fing an, mich zu küssen. Er hatte volle weiche Lippen. Das Gefühl, sie auf meinem Gesicht zu spüren, war unbeschreiblich. Augenblicklich fing es an, unter meiner Haut zu kribbeln, und eine Unruhe befiel meinen ganzen Körper. Ich wollte seine Hände überall auf meiner Haut spüren und fand, die beste Methode, ihn das wissen zu lassen, war, ihn ausgiebig zu streicheln. In gewissen Situationen vertraue ich fest auf Telepathie – auch wenn es letztlich einfacher ist, einem Mann zu sagen, was man will, als darauf zu warten, daß er selber daraufkommt. Boris hatte einen sexy Körper, drahtig und schlank mit festen Muskeln, und er roch gut und schmeckte noch besser. Ich ließ meine Zunge an seinem Hals entlanggleiten und faßte unter sein T-Shirt, wo die Haut noch zarter war. Dann fühlte ich nach, ob sich seine Hose wölbte. Er schien bereit. Ich wollte ihn. Jetzt. Seine Hände berührten meine Brüste und meinen Bauch. Er drückte mich leicht auf den Boden und bedeckte meinen Bauch mit Küssen. Dann schob er mein Kleid nach oben. Mit einer Bewegung streifte ich es ab.

»Ich will dich ganz nackt spüren«, sagte er und entknotete ungeduldig die Schnürsenkel seiner Turnschuhe.

Dann stand er auf und streifte sich hastig die Hose herunter. Wie er so nackt im Mondlicht vor mir stand, dachte ich, daß er der schönste Mann war, mit dem ich jemals das Vergnügen hatte. Ich fing an, seinen Körper mit zärtlichen Küssen zu bedecken.

»Langsam!« flüsterte er heiser.

»Bitte, leg dich hin«, bat ich und drückte ihn sanft auf den Boden.

»Autsch, verdammt«, fluchte er, als er die harten Kieselsteine unter seinem hübschen Hintern spürte.

Ich schob ihm seine Hose unter den Po, und er setzte sich drauf. Dann machte er ein ernstes Gesicht.

»Du, ich muß dich was fragen«, sagte er leise.

Was um Himmels willen wollte er jetzt wissen?

»Tust du das hier, weil du scharf auf mich bist oder weil du einfach irgendeinen Mann willst?«

Du meine Güte! Ich ließ von ihm ab und setzte mich auf den Kies. Auf eine Grundsatzdiskussion war ich nicht vorbereitet gewesen. Hoffentlich konnte ich das schnell klären, bevor sich sein Schwanz wieder zurückzog.

»Macht das einen Unterschied?« fragte ich ausweichend. Er lachte.

»Nein. Ich will auf alle Fälle mit dir schlafen, aber ich möchte wissen, was du für mich empfindest.«

»Das wüßte ich selbst gerne, Boris«, sagte ich und hoffte, damit das Thema erschöpfend behandelt zu haben. Aber er guckte mich weiterhin aus seinen blauen Augen erwartungsvoll an, also versuchte ich es noch einmal.

»Tja, also, ich sehe das Ganze so: Ich will einen Mann, keine Frage, und du bist im Moment der tollste im Angebot!«

Jetzt mußte er wieder lachen und zog meinen Kopf an seine Schulter. Dann zündete er eine Zigarette an.

»Willst du auch eine?« fragte er.

»Gib her, wenn ich dich schon nicht haben kann!«

Mittlerweile dämmerte es, und das Vogelgezwitscher war so laut wie ein Open-air-Konzert der Rolling Stones. Gibt es etwas Schlimmeres, als nach einer langen Nacht gnadenlos vom Sonnenlicht geblendet zu werden und sich von den schrillen Lauten der heimischen Singvögel das Trommelfell zerfetzen zu lassen? Ich kann mir nichts vorstellen. Zu allem Überfluß traf mich dieses Schicksal heute nackt am Isarstrand sitzend, in Gesellschaft eines ebenso unbekleideten Mannes, der rauchen wollte anstatt zu vögeln. Um zu verhindern, daß mich Frühaufsteher oder eifrige Jogger in dieser mißlichen Lage erwischten, streifte ich eilig das Kleid über. Zum Glück hatte ich meine Sonnenbrille dabei. Ich schob sie schützend vor meine müden Augen.

Boris machte keine Anstalten, sich anzuziehen, und sah mich statt dessen aus großen Augen treuherzig an. Sein Til-Schweiger-Hundeblick funktionierte wie üblich, und ich berührte mit meiner nichtrauchenden Hand sein Gesicht und streichelte zart über seine Backe. Mit einem Finger fuhr ich die Konturen seiner Wangenknochen und seiner Nase nach. Ich mochte ihn wirklich gerne. Er war ein guter Freund, und der Sex mit ihm war toll, aber ich schwebte nicht auf rosaroten Wölkchen, wenn ich ihn sah, und zittrige Knie bekam ich seinetwegen auch nicht. Ich war einfach nicht in ihn verliebt.

Ich seufzte.

»Ich fühl mich wohl bei dir«, sagte ich vorsichtig. »Weißt du das denn nicht?«

»Doch, klar«, fiel er mir hastig ins Wort, »ich bin auch gerne mit dir zusammen. Das war von Anfang an so, seit wir uns kennen.«

»Und jetzt denkst du plötzlich, weil wir miteinander schlafen, sollten wir einen Plan haben, wie es mit uns weitergeht?« fragte ich. »Hast du etwa vor, mich zu heiraten?«

Ich wußte, daß ein James Bond nicht zu einer dauerhaften Bindung in der Lage ist, und vermutete, daß die schiere Nennung dieses Reizwortes genügen würde, um diesem Gespräch ein Ende zu setzen.

Er lachte.

»So war das nicht gemeint!« sagte er erwartungsgemäß und küßte meinen Hals. »Es ist nur alles ein bißchen ungewohnt. Ich hatte das noch nie, weißt du? Entweder war ich in einer Beziehung mit allem Drum und Dran, oder ich hatte leidenschaftliche Affären mit Frauen, deren Nachnamen ich nicht wußte.«

»Tja, und wir probieren jetzt was Neues! Wir mögen uns und haben keine Beziehung, und wenn wir mal keinen Bock mehr haben, miteinander zu schlafen, werden wir einfach Freunde sein. Kein Stress, kein Streit über verletzte Gefühle, ist doch ideal, oder?«

Er nickte.

»Ach, was weiß denn ich? Jetzt weiß ich nur, daß es hell wird und ich todmüde bin. Wollen wir zu mir gehen und noch ein bißchen schlafen?«

»Gerne, Freundin«, grinste er. »Ich will dich neben mir im Bett haben!«

Wir standen auf, und er zog sich an. Auf dem Heimweg teilten wir die letzte Zigarette.

Es war erfrischend dunkel und kühl in der Wohnung. Lautlos, um Lynn nicht zu wecken, schlichen wir auf Zehenspitzen ins Schlafzimmer. Als wir unter der Decke lagen, zog er mich an sich heran. Diesmal sprachen wir kein Wort und liebten uns, bis die Vögel aufgehört hatten zu zwitschern. Als wir Lynn in der Küche mit dem Frühstücksgeschirr klappern hörten, stellten wir den Wecker und schliefen fest umschlungen ein paar kurze Stunden lang.

11

Warum mußte ich mich hier so quälen? Verzweifelt starrte ich auf den Bildschirm. Ohne Erfolg. Das große blinde Auge glotzte unbeirrt zurück und wartete darauf, daß ich ihm etwas einflößte. Die graue Fläche war das Spiegelbild des Vakuums, das sich in meinem Kopf gebildet hatte, seit ich den Computer angeschaltet hatte. Ich mußte dringend den Beitrag für den Katalog fertigkriegen, aber meine Gedanken waren wie vom Wind weggefegt.

Draußen knallte die Sonne auf die Schellingstraße, die von Menschen in bunten, dünnen Klamotten bevölkert war. Sie schienen alle ein Ziel zu haben: zum Eisbach, in die Sonne, in den Garten. Anmerkung der Redaktion: der Begriff ›Garten‹ hat sich im Münchnerischen als Abkürzung für den bekannten Englischen Garten eingebürgert. Auch hier ist der Trend der deutschen Sprache und Begriffswelt hin zur Abkürzung, der in der Sprachforschung mehrfach konstatiert wurde, vergleiche …, zu beobachten. Blablabla …

Das Ergebnis meiner Herumhockerei war, daß ich in Fußnoten dachte. Die sind zwar zur Erklärung mancher Details wichtig, aber da ich noch keine einzige Zeile geschrie-

ben hatte, war es schlichtweg hinderlich. Mir fielen nur Fußnoten und Anmerkungen ein, und der Text dazu fehlte.
Dabei stand ich wirklich unter Druck. Geertz fragte mich fast
jeden Tag, wann er denn meinen Beitrag sehen könnte.
»Ich bin schon gespannt, was ich von Ihnen zu lesen
kriege«, hatte er heute morgen wieder gesagt und mir dabei komplizenhaft zugeblinzelt.
Ich war mir sicher, daß er ahnte, daß ich noch keine einzige Zeile geschrieben hatte. Er stellte mir eine Falle, um
die Spreu vom akademischen Weizen zu trennen. Wer nicht
schreiben kann, kann auch nicht denken, das ist doch lo-
gisch. Denn, wenn ich was im Kopf hätte, auch nur die
kleinste Kleinigkeit, könnte ich es ja auch hinschreiben!
Was in aller Welt hatte ich in meinem Studium gelernt?
Nichts als Schaumschlägerei! Geertz, die falsche Schlange,
hatte wahrscheinlich schon lange gemerkt, daß ich nichts
auf dem Kasten hatte. Aber er war zu höflich und milde,
um mich direkt darauf hinzuweisen. Diplomatisch wartete er einfach ab, daß ich es selbst merkte. Jetzt war es
soweit, und ich konnte mir am besten gleich die Kugel
geben!
Ich seufzte und zündete eine Zigarette an. Rauchen ist
immer gut, man fühlt sich so beschäftigt. Weil der Aschenbecher überquoll, ging ich zum Papierkorb, um ihn auszuleeren. Dabei fiel mir auf, daß ich die Pflanzen heute noch
nicht gegossen hatte. Ich schleppte mich in die Küche und
füllte eine leere Colaflasche randvoll mit Wasser. Dann
goß ich die Blumen mit viel Sorgfalt und zupfte hier und
da ein gelbes Blatt ab. Pflanzen sind sehr sensibel und leiden wie Haustiere, wenn man sich nicht genügend um sie
kümmert. Um sie bei Laune zu halten, redete ich ein bißchen mit ihnen.
»Hallo, mein Hübscher!« sagte ich zu dem schütteren Fei-
genbaum von Frau Professor Heiken, die zur Zeit Feld-
forschungen in Mexiko machte. »Na, wie geht es dir denn
heute? Träumst wohl vor dich hin? Von hübschen grünen
Feigenbaumweibchen? Was soll man auch sonst tun, bei
der Hitze?«

»Ich brauche unbedingt was Kaltes zu trinken!« sagte eine männliche Stimme.

Mich traf fast der Schlag. Man sagt ja, daß Pflanzen sprechen können, aber es war das erste Mal, daß ein menschliches Ohr ihre Stimmen wahrnahm! Es grenzte fast an ein Wunder.

»Kann ich Ihnen etwas mitbringen?« fragte die Stimme.

Ich drehte mich um. Geertz stand dicht hinter mir und lächelte mich von oben herab an.

»Lassen Sie doch die Rollos herunter«, sagte er. »Es ist sehr heiß hier. Ich möchte nicht, daß meine Mitarbeiterin einen Hitzschlag erleidet! Also, möchten Sie auch etwas? Eine Cola oder ein Eis?«

Ich bestellte ein Magnum.

Als er die Tür hinter sich geschlossen hatte, richtete ich mich langsam auf und ließ mechanisch die Rolläden herunter. Ich war am Durchdrehen! Ich war am Durchdrehen, weil ich nicht schreiben konnte. Die knallharte Erkenntnis haute mich um. Das beste würde sein, Geertz um ein letztes klärendes Gespräch zu bitten. Wenn ich meine Unfähigkeit eingestehe, würde er in seinem weichen, humanistisch gebildeten Herzen Mitleid verspüren und mich nicht sofort vor die Tür setzen. Ich könnte möglicherweise für die Dauer der Ausstellung noch beschäftigt bleiben. Es gab ja genügend Hilfsdienste zu verrichten wie fotokopieren oder Eintrittskarten abreißen.

»Hi, Sara!«

Isabel stürmte ins Zimmer. Sie sah gebräunt und erholt aus.

»Ich bin total erledigt!« sagte sie. »Draußen ist vielleicht eine Hitze! Mir hängt die Zunge bis an die Kniekehlen. Ich habe gerade ganz schön zugeschlagen, in einem Laden um die Ecke, wo alles um die Hälfte reduziert war. Guck mal dieses Wahnsinnstop an, ist es nicht zum Sterben süß?«

Sie zerrte aus einer prallgefüllten Einkaufstüte einen farbenfrohen Stoffetzen hervor. Weitere bunte Teile fielen auf den Boden und blieben dort liegen wie Blütenblätter auf einer Wiese. Sie strahlte über das ganze Gesicht.

»Da bist du platt, was?«

Es hatte mir gerade noch gefehlt, daß schon wieder ein Wesen aus der Außenwelt meine klösterliche Ruhe störte. Ich, gefangen hinter dicken Mauern, angekettet an den Computer, zermürbt von selbstquälerischen Gedanken, hatte weiß Gott andere Dinge im Kopf als die aktuelle Sommermode.

»Was ist denn mit dir los?« fragte sie und stopfte ihre Errungenschaften zurück in die Tüte.

»Nichts ist mit mir los, das ist es ja!« seufzte ich. »Ich sitze hier seit Stunden, und mir fällt nicht ein, was ich schreiben könnte! Dieser Text bringt mich noch ins Grab!«

»Übertreibst du nicht ein bißchen?«

»Nein, überhaupt nicht! Geertz, die Ratte, macht so einen Druck! Er lauert mir pausenlos auf! Kaum hab ich heute morgen einen Fuß hier reingesetzt, steckte sein dummer Kopf in der Tür, und gerade eben hat er sich heimlich angeschlichen, als ich die Blumen gegossen habe. Ständig piesackt er mich wegen dem Text für den Katalog, und wenn er sich davon überzeugt hat, daß ich kurz davor bin, den Verstand zu verlieren, geht er zurück in sein Zimmer und lacht sich kaputt, wetten?«

»Gönn ihm den Spaß, er hat doch sonst nicht viel zu lachen!«

»Sehr witzig! Ich weiß nicht, was sich dieser Vollidiot dabei gedacht hat, ausgerechnet mich was über die Bilder schreiben zu lassen.«

»Das kann ich dir sagen! Die Sara hat in Australien studiert, hat er gedacht. Sie hat ihre Magisterarbeit über die Bilder der Aborigines geschrieben. Hundertfünfzig Seiten waren das, oder? Also schreibt die Gute jetzt locker zwei bis drei popelige Seiten zu dem Thema, das sie ohnehin auswendig kann. So was in der Art hat er sich gedacht, und er hat recht.«

»Ich hab alles vergessen«, jammerte ich.

»Versuch's mal mit Hypnose«, sagte sie, »manche Leute erinnern sich da sogar an ihre früheren Leben! Also, ich bin sicher, dir fallen die letzten Jahre auch wieder ein!«

»Kannst du das nicht für mich schreiben?«

»Naja, nach einer Einarbeitungszeit von einigen Monaten vielleicht, aber bis dahin dürfte die Ausstellung vorbei sein. Ich glaube kaum, daß dann noch jemand Interesse hat, den Katalog zu kaufen.«

Warum hatte sie nur ihre Zeit an das Kamel als Transportmittel verschwendet? Wen interessierte denn so ein abgedrehtes Thema? Sie hätte mich jetzt unterstützen können, wenn sie sich wie ich aktuell und praxisbezogen mit der Kunst der Aborigines beschäftigt hätte.

»Guck mal«, sagte sie, »ich hab genug am Hals. Die ganze Korrespondenz, die Telefoniererei mit den Sponsoren, ich kann jetzt wirklich keinen Text über die Kunst der Aborigines schreiben!«

Sie ließ sich in den Sessel gegenüber meinem Schreibtisch fallen und nippte an meiner Cola. Sie erweckte keineswegs den Eindruck einer Person, die übermäßig viel Arbeit am Hals hatte, sondern wie jemand, der gut delegieren konnte. Und mir war wieder mal der ätzende Teil unseres Jobs zugefallen. Wie schaffte sie das nur immer wieder?

»Also, ich kapier dein Problem nicht«, sagte sie unsensibel, »schreib doch einfach, was du willst, die Leute haben sowieso keine Ahnung!«

»Na prima! Wenn es nicht auf den Inhalt ankommt, kannst du ja den Text schreiben!«

»Ich hab das ein bißchen anders gemeint«, sagte sie zu meiner Enttäuschung, »du sollst keinen hochkomplizierten Text für Insider der Aborigines-Kunst verfassen, sondern nur ein paar Basisinfos für Normalsterbliche, das kann doch nicht so schwer sein?«

»Laß dich da mal nicht täuschen! Gerade wenn jemand nicht so viel über die Aborigines weiß, ist es kompliziert. Um die Gedanken, die hinter den Bildern stehen, zu verstehen, mußt du wissen, wie die Leute leben, womit sie ihre Tage verbringen, was ihnen wichtig ist und was nicht. Das kann ich nicht auf zwei bis drei Seiten erklären!«

Jetzt geriet ich in Fahrt, denn ich hatte den Grund für meine Schreibblockade entdeckt.

»Guck dir mal ein Bild an. Das da drüben zum Beispiel!«

Ich deutete auf den gammeligen Kalender, der an der Wand hing. Da an der Uni die Uhren bekanntlich langsamer gingen, hing dort noch das Blatt vom letzten Dezember. Es hatte Eselsohren. Ich nahm mir vor, bei Gelegenheit einen aktuellen Kalender zu besorgen, verwarf den Gedanken aber wieder, denn eigentlich lohnte es sich kaum noch. Das Jahr war ja schon fast wieder vorbei.

Isabel richtete folgsam ihren Blick auf den Kalender.

»Ein Tannenbaum im Schnee!« sagte sie.

»Genau! Der Baum ist mit buntem Klunker geschmückt. Unter dem Baum liegt ein kleines Baby mit Glitzerzeug auf dem Kopf in einer weißen Fläche. Es ist ein Weihnachtsbild.«

»Darauf wäre ich nie gekommen!«

»Laß die Scherze«, sagte ich ungnädig. »Wir denken bei dem Bild an Geschenke, Plätzchen, Kälte, Spaziergänge im Schnee, Kerzen und was weiß ich noch alles.«

»Einkaufsstress«, fiel Isabel mir ins Wort. »Ich werde versuchen, es dieses Jahr ein bißchen früher anzugehen. Weißt du noch? Vorige Weihnachten bin ich noch am Heiligen Abend durch die Läden getigert.«

»Isabel, bitte! Kannst du ausnahmsweise mal nicht ans Einkaufen denken? Ich versuche, dir etwas zu erklären!«

»Entschuldige!«

»Also wo war ich?«

»Du hast dich gefragt, woran Leute denken, wenn sie dieses alte Kalenderblatt anschauen!«

»Richtig! Der Punkt ist, daß wir wissen, welche Bedeutung das Bild hat. Wenn ich darüber schreiben will, kann ich mir Gedanken machen, weshalb der Baum in der Bildmitte angeordnet ist. Dann kann ich über das Baby nachdenken, es ist immerhin der Begründer einer der wichtigsten Religionen. Wenn du aber Weihnachten nicht kennst, ist es ein sehr brutales Bild, denn du würdest denken, daß das Baby im Schnee ohne Klamotten erfrieren wird! Vorausgesetzt natürlich, du weißt, daß das weiße Zeug Schnee ist! Außerdem würdest du dich fragen, wo die Eltern sind.«

»Wirklich interessant«, grinste Isabel, »du hast eben ein harmloses Weihnachtsbild in einen Appell gegen das Aussetzen von Kleinkindern umgemodelt.«

»Man hätte dieses Thema je nach Empfindung ganz unterschiedlich malen können, zum Beispiel den Baum mehr in die Ecke stellen, das Baby in den Vordergrund. Das wäre dann ein religiöses Weihnachtsbild. Oder man hätte den Baum mehr schmücken können, zum Beispiel so beladen mit Lametta und Zeug, daß sich ihm die Äste biegen. Das wäre dann ein konsumkritisches Weihnachtsbild …«

»Was in so einem Kalenderblatt für Potential steckt, ist schon erstaunlich!«

»Genau das ist ja mein Problem«, sagte ich. »Jetzt stell dir mal vor, du stehst vor einem Bild mit einer Schlange. Was kannst du dazu sagen? Du weißt so gut wie nichts über Schlangen. Wenn Leute in Europa sich ein Bild von den Aborigines anschauen, ist es wirklich wichtig, daß sie wissen, welche Bedeutung Schlangen in Australien haben. Sind sie gefährlich und beißen die Menschen, oder werden sie von den Menschen verspeist? Warum werden sie gemalt? Sind sie so etwas wie das Baby auf dem Weihnachtsbild, religiöse Figuren? Man muß einiges über die Leute wissen, um ihre Bilder zu verstehen, ansonsten guckt man kurz drauf und denkt sich: Aha, eine Schlange, und geht weiter zum nächsten Bild!«

»Noch schlimmer finde ich es bei Ausstellungen über andere Kulturen immer, wenn sich die gesamte Aufmerksamkeit auf die Herstellung der Kunstwerke konzentriert, nach dem Motto: Mit ihren primitiven Werkzeugen haben diese Wilden ein erstaunliches Kunstwerk geschaffen! Als handelte es sich um Steinzeitmenschen, die wir zivilisierten Geschöpfe bei ihren kindlichen Versuchen, sich künstlerisch zu betätigen, milde lächelnd betrachten. Zum Kotzen!«

»Genau diesen Effekt will ich vermeiden«, sagte ich seufzend, »ich möchte die Gefühle und Gedanken, die hinter
so einem Bild stehen, aufzeigen, aber das geht nicht auf
ein paar Seiten!«

»Wenn du gar nichts schreibst«, überlegte sie, »wird erst
recht niemand was verstehen! Leg doch einfach los: Sara
Baumann und das Geheimnis des Babys im Schnee!«

Sie grinste mich an.

»Wie auch immer«, sagte sie. »Ich überlaß dich jetzt wieder deinem Schicksal, weil ich mich ans Telefon hängen
muß. Hoffentlich erreiche ich endlich diesen Typen von
der australischen Fluglinie. Wie hieß er noch mal? Hugh
Lester! Wie Hugh Grant, olala! Ich gehe nach nebenan, damit du ungestört grübeln kannst. Viel Glück!«

So war eben unsere Arbeitsteilung: Sie flirtete am Telefon
mit Männern, die interessante Namen hatten, während
ich versuchte, trockene Texte zu verfassen, bis mir der
Schädel qualmte.

»Danke verbindlichst«, sagte ich matt.

Dann drehte ich mich dem Bildschirm zu und fing an zu
hacken.

Einleitung.

Absatz.

Neue Zeile.

›Bilder einer fremden Kultur zu betrachten, und zu glauben, ihren Sinn intuitiv erfassen zu können, ist naiv. Der
Lernprozeß, den die Menschen der anderen Kultur durch-
laufen mußten, um sie zu verstehen, bleibt uns nicht er-
spart.

Bilder haben die Fähigkeit, auf zweidimensionalem Raum
mehrere Aussagen gleichzeitig zu machen. Sie bedienen
sich einer Vielzahl von Zeichen, die sich in der Wahrneh-
mung der Betrachter/innen in einer Art syntagmatischer
Verkettung ineinander verweben. Vorausgesetzt, wir kennen die Zeichen, werden auf diese Weise vielfältige Informationen gleichzeitig vermittelt. Bilder aus fremden
Kulturen sind mit Zeichen übersät, die wir nicht deuten
können. Wir machen die geschäftige Miene eines Klein-

kindes, das Erwachsene beim Zeitunglesen imitiert. Es hilft nichts, wir können nicht lesen. Das ist verständlich, denn jede Zeit und jede Kultur hat ihre eigenen Zeichen, die nicht übertragbar sind, ohne ihre Bedeutung zu ändern. Ein paar hundert Jahre später oder ein paar tausend Kilometer weiter wird ein Zeichen in einer anderen Bedeutung erfahren. Zeichen können nur innerhalb einer Epoche einer bestimmten Gesellschaft gelesen werden, denn sie basieren auf einem innerhalb einer Kultur und einer Zeit gültigen Verständnis. Es gilt, jedes Zeichen oder abgebildete Ding auf seine Bedeutung in der Bevölkerungsgruppe hin zu untersuchen.‹

Ich zuckte erschrocken zusammen, als Isabel ihren Kopf zur Tür reinsteckte.

»Willst du hier übernachten?«

»Stell dir vor, ich habe angefangen zu schreiben! Ich muß jetzt weitermachen, sonst verlier ich den Drive.«

»Laß mal sehen!«

Sie stellte sich hinter mich und guckte mir über die Schulter.

»Sechs Seiten, na, wer sagt's denn? Es geht doch«, sagte sie, »und du findest das, was du da geschrieben hast, verständlich?«

»Auflockern kann man den Text allemal.«

»Das mach ich dann für dich! Wichtig ist, daß endlich was steht, sonst dreht Geertz noch durch! Du kannst es mir ja auf den Schreibtisch legen, dann schau ich's mir morgen mal an.«

»Aber zeig es niemandem, besonders nicht Geertz! Ich muß noch eine Nacht drüber schlafen! Ich seh dich dann morgen gegen Mittag!«

Als sie gegangen war, fiel mir auf, daß ich nicht dazu gekommen war, mir ihre Schnäppchen vorführen zu lassen, und außerdem hatte ich wieder mal kein Wort darüber verloren, wie sehr es mich nervte, immer die langweiligen Parts unseres Jobs zugeschanzt zu bekommen. Ich nahm mir vor, bei der nächsten Gelegenheit mit ihr darüber zu reden. Dann starrte ich wieder in den Bildschirm.

12

Ich war erstaunt und erfreut, Annes Stimme am Telefon zu hören.

»Hast du dich gut von neulich abends erholt?« erkundigte sie sich.

»Klar, es war richtig nett! Bis auf die kleine Einlage, als sich herausstellte, daß Bernd kein Autohändler ist! Warum hast du mich nicht gewarnt?«

»Ich fand es ganz gut, daß er mal mitkriegt, wie er auf Leute wirkt. Bei seiner Einstellung braucht er sich nicht zu wundern, wenn man ihn für völlig unkreativ hält. Er fand dich übrigens ganz witzig. Deshalb rufe ich auch an: Wir könnten im Moment Hilfe gebrauchen, und Bernd meinte, ich sollte dich fragen, ob du nicht bei uns jobben möchtest? Ich verstehe natürlich, wenn du keinen Bock hast, denn bei uns werden die Leute nach Strich und Faden ausgebeutet, und der Job ist schrecklich.«

»Halt mal, nicht so schnell«, unterbrach ich sie. »Ich würde riesig gerne aushelfen! Ich kann ein bißchen extra Kohle gut gebrauchen, und außerdem ist es sicher interessant, so eine Agentur von innen kennenzulernen!«

»Ich weiß nicht, wozu das gut sein soll? Aber bitte, wenn du unbedingt willst!«

»Du eignest dich nicht besonders zur Mitarbeitermotivation!«

Sie lachte.

»Hast du wirklich Lust?«

»Klar! Was müßte ich denn tun?«

»Wir haben so eine Veranstaltung am Hals, ein Riesending, und du wärst für die Depperlarbeiten zuständig. Aushilfe eben, verstehst du? Aber wenn du dich nicht allzu blöd anstellst, könnte auch was Festes draus werden, weil wir Leute für den Eventbereich suchen.«

»Was für 'n Bereich?«

»Events. Veranstaltungen! Modenschauen, Preisverleihungen, Ausstellungen, Pressekonferenzen, alles mögliche.«

»Das ist genau das, was ich jetzt mache«, fiel ich ihr ins Wort. »Ich organisiere eine Ausstellung! Ich kann das, hoffe ich jedenfalls!«

»Jaja, klar! Das denken alle! Jetzt gucken wir erst mal, wie du dich anstellst. Die Leute von der Uni sind sich ja meistens zu fein zum Arbeiten. Wir hatten schon die unglaublichsten Aushilfen!«

Sie seufzte leidgeprüft.

»Tja, es ist heutzutage schwer, gutes Personal zu bekommen«, sagte ich.

Sie lachte.

»Wem sagst du das? Aber du wirst das schon schaffen«, ermutigte sie mich, »du hast ja so einen ganz fitten Eindruck gemacht.«

»Toll, ich nehm den Job! Wann kann ich anfangen?«

»Das kann ich noch nicht genau sagen. Wir melden uns, wenn's losgeht, o. k.?«

»Prima! Danke, Anne! Es ist sehr nett, daß ihr an mich gedacht habt! Und was machst du sonst, wenn du nicht arbeitest?«

»Gibt es ein Leben nach der Arbeit? Erzähl mir davon! Ich bin jeden Tag bis acht oder neun in der Agentur, und danach bin ich so ausgelaugt, daß ich nur noch die Kraft habe, mich nach Hause zu schleppen und eine Pizza zu bestellen. Mit der hocke ich mich vor die Glotze, und das war's.«

So sah das Leben einer kreativen Texterin aus, einer Frau, die einen Superjob in einer tollen Agentur hat? Ich war platt!

»Und was machst du heute abend?«

»Siehe oben. Ich könnte mir mal zur Abwechslung was vom Inder holen. Wieso?«

»Ich gehe mit ein paar Freunden zum Chinesen. Wenn du Lust hast, komm doch mit!«

»Lust hätte ich schon, aber ich hab noch unheimlich viel zu tun, und morgen wird auch wieder ein stressiger Tag. Aber sag mir, wo ihr hingeht. Wenn ich nicht zu kaputt bin, komm ich nach. Essen muß ich schließlich sowieso.«

Lynn und ich hatten einen Lieblingschinesen.

Das Lokal machte auf den ersten Blick zwar einen etwas schrägen Eindruck, aber das Essen war wirklich gut!

Das Hongkong-Haus war in einem Einkaufszentrum, und man saß entweder mit Blick auf einen Tengelmann oder auf einen Autosalon. Das hört sich nicht sehr einladend an, aber das Lokal wurde von Chinesen und Vietnamesen frequentiert, was bedeutet, daß die Küche zumindest annähernd dem entsprach, was sie aus ihrer Heimat gewohnt waren. Es gab sogar echte Dim sums. Natürlich war es nicht so wie in Hongkong, wo die Kellnerinnen kleine Servierwagen durchs Restaurant schieben, auf denen die Köstlichkeiten aufgetürmt sind: Teigtaschen, gefüllt mit Fleisch, Huhn, Krabben und Lotus, in knusprigen Tofu gewickelt, für Hartgesottene ausgelöste und gekochte Sehnen, gehacktes Quallenfleisch mit Zitrone und Koriander oder schwabbelige Hühnerfüße in scharfer Soße. Man deutet mit dem Finger auf eines der undefinierbaren Teilchen, schon hat man es auf dem Teller und hofft das Beste. Dazu gibt es endlose Kannen grünen Tee und zum Abschluß Eiertörtchen und Pflaumenwein! Im Hongkong-Haus kredenzte man die abgemilderte Version von Dim sums, die auch für europäische Gemüter zu verkraften ist. Hummerkrabben in Teig, Schweinerippchen auf chinesische Art und süße Hefeklößchen mit scharfer Füllung. Lynn und mich erinnerte das Lokal an die Zeit, als wir in Sydney waren und regelmäßig am Sonntag nach Chinatown zum Frühstück pilgerten. Es gibt nichts, was einen nach einer langen Samstagnacht so verläßlich wieder auf die Beine bringt wie chinesisches Essen. Wir saßen mit Freunden um einen runden Tisch inmitten chinesischer Großfamilien, die sich unterhielten und laut schlürfend ihre Wan-Tan-Suppen einsogen. Sogar die allerkleinsten Kinder, die wie kostbare Porzellanpuppen aussahen, nahmen an den Familienbanketts teil. Sie thronten auf Stapeln von Kissen und stocherten mit ihren Stäbchen in den Nudelgerichten herum.

Das Hongkong-Haus weckte diese Erinnerungen, deshalb liebten wir es. Außerdem ist es das einzige in München, in dem auf die penetrante Anwendung von Ketchup verzichtet wird.

Becky, Lynns beste Freundin, wartete schon vor dem Lokal.

»Da seid ihr ja endlich!« sagte sie.

Becky war mit Christof, ihrem Liebsten, gekommen.

Sie war Architektin wie Lynn, darüber hinaus gab es zwischen den beiden keine Gemeinsamkeiten, jedenfalls nicht äußerlich. Becky stammte aus Canterbury. Sie war klein und pummelig, hatte ein rundes Kindergesicht mit großen, grauen Augen, die immer strahlten, als wäre gerade Weihnachten. Ihre blonden glatten Haare waren zum strengen Bob getrimmt, und sie kleidete sich etwas altbacken. Diese Versuche, ihrer Person den respekteinflößenden Touch zu verleihen, den eine Frau ausstrahlen mußte, die als Bauleiterin eine Meute biertrinkender Männer befehligte, waren nicht besonders wirkungsvoll. Sie erweckten höchstens das dringende Bedürfnis, Becky beiseite zu nehmen und ihr zu raten, den Inhalt ihres Kleiderschrankes an Bedürftige zu verschenken. Heute trug sie trotz der Hitze ein weißes, hochgeschlossenes Blüschen mit Perlenkette und Stoffhosen im Keilschnitt. Ungeachtet dieser Maßnahme und ihres verantwortungsvollen Jobs blieb sie das kleine Mädchen, das mit großen Augen in die Welt blickte.

Christof war ein paar Jahre jünger als Becky und studierte im achten Semester Betriebswirtschaft. Er war ein sportlicher Bursche aus dem Chiemgau mit derben Sprüchen, blond und blauäugig. Letzteres war er nicht in bezug auf Becky, deren Gutherzigkeit er meiner Ansicht nach schamlos ausnützte. Ich hielt ihn für eine Niete und konnte nicht verstehen, warum Becky sich mit ihm abgab. Die beiden hatten sich noch nicht hingesetzt, als er schon loslegte.

»Die Becky hat sich jetzt diesen Schlitten gekauft, viel zuviel dafür bezahlt, wenn ihr mich fragt!«

Es fragte ihn zwar keiner, aber er redete trotzdem weiter.

»Ich hab ihr gesagt, daß es bei uns auf dem Land wesentlich billiger gewesen wäre, aber sie wollte nicht auf mich hören! Na gut, hab ich gesagt, du mußt es ja wissen!«

Er guckte Becky an, die strahlend lächelte. Sie war offensichtlich immun gegen seine Sticheleien.

»Du hast völlig recht«, sagte sie jetzt. »Ich treffe im Beruf jeden Tag Entscheidungen, bei denen es um mehr geht als bei so einem Auto!«

»Wenn du meinen Rat nicht brauchst, bitte.«

Christof zuckte beleidigt mit den Schultern.

Ich spielte Beckys Spiel probeweise mit und sagte mit harmlosem Tonfall: »Klar, das kann sie sicher prima alleine machen. Das Geld dafür hat sie ja auch alleine verdient!«

»Wenn sie so schlau ist, bitte«, ereiferte sich Christof wieder, »ich hab nur keine Lust, mir nachher das Gejammer anzuhören, wenn etwas schiefgeht!«

»Christof sorgt sich immer so um mich«, sagte Becky und streichelte den Arm ihres Prinzen. »Auf dem Weg hierher wollte er unbedingt fahren, weil er meint, ich müßte mich erst langsam an das neue Auto gewöhnen.«

»Becky, du gibst zuviel Gas! Damit wird sie noch den Katalysator ruinieren!« sagte er zu uns gewandt. »Dann hat sie auf einen Schlag eine Reparatur am Hals, die einen Tausender kostet! Sie hat einfach kein Gespür für das Auto! Ich bin der Meinung, daß du meinen Golf fahren solltest, Becky, bei dem kannst du wenigstens nichts kaputtmachen. Ich fahr den Neuen inzwischen für dich ein. Das würd ich gerne für dich tun, aber du willst ja nicht! Mehr als Anbieten kann ich es nicht!«

Becky lächelte arglos.

»Weißt du, Christof, das ist wirklich nett von dir! Aber in deinem Auto fühle ich mich nicht sicher! Die Bremsen greifen so spät, und die Kupplung geht schwer, außerdem kann ich ohne Servolenkung nicht einparken! Vielleicht können wir tauschen, wenn du es repariert hast. Du kriegst es doch noch mal durch den TÜV, oder? Aber wie auch immer, früher oder später muß ich mich an meinen Alfa gewöhnen!«

»Mach doch, was du willst!« Christof war jetzt sichtlich verärgert. »Aber das eine sag ich dir, du bist ein richtiger Dickschädel!«

Jetzt schwieg sogar Becky pikiert.

Lynn warf mir vielsagende Blicke zu. Wir hatten bereits Wetten darüber abgeschlossen, wann sich Becky von diesem oberbayrischen Rindvieh trennen würde. Sie saß auf einem Pulverfaß, und es war nur eine Frage der Zeit, wann es explodieren und sie in die Luft gehen würde.

Die Szene wurde von Markus unterbrochen, der aufgeregt hereinstürmte.

»Hallo, Leute! Tut mir leid, daß ich etwas spät dran bin! Ich mußte mich noch frischmachen, ich sah unmöglich aus!«

Das war mit Sicherheit eine glatte Lüge, denn der Mann sah immer blendend aus. Auch heute. Er war ein Vorzeigemann, der Traum aller zukünftigen Schwiegermütter, der leider unerfüllt bleiben würde. Seine pechschwarzen Haare waren kurz geschnitten, und er hatte einen makellosen, leicht gebräunten Teint. Heute trug Monsieur zu seinen Jeans ein weites weißes T-Shirt mit einem dunkelblauen Kragen, das ihm vermutlich Captain Kirk aus der Enterprise direkt in seinen Kleiderschrank gebeamt hatte. Der Vorzeigeschwiegersohn quetschte sich umständlich um den Tisch herum und begrüßte alle Anwesenden mit einem Küßchen. Er sah eben nicht nur gut aus, sondern hatte auch erstklassige Manieren.

Ein paar Minuten später stolzierte Isabel auf ihren neuen Pantoletten herein, mit Thorsten im Schlepptau. Da jetzt alle versammelt waren, konnten wir endlich bestellen.

Als die Hauptgerichte serviert wurden, schlurfte Anne herein. Sie sah blaß und müde aus. Ich stellte sie den anderen als meine zukünftige Arbeitgeberin vor, woraufhin Markus sofort einen Stuhl für sie organisierte, auf den sie sich erschöpft fallen ließ.

»Ich brauche einen Drink«, stöhnte sie, »was ist das für 'n Zeug?«

Sie deutete auf die Karaffe, die auf dem Tisch stand.

»Pflaumenwein, beste Auslese!« sagte Markus charmant.

Sie schnappte sich ein leeres Glas und bediente sich. Dann kippte sie das süße Zeug in einem Schluck hinunter. Becky erzählte gerade von einem Film, den sie neulich im Kino gesehen hatte.

»Äußerst romantisch!« sagte sie, und ihre Kulleraugen strahlten mit tausend Watt. »Diese Frau hat ihre wahre Liebe entdeckt, als sie schon längst verheiratet und über vierzig war. Sie ließ den Typen, also die wahre Liebe, aber sausen, weil sie bei ihrem Mann und den Kindern bleiben wollte.«

Becky seufzte.

»Ich habe so geheult bei einer Szene, in der sie mit ihrem Mann, der natürlich keine Ahnung hat, daß sie in den andren verliebt ist, im Auto sitzt. Es regnet in Strömen, und die Scheibenwischer quietschen. Man kann die Straße kaum erkennen. An einer roten Ampel müssen sie stehenbleiben, und in diesem Moment schwenkt die Kamera auf die andre Straßenseite. Da steht der Mann, den sie liebt, also der andere! Er steht da einfach so im Regen und schaut zu ihr rüber. Das war vielleicht eine Szene! Die ging mir total unter die Haut.«

»Wie kann es sein, daß sie ihn sieht, wenn es doch so stark regnet, daß man die Straße nicht erkennen kann?« fragte Isabel.

»Die Scheibenwischer!« erklärte Becky. »Ist doch auch egal, es ist ein Film! Jedenfalls schauen sie sich lange und intensiv an. Das geht einem durch und durch. In dem Moment denkst du, sie steigt jetzt aus dem Auto und läuft zu ihm!«

»Auf so einen Kitsch stehst du natürlich! Typisch!« warf Christof mit der Feinfühligkeit eines Rindviehs ein.

»Ja«, sagte Becky lächelnd, »voll und ganz. Ich finde, man muß im Kino richtig heulen können!«

»Ich liebe romantische Szenen auch«, sagte Isabel, »wie ging's weiter? Ist sie ausgestiegen?«

»Nein«, sagte Becky, »sie hat sich nichts anmerken lassen und blieb neben ihrem Mann im Auto sitzen.«

»Hartherziges Stück! Ich könnte das nicht«, meinte ich. »Wem ist denn mit diesem Verzicht gedient? Sie selbst ist vielleicht ewig unglücklich, und das spürt auch ihre Familie. Jeder Mensch hat doch ein Recht auf Glück und Liebe!«

»Sie war glücklich mit ihrer Familie, es war eben nur ein bißchen eingefahren«, erzählte Becky, »ihr Mann war nicht mehr so richtig aufmerksam und so. Aber sie hat ihn geliebt. Naja, und dann kam der andere an, neu und aufregend, kribbelkribbel, und sie haben sich verliebt. Es war der richtige Mann zum falschen Zeitpunkt. Deshalb hat sie es beendet. Ich finde das klug.«

»Find ich auch«, sagte Markus, »nur weil sie mal einen Durchhänger mit ihrer Familie hat, ist das noch kein Grund, sie sofort zu verlassen. Hormone können einem üble Streiche spielen, wenn man verliebt ist.«

»Na gut«, sagte Anne aus ihrer Ecke, »aber wenn sie jetzt die Chance auf wahre Liebe verpaßt hat, was dann?«

Das fragte die streitlustige Texterin, die arglose Männer als Partysnack verspeiste?

»Naja, wer weiß«, gab Becky zu bedenken, »sie hat sicher mal gedacht, daß ihr Mann die wahre Liebe ist! Sie will eben nicht mit dem Typen mitgehen und dann nach ein paar Monaten feststellen, daß auch diese Liebe nicht mehr so stark ist wie am Anfang. Oder sie merkt, daß sie ihren Mann vermißt! Soll man denn solchen spontanen Gefühlen überhaupt trauen? Ich glaube nicht. Ich glaube, man sollte sich für einen Menschen entscheiden, den man liebt, und bei ihm bleiben. Ich bin für Stabilität.«

»Du meinst, man soll auf Biegen und Brechen mit jemandem zusammenbleiben, weil man sich einmal für ihn entschieden hat? Das ist doch Schwachsinn!« sagte Isabel. »Guck diese Ehen doch an! Die Leute haben sich nichts mehr zu sagen, Sex haben sie auch keinen mehr, jedenfalls nicht miteinander, und die armen Kinder werden in diesem Lügengespinst aus Verzweiflung drogensüchtig!«

Alle lachten.

»Ich kann gut verstehen, was Becky meint«, sagte Markus. »Ich wünsche mir auch eine Beziehung, die hält. Das ist der Traum der ewigen Liebe, in der Schwulenszene noch utopischer als bei euch Heteros. Es ist immer dasselbe. Du verliebst dich, schwebst auf Wolke sieben und denkst, es hält für immer. Dann fällt dir auf, daß er die Zahnpasta-tube nie zuschraubt, und das Drama nimmt seinen Lauf. Zuerst versucht man zu kitten, aber bald schleicht sich der Gedanke in den Kopf: Wenn's nicht klappt, hol ich mir jemand neuen! Ein paar Monate später ist man wieder allein, und das alte Spiel fängt von vorne an.«

»Es ist alles so austauschbar! Ich frage mich, ob es nicht an dieser Einstellung liegt, daß Beziehungen nicht halten«, orakelte ich.

»Richtig«, sagte Lynn, »zum Glück haben viele diese Ein-stellung! Für mich wäre es der Horror, wenn Beziehungen halten würden. Die Chance auf Veränderung ist meine einzige Rettung! Bei den Männern, die mir bis jetzt über den Weg gelaufen sind!«

Allgemeines Gelächter.

»Erinnerst du dich an den hübschen Schauspieler, wie hieß er noch?«

»Manuel«, grinste Lynn, »erinnere mich nicht daran!«

»War das der, der immer seine Freunde zu euch zum Essen mitgebracht hat und euch dann mit dem ganzen Abwasch hockenließ?« fragte Becky.

»Nein, das war Rocco, der Sizilianer«, erinnerte ich sie.

»Manuel hatte so ein Faible für Rollenspiele, nicht?«

»Er war verrückt danach!« stöhnte Lynn. »Er schrie dann: ›Julia, oh, Julia‹, und wir trieben es auf dem Boden, bis ich am ganzen Körper blaue Flecken hatte.«

»Sei froh, daß er nicht die Serien nachspielen wollte, in de-nen er mitgespielt hat«, gab ich zu bedenken. »Hier spricht die Polizei! Ergeben Sie sich freiwillig, oder müssen wir Gewalt anwenden?«

»Das hat er versucht! Seine Vorstellung von Traumurlaub waren neuneinhalb Wochen in einem Motel in der ameri-kanischen Provinz!«

Lautes Gelächter.

»Der Zahnarzt war auch ein Prachtexemplar«, sagte Mar-kus, »der wollte es doch so gerne in seiner Praxis mit dir machen, stimmt's? So richtig romantisch, mit Blick auf den Bohrer!«

»Können wir das Thema wechseln?« fragte Lynn und seufzte. »Zur Verteidigung des Kariesschürfers muß ich sagen, daß er mir sehr schönen Schmuck geschenkt hat. Alles selbstgemacht! Er kam über sein Labor billig an Gold und konnte es mit seinen Maschinen selbst verarbeiten.«

»Das stammte wahrscheinlich aus alten Zahnkronen«, bemerkte Thorsten trocken. »Na, prost Mahlzeit!«

Alle lachten.

»Wie auch immer«, sagte Lynn, »ich bin froh um die Austauschbarkeit! Stellt euch vor, ich wäre bei einem dieser Typen hängengeblieben!«

Anne, die geistesabwesend am Pflaumenwein genippt hatte, sagte zu Markus: »Und du meinst, man könnte sich für einen Menschen entscheiden und dann bei dem bleiben. Durch dick und dünn, ja? Vorbei mit der ewigen Suche nach der wahren Liebe, man erklärt sozusagen eine Person zur Liebe seines Lebens, und weil man die Einstellung dazu hat, ist sie's dann auch?«

»So war das mal gedacht. Bis daß der Tod uns scheidet.«

Markus lächelte so charmant, als wollte er Anne in der nächsten Sekunde bitten, bis an sein Lebensende an seiner Seite zu sein.

»Ich kann das nicht«, sagte Anne, »weil ich bisher immer an totale Looser geraten bin. Aber vielleicht lag es auch an mir. Ich habe eben bestimmte Ansprüche.«

Ich dachte an den Abend, an dem ich sie kennengelernt hatte, und daß es sicher nicht einfach war, ihren Ansprüchen zu genügen.

»Wenn einer die große Liebe gewesen wäre, hättest du das schon gemerkt«, versicherte Lynn.

»So einfach ist das nicht! Ich denke jedesmal, es ist Liebe«, seufzte Markus.

»Ja, in den ersten vierundzwanzig Stunden sieht es oft verdammt danach aus«, pflichtete Lynn bei.

»Sei froh, daß du einen tollen Job hast, der dich ausfüllt«, tröstete ich Anne.

»Vergiß den Job! Ich will einen Mann«, maulte sie. »Ich habe es satt, abends in eine leere Wohnung zu kommen und am Wochenende alleine durch den Englischen Garten zu radeln. Ich brauche einen Menschen, mit dem ich mein Leben teilen kann. Jemanden, der mir mit Rat und Tat zur Seite steht!«

»Nimm doch Christof«, grinste Lynn, »sorry, Becky!«

Becky winkte ab, als hätte sie keine Probleme, ihren Christof abzugeben.

»Muß es denn unbedingt ein Mann sein?« fragte ich.

»Naja, bis jetzt hab ich noch keine lesbischen Neigungen an mir entdeckt, aber du kannst mich ja überraschen«, erklärte Anne lakonisch.

Ich lachte.

»Denkst du nicht, daß das unser Arbeitsverhältnis stören könnte? Nein, nein, probier das nicht mit mir aus! Ich dachte daran, daß du mit einer Freundin zusammenleben könntest. Das hält länger als eine Beziehung, und du kommst abends nicht in eine leere Wohnung!«

»Das ist aber nicht das gleiche«, sagte Becky, die Konservative. »Wie willst du denn mit deiner Freundin Kinder kriegen?«

Diesen Aspekt hatte ich nicht bedacht, aber Markus wußte eine einleuchtende Lösung für das Dilemma.

»Die ideale Beziehung ist doch, keine Beziehung zu haben!« sagte er und grinste. »Wenn ein Mann und eine Frau zusammenleben, die kein Liebespaar sind, hat die Beziehung echte Chancen. Einfach gute Freunde. Die könnten zusammenleben, Kinder haben, und sie werden sich nicht wegen ein paar Schwankungen in ihrem Hormonhaushalt zerstreiten oder sitzenlassen. Nur so eine Beziehung hat wirklich noch Zukunft. Deshalb sollte so ein Paar zusammen Kinder haben!«

»Genial«, rief ich, »das ist die Idee! Man könnte wirklich ein Leben zusammen planen, Babys haben, morgens nebeneinander im Bad die Zähne putzen, in Urlaub fahren ..., naja, und sich gegenseitig die Schulter zum Ausheulen geben, wenn's mit der großen Liebe mal wieder ein Reinfall war! Gute Freunde, so wie wir, Markus! Meinst du, wir sollten heiraten und eine Familie gründen? In guten wie in schlechten Tagen?«

Ich nahm seine Hand und schaute ihm tief in die Augen.

»Wenn du die Zahnpastatube nicht offenläßt!«

»Wie leidenschaftlich du bist!«

»Stell dir vor«, sagte er und nahm meine Hand, »wir suchen uns ein großes Haus, vorzugsweise eine Jugendstilvilla mit Garten und genügend Schlafzimmern, damit wir uns nicht ins Gehege kommen, und dann kriegen wir süße Kinderchen.«

»Natürlich brauchen wir ein Au-pair-Mädchen! Ich bleibe nicht jahrelang zu Hause bei den Kindern!«

»Ich würde gerne aufhören zu arbeiten und mich um unsre Kinder kümmern!«

»Kein Problem, nur brauch ich erst mal einen Job.«

»Es wird lustig bei uns! Stell dir mal vor, die vielen Leute beim Abendessen! Du, ich, unsere Kinder, mein Freund, dein Freund!«

»Ich hoffe nur, daß das Au-pair-Mädchen gerne kocht!«

»Klar«, sagte er und machte eine wegwerfende Handbewegung, als hätte er diese Frage schon längst mit unserem zukünftigen Au-pair-Mädchen geklärt. »Wir nehmen einfach eine Französin!«

»Ich esse lieber italienisch«, sagte ich.

»Weißt du, mein Schätzchen«, sagte Markus, »ich finde, wir legen uns da jetzt nicht so fest, o. k.? Wir können uns auch was zu essen bestellen. Und ab und zu genießen wir die traute Zweisamkeit. Nachdem wir die Kinder ins Bett gebracht haben, setzen wir uns gemütlich vor die Glotze und berichten uns gegenseitig die News aus unserem Liebesleben! Ach, meine Eltern wären entzückt! Und meine Oma auch!«

»Rührend! Wir werden wohl heute noch Zeugen einer Verlobung!« sagte Thorsten trocken.

»Ich muß allein schon wegen meiner Eltern mal heiraten«, erklärte Anne, »weil die sonst ständig denken, sie hätten bei meiner Erziehung was falsch gemacht!«

»Davon können sie ausgehen«, sagte Thorsten, »alle Eltern machen etwas falsch.«

»Falsch sind nur die Werte, die sie einem mitgeben, finde ich«, sagte Lynn, »sie füttern einen mit Träumen, die sie selbst nicht leben. Wenn du genau hinguckst, tun sie selbst nicht die Hälfte von dem, was sie von uns verlangen. Daddy hat was mit der Sekretärin und Mutter mit dem Tennislehrer. Sie leben in kaputten Beziehungen, wenn sie nicht längst geschieden sind, und predigen heile Welt. Angeblich, weil sie uns schützen wollen! Wovor, frage ich mich bloß? Es ist doch besser, von vornherein zu seiner Unbeständigkeit zu stehen. Kinder kann man notfalls auch alleine großziehen!«

»Ich will aber keine Unbeständigkeit, sie ist nicht mehr als eine Notlösung auf dem langen Weg zum Glück«, meldete sich Anne wieder.

»Dafür, daß du dich so cool gibst, hast du aber ganz schön abgefahrene Träume«, sagte ich.

Anne grinste: »Träume sind mein Geschäft, ich lebe davon.«

»Die Realität ist aber anders«, beharrte Lynn, »jede dritte Ehe wird in den ersten sieben Jahren geschieden. Es wachsen mehr Kinder bei alleinerziehenden Elternteilen auf als in einer Familie.«

»Statistiken sind unromantisch«, sagte Becky, »ich glaube an die große Liebe, die ein Leben lang hält. Ich jedenfalls möchte ganz konventionell heiraten und Kinder kriegen.«

»Ach ja?« erkundigte sich Thorsten. »Und du, Christof? Wie ist das mit dir?«

Christof hatte während der ganzen Zeit wortlos das Essen in sich reingeschaufelt. Er kaute wie eine Kuh auf der Weide und sah nicht so aus, als hätte er überhaupt zugehört. Jetzt schaute er auf und schluckte seinen Bissen herunter.

»Ja, Christof«, sagte Lynn und lächelte ihn an, »möchtest du eigentlich mal eine Familie gründen?«

»Mir legt so schnell keine einen Strick um den Hals«, erklärte Christof, »noch lange nicht! Ein Mann soll heiraten, wenn er zwischen vierzig und fünfzig ist. Dann hat er die besten Jahre hinter sich, hat seinen Spaß gehabt und kann sich ein ruhiges Plätzchen suchen.«

Er blickte in die Runde. Eisiges Schweigen schlug ihm entgegen. Becky war grün um die Nase. Das Strahlen in ihren Augen war einem verdächtigen Funkeln gewichen.

»Wie schön, daß ich das in aller Deutlichkeit erfahre«, sagte sie mit eisiger Stimme, »jetzt verstehe ich auch, warum du mehr Interesse an meinem Auto hattest als an mir! Der Spaßfaktor! Aber du hast eines übersehen, Christof! Ich hatte weniger zu lachen als du! Und damit ist jetzt Schluß. Jetzt will ich auch Spaß haben, und zwar ohne dich!«

»Kriegst du deine Tage, oder was ist los?« meckerte Christof.

Becky guckte ihn wütend an.

»Ich habe dich endgültig satt, Christof. Verschwinde aus meinem Leben! Und aus diesem Restaurant!«

»Was zum Teufel ist los, Becky«, schimpfte Christof, »was hab ich denn schon wieder falsch gemacht?«

»Gar nichts!« fauchte sie. »Ich hab was falsch gemacht!«

Mit Becky war jetzt nicht zu spaßen. Sie stand von ihrem Stuhl auf und deutete in Richtung Tür.

»Geh einfach!« zischte sie. »Ich wünsche dir viel Spaß, bis du vierzig bist! Jedenfalls mehr, als ich mit dir hatte!«

»Ich habe immer gesagt, daß das Gequatsche von deinen Freunden einen schlechten Einfluß auf dich hat«, sagte Christof und legte seine Hand auf Beckys Arm. »Ich war es nicht, der hierherkommen und über diesen Mist reden wollte. Ich hab von Anfang an gesagt, daß es viel besser wäre, heute abend ins Autokino zu gehen!«

Sie zog ihren Arm weg und rieb die Stelle, wo er sie berührt hatte, als wäre sie dort von einer Schlange gebissen worden.

»Tschüß, Christof«, sagte sie, »viel Spaß noch weiterhin!«

Endlich hatte er es kapiert. Wütend knallte er Beckys Autoschlüssel auf den Tisch und dampfte ab.

»Von wegen romantische Verlobungsszene«, sagte Becky,
»für mich hat sich das fürs erste erledigt.«

Dann fing sie bitterlich an zu schluchzen. Dicke Tränen
liefen an ihren runden Kinderbacken herunter und fielen
in den Teller mit den Dim sums.

»Wie konnte ich nur so blind sein?«

»Du hast dir nichts vorzuwerfen«, tröstete Lynn, »manche
Frösche kann man wieder und wieder an die Wand schmeißen, es werden einfach keine Prinzen draus!«

»Ich wußte ja nicht, daß er ein Frosch ist«, heulte Becky.

»Erstaunlich, dabei war sein Gequake doch nicht zu über-
hören!«

Ich hatte mir die Bemerkung nicht verkneifen können.

Becky blickte in die Runde. Ihr Puppengesicht sah mit den
tränenumflorten Augen noch kindlicher aus als sonst.
Sie schnappte sich eine Papierserviette und putzte sich
schnaubend die Nase.

»Vielleicht ist die Idee gar nicht so dumm«, sagte sie und
stocherte versonnen mit den Stäbchen in ihrem Teller
herum. »Markus, würdest du unter Umständen mich heiraten?«

Ich traute meinen Ohren nicht. Sie war seit zwei Minuten
ein Single und machte sich schon an meinen Zukünftigen
ran!

»Also, das kann doch nicht wahr sein«, ereiferte ich mich,
»unsere Vernunftehe sollte länger halten als nur eine
Nacht!«

»Sachte, sachte, meine Damen«, meldete sich der Bräu-
tigam zu Wort, »noch habe ich kein Eheversprechen gegeben! Ich werde eure beiden Anträge gründlich überlegen und sehen, welche von euch ich erhören kann.« Er
wischte sich imaginären Schweiß von der Stirn. »Das geht
mir alles ein bißchen zu schnell! Bis jetzt war ich immer
nur mit Kerlen zusammen, und auf einmal hab ich zwei
Bräute! Gnade!«

Er spielte den Bedrängten so überzeugend, daß alle lachen
mußten. Auch Becky.

13

Es war heiß. Meine Haut brannte trotz Lichtschutzfaktor zwanzig. Was, wenn ich eine kleine Stelle vergessen hatte einzucremen? Meine Ohrläppchen oder die Armbeuge? Die Luft war angefüllt von Stimmengewirr, Kinder quietschten und plantschten. Wenn ich versuchte, die Augen zu öffnen, tanzten kleine gelbe Kreise vor meinen Pupillen, also ließ ich sie zu. Wellen klatschten sanft ans Ufer, es duftete nach Wasser und ein klein wenig nach Grillfeuern. Ich schnippte mit dem Finger in die Luft. Das war das Zeichen für Isaac, den Barmann, mir einen Fruchtcocktail zu servieren, etwa den hundertsten heute. Vor dem Dinner würde ich noch einmal durch den heißen Sand laufen und dann mit einem Satz in die Wellen tauchen. Ich schnippte noch mal mit dem Finger, und Meerwasser umspülte meine gebräunte Haut. Ich schwamm in Richtung Horizont. Wenn ich mich umdrehte, sah ich den glitzerndweißen Strandstreifen und die kleinen Bambushütten der Ferienanlage, die sich malerisch an den grünen Hügel schmiegten. Die Anlage war mit roten und lilafarbenen Lilien und Orchideen bepflanzt, die in voller Blüte standen. An den Wegen wuchs duftender Jasmin, hier und da ragte eine Riesenkaktee in den strahlendblauen Himmel. Ich würde mich vor dem Dinner duschen und mit duftenden Blütenessenzen, die ich im Ort gekauft hatte, einölen. Dann hatte ich die schwierige Aufgabe, das passende Abendkleid zu wählen. Das weiße mit dem tiefen Ausschnitt und dem glockigen Chiffonrock hatte ich gestern getragen. Ungeschriebene Regel war, sich nie an aufeinanderfolgenden Tagen im selben Fummel blicken zu lassen. Den supersexy Catsuit wollte ich mir für den ganz großen Auftritt am letzten Abend aufsparen. Daher entschied ich mich heute für das orange Rückenfreie. Es unterstrich die zarte Bräune meiner Haut und stand in reizvollem Kontrast zu den dunklen Locken, die frisch gewaschen und duftend meine Schultern umspielten. Als ich langsam auf meinen hohen Stilettos die weiße Marmortreppe – welche Treppe? – ich wohnte doch in dem Bungalow mit dem Bambusdach ...? – also diese Marmortreppe hinunterschritt, stand er schon am Treppenabsatz, um mich zum Dinner zu begleiten. Er lächelte mich an und reichte mir seinen Arm. Trotz der Hitze durchlief mich ein leichtes Frösteln. Gott, sah er wieder traumhaft aus! Sein dunkles Haar war naß und nach hinten frisiert, bis auf eine widerspenstige Strähne, die in die Stirn fiel. Er trug einen Smoking. Zu den sanften Klängen von C. C. Cole – oder war es Frank Sinatra? – betraten wir den mit Kerzen beleuchteten Speisesaal. Wir waren an den Tisch des Captain geladen, Gopher und Julie McCoy saßen auch schon dort. – Welcher Captain? Na, der Alte mit der Glatze und dem breiten Grinsen! Er steuert das Traumschiff durch den glitzernden Ozean, Abfahrt mittags um zwölf auf Sat 1.

»Sara, kannst du mal kurz deinen Kopf hochheben?«
Ich blinzelte und öffnete die Augen.
»Du liegst auf meiner Zeitschrift. Sag bloß, du hast geschlafen?«
Isabel stützte sich auf die Ellenbogen und grinste mich an. Wir waren in München, an der Isar. Ich mußte unwillkürlich seufzen.
»Ich hatte was viel Besseres vor«, sagte ich.
Isabel lag mit Thorsten auf einem schmalen Handtuch, das sich neben meiner Luxusausführung Marke Paloma Picasso kümmerlich ausmachte. Thorsten blätterte in den Stellenannoncen.
»Ich war auf einer Trauminsel und wollte gerade mit dem Traummann zum Abendessen gehen. Apropos Essen, wann fangen wir denn mit dem Grillen an?«
»Riechst du das Feuer denn nicht? Die anderen betätigen sich schon seit einer halben Stunde als Steinzeitmenschen und haben das Feuer nach zwanzig erfolglosen Anläufen jetzt glücklich zum Brennen gebracht!«
»Klopf keine schlauen Sprüche. Du hättest ihnen ja auch helfen können!« brummte Thorsten hinter der Süddeutschen Zeitung hervor.

»Helfen? Ich? Du spinnst wohl! Die lassen sich doch von einer Frau nicht in eine so urmännliche Tätigkeit reinreden! Grillen ist traditionell Männersache, das war schon in der Steinzeit so!« konterte Isabel.

»Da ist was Wahres dran«, überlegte ich, »mein Vater wollte sich auch nie helfen lassen!«

Und der muß es wissen, er kommt direkt aus der Steinzeit! Grillen war seine unangefochtene Domäne. Er stand dann mit einer Schürze vor dem Bauch im Garten und gab Anweisungen oder kommentierte jeden einzelnen Schritt seiner komplizierten Tätigkeit. ›Feuermachen, Kinder, ist keine einfache Sache. Es ist eine Kunst!‹ Dazu pustete er in die Glut und verteilte Asche über den näheren Umkreis. Dann zückte er einen von Knoblauchöl triefenden Backpinsel aus Gänsekielen und bestrich die Fisch- und Fleischteile, die auf dem Rost lagen, zum tausendsten Mal. Wenn das Essen dann fertig war, hatte er Schweißperlen auf der Stirn, eine heisere Stimme und eine stolzgeschwellte Brust.

»Naja, wie auch immer! Ich frage Fred und Barnie mal, wie's mit dem Essen vorangeht. Vielleicht kann ich ja doch helfen.«

Ich stand auf.

»Ugauga, Feuer, Essen, Hunger.«

Auf dem Grill aus Isarsteinen züngelte schon ein hübsches Feuerchen. Die Steinzeitmenschen stocherten mit langen Holzstäben darin herum.

»Kann ich irgendwas tun?« fragte ich.

»Wir haben alles im Griff«, kam es wie aus einer Kehle.

Da ich hier nicht gebraucht wurde, trollte ich mich wieder und setzte mich ans Ufer und schaute auf den Fluß. Die Sonne stand jetzt schon niedriger und verwandelte die Wasseroberfläche in eine glitzernde Fläche aus orangen und rosa Punkten. Enten ließen sich auf den Wellen treiben und zogen leise quakend vorbei. Waren es dieselben von neulich nachts? Ich hatte seitdem nichts von Boris gehört. Neidisch linste ich zu Isabel und Thorsten hinüber, die sich auf ihrem Fetzen von Handtuch aneinanderkuschelten. Was nützte mir mein schönes Handtuch, wenn ich alleine draufliegen mußte! Ich unterzog die Steinzeitmenschen einer genauen Betrachtung. Gregor war Thorstens Busenfreund. Er war Maschinenbauer oder so was. Mein Problem ist, daß ich bei Leuten mit technischen Berufen automatisch abschalte, wenn sie anfangen, von ihrer Arbeit zu erzählen. Ich kann mich auf diese Gespräche einfach nicht konzentrieren. Seit Anfang des Jahres war Gregor bei einem Elektrokonzern in der Qualitätsprüfung beschäftigt. Das hatte mir die Sache auch nicht gerade erleichtert. Was konnte man denn darüber reden?

»Na, schönen Tag gehabt? Wie viele Glühbirnen waren denn heute wieder kaputt? Sind eigentlich zwei 40-Watt-Birnen effizienter als eine 80-Watt-Birne?«

Nicht mein Ding! Wenn ich ehrlich war, hatte ich keinen Dunst, was er den ganzen Tag trieb, weil ich nie länger als eine Minute zugehört hatte. Isabel hatte mal versucht, es mir zu erklären, aber ich vermutete, daß sie es auch nicht so genau verstanden hatte, denn ihre Tätigkeitsbeschreibung war irgendwie lückenhaft. Ich erfuhr nur, daß man viele Meetings hatte und eine bestimmte Anzahl von Glühbirnen pro Jahr vergünstigt erwerben konnte. Gregor sah nicht schlecht aus, sportlich, dunkle Haare und so, aber ich konnte mir kein Bild davon machen, was er dachte, wenn er gerade keine Glühbirnen testete.

Dirk, der andere Höhlenmensch, war auch Techniker. Er hatte mit Computern zu tun, wenn er sich nicht gerade wie jetzt mit Feuermachen beschäftigte. Er war mit Abstand der hübscheste Mann in der kleinen Runde. Thorsten war überhaupt nicht mein Geschmack. Er war hager, blaß, und seine Haare hatten eine undefinierte Farbe, Tendenz sandfarben. Dirk dagegen hatte einen leicht gebräunten muskulösen Körper und dunkle wilde Locken. Aber das Schönste waren seine leuchtendgrünen Augen und die Eigenschaft, seine Umgebung mit langweiligen Details aus seinem Berufsalltag zu verschonen. Trotz dieser Vorzüge wollte ich nicht mit ihm flirten. Er war ein Freund, brüderlich platonisch. Ich hatte ihn in den letzten Jahren in diversen Liebesangelegenheiten beraten, denn er hatte einen Hang zu unglaublich komplizierten Frauen und steckte ständig in Schwierigkeiten.

»Ich versteh das einfach nicht«, hatte er während seiner letzten Romanze gerätselt, »erst meckert sie, daß ich ihr nicht genug Interesse entgegenbringe. Daraufhin rufe ich sie jeden Tag an, und jetzt meckert sie deswegen. Das sei ihr zu stereotyp, sagt sie. Ich sollte spontan und unverhofft zeigen, daß ich mich für sie interessiere. Also bin ich neulich spontan zu ihr in die Arbeit gefahren und hab unter ihrem Fenster mit dem Ghettoblaster romantische Lieder gespielt. Da hat sie fast einen hysterischen Anfall gekriegt und aus dem Fenster geschrien, ich sollte nie wieder eine solche Szene vor ihren Kollegen liefern. Was mach ich bloß falsch?«

Solche Gespräche machten eine Romanze zwischen uns unmöglich. Er hatte sogar einmal nach einer besonders langen Nacht in meinem Bett übernachtet. Keinem von uns wäre der Gedanke gekommen, etwas anderes zu tun, als zu schlafen. Unsere Beziehung war so harmlos, daß mir Lynn nicht mal ihren Das-will-ich-nachher-brühwarm-erfahren-Blick zuwarf, als Dirk zum Frühstück erschien.

Die Höhlenmenschen stocherten noch ein bißchen im Feuer und warfen dann die Forellen und ein paar Würstchen auf den Rost.

»Ich will auf keinen Fall, daß mein Fisch nach Schweinefleisch schmeckt!« rief ich.

Ich esse ungern Fleisch, weil mich der Gedanke an blutende Tiere, die, mit dem Kopf nach unten aufgehängt, qualvoll sterben müssen, anekelt. Kleine pinke Ferkelchen, die elend an Elektroschocks zugrunde gehen? Flauschige Kälber mit großen Ohren und feuchten braunen Augen müssen in die Todeszelle? Nein danke, das ist wirklich nicht nötig, nicht für mich! Fischen gegenüber bin ich weniger zartfühlend.

»Keine Panik«, riefen die Höhlenmenschen, »die Teile liegen doch nebeneinander und nicht übereinander! Vertrau uns, wir machen das schon!«

Ich beschloß, mich vor dem Dinner noch mal in die Fluten zu stürzen. Vorsichtig testete ich die Wassertemperatur mit meinen Zehen, in der unsinnigen Hoffnung, der eisige Fluß könnte sich mir zuliebe etwas erwärmt haben. Aber die Isar hat ihre Prinzipien. Sie ist und bleibt ein Gebirgsfluß und kein tropisches Meer. Tapfer biß ich die Zähne aufeinander und stürzte mich kopfüber hinein. Die Enten schwammen beleidigt quakend davon. Trotz der arktischen Temperaturen zwang ich mich, ein paar Züge zu schwimmen. Man mußte sich waagerecht, sozusagen parallel zur Wasseroberfläche bewegen, denn der Fluß war an dieser Stelle so flach, daß man beim Schwimmen in Gefahr kam, sich die Knie aufzuscheuern. Nach ein paar Minuten hatte ich genug. Mit klappernden Zähnen und blauen Lippen ging ich prustend an Land. Ich schüttelte meine nassen Haare.

»Wage es nicht, in meine Nähe zu kommen!« kreischte Isabel.

Warum eigentlich nicht? Ich rannte auf sie zu und schüttelte über ihr noch mal kräftig meine Haare aus.

»Du bist schlimm, gemein, hinterhältig!« zeterte sie. »Na warte, dir zeig ich's!«

Sie packte meinen Arm und zog mich in Richtung Wasser.

»Wolltest du mit mir baden, Isabel? Warum sagst du das nicht gleich?«

»Ich denke nicht daran, in diesen Eisfluß zu gehen! Du brauchst noch eine Abkühlung!«

Wir balgten uns so lange, bis wir beide platschend im Wasser landeten.

»Pfui Hölle, ist das kalt«, fluchte Isabel.

Keuchend rannten wir zu unseren Handtüchern.

»Genug gespielt, Kinder! Jetzt gibt's Happihappi!« sagte Thorsten und faltete gemütlich die Süddeutsche zusammen.

»Haben wir wirklich genug gespielt?« fragte ich Isabel.

»Neee«, kicherte sie, »mein liebstes Spielzeug liegt ja noch ganz unbenutzt herum!«

»Laßt mich bloß in Ruhe, ihr Furien!«

Wie vom Blitz getroffen sprang Thorsten in die Höhe und lief davon. Wir preschten hinterher.

»Bleibt mir vom Leib, Hexen!« schrie er und machte mit seinen beiden Zeigefingern ein Kreuz. Wir stürmten auf ihn zu und schüttelten unsere nassen Haare, bis er aufgab.

»O.k., o.k., ihr könnt aufhören, ihr habt mich genug gequält. Was wollt ihr von mir? Ich tue alles!«

Isabel wollte geküßt werden. Ich trollte mich ungeküßt von dannen und rubbelte meinen Körper mit dem flauschigen Handtuch ab. Dann streifte ich mir Jeans und T-Shirt über, packte meine Badesachen zusammen, wickelte meine nassen Haare ins Handtuch und drehte es zum Turban. So setzte ich mich ans Feuer.

»Möchte Madame die Gurke in den Salat oder lieber auf dem Gesicht haben?« fragte Dirk.

»Lieber im Salat. Soll ich sie schnippeln?«

Er hatte eine Profi-Kühltasche mit Riesenausmaßen dabei, in der zwischen Unmengen von Bier eine Gurke und zwei Tomaten gelagert waren.

»Ja, schnippel nur, dann machst du dich wenigstens nützlich!«

Das war doch wieder typisch! Bei der Küchenarbeit durfte ich gnädigerweise helfen, aber im Feuer durfte ich nicht herumstochern. Ich fand mich mit der mir von der Natur zugewiesenen Rolle ab und verarbeitete die Gurke zu feinen Scheiben. Meine Mutter war früher auch für die Beilagen zuständig gewesen. Sie machte grünen Salat oder Kartoffelsalat, sofern die Kartoffeln nicht in Alufolie gewickelt im Feuer gegart wurden, und Knoblauchbaguette. Darüber hinaus war sie für die Getränke zuständig, außer dem Bier, das in den Kompetenzbereich meines Vaters fiel, und für die Nachspeise. All das vollbrachte sie in der Abgeschiedenheit der Küche, um meinem Vater nicht die Schau zu stehlen.

Inzwischen stand die Sonne tief, und die Badenden machten sich auf den Heimweg. In kleinen Grüppchen zogen sie an unserem Grillplatz vorbei. Wir hatten die ersten Biere geköpft und saßen ums Feuer. Die Höhlenmenschen hatten aufgehört, darin herumzustochern, und pieksten statt dessen mit ihren Gabeln in die halbgaren Fische.

»Sie sind fertig, wenn die Augen poppen«, erklärte Thorsten fachkundig.

»Igitt, hör auf!« rief ich.

Sie konnten einem wirklich den Appetit verderben!

»Wußtest du, daß der Victoria-Barsch aus dem Victoria-See in Tansania kommt?« fragte Dirk. »In diesen See wurden während des Bürgerkriegs vor ein paar Jahren die Leichen gekippt!«

Was für ein makabres Thema! Konnten sie sich nicht über etwas anderes unterhalten? Es konnte nicht mehr schlimmer werden.

»Tja, du bist, was du ißt! Ich habe gelesen, daß in Schokolade Schweineblut untergemischt wird«, sagte Isabel. »Die braune Farbe kommt angeblich gar nicht vom Kakao!«

»Mein Gott, seid ihr widerlich!« kreischte ich. »Hört sofort auf, vom Essen zu reden, sonst vergeht mir der Appetit!«

»Du sollst sowieso keine Schokolade essen«, dozierte Gregor. »Sie ist eine billige Ersatzbefriedigung.«

»Besser Ersatzbefriedigung als gar keine«, gab ich zu bedenken.

»Klar, bloß macht dich die Ersatzbefriedigung fett und faul, und dann hast du noch weniger Chancen, das zu kriegen, was du wirklich willst!«

»Fett oder nicht fett, ich habe jetzt Hunger, und wenn ihr mir weiter den Appetit verderbt, werde ich euch als Ersatz auf den Grill schmeißen! Das wird mir unter Garantie eine tiefe und echte Befriedigung verschaffen.«

»Es läßt tief blicken, daß du mich gerne essen würdest«, grinste Gregor.

Die anderen schätzten offensichtlich seine platten Witze und kicherten. Gregor fand sich anscheinend unwiderstehlich. Um ihn wieder auf den Teppich zu bringen, wechselte ich das Thema.

»Und, wie ging's der Qualitätskontrolle so in der letzten

Woche? Wie viele Glühbirnen sind denn diesmal durchgebrannt?«

Zu meinem Erstaunen fiel er nicht darauf herein.

»Du interessierst dich für meine Arbeit? Ganz was Neues! Bisher hatte ich immer den Eindruck, daß dich das Thema zu Tode langweilt!«

»Tut es auch, wenn ich ehrlich bin«, gab ich zu.

In etwas Entfernung ging eine Gruppe von lachenden und quasselnden Leuten vorbei. Ich hörte eine wohlbekannte Stimme heraus und war augenblicklich wie versteinert. Stimmen sind wie Gerüche. Man vergißt sie nie. Auch wenn man sie jahrelang nicht gehört hat, erkennt man sie sofort, und sie lösen mit einemmal Erinnerungen aus, die man längst vergessen hat. Als ich es endlich schaffte, mich umzudrehen, sah ich Tom. Er hielt die Hand einer blonden Frau, die auf ihn einredete. Er schien völlig gefesselt von ihrer Geschichte. Ich hatte ihn seit Ewigkeiten nicht gesehen und kaum an ihn gedacht, doch jetzt kam es mir vor, als wären wir erst seit gestern getrennt, und es tat weh, ihn so vertraut mit einer anderen zu sehen. Ich wußte, daß die alte Wunde wieder aufreißen würde, wenn ich nicht schnell wegguckte, aber ich konnte meinen Blick nicht abwenden. War das seine Neue? Warum wußte ich nichts davon? Woher sollte ich es wissen? Unsere Wege hatten sich schließlich getrennt. Obwohl ich nicht mehr mit ihm zusammensein wollte, war ich empört zu sehen, daß er anscheinend auch ohne mich zurechtkam! Das hätte ich nicht gedacht!

»Das ist doch Tom da drüben, wenn mich nicht alles täuscht!« sagte Isabel und schwenkte ihren Arm in der Luft. »Huhu, Tom!«

Sie war so sensibel wie ein Walroß!

»Laß mal gut sein«, sagte ich, »ich bin nicht so scharf drauf, ihn zu sehen.«

Doch es war schon zu spät. Er guckte herüber und steuerte in der nächsten Sekunde auf uns zu, die Blonde im Schlepptau.

»Hi, Sara!«

Sein dunkles Haar war naß und nach hinten frisiert, bis auf eine widerspenstige Strähne, die in die Stirn fiel. Unwillig kämmte er sie mit seinen Fingern nach hinten. Er trug zwar keinen Smoking, sah aber trotzdem traumhaft aus. Ich hörte nicht, was geredet wurde, sondern starrte ihn nur an. Irgend jemand hatte anscheinend einen Witz gemacht, jedenfalls mußte er lachen. Die Blonde lachte auch. Was hatte die, was ich nicht hatte? Sie sah zugegebenermaßen gut aus und war anscheinend auch humorvoll. Jetzt schüttelte sie sich vor Lachen, während ich steif wie ein ausgestopfter Marder im Gras hockte. Aber sie war nur ein billiger Ersatz für mich, das sah doch ein Blinder! Sie hatte eine andere Wellenlänge, das war klar. Ihr Haar war schnürlglatt und an den Spitzen vollkommen gerade geschnitten. Kein Härchen tanzte aus der Reihe. Sie trug eine weiße Jeans mit Bügelfalten, die keinen einzigen Flecken hatte. Wie schaffte sie das? Ich hatte schon Dreck an der Hose, wenn ich nur an die Isarauen dachte, geschweige denn, mich im Gras oder im Kies lümmelte. Sie mußte ein penibler, engstirniger Charakter sein. Zu Hause benutzte sie wahrscheinlich Tischsets aus Plastik und legte die Messer, wenn sie den Tisch in ihrer kleinen weißen Küche deckte, exakt einen halben Zentimeter neben die Gabeln. Jeden Tag gleich, samstags und sonntags dreimal! Der ärmste Tom. Das hatte er nicht verdient!

»Wir müssen weiter, die anderen warten. Sara, man sieht sich!«

Er smilte mich an und zog mit der Blonden davon. Vermutlich mußte sie nach Hause und die Sofakissen aufschütteln oder ihre Socken bügeln.

»Einen wunderschönen Abend noch«, flötete ich im süffisantesten Tonfall, den ich draufhatte, »bis ba-ha-ld!«

Kaum hatten sie uns den Rücken gedreht, wurde ich hektisch. Mein Herz raste wie wild. Ich mußte herausfinden, wer diese Frau war. Es ließ mir keine Ruhe, aber ich wäre eher tot umgefallen, als Tom selbst zu fragen. Er sollte sich bloß nicht einbilden, ich sei eifersüchtig! Ich mußte es so arrangieren, daß ich Irene über den Weg lief, die sicher schon darauf brannte, mir alles brühwarm zu berichten.

»Das war doch jetzt nicht doof für dich, oder?« fragte Isabel, die Zartfühlende. »Du warst jedenfalls ziemlich cool.«

»Worüber sollte ich mich aufregen?«

Ich spielte die Harmlose.

»Dann ist ja gut! Ich dachte nur so.«

Fang mit dem Denken nächstes Mal etwas früher an!

»Tom kann spazierengehen, mit wem er will, ich bin für die Freizeitgestaltung meiner Ex-Männer nicht zuständig«, fügte ich hinzu, um eventuelle Zweifel im Keim zu ersticken.

»Es sah nicht so aus, als würden die beiden nur spazierengehen«, orakelte die Unsensible.

Mußte sie so auf dem Thema herumreiten? Jetzt war ich wirklich ungehalten und wollte es ihr heimzahlen.

»Wie war das eigentlich, nachdem es mit Mia und dir auseinanderging, Thorsten?« wandte ich mich an ihn.

Er war wochenlang vollkommen aus dem Häuschen gewesen, weil sich seine damalige Liebe, Isabels Vorgängerin, kurzfristig in einen anderen verknallt hatte.

»Wie kommst du jetzt darauf?« fragte Isabel. »Das ist doch schon ewig lange her!«

»Ist mir nur so eingefallen«, sagte ich arglos.

»Richtig drüber weg war ich erst an dem Abend vom Länderspiel«, begann Thorsten.

Was würde das denn für eine Geschichte?

»Es macht dir doch nichts aus, wenn ich darüber rede, Isabel?« fragte er.

»Nee, Quatsch! Erzähl ruhig!«

Ich konnte ihre Augen in der Dunkelheit funkeln sehen.

»Ja, das war so: Gregor und ich hatten bei mir das Länderspiel im Fernsehen angeschaut. Weil wir gewonnen hatten, beschlossen wir, den Sieg zu feiern, obwohl wir schon beim Fernsehen ein paar Biere gehabt hatten und ziemlich lustig waren.«

»Ich kann mir gut vorstellen, was dann passiert ist!« zischte Isabel. »Ihr habt ein paar nette Frauen getroffen, du bist einer davon volltrunken in die Arme gestürzt und warst am nächsten Morgen von Mia geheilt!«

Sie war jetzt alles andere als cool. Das geschah ihr recht!

»Jetzt warte doch mal ab!«

Thorsten nahm ihre Hand.

»Es kam ganz anders. Wir gingen also zum Saufen. Die nächste Anlaufstelle war das Café Seitensprung, weil es so günstig bei mir um die Ecke gelegen ist. Das erwies sich als grober Fehler. Das Seitensprung war nämlich Mias und meine Stammkneipe gewesen, und ich hatte es seit der Trennung konsequent gemieden, auch wegen dem Namen, ihr versteht? Seitensprung! An dem Abend hielt ich mich für soweit genesen, daß ich mich traute, mit Gregor reinzugehen. Natürlich passierte das Unvermeidliche …«

»Mia stand mit Brad Pitt an der Theke!« Dirk war eben Realist.

»Viel schlimmer! Sie war natürlich nicht da, jedenfalls nicht wirklich, aber ich sah sie überall. An jeder Ecke der Bar stand sie, die Wände waren mit ihrem Bild tapeziert, und wenn ich in mein Bierglas guckte, sah ich ihr Gesicht in der Schaumkrone!«

»Ein Alptraum!« stöhnte ich.

»Das kannst du laut sagen! Ich hatte den schlimmsten Anfall von Mia-Rückfälligkeit, den man sich vorstellen kann. Prompt fing ich an, Gregor die Ohren vollzuheulen.«

»Er winselte förmlich«, erzählte Gregor. »Es war nicht mehr auszuhalten! Ich hatte ihm die ganzen Wochen geduldig zugehört, Mia hier, Mia da. Ich konnte das Thema Mia nicht mehr hören.«

Gregor hatte ein breites Grinsen im Gesicht: »Also beschloß ich, härter durchzugreifen.«

»Jetzt tu mal nicht so, als wäre eine Taktik dahinter gewesen«, eiferte sich Thorsten, »du warst einfach sternhagelvoll und hast deinen inneren Schweinehund rausgelassen!«

»Was ist denn um Himmels willen passiert?« fragte ich gespannt.

»Eigentlich ist es superpeinlich! Erzähl du es, Gregor! Du hattest auch damals keine Hemmungen!«

Gregors Grinsen wurde noch breiter.

»Ich hab ihm in allen Einzelheiten ausgemalt, wie Mia es gerade mit ihrem Neuen treibt!«

Tom und diese Blonde?

»Was?« rief ich entsetzt. »Das ist doch Folter! Damit streust du Salz in die offene Wunde!«

Was lief zwischen den beiden ab? Ob sie sich schon geküßt hatten? Bei dem Gedanken lief mir ein kalter Schauer den Rücken hinunter. Unwillkürlich griff ich nach meinem Pullover und legte ihn mir um die Schultern. Als mir wärmer wurde, dachte ich, daß eine Frau wie die Sofakissenaufschüttlerin sicher keine Leidenschaft zuließ, die ihre Haare durcheinanderbringen könnte. Der Gedanke beruhigte mich wieder.

»Gregor war echt sadistisch! Er schaute auf seine Uhr und sagte: ›Es ist halb eins, er fummelt an den Knöpfen ihrer Bluse. Jetzt küßt er ihren Busen. Seine Hose hat eine Wölbung von zoologischen Ausmaßen. Er schmeißt sie aufs Bett. Sie stöhnt und zerrt sich die Klamotten vom Leib …‹«

»Ich hab das in Variationen alle zehn Minuten gemacht«, erklärte der Folterknecht stolz. »So nach dem Motto: ›Jetzt ist es zwanzig vor eins. Er kann schon wieder, sie stöhnt vor Lust …‹, und so weiter, bis Thorsten gebettelt hat, ich soll aufhören!«

»Und das hat dir geholfen?«

Isabel konnte es genausowenig fassen wie ich.

»Es hat mich auf den Boden der Tatsachen zurückgeholt. Verdammt noch mal, sie hatte einen anderen, und ich mußte mich damit abfinden! Nach dem Abend konnte ich's! Naja, und dann hab ich ja zum Glück dich getroffen.«

Er strahlte Isabel an und umarmte sie. Ich kaute auf meinem Stück Forelle herum und dachte über die Rätsel der männlichen Psyche nach.

14

Den Job in der Werbeagentur hatte ich mir irgendwie spannender vorgestellt. Es hatte sich so interessant angehört, bei der Vorbereitung einer großen Veranstaltung mitzuhelfen, aber jetzt saß ich seit einer Woche hier und tippte Adressen in den Computer.

»Ich kann mich nicht um jeden Mist kümmern«, hatte die lange blonde PR-Frau erklärt, als ich am ersten Tag in der Agentur auftauchte. »Das ist jetzt deine Aufgabe!«

Sie führte mich an meinen Arbeitsplatz, ein Kabuff am Ende des Flurs, und knallte einen Stapel Papiere auf den Tisch.

»Es ist total simpel«, erklärte sie und musterte mich eindringlich, als könnte sie meine Befähigung für anspruchslose Tätigkeiten meinem Gesichtsausdruck ablesen. Offensichtlich fand sie das Ergebnis nicht überzeugend, denn sie seufzte herzzerreißend, bevor sie weiterredete.

»Also«, Seufzer, »hier ist dein Computer. Du kannst hoffentlich damit umgehen?«

Sie bedachte mich wieder mit einem skeptischen Blick.

Ich nickte.

»Na prima«, sagte sie etwas versöhnlicher, »dann tipp das hier einfach ein!«

Damit war die Einweisung in meinen neuen Arbeitsbereich beendet, und sie wandte sich zum Gehen.

»Wenn du Fragen hast, melde dich. Aber nerv mich bitte nicht wegen jedem Schwachsinn! Ich bin total im Stress!«

Ich stellte keine Fragen und machte mich an die Arbeit. Als Anne mich in meinem Kabuff besuchte, sagte sie nach einem Blick auf meinen Bildschirm: »Was machst du denn da? Also so geht das aber nicht!«

Dann weihte sie mich in die hohe Kunst des Adressentippens ein. Es war komplizierter, als ich gedacht hatte. Man mußte eine feste Reihenfolge einhalten, erklärte Anne, zum Beispiel: Kunigunde – nächste Spalte: Hohenstein – nächste Spalte: Freifrau von – nächste Spalte: Beruf, Kunigunde hatte keinen, oder einen, von dem niemand etwas wissen durfte, jedenfalls blieb die Spalte frei – nächste Spalte: Herzog-Heinrich-Straße. Niemals Str.! bleute sie mir ein. Es handelte sich hier um eine vornehme Agentur, die Stilbewußtsein unter anderem dadurch demonstrierte, daß sie Leute dafür bezahlte, das Wort Straße auszuschreiben. Nächste Spalte: Hausnummer – nächste Spalte – Postleitzahl und Kunigundes Wohnort.

Die Herausforderung für mich bestand darin, daß manche Leute, anders als Kunigunde, einen Beruf hatten, auf den sie stolz waren. Der mußte auch in die Datei eingegeben werden. In so einem Fall hieß es zum Beispiel: Bodo – nächste Spalte: Wunderlich – nächste Spalte: in diesem Fall schlicht: Herr, da Bodo keinen Adelstitel hatte – nächste Spalte: Filmemacher, denn Bodo hatte einen tollen Beruf, der auf dem Briefumschlag ausgedruckt werden mußte, damit der Postbote wußte, mit wem er es zu tun hat. Und so weiter. Die Leute hatten entweder einen Adelstitel oder einen Job, selten beides. Manche lebten in einem Postfach anstatt in einer Straße.

Ansonsten bot der Tag am Computer wenig Abwechslung. Meistens kam vormittags die Assistentin rein und las mir das Horoskop des Tages vor. Heute hatte es geheißen: »Sie fühlen sich nicht ausgelastet. Anstatt Ihre Unzufriedenheit darüber an Ihren Mitmenschen auszulassen, sollten Sie sich ein Hobby zulegen. Besinnen Sie sich auf Ihre Stärke, und man wird Sie für stark halten! Im Liebesleben leichte Aufwärtstendenzen. Paare erleben eine romantische Phase, wenn Sie noch Single sind, könnte sich die entscheidende Wende ergeben.«

Die Assistentin, Frau Vogel, war die einzige Person in der Agentur, die jeder siezte. Sie duzte alle. Der Einfachheit halber nannte sie die Frauen ›Mädel‹ und die Männer ›Junge‹, außer Bernd, den sie weder namentlich erwähnte noch ›Junge‹ nannte. Ihn bezeichnete sie stellvertretend für alle Chefs dieser Welt als ›die‹. Man könnte nicht von ihr verlangen, sich alle Namen zu merken, erklärte Frau Vogel, wo käme sie denn da hin? Sie hätte schon in so vielen Firmen gearbeitet, die ganzen Namen brächten sie völlig durcheinander.

»Es ist nicht mein Job, mir Namen einzuprägen«, erklärte sie.

Frau Vogel hatte immer gute Laune, während alle anderen ständig im Stress waren. Frau Vogel erklärte, das liege daran, daß in dieser Agentur jeder überarbeitet sei, weil keiner nein sagen könnte. Der Druck sei zu groß, aber sie, Frau Vogel, sei nicht bereit, sich dem auszusetzen. Sie bestand strikt darauf, nur ihren Job zu machen.

»Nicht mehr und nicht weniger«, sagte sie. »Die müssen mich schon besser bezahlen, wenn sie wollen, daß ich mehr mache!«

›Die‹ war Bernd, und der zahlte bekanntlich schlecht. Frau Vogels Job bestand darin, das Geld für die Getränke-Kasse einzusammeln und ihre Kollegen aufzumuntern, indem sie sie auf andere Gedanken brachte. Manchmal ging sie auch ans Telefon und notierte irgendwelche Sachen, doch meistens war sie im Haus unterwegs. Ihre wichtigste Aufgabe war nämlich, intensiv das Horoskop zu studieren, das allen eine bessere Zukunft versprach. Diese hoffnungsvolle Erkenntnis verbreitete sie dann unter den Kollegen, die, beflügelt von den positiven Zukunftsaussichten, motiviert weiterarbeiteten. Horoskope sind eine Art Religion für Arbeitnehmer. Sie trösten, machen Hoffnung und versprechen eine bessere Zukunft und rosige Aussichten für das Leben nach dem Job. Horoskope sagen deshalb nie unangenehme Dinge voraus, nach dem Motto: »Gehen Sie mal zum Arzt, Ihr Fußpilz könnte sich als Hautkrebs entpuppen!«

Oder: »Seien Sie weniger leichtgläubig! Glauben Sie wirklich, daß Ihre Freundin mit ihrer Mutter im Kino war und nicht mit Ihrem besten Kumpel im Bett?«

Der Alltag war hart genug. Horoskope-Schreiber waren sich dieser Tatsache bewußt und verfaßten grundsätzlich günstige Zukunftsprognosen. Die Assistentin erzählte mir, sie hätte in ihrem Leben schon häufig am eigenen Leibe erlebt, wieviel Wahrheit in den Horoskopen steckte. Als sie ihren Zukünftigen kennenlernte, um nur ein Beispiel aufzugreifen, hatte ein paar Tage zuvor in ihrem Horoskop gestanden: »Sie werden bald eine berauschende Liebe erleben!«

Ihr Mann war, wie sich später herausstellte, Alkoholiker! Jetzt ließen sie sich gerade scheiden. Das Wort ›berauschend‹ war ein wichtiger Hinweis gewesen, den sie leider nicht richtig zu deuten gewußt hatte. Allerdings, erzählte sie, hätte sie sich auf ihren Damaligen gar nicht erst eingelassen, wenn sich das Horoskop nicht so vielversprechend angehört hätte, denn der Mann war ihr anfangs eher unsympathisch gewesen!

»Es liegt eben alles in den Sternen!« seufzte sie.

Mein heutiges Horoskop verwirrte mich.

Wann sollte ich denn ein Hobby ausüben? Ich hatte diesen Adressenjob am Hals und mußte meine Schichten in der Uni abarbeiten und die Ausstellung in die Wege bringen. Wo blieb denn da noch Zeit für ein Hobby? Das Horoskop stellte mich vor eine schwierige Aufgabe. Beruflich zumindest lebte ich meine Stärken aus, nur die Sache mit dem Hobby ließ zu wünschen übrig. Vielleicht war es ein Hinweis darauf, daß ich wieder öfter ausgehen sollte. Ich tanzte gerne, das war eindeutig eine Art Hobby. Erleichtert darüber, daß ich den Wink der Sterne verstanden hatte, atmete ich auf. Ich wählte Theresas Nummer, um sie zu fragen, ob sie mit mir tanzen gehen wollte. Als sie den Hörer abhob, schwanden meine Hoffnungen dahin.

»Hallo«, kam es mit tränenerstickter Stimme.

»Hey, Theresa, bist du's?«

Als Antwort schniefte sie in den Hörer.

»Was ist los, weinst du?«

Vom anderen Ende kam das Schnauben eines Elefanten, der sich an einer Wasserstelle den Rüssel vollsaugt. Leider hatte ich dieses Schauspiel noch nie selbst erlebt, aber man kannte es ja aus dem Fernsehen. Als das Schnauben aufhörte, sagte sie etwas, das ich nicht verstehen konnte.

»Was ist los? Murmel nicht so. Nimm das Taschentuch aus dem Mund!«

»Dieser Volkan ...!« Sie schluchzte herzzerreißend. Dann fing sie wieder an zu schnauben. Was konnte nur passiert sein?

»Was hat er angestellt? Sag bloß, er hat sich eine dritte Frau zugelegt?«

Als sie ausgeschnaubt hatte, fing sie an zu erzählen.

»Diese miese Ratte«, sagte sie. »Der Typ raubt mir den Verstand! Ich sitze seit Tagen in der Wohnung und warte auf einen Anruf von ihm. Er läßt mich hier schmoren und gluckt bei seiner Familie herum! Als wir gearbeitet haben, haben wir jede Mittagspause in meiner Wohnung verbracht!«

Sie heulte laut auf und schnaubte wieder in ihr Taschentuch.

»Es war so schön! Ich darf gar nicht daran denken, sonst könnte ich schreien! Aber seit er Urlaub hat, habe ich nichts mehr von ihm gehört! Nichts! Kein Wort, kein Anruf, einfach nur nichts! Kannst du dir das vorstellen?«

»Ja«, sagte ich.

Natürlich konnte ich mir das vorstellen, denn mich rief Volkan auch nie an, allerdings lag die Sache bei uns etwas anders, denn er kannte mich ja nicht. Insofern hatte ich leicht reden. Ich konnte ihren Schmerz nicht wirklich nachempfinden.

»Hat er denn sonst öfter angerufen?« fragte ich, um mir einen Überblick über die Gewohnheiten der beiden zu verschaffen.

»Nein«, sagte Theresa. »Anrufen war noch nie seine Stärke. Ich glaube, er steht mit der Telekom auf Kriegsfuß. Wer tut das nicht bei den Gebühren? Aber jetzt, wo wir uns in der Arbeit nicht sehen, könnte er sich die Mühe machen, mal zum Hörer zu greifen! Es ist eine Schweinerei! Und ich weiß, daß er bei seiner Frau ist! Der Gedanke, daß sie ihn den ganzen Tag um sich hat, macht mich rasend!«

»Sie vielleicht auch«, versuchte ich zu trösten.

Aber Theresa jammerte weiter.

»Mein Leben ist die Hölle!« erklärte sie. »Du kannst dir nicht vorstellen, wie schlimm es ist, damit zu leben, daß dein Typ bei einer anderen ist! Er schwört zwar, daß seit

Ewigkeiten nichts mehr zwischen ihm und seiner Frau läuft, aber das kann ich nicht glauben. Meinst du, ich sollte es glauben? Ich kann es nicht! Ständig stelle ich mir vor, wie er mit ihr im Bett liegt, wie er sie umarmt!«

Thorsten war auf diese Art geheilt worden, aber Theresa quälte sich bei dem Gedanken.

»Wenn ich wenigstens seine Stimme hören könnte! Aber ich darf ihn zu Hause nicht anrufen, und er meldet sich nicht! Das miese Schwein!«

»Ruf ihn doch an, was soll's? Ich meine, du leidest, und er weiß es nicht einmal. Er wird das sicher verstehen!«

»Niemals! Nie, nie, nie! Er würde mich umbringen! Was sollte er denn seiner Frau sagen? Stell dir vor, sie geht ans Telefon! Was sollte ich denn dann sagen?«

»Naja, ›falsch verbunden‹, so was in der Art. Ich meine, wie hattet ihr euch das denn vorgestellt? Es gibt doch immer irgendwelche Notfälle, daß man absagen muß oder so? Habt ihr euch gar nichts überlegt?«

»Eigentlich nicht! Er sagte einmal, in ganz dringenden Fällen wäre er im türkischen Café zu erreichen. Da ist er anscheinend öfter. Aber dort dürfte nur ein Mann anrufen und ihn verlangen, sonst könnte jemand Verdacht schöpfen.«

»Dann laß doch einen Freund dort für dich anrufen!«

»Hab ich alles schon gemacht.«

Sie seufzte.

»Er war nicht dort, ist seit Tagen nicht dort gewesen. Die miese Ratte ist abgetaucht! Was soll ich bloß tun?«

Sie heulte wieder ins Telefon.

»Am Anfang hat mir das alles nichts ausgemacht, da hab ich mir auch keine Gedanken gemacht, wenn ich ihn mal nicht sprechen konnte. Ich war einfach glücklich, daß ich überhaupt mit ihm zusammen war. Aber mit der Zeit killt es mich. Besonders die Wochenenden sind der Horror! Ich kann sonntags nicht mehr vor die Türe gehen, überall sehe ich Familien mit kleinen Kindern, und ich muß daran denken, daß er jetzt mit seiner Familie spazierengeht. Dann wird mir bewußt, daß ich mit dem Mann keine Zukunft

habe. Deshalb will ich wenigstens eine Gegenwart, verstehst du? Aber im Moment hab ich nicht mal das!«
Es hörte sich ziemlich aussichtslos an.
»Ich muß jetzt aufhören«, sagte sie dann, »vielleicht versucht er ja gerade anzurufen, und bei mir ist ständig belegt. Nett, daß du dich gemeldet hast, wir sprechen später weiter!«
Damit hatte sie den Hörer aufgehängt.
Ich seufzte! Sie hatte sich tief in den Sumpf manövriert, und ich sah keinen Weg, der hinausführen könnte. Vielleicht wußten die Sterne Rat?
Ich verließ mein Kabuff und machte mich auf die Suche nach der Assistentin. Zum Glück hatte sie die Horoskop-Seite noch nicht ins Altpapier geworfen. Das war ein gutes Omen!
Theresa war Löwe.
»Vorübergehende Turbulenzen können Sie nicht aus der gewohnten Ruhe bringen«, las ich.
Die kannten Theresa nicht, sie war völlig aus dem Häuschen! Vermutlich gehörte sie nicht zu den Hartgesottenen unter den Löwen.
»Sie hat wahrscheinlich einen gegenläufigen Aszendenten«, erklärte Frau Vogel und blätterte in einer anderen Zeitung. »Löwe. Da ist es! Hör zu, Mädel: ›Kleine Rückschläge in ihrem Liebesleben überwindet die vitale Löwe-Frau, indem sie sich ihren Hobbys widmet.‹«
Ich begann zu verstehen, weshalb die Frauenzeitschriften mit Bastelseiten gespickt waren. Wir brauchten alle ein Hobby, das uns ausfüllte! Ich mußte unwillkürlich an meine Großmutter denken, die Abend für Abend unter dem Schein der Stehlampe gestickt hatte. Unsere Schränke quollen über vor Leinentischdecken mit kunstvollen Blumenmustern. Erst kürzlich hatte meine Mutter versucht, mir ein paar davon anzudrehen, weil sie nicht mehr wußte, wohin damit. Hätte ein Vulkan meine Großmutter aus der Ruhe bringen können? Vermutlich nicht. Allerdings war die große Anzahl der Decken verdächtig. Hatte meine Großmutter etwa ein quälendes Geheimnis gehabt, das sie durch

unentwegtes Sticken zu bewältigen versuchte? Ich würde die Wahrheit wohl nie erfahren, denn meine Großmutter hatte ihre Geheimnisse mit ins Grab genommen. Ob sie sich in einer stillen Stunde jemandem anvertraut hatte? Ich nahm mir vor, meine Mutter bei Gelegenheit auszuhorchen.

In der Mittagspause versuchte ich noch mal, Theresa zu erreichen. Auch wenn Tanzen nicht ihr richtiges Hobby war, wollte ich sie überreden, mit mir heute abend in die Wunderbar zu gehen. Sie mußte raus aus der Bude, und davon abgesehen hatte ich keine Lust, alleine auszugehen. Leider war bei ihr ständig belegt.

Am Nachmittag schaffte ich ohne Ablenkung über hundert Adressen. Bernd kam vorbei und zeigte sich sichtlich zufrieden. Ich war eine lohnende Investition für die stilvolle Agentur. Um fünf konnte ich abhauen und fuhr mit dem Fahrrad an die Uni, um weiter am Katalog zu arbeiten. Hier las niemand Zeitungen mit Horoskopen, daher konnte ich zu keinen neuen Erkenntnissen gelangen.

Um neun Uhr abends hockte ich immer noch in der Uni. Um mein Hobby nicht weiterhin zu vernachlässigen, rief ich Theresa an. Es war besetzt. Dann versuchte ich es bei Lynn. Sie hatte Lust auszugehen, und wir verabredeten, uns in der Wunderbar zu treffen.

Als ich ankam, war es gähnend leer. Um diese Zeit war hier montags nichts los. Der Laden füllte sich erst ab Mitternacht mit Tanzwütigen. Ich war erschöpft. Das Arbeitsleben begann deutliche Auswirkungen zu zeigen. Wie sollte ich nur meine beiden Jobs und mein Hobby unter einen Hut bringen? Ich hoffte, daß das morgige Horoskop eine Antwort darauf haben würde, und bestellte erst mal eine Cola light zur Stärkung.

Dann kam Lynn. Sie winkte mir vom obersten Treppenabsatz aufgeregt zu, und ihre blonden Haare wippten, als sie herunterkam.

»Hi!« rief sie so laut, daß sich ein paar Köpfe nach ihr umdrehten.

Ich freute mich, sie zu sehen. Sie war bester Laune und erheiterte mich mit den jüngsten Schwänken aus ihrem

Leben. Die Geschichten über ihren Chef hatten mich schon oft zum Lachen gebracht. Er war ein bayerischer Tolpatsch, dem ständig irgendwelche Mißgeschicke passierten. Ich hatte ihn bei einem Richtfest auf dem Land kennengelernt, zu dem mich Lynn mitgenommen hatte. Als wir ankamen, begrüßte er uns überschwenglich und drückte uns sofort gefüllte Maßkrüge in die Hand. Sein dicker Kopf saß wie ein roter Pilz auf dem Kragen seines Trachtenanzuges.

»Laß uns in seiner Nähe bleiben«, hatte Lynn geflüstert, »es lohnt sich garantiert!«

Kurze Zeit später hatte er der Frau des Bürgermeisters Bier in den üppigen Ausschnitt gekippt. Er tröstete sie mit den Worten: »Alkohol konserviert, gnädige Frau!«

Die Mittfünfzigerin fand das nicht komisch, aber Lynn und ich verschluckten uns fast vor Lachen.

Langsam füllte sich die Bar. Ich schaute mich nach bekannten Gesichtern um. Keiner da. In der Ecke stand ein Typ mit Brille. Eine Strähne seiner dunklen Haare fiel ihm ins Gesicht. Er strich sie mit einer langsamen Bewegung nach hinten. Dabei konnte ich einen Blick auf seine Hände werfen, die sanft und stark aussahen. Wie vom Donner gerührt starrte ich ihn an. Wie konnte ein einziger Mann nur so sexy sein? Der Raum vibrierte förmlich durch seine Anwesenheit. Ich hatte ihn noch nie vorher hier gesehen. Vielleicht war er eine Erscheinung? Eine Fata Morgana in der Wüste des Nachtlebens? Egal: Was auch immer er war, ich konnte den Blick nicht von ihm wenden. Dann bewegte er sich auf uns zu, und meine Knie wurden weich. Er hatte einen entschlossenen Gang, nicht zu selbstsicher, keineswegs überheblich, nein, es war ein fester Gang, irgendwie kernig. Dann blieb er mitten im Raum stehen. Mein Herzschlag dröhnte in meinen Ohren wie Trommelwirbel. Wenn er noch einen Schritt näher käme, würde ich in Ohnmacht fallen. Zum Glück blieb er stehen, wo er war. Er schaute sich um, als suche er jemanden. Sein Blick war fragend, irgendwie schüchtern, aber doch durchdringend. Er beherrschte Raum und Zeit. Für mich jedenfalls blieb die Zeit stehen und gefror in diesem Moment. Selbst wenn mich jetzt der Schlag treffen und ich tot umfallen würde, was mehr als wahrscheinlich war, hatte sich mein Leben gelohnt. Das viele Ausgehen jedenfalls, denn ich hatte den göttlichsten aller Männer gesehen! Dann, in einem Augenblick, der endlos schien, streifte er mich mit seinem Blick, und drehte sich weiter, und dann wieder zurück. Jetzt schaute er mich an. Er bewegte keinen Muskel in seinem Gesicht, nur die Brillengläser funkelten. Ich schaute ihm direkt in die Augen. In meinem Kopf herrschte Totenstille. Kein Laut, kein Lüftchen regte sich. Es war so still wie auf dem Meeresboden. Ich war eingetaucht in einen tiefen dunklen See. Er hatte mich mit seinem Blick eingefangen. Ich war hin und weg. Weit, weit weg. Abgetaucht. Er hatte mich verzaubert, das war klar. Dann guckte er weg und hob die Hand, diese schöne, feste und doch sensible Hand, und winkte. Die Bedienung kam, und er zahlte. Ich beobachtete ihn fasziniert, und dann war der Zauber vorbei. Er warf mir noch einen kurzen Blick zu, der mich endgültig aus den Socken haute, und verschwand in der Menge. Wie vom Blitz getroffen und vom Donner gerührt, starrte ich ihm hinterher. Wer war er? Wohin ging er? Langsam fing ich wieder an, Geräusche um mich herum wahrzunehmen. Warum war er gegangen? Weshalb schon so früh? Vermutlich hatte er auch Probleme, Hobby und Beruf unter einen Hut zu kriegen. Ich seufzte. Diesen Mann mußte ich wiedersehen! Er war umwerfend, seit langem der erste Mann, der mein Blut zum Kochen brachte. Ich war verrückt nach ihm. Leichte Aufwärtstendenzen im Liebesleben? Dieser da war ein erotischer Gipfel!

»Du findest diesen Brillentypen süß?« bemerkte Lynn.

»Er ist der blanke Wahnsinn! Hast du gesehen, wie er sich die Haare aus der Stirn gestrichen hat? Ich habe noch nie einen so erotischen Mann gesehen!«

»Für eine Haarsträhnenfetischistin ist er bestimmt das Höchste«, pflichtete sie mir bei.

»Ich muß ihn wiedersehen! Ich will ihn kennenlernen. Er gehört mir! Bitte, bitte, komm jeden Abend mit mir hierhin, bis wir mit ihm sprechen können!« flehte ich.

Sie versprach es.

»Meinst du, er interessiert sich auch für mich? Sag, hat er mich auch angeschaut?«

»Er hat dich mit seinen Blicken verschlungen, das hab ich genau gesehen!«

Sie kannte mich und wußte, was sie zu sagen hatte.

»Warum ist er schon abgehauen? Warum hat er nicht versucht, mit mir zu reden?«

»Keine Ahnung! Er muß vielleicht morgen arbeiten, so was soll's ja geben!«

»Sag mir, daß er mein ist! Oh, Lynnie, ich bitte dich«, beschwor ich sie.

»Klar! Ihr habt euch gegenseitig angestarrt, und der Rest ist ein Kinderspiel! Du verbringst ab jetzt deine Abende hier, quatschst ihn irgendwann an, erklärst ihm, was Sache ist, naja, wer könnte da widerstehen?«

Machte sie sich über mich lustig? In diesem Punkt verstand ich keinen Spaß!

»Ich will diesen Mann, oder ich werde Nonne«, sagte ich im Brustton der Überzeugung, »es ist mein Ernst!«

»Das hab ich schon gemerkt. Du kannst ihn kriegen, keine Frage«, beruhigte sie mich. »Er war völlig gefesselt von deinem Anblick. Er gehört so gut wie dir, Baby, nur heute klappt's wohl nicht mehr.«

»Oh! Das kann doch nicht wahr sein! In meinem Horoskop stand heute, daß es in der Liebe aufwärtsgeht, und dann zieht dieser Leckerbissen an mir vorüber, ohne daß ich ihn haben kann! Was hat das zu bedeuten?«

»Daß du nicht so viel auf Horoskope geben sollst! Und wenn du dieses Erlebnis verkraftet hast, können wir ja tanzen!«

Sie schwenkte ihre Arme in der Luft und wackelte mit den Hüften.

Das holte mich wieder auf die Erde zurück, schließlich durfte ich nicht vergessen, weshalb ich ursprünglich hergekommen war! Die nächste halbe Stunde widmete ich mich intensiv meinem Hobby. Die Tanzfläche war so voll, daß man sich nur senkrecht bewegen konnte. Dauernd stieg mir jemand auf die Füße. Entnervt drehte ich mich auf der Suche nach dem Übeltäter um und stand vor einem traumhaft schönen Mann. Er hatte eine dunkle Hautfarbe und das charmanteste Lächeln der Welt.

Der Schöne hieß Gilbert und kam aus Marseille. Sein Vater war aus Ghana, seine Mutter Französin. Er hatte einen leichten französischen Akzent, wie ich feststellte, als er mir an der Bar die Kurzversion seiner Lebensgeschichte erzählte. Er studierte Medizin und lebte in einer WG irgendwo am anderen Ende der Stadt. München gefiel ihm gut. Gilbert war faszinierend und äußerst charmant. Ich erzählte ihm, daß meine Stickdeckchen-Oma aus dem Elsaß stammte, was ihn völlig aus dem Häuschen brachte.

»Du bist ja presque ein Französin!« rief er entzückt und spendierte mir ein Glas Champagner.

Nachdem wir diese Entdeckung mit ein paar weiteren Drinks begossen hatten, geleitete er mich formvollendet zurück auf die Tanzfläche. Er tanzte wie ein Gott! Sein Körper war geschmeidig und kräftig, und die Haut an seinen Händen war samtig weich.

Während ich eng an Gilbert gepreßt tanzte, sah ich Lynns blonde Mähne im Lichtkegel wippen. Sie tanzte mit Stefan, den sie neulich auf einem Fest kennengelernt hatte. Lynn hatte sich auf Anhieb gut mit ihm unterhalten, denn er studierte Architektur. Er war sozusagen vom Fach. Außerdem war sie von seinen Ohren fasziniert.

»Hast du die gesehen?« hatte sie entzückt geflüstert, »so süß und weich! Mit kleinen blonden Haaren drauf!«

Lynn war Ohrfetischistin. An den Ohren eines Menschen konnte man ihrer Ansicht nach seine Charaktereigenschaften ablesen.

»Das trifft auch auf Frauen zu. Du zum Beispiel hast zwei verschiedene Ohren«, hatte sie einmal zu meinem Entsetzen erklärt, »ein fröhliches und ein eher melancholisches Ohr. Kein Wunder, daß du dieser Himmelhoch-jauchzend-zu-Tode-betrübt-Typ bist!«

Seitdem machte ich mir keine Hochsteckfrisuren mehr und trug die Haare immer offen. Ich wollte vermeiden, daß jemand meine aussagekräftigen Ohren sah und möglicherweise Dinge über mich erfuhr, von denen ich selbst keinen blassen Schimmer hatte.

Ein weiteres Merkmal besonders für männliche Qualitäten waren laut Lynn die Hände. Bei Männern, die sie in Erwägung zog, inspizierte sie nach den Ohren als nächstes die Hände. Diese Angewohnheit machte ihr das Leben in unseren Breitengraden nicht immer leicht. Im letzten Winter hatte sie zum Beispiel einen geschlagenen halben Tag an einen Mann vergeudet, den sie im Ski-Lift kennengelernt hatte. Der Flirt ließ sich ganz nett an, bis er beim Mittagessen auf einer Hütte die Handschuhe auszog und sie feststellte, daß der flotte Snowboarder vollkommen indiskutable Hände hatte.

»Spinnenfinger!« keifte sie. »Emotional total gestört!«

Meiner Erfahrung nach ist die Nase eines Mannes Indiz für andere Qualitäten, die Sache mit den Ohren hatte ich noch nicht auf ihren Wahrheitsgehalt überprüft. Sie war Lynns individueller Tick.

»Ich muß bald hier raus!« brüllte Lynn jetzt.

Dabei lüftete sie ihr T-Shirt ein bißchen, um anzuzeigen, wie heiß ihr war.

»Ich habe Stefan auf einen Schlummertrunk zu uns eingeladen!«

Sie zwinkerte mir bedeutungsvoll zu.

Meinetwegen, aber was sollte ich mit Gilbert machen? Ich hatte doch gerade erst angefangen, mich mit ihm zu unterhalten.

»Frag doch deinen Tänzer, ob er auch mitkommen möchte«, brüllte sie mir ins Ohr, als hätte sie meine Gedanken gelesen.

Er wollte. Zu viert machten wir uns auf den Weg.

Es waren nur zwei Häuserblocks von der Bar zu uns nach Hause. Da wir so zentral wohnten, ergab es sich öfter, daß Leute zum Ausklang des Abends auf einen Drink vorbeikamen, besonders, wenn sie die letzte U-Bahn verpaßt hatten. Auf einen Schlummertrunk. Auch wenn unser Kühlschrank oft bis auf die Duty-free-Cremes leer war, für einen Schlummertrunk war immer vorgesorgt.

Heute abend wollten wir Brandy Alexander mixen.

Gilbert raspelte fachmännisch eine Muskatnuß und diskutierte mit Lynn über Sinn und Unsinn der französischen Atombombentests im Pazifik. Von Zeit zu Zeit zwinkerte er mir zu und erklärte, daß er mich umwerfend fand.

»Sähr sümpatiesch!« beteuerte er mit französischem Charme.

Ich lächelte geschmeichelt zurück und rätselte, weshalb ich von Gilbert nicht halb so beeindruckt war wie von dem Typen mit der Brille. Objektiv gesehen, sah Gilbert besser aus, was wieder mal beweist, daß Sexappeal nichts mit Schönheit zu tun hat, auch wenn schöne Menschen ständig versuchen, dem Rest der Welt das Gegenteil einzureden. Aber der hübsche Gilbert war ein netter Junge, der gutaussehende Spatz in der Hand. Das genügte für den Abend, und ich flirtete ein bißchen zurück.

Alle schauten überrascht auf, als es klingelte.

»Wer um alles in der Welt klingelt morgens um halb drei an eurer Tür?« fragte Stefan.

»Gib's zu, Sara, du 'ast eine eifersüchtige Freund«, verdächtigte mich Gilbert scherzhaft.

Er hatte ein so charmantes Lächeln!

»Nein, keineswegs!« beteuerte ich wahrheitsgemäß.

Als ich die Tür aufmachte, stand Boris im Treppenhaus.

Das war wieder mal typisch für ihn, hier so unangemeldet hereinzuplatzen! Es erstaunte mich nicht. Außergewöhnlich war nur die Tatsache, daß er kein Hemd trug.

»Ich hatte Sehnsucht nach dir, da dachte ich, ich schau mal, ob bei euch noch Licht brennt!« sagte er und guckte mir treuherzig in die Augen.

Ich mußte grinsen: »Komm rein!«

Boris lächelte stolz, weil mich sein Til-Schweiger-Hundeblick wieder mal schwach gemacht hatte.

»Ich hab gleich geahnt, daß hier was nicht stimmt!« sagte Gilbert. Er lächelte nicht.

»Wo hast du dein Hemd gelassen?« erkundigte sich Lynn.

»Das ist eine lange Geschichte!« begann Boris.

»Das kann ich mir vorstellen!«

»Ich war mit Freunden im Boccaccio. Jan war da, der Ricchie, na so die üblichen Leute. Es war ein lustiger Abend, weil wir gewettet haben, wann der Max wieder vom Motorrad fliegt. Der fährt doch wie ein Affe! Und kaum hatten wir die Wette abgeschlossen, kommt der Typ doch glatt durch die Türe. Er hatte seinen Arm in der Schlinge und ein fettes Pflaster auf der Stirn!«

Er lachte sich halbtot bei dem Gedanken an seinen demolierten Kumpel.

»Ich hatte ihm bis morgen gegeben. Was mußte sich der Typ auch unbedingt heute auf der Straße langlegen? Jedenfalls war ich dran und mußte zahlen …«

Boris fixierte Lynn mit seinen tiefblauen Augen.

»Warum hast du mir nicht gesagt, daß du einen Freund hast?« unterbrach Gilbert diese Erklärung. Er wirkte gereizt.

Stefan reichte ihm einen Brandy.

»Weil ich keinen habe«, ich deutete auf Boris, der immer noch im Türrahmen stand. Ohne Hemd und blendend aussehend. »Das mit uns beiden ist was anderes …«

»… naja, und als wir dann zahlen mußten«, erzählte Boris unbeirrt weiter, »hatte ich nicht genug Geld. Das war echt unangenehm! Ich meine, so was ist mir noch nie passiert! Aber die kennen mich ja im Boccaccio, ich bin da schon früher, als ich noch im Missis Robinson bedient hab, immer nach der Schicht hingegangen …«

»Mich interessiert nicht, wo du wann hingegangen bist«, meckerte Gilbert, »ich will wissen, was du hier zu suchen hast?«

Dafür, daß er zum ersten Mal in unsrer Wohnung war, spielte er sich für meinen Geschmack etwas zu sehr als Gastgeber auf.

»Das sagte er doch«, versuchte Stefan zu vermitteln. Dann zog er Boris in die Wohnung und schloß die Tür. »Er wollte die Sara besuchen! Warst du auf dem Nachhauseweg?« erkundigte er sich bei Boris. »Wir kommen gerade aus der Wunderbar, da tobt der Bär!«

»Was soll denn das alles, verdammt noch mal«, brüllte Gilbert plötzlich.

Mir war auch einiges unklar.

»Ich weiß immer noch nicht, wo dein Hemd geblieben ist?« wollte ich von Boris wissen.

»Naja, der Pedro, der im Boccaccio bedient, fand mein Hemd toll und hat es in Zahlung genommen. Er hat kein schlechtes Geschäft gemacht, es ist ein schönes Replay-Hemd!«

Gilbert hatte inzwischen völlig die Kontrolle verloren.

»Boccaccio, Pedro, Hemd!« tobte er. »Wen interessiert das schon, verdammt noch mal?«

Mit seinem Organ würde er noch sämtliche Nachbarn aufwecken.

Boris' Erscheinen hatte ihn total aus dem Tritt gebracht. Wo war sein französischer Charme geblieben? Anscheinend hatte er die Einladung zum Brandy Alexander in die falsche Kehle bekommen und angenommen, wir würden ihn adoptieren? Ich hatte keine Lust, dieses Mißverständnis aufzuklären, ich schuldete schließlich Leuten, die ich erst ein paar Stunden kannte, keine Erklärungen!

»Es ist Zeit für dich zu gehen, Gilbert!« stellte ich fest. »Soll ich dir ein Taxi rufen?«

»Vergiß das Taxi!« fauchte er. »Ich bleibe mit euch Irren keine Sekunde länger in dieser Wohnung!«

Er riß die Tür auf und stürmte nach draußen, knallte die Tür hinter sich zu und polterte die Treppe hinunter.

Stefan legte den Arm um Lynn und grinste.

»Hochexplosiv, diese Franzosen«, sagte er.

»Ich will wirklich nicht wissen, was du so treibst, wenn wir uns nicht sehen«, sagte Boris später, als wir im Bett lagen, »aber wenn da jemand Besonderes ist, mußt du es mir sagen, o. k.?«

»Boris, das war Gilbert! Ein ganz besonderer Hornochse«, sagte ich wütend.

»Sehr erfreut!« Er zog mich ganz nah an sich heran. »Verstehst du, was ich meine, Sara?«

»Boris, glaub mir, du würdest es als erster erfahren, wenn da ein anderer wäre. Versprochen!«
»Das beruhigt mich, ich danke dir!«
Er legte den Arm um mich und zog die Decke über die Schultern. Bevor ich ihn noch fragen konnte, wie der letzte Satz gemeint war, atmete er tief und regelmäßig. Männer sind unglaublich, dachte ich, sie können in den unmöglichsten Situationen in Tiefschlaf verfallen. Ich lag noch länger wach und dachte darüber nach, was Boris wohl so trieb, wenn wir uns nicht sahen.

15

»Hallo, Isabel«, sagte ich zerknirscht zu ihrem Anrufbeantworter.
»Ja … ähm, was ich dich fragen wollte, wenn du jetzt zu Hause wärst, ja … ähm, du bist anscheinend nicht da? Nein? Na gut! Also, ich habe eine große Bitte an dich! Wäre es sehr schlimm, wenn du den Termin mit Mr. Lester ohne mich hinkriegen müßtest? Ich komme mit den blöden Adressen nicht voran, und die in der Agentur wollen unbedingt, daß ich jetzt dranbleibe, weil die Sache eilt! Ich muß morgen durcharbeiten, sonst werde ich nicht fertig!«
Ich seufzte.
»Vielleicht ist es sogar besser, wenn wir Mr. Lester nicht zu zweit treffen, ähm, sonst fühlt er sich noch überrannt? Außerdem ist ja aus den Unterlagen alles ersichtlich. Bitte ruf mich zurück!«
Das schlechte Gewissen nagte an mir. Ich haßte es, sie anlügen zu müssen! Doch egal, wie ich die Sache drehte und wendete, der Termin paßte mir nicht in den Kram.
Es hätte mir nichts ausgemacht, diesem Bürohengst von Quantas zu erklären, welche Ziele unser Institut mit der Ausstellung verfolgte und aus welchen Gründen es für seinen Laden sinnvoll sein könnte, uns zu unterstützen. Das lag doch auf der Hand! Darüber hinaus stand es in un-

serer Konzeptmappe, die wir den potentiellen Sponsoren hatten zukommen lassen. Die war so umfangreich, daß allein die Menge an Papier erschlagend wirkte, sollte der Inhalt nicht ausreichend überzeugen.

»Was soll das, Kollege Lester?« fragt die knauserige Tussi aus der Rechnungsabteilung. »Was hat Quantas davon, als Sponsor einer solchen Sache aufzutreten? Gut, das Ganze kostet uns im Grunde nichts, weil unsere Flugzeuge starten, egal, ob sie ausgebucht sind oder nicht. Insofern wäre es ein geringfügiger Mehraufwand, die paar Bilder mitzunehmen. Doch da wir dadurch offiziell als Sponsoren fungieren, stellt sich die Frage, welchen PR-Wert das für uns hat? Entspricht das Publikum einer solchen Ausstellung überhaupt unserer Zielgruppe?«

»Na, hörn Se mal, geschätzte, gestrenge Kollegin! Das Publikum ist durchaus partiell mit der von uns umworbenen Zielgruppe deckungsgleich, wie das Konzeptpapier der sympathischen Damen der Münchner Universität in aller Deutlichkeit darlegt. Ich kann die Lektüre nur empfehlen! Es ist die Aufgabe von PR, langfristig positive Verknüpfungen herzustellen, und daher für uns sogar sehr empfehlenswert, in der Öffentlichkeit gezielt mit übergreifenden Imageträgern Australiens aufzutreten.«

»Und das zahlt sich aus?« fragt die pingelige Kollegin.

»Na klar! Überlegen Sie mal! Worin unterscheidet sich unsere Fluglinie von anderen Wettbewerbern auf dem Markt? Die einen haben aktuellere Filme oder verteilen öfter Orangensaft oder Erdnüsse als andere. Die Stewardessen sind bei der einen Linie etwas weniger zickig als bei der anderen, aber im Grunde gibt es keinen Unterschied. Warum sollte ein Reisender unsere Fluglinie wählen? Na?«

An dieser Stelle legt Herr Lester eine Kunstpause ein.

»Ganz einfach! Weil wir die sympathische Fluglinie sind. Verstehen Sie? Sympathisch. Wir sind kulturell aufgeschlossen, so fantasievoll und spirituell frei wie die Künstler, die mit unserer Hilfe ausstellen, so weltoffen und intelligent wie das Publikum dieser Ausstellung! Das positive Image ist alles, was zählt.«

»Also stiften wir als nächstes den Känguruhs im Zoo ein größeres Gehege«, hörte ich im Geiste die skeptische Knauserin sagen.

»So ist's recht, liebe Kollegin! Ich sehe, Sie haben den Dreh raus! Immer ran an die Zielgruppen!«

Ich war in der Zwickmühle.

Isabel hatte sicher wenig Lust, den Termin alleine wahrzunehmen. Die Fluglinie könnte der wichtigste Sponsor sein, und wir waren auf ihre Hilfe dringend angewiesen. Der Erlös der Ausstellung sollte einer Organisation zugute kommen, die Künstler im australischen Outback unterstützte. Ein guter Zweck, der für Aufmerksamkeit sorgte und Spenden von der Steuer absetzbar machte. Regel Nummer eins: Steuerliche Bonbons erhöhen die Kooperationsbereitschaft.

Aber es war wie verhext, denn der Transport der Bilder war der größte noch offene Posten, für den wir keinen Sponsor gefunden hatten. Wir hatten unzählige Briefe an Vorstandsvorsitzende von Transportunternehmen und Fluggesellschaften verschickt, uns tagelang ans Telefon gehängt und die Angeschriebenen mit einer Penetranz verfolgt, die einen Zeugen Jehovas vor Neid hätte erblassen lassen, bisher ohne jeden Erfolg. Außer ein paar halbherzigen Jein-Zusagen hatten wir nichts erreicht. Man könnte sich vielleicht an den Transportkosten beteiligen, wenn man unter Umständen, die noch zu klären waren, eventuell das für dieses Jahr ausgeschöpfte Budget überstrapazieren könnte, was eigentlich nicht machbar war, man wollte uns keine großen Hoffnungen machen. Mal sehen. Vielleicht!

Wir hingen völlig in der Luft, und das Gefühl raubte mir fast den Verstand. Geertz war auch keine große Hilfe. Das sei völlig normal, erklärte er. Vor jeder Forschungsreise, Veröffentlichung oder Veranstaltung sei bis zuletzt alles ungeklärt. Und am Ende würde erfahrungsgemäß immer alles gut ausgehen.

Ich fragte mich, woher er diese optimistische Einschätzung hatte? Mußte man sich als Professor diese Nonchalance aneignen, um sich vor berufsbedingten Frustrationen zu schützen? Probleme, die die Wissenschaft heute nicht klären kann, werden auf morgen verschoben, oder auf nachfolgende Generationen. Gut Ding will Weile haben, schließlich hat die Erfindung des Rades auch ein paar Jahrtausende gedauert.

Wenn wir mal so viele Jahre wie er auf dem Buckel hätten, erklärte Geertz, würden wir uns auch keine grauen Haare mehr wachsen lassen.

»Sie machen das schon, ich habe vollstes Vertrauen«, war seine lapidare Standardantwort auf alle unsere Fragen. Daraufhin kämpften wir mit härteren Bandagen.

»Der Name des Instituts steht auf dem Spiel, Professor Geertz! Wir können uns doch keinen Reinfall erlauben. Stellen Sie sich vor, wie dumm wir dastehen, wenn zur groß angekündigten Ausstellungseröffnung die Gäste eintrudeln, und Sie müssen Ihre Begrüßungsrede vor ein paar popeligen Bildern halten, die man in dem Riesenraum mit der Lupe suchen kann!«

Leider konnte ihn auch dieses Szenario nicht schrecken.

»Das wird mit Sicherheit nicht der Fall sein«, antwortete er milde lächelnd. »Und selbst wenn es so sein sollte, na und? Quantität war noch nie ein Maßstab für Qualität. Wenn wir nur ein gutes Bild aufhängen, werden wir die Ausstellung eben umfunktionieren. Wir machen eine Reise durch die Mythenwelt der Aborigines anhand einer Bildbetrachtung daraus!«

Der Typ war vollkommen weltfremd. So kamen wir nicht weiter!

»Bitte, tun Sie was! Machen Sie Geld von der Uni locker! Das Kultusministerium könnte sich beteiligen! Sie kennen die Leute dort, reden Sie mit ihnen!«

»Ich habe volles Vertrauen zu Ihnen, Sie werden das schon machen!«

Er lächelte und versuchte, sich an uns vorbei in sein Zimmer zu verdrücken.

»Professor Geertz, es ist ernst!«

Ich schnitt ihm den Fluchtweg ab, indem ich mich vor ihm aufbaute.

»Wir haben alles versucht, und nichts hat bisher geklappt! Wenn es so weitergeht, wird das der Reinfall des Jahrhunderts«, beharrte Isabel.

»Glauben Sie mir, bei jedem Projekt geht es erst mal drunter und drüber. Wissen Sie, ein guter Freund vom Theater sagt immer, daß eine verpatzte Generalprobe als sicheres Indiz für eine gelungene Premiere gilt! Wenn Sie mich jetzt bitte entschuldigen, meine Vorlesung beginnt in ein paar Minuten.«

Er öffnete die Tür.

»Kopf hoch, meine Damen!«

Ein letztes huldvolles Lächeln.

»Sie machen das schon …«, und er war verschwunden.

»… ich habe vollstes Vertrauen«, beendeten wir den Satz.

»Soll er doch seinen Kram alleine machen! Meinetwegen kann die ganze Sache den Bach runtergehen!«

Das war mein letztes Wort, ich hatte die Schnauze gestrichen voll von seiner coolen Art. Es war typisch Uni! Geertz schwebte zehn Zentimeter über der Erde, und kaum taten sich praktische Schwierigkeiten auf, verzog er sich in die Höhen des akademischen Elfenbeinturms. Die Luft war dünn dort oben, und der Kontakt mit Leuten, die sie einatmeten, war gefährlich. Er infizierte einen mit dem tödlichen Ich-nehme-die-Realität-nicht-wahr-Bazillus. Die Erkrankten liefen bis zum Ende ihrer Tage verwirrt durch die Gänge der Unis und Bibliotheken dieser Welt und verfaßten Doktorarbeiten zu Themen, die niemanden auch nur die Bohne interessierten.

Der Vorteil dieser Weltfremdheit war, daß nur jemand wie Geertz zwei frischgebackenen Absolventinnen ein Projekt dieser Größe in Eigenverantwortung überlassen hätte. Die ganze Sache war unser Baby, und Geertz hatte die Vaterschaft übernommen, auch wenn er dies als eher theoretische Verpflichtung verstand. Wir waren sozusagen alleinerziehend und mußten weitermachen.

Trotzdem konnte ich den Termin morgen nicht wahrnehmen. Die Adressen-Tipperei hielt mich bis zum frühen Nachmittag beschäftigt, und danach riefen höhere Pflichten.

Ich hatte eine ehrenamtliche Aufgabe in der Spionage übernommen. Der Gedanke an die Aktion war mir selbst nicht ganz geheuer, deshalb wollte ich Isabel auf keinen Fall den wahren Grund für mein Kneifen anvertrauen. Sie hätte die ganze Unternehmung schon in der Konzeption mißbilligt und würde nicht das geringste Verständnis dafür aufbringen, daß ich bereit war, mich zum kompletten Idioten zu machen. Sie war in diesem Punkt einfach straight, da war nichts zu machen.

»Die dumme Nuß ist doch selbst schuld an ihrem Schlamassel«, hatte sie mir neulich erklärt. »Was erwartet sie denn? Daß er wegen ihr seine Familie verläßt? Wenn er das wollte, hätte er es schon längst getan, dazu braucht er sie nicht! Doch mal abgesehen davon, hättest du Lust auf einen Mann, der sich gerade aus dem Bett einer anderen geschält hat? Also ich würde so einen nicht geschenkt haben wollen! Ich will einen Mann für mich alleine, das ist doch nicht zuviel verlangt. Es gibt Dinge, die sollte man nicht mit anderen teilen, dazu gehören Zahnbürsten und Männer. Was ist der Witz bei der Sache? Steht sie ganz allgemein auf angeknabberte Reste oder gibt es ihr ein Machtgefühl, eine Familie zu zerstören?«

»Die Familie ist doch längst zerstört, sonst hätte er niemals was mit ihr angefangen, verstehst du?«

»Dieses Argument ist so ausgelutscht wie der ganze Mann und deine gehirnerweichte Freundin Theresa!« hatte Isabel mit fester Stimme behauptet. »Jeder Mensch hat mal eine Phase, in der er offen ist für andere Leute. Vielleicht ist es in der Beziehung gerade nicht so prickelnd, oder im Job geht's nicht weiter, was weiß denn ich? Jedenfalls hat man eigentlich ein kuscheliges Leben, nur langweilt man sich momentan etwas darin. Also sucht man sich einen Kick, der kurzzeitig den Adrenalinpegel in die Höhe treibt. Abwechslung im grauen Alltag, mehr nicht. Man würde dafür niemals das schöne Leben, das man hat, aufgeben.

Wenn du was Gutes gekocht hast und es etwas lasch schmeckt, würzt du ein bißchen nach, aber du wirfst nicht gleich das ganze Essen in den Müll! Seine Familie ist sein Sonntagsbraten, und er hat sich die bequemste und blödeste Art gesucht, ihn zu würzen.«

»Also, bequem ist das wirklich nicht!« verteidigte ich den unbekannten Angeklagten. »Der Mann hat jetzt zwei Frauen am Hals, und das ist ganz schön stressig für ihn! Theresa läßt sich nicht so einfach abspeisen, sie besteht auch auf ihren Rechten. Da seine Familie so viel seiner Zeit bekommt, möchte sie wenigstens seine Liebe ganz allein für sich haben. Er muß ihr ständig beweisen, daß er in Wirklichkeit nur an sie denkt. Ich kann daran nichts Bequemes finden!«

»Das kann ich mir lebhaft vorstellen!« Isabel lachte schadenfroh. »Er hat sich die Affäre vermutlich ganz locker vorgestellt, und jetzt muß er sie ständig anrufen und ihr versichern, daß er nur sie liebt. In der Mittagspause darf er nicht zum Essen gehen, sondern muß mit ihr rumknutschen. Wenn er das nicht tut, glaubt sie, er hätte mit seiner Frau gevögelt, und dann muß er tausendmal betonen, daß er seine Frau nicht im Traum anrühren würde. Nachmittage auf dem Fußballplatz, Männerabende und die gewohnten profanen Vergnügungen sind ersatzlos gestrichen, denn ab sofort verbringt er seine Freizeit nur noch mit der Geliebten. So geht das dann, bis durch das viele Würzen der Braten versalzen ist und er sich den Magen verdirbt. Dann kehrt er reumütig in den Schoß der Familie zurück und erholt sich im Kreis seiner Lieben, während sie in ihrem kleinen Appartement hockt und die Wände anstarrt. Meine Güte, wie blöd kann man sein?«

»Sie ist nicht blöd. Es ist doch durchaus möglich, daß er irgendwann seine Familie verlassen wird, nur eben jetzt nicht, weil die Kinder noch klein sind.«

Auch diese Information konnte Isabel nicht von ihrer sturen Meinung abbringen.

»Ach so! Und wann sind die Kinder alt genug?«

Sie lachte.

»Erzähl mir doch nichts! Dieser Mann will seine Familie nicht aufgeben, das ist doch klar!«

»Woher willst du das wissen? Du kennst ihn doch überhaupt nicht!«

»Auf diese Bekanntschaft kann ich getrost verzichten. Ich weiß, daß er feige und rücksichtslos ist. Ferndiagnose aufgrund vorhandenen Datenmaterials. Überleg doch mal! Nimm an, er ist so unglücklich mit seiner Frau, wie er Theresa gegenüber behauptet. Dann ist er feige, weil er nicht den Schritt in ein neues Leben wagt. Oder er ist schlichtweg faul und will seine Socken nicht selbst waschen, was ihn auch nicht gerade sympathischer macht. Aber viel wahrscheinlicher ist doch, daß er sehr gerne verheiratet ist und seine Familie nicht im Traum verlassen will. Sein Leben ist nur ein bißchen langweilig und eingefahren. Manche Männer gehen in so einer Situation zum Fallschirmspringen oder zum Pferderennen, die fantasielosen greifen zur Flasche oder der nächstbesten Frau an die Titten. Ich versteh das, aber es macht aus einem Schlappschwanz noch lange keinen Prinzen!«

»Er möchte niemandem weh tun«, verteidigte ich den unbekannten Angeklagten schwach, aber Isabel hatte auch darauf sofort eine Antwort.

»Erzähl mir doch nichts, sein Verhalten ist total rücksichtslos! Er macht sowohl seiner Frau als auch Theresa etwas vor. Er betrügt die beiden ja nicht nur im Bett, sondern raubt ihnen ein Teil ihrer Realität. Wenn das rauskommt, sind alle Beteiligten am Ende. Seine Frau vermutlich sowieso, die Kinder, weil Daddy Mami zum Weinen bringt, Theresa, weil sie rausfindet, wieviel ihm an seiner Familie gelegen war, ohne daß er das jemals zugegeben hat, und natürlich er selbst, weil er alles verloren hat und wie ein nasser Hund auf der Straße steht.«

Schreckliche Aussichten!

»Naja, ich weiß nicht!«

Ratlos kaute ich auf meiner Oberlippe herum.

»Das wäre dann vielleicht die Lösung für alle Beteiligten, denn Theresa würde ihn ja mit offenen Armen aufnehmen!«

Isabel lachte laut auf.

»Klar, am Anfang würde sie sich als Siegerin fühlen, aber dann würde sie zeit ihres Lebens fürchten, daß er sie genauso hintergeht, und bei jedem Streit würde er ihr vorhalten, daß sie seine Familie zerstört hat. An den Wochenenden kämen die Kinder zu Besuch, die sie hassen würden wie die Pest, weil Mami wegen ihr so viel weinen muß, und er würde ihr mit Anmerkungen zur Haushaltsführung das Leben zur Hölle machen. ›Meine – naja-du-weißt-schon-wer, also nicht, daß du glaubst, ich denke oft an sie! Nein, aber immer, wenn wir Spaghetti essen, fällt mir ein, daß sie eine ganz besondere Art hatte, die Carbonarasoße zu machen. Die Sahne war nicht zu flüssig und nicht zu fest, sondern richtig schön cremig. Weißt du, was ich meine, Liebling? Kannst du das auch?‹ Was für ein Leben!«

Ich fand, sie sah die Dinge viel zu schwarz. Sie war voreingenommen. Man hörte doch immer wieder mal, daß Leute ihre große Liebe erst spät im Leben trafen. Hatte nicht Becky neulich von so einem Film erzählt? In Zeitschriften konnte man auch nachlesen, daß Geliebte ein schönes Leben hatten. Sie genossen die Liebe pur, ohne den alltäglichen Kleinkram. Wenn die Geliebte morgens aufwachte, stand ein Bote von Fleurop vor der Tür und brachte ihr einen dicken Strauß langstieliger Rosen. Vergnügt ging sie in den Tag und mußte sich keine Sorgen machen, daß er mit einer hübschen Kollegin flirten könnte, denn bei drei Frauen, das war klar, würde selbst ihr Göttergeliebter schlappmachen. Am frühen Abend legte sie die Schmuse-CD ein und nahm ein Glas Champagner zu sich. Während die Ehefrau in einer Vorortküche Abendessen an eine lärmende Kinderschar verfütterte – »Laura, hör auf, Simon mit der Gabel auf den Kopf zu schlagen, Julia, wir essen am Tisch, nicht auf dem Tisch! Hört auf zu streiten, Kinder, Papi kommt gleich nach Hause und braucht seine Ruhe. Er hatte einen anstrengenden Tag!« –, nahm die Geliebte ein entspannendes Bad. Dann zog sie heiße Dessous an und drapierte ihren Körper lasziv auf der Couch. Wenn das ersehnte Klingeln an der Tür ertönte, stand sie betont langsam auf, fuhr sich noch mal durch die Haare und lächelte ihrem Spiegelbild zu. Undsoweiter undsoweiter.

So lief das ab, ich hatte es oft genug im Fernsehen gesehen. Das Ende vom Lied war, daß sich die beiden im Bett wälzten und Pläne für eine gemeinsame Zukunft schmiedeten. Die begann mit dem Tag, an dem er seine Frau verlassen hatte. Meistens gab es triftige Gründe, die verhinderten, das exakte Datum dieses Tages zu bestimmen. Entweder war die Ehefrau gerade hochschwanger – die Geliebte konnte sich vorstellen, wie unerotisch das aussah, und kicherte bei dem Gedanken –, oder der Schwiegervater hatte einen unheilbaren Tumor, der ihn demnächst dahinraffen würde. Er würde es ihr nach der Beerdigung sagen. Nicht direkt am selben Tag natürlich, er war ja kein Unmensch! Im Gegenteil, er war in höchstem Grade verantwortungsbewußt, deshalb wollte er zumindest die Testamentseröffnung abwarten. Oder das Trauerjahr. Wenn Gras über die Sache gewachsen war, jedoch auf jeden Fall bevor der Grabstein anfing zu modern, jedenfalls bald, würde er seiner Frau reinen Wein einschenken, sofern sie dann nicht gerade wieder auf mysteriöse Weise schwanger geworden war. In anderen Fällen hielt man mehr von einer direkten Vorgehensweise und plante den Tod der Ehefrau. Die Idee dazu hatte meistens die Geliebte, wenn es sich um Filme aus dem Kleinkriminellenmilieu handelte, oder der Ehemann, wenn die Frau eine hohe Lebensversicherung hatte. Es gab jedenfalls häufig ein Happy-End, besonders in älteren Filmen. Die füreinander Bestimmten sanken sich in die Arme. Endlich vereint!

Ich war nicht bereit, dieses Thema mit Isabel noch mal durchzukauen, und hielt es daher für klüger, ihr die morgige Aktion zu verschweigen. Sie würde mit diesem Lester-Typen auch ohne mich fertig werden. Ich hatte sowieso

nicht den Eindruck, daß wir auf die Kooperationsbereitschaft der angesprochenen Firmen irgendeinen Einfluß
ausüben konnten. Entweder mochten sie unsere Idee oder
nicht. Ihre Entscheidungen kamen hinter verschlossenen
Türen zustande und waren in unseren Augen irrational
und unvorhersehbar. Es lag alles in den Sternen, wie Frau
Vogel zu sagen pflegte.
Mit diesen Überlegungen gelang es mir ganz erfolgreich,
das schlechte Gewissen zu übertönen. Meldete es sich
unerwartet aus einer anderen Ecke meines Gehirns, be-
kämpfte ich es mit einem härteren Kaliber. Theresa war
meine Freundin. Das verpflichtete mich, ihr beizustehen
und sie vor größerem Unheil zu bewahren.
Für Isabel hätte ich das gleiche getan!

16

Als ich abends nach Hause kam, hörte ich als erstes den
Anrufbeantworter ab.
»Ich wollte mal kurz durchrufen, vielleicht hast du ja Lust
auf ein Bierchen? In der Wunderbar, so gegen zehn? Ruf
mich an!« Markus.
Ich hatte keine Lust, obwohl ich einen Moment zögerte.
Vielleicht war der süße Mann mit der Brille heute wieder
da?
»Tja, Sara, dann wünsch mir mal Glück für morgen bei
Mr. Lester! Ich werde auf jeden Fall mein neues Kleid anziehen, das hat magische Kräfte, ich spüre es. Ich war jedenfalls sofort in seinem Bann, als ich es im Schaufenster
von diesem süßen Laden gesehen habe! Ich hoffe, daß du
dich nicht allzusehr mit den Adressen rumquälen mußt,
du Ärmste. Wann, sagtest du, ist der Job vorbei? Ich hoffe
doch, bald, denn wenn ich das durchkriege, kommt die
Ausstellung ja in die heiße Phase!«
Ich wünschte, der Erdboden würde sich auftun und mich
verschlingen.

Nichts dergleichen geschah, statt dessen starrte mir verdrecktes Parkett entgegen. Ich holte einen Eimer und den Schrubber, der in der Ecke vor sich hin staubte, und fing an zu putzen. Als Buße für meine Lügen sozusagen. Von einer katholischen Erziehung hat man das ganze Leben lang etwas! Es ist jedenfalls keine Religion für zarte Gemüter.

Ich spreche aus Erfahrung. Ich hatte zwei Jahre auf einer Mädchenschule verbracht, die von Nonnen geleitet wurde, bis ich wegen angeblichen Drogenmißbrauchs flog. Ich hatte mit ein paar anderen in der Pause auf dem Klo indonesische Nelkenzigaretten gepafft, die mein Vater von einer Reise mitgebracht hatte. Die Nonne, die uns entdeckte, führte sich schrecklich auf deswegen. Sie schrie und zeterte und riß die Fenster auf, um den Gestank und die bösen Geister zu vertreiben. Die Zigaretten hatten die Frischluftqualität der sonst penetrant nach Kernseife stinkenden Toiletten aus dem Gleichgewicht gebracht, aber sie waren harmlos, verglichen mit dem Duft, den das Weihrauchgewedel in der Kirche verursachte. Mir wurde dort regelmäßig übel. Jedenfalls flog ich von der Schule, und die Nonne lächelte zufrieden. Sie war der Ansicht, dem Teufel ein paar Seelen abgetrotzt zu haben, indem es ihr gelungen war, einen gefährlichen Drogenring zu zerschlagen. Ich verzieh ihr den Irrtum, denn sie hatte ihn in der besten Absicht begangen, Böses zu verhindern. In der katholischen Religion wird sehr viel Wert auf die gute Absicht gelegt. Es ist im Grunde egal, was man tut, die Hauptsache ist, es geschieht in guter Absicht. Das Ergebnis ist unwichtig, und selig sind die Armen im Geiste! Danach kam ich auf eine gemischte Schule. Der liebe Gott hatte es gut mit mir gemeint!

Jetzt fühlte ich mich allerdings von ihm und allen guten Geistern verlassen. Ich saß in einem silbernen Fiat Barchetta mit geschlossenem Verdeck und starrte auf einen Hauseingang. Theresa trommelte nervös auf das Armaturenbrett. Dann zündete sie sich eine Zigarette an, etwa die zwanzigste, seit ich mich zu ihr ins Auto gesetzt hatte. Sie war pünktlich um drei in der Agentur aufgetaucht und blitzartig an Frau Vogel, die an der Rezeption saß und ein Buch über Paar-Horoskope las, vorbeigestürmt.

»Sara! Bist du startbereit?« hatte ihre Stimme durch den Flur gehallt, der aufgrund des minimalen Einrichtungskonzepts sehr hellhörig war. Ich hatte daraufhin hastig den Computer ausgeschaltet, die Störenfriedin am Arm gepackt und war an Frau Vogel, die an der Rezeption saß und in einer Illustrierten blätterte, vorbei nach draußen verschwunden.

»Es ist dringend, ein Notfall, ich muß sofort los«, murmelte ich, damit sie Bescheid wußte, falls jemand nach mir fragen sollte, was aber nie der Fall war.

Jetzt hockten wir am Stadtrand und starrten seit einer guten halben Stunde auf den Eingang eines Hochhauses, aus dem so gut wie jede Minute Volkan hätte herauskommen sollen. Er kam aber nicht. Irgendwas lief hier schief!

Eigentlich hatten wir einen todsicheren Plan, besser gesagt, zwei Pläne. Plan A war, ihn vor der Tür abzufangen. Falls ein Mitglied seiner Familie oder gar seine Alte bei ihm war, war die zu observierende Gruppe unauffällig zu verfolgen. Zum Beispiel in einen Supermarkt oder auf den Kinderspielplatz. Das war dann Plan B.

Sobald er sich nichtsahnend aus dem Schutz der Gruppe entfernt hatte, zum Beispiel im Supermarkt im Regal mit dem Knabberzeug rumwühlte, während seine Frau in den Babywindeln stöberte, würden wir ihn stellen und nach der Ursache für die Funkstille befragen.

Plan B erforderte Spontanität und flexibles Handeln, wir hatten ihn nicht im Detail erörtert. Es bestand die stillschweigende Übereinkunft, es auf uns zukommen zu lassen. Wir wollten improvisieren.

Plan A, der über kurz oder lang in Kraft treten würde, erforderte nur Geduld und dann blitzschnelles Zupacken. Alles andere würde sich von selbst ergeben. Volkan würde Theresa sehen, sofern er sie in ihrer Vermummung erkennen konnte, und ihr eine plausible Erklärung für seine

Telefonscheu liefern. Dann würden sie sich erleichtert in die Arme sinken, und unsere Mission wäre erfüllt. Wir würden das geliehene Auto zurückgeben, unsere Tarnklamotten ablegen, in ein nettes Café gehen und unseren Erfolg bei einem Eisbecher feiern. Auch das wollten wir auf uns zukommen lassen. Wer leider nicht auf uns zukam, war Volkan.

Das geliehene Auto und die Verkleidung dienten in erster Linie dem Schutz des Opfers, das nicht verschreckt werden sollte, falls nach Plan B vorgegangen werden mußte, was so gut wie ausgeschlossen war, denn Volkan vermied es laut Theresas Angaben, etwas mit seiner Frau gemeinsam zu unternehmen. Er sah sich als eine Art Junggeselle. Ein verheirateter Junggeselle zwar, aber das war lediglich eine Formsache, von der man sich nicht weiter verwirren lassen durfte. So hatte mir jedenfalls Theresa die Sachlage erklärt. Trotzdem war es ja möglich, daß er seine lästige Alte nicht abschütteln konnte, wenn er die Wohnung verlassen wollte. In diesem Fall müßten wir die Gruppe unauffällig in den Supermarkt oder auf den Kinderspielplatz verfolgen. Wenn Theresa ohne Tarnklamotten auf Volkan zugehen würde, könnte er kopfscheu werden und davonlaufen. Die Verkleidung sollte ihn in Sicherheit wiegen, zumindest so lange, bis er von der Gruppe isoliert war und Theresa sich an ihn heranpirschen konnte. Meine Aufgabe war es, zur Not seine Frau oder andere Personen für ein paar Minuten von ihm fernzuhalten, damit sich die Liebenden ungestört in die Arme sinken konnten. Für diesen Fall hatte ich mir einen tollen Trick aus der aktuellen Fernsehwerbung zurechtgelegt:

»Entschuldigen Sie«, würde ich zu seiner Frau sagen, »mir ist aufgefallen, daß Sie so farbechte Kleidung tragen. Welchen Weichspüler benutzen Sie für Ihre Wäsche?«

Das funktionierte immer. Die Frauen kamen ins Gespräch und plapperten freundlich über Weichspüler und über dies und das. Wenn Volkans Ehefrau sich nicht über Weichspüler unterhalten wollte, mußte ich mir eben was anderes einfallen lassen. Zur Not würde ich ihr mit meinem

Einkaufswagen den Weg versperren, bis sich die Liebenden ausgetauscht hatten.

Ich hoffte nur, daß Volkan nicht überreagierte. Ich befürchtete, das könnte trotz der Tarnklamotten passieren.
Jeder Mensch mit einem einigermaßen wachen Instinkt
sucht womöglich von Panik ergriffen das Weite, wenn er
an einem heißen Sommertag zwei bis zur Unkenntlichkeit vermummte Frauen auf sich zukommen sieht!

Theresa sah aus wie einem Emma-Peel-Film entsprungen.
Sie trug einen schwarzen Catsuit und in Ermangelung sai-
songerechter Tarnschuhe schwarze Winterstiefel mit Fell-
futter. Offensichtlich befürchtete sie, Volkan könnte sie an
ihren individuellen Knöcheln frühzeitig erkennen! Ihre
langen Haare waren unter einem Tuch mit Zebramuster
verborgen, das turbanartig um ihren Kopf gewickelt war
und sogar ihre Ohrläppchen bedeckte, die ja laut Lynn als
unfehlbares Erkennungsindiz eines Menschen galten. Theresas obere Gesichtshälfte war hinter einer riesigen schwarzen Sonnenbrille versteckt, mit der sie an eine Figur aus
einem Science-fiction-Film erinnerte, ›Die Fliege – Inva-
sion der Insekten‹ oder so ähnlich. Ihr Gesicht starrte vor
Make-up. Als Farbfleck in der erdfarbenen Fläche hatte
sie einen knallroten Chanel-Lippenstift gewählt, den sie
gerade zum hundertsten Mal im Rückspiegel nachzog. Er
sollte ihrem Aufzug einen klassischen Touch verleihen,
hatte sie erklärt.

Da meine berufliche Verpflichtung in der Agentur es nicht
erlaubt hatte, mich zufriedenstellend der dem Anlaß entsprechenden Kleiderfrage zu widmen, war ich nicht glücklich mit dem Ergebnis. Ich sah unmöglich aus in meinem
Regenmantel mit Tigermuster und dem lieblos auf den
Kopf geklatschten Barett, wie ein Blick in den Rückspiegel schonungslos offenbarte. Mißmutig fummelte ich an
meinen Haaren herum in dem vergeblichen Versuch, sie
so unter dem Ding zu verstauen, daß es einigermaßen was
hermachte. Schließlich würde ich heute zum ersten Mal
dem Mann ihres Lebens gegenüberstehen und wollte einen
guten Eindruck machen. Im Grunde war es überflüssig,

daß ich maskiert war, denn Volkan hatte mich ja noch nie gesehen. Ich hatte mich aus Solidarität mit Theresa maskiert, schließlich sollte sie nicht die einzige sein, die wie eine Irre aussah.

Mittlerweile wurde es brütendheiß im Auto, denn wir hatten in der prallen Sonne geparkt, und es war nur eine Frage der Zeit, bis sich das Verdeck des Cabrios wie Schmelzkäse über unsere Köpfe legen und uns unter sich begraben würde.

Um den Eingang des Hochhauses bequem im Blickfeld zu haben, hatten wir uns rücklings in eine Feuerwehreinfahrt gestellt. In der rechten Seite der Windschutzscheibe war Volkans Hauseingang im Blick. Hinter der zerbrochenen Glasscheibe konnte man eine Batterie von Einheitsbriefkästen aus Metall erkennen. Dafür, daß in dem Haus an die hundert Parteien wohnen mußten, war es ziemlich still. Seit wir hier standen, waren zwei kleine Buben herausgekommen und eine Oma mit Einkaufstüte, die aber inzwischen wieder reingegangen war. Das war vor etwa vier bis viereinhalb Minuten gewesen. Seitdem war es wieder verdächtig ruhig geblieben.

In der Bank, die in der linken Seite der Windschutzscheibe zu sehen war, ging es um so lebhafter zu. Gerade kam eine Gruppe von türkischen Frauen mit lärmenden Kleinkindern durch die Glastür. Die Frauen lachten und scherzten miteinander, während die Kleinen so ausgelassen auf den Bürgersteig hüpften, als wären sie in der Bank tagelang von Geiselnehmern festgehalten worden und freuten sich jetzt über die wiedergewonnene Freiheit. Es waren süße Kinder mit leuchtenden Augen, denen der Schalk ins Gesicht geschrieben stand. Ihre Mütter hatten sicher alle Hände voll mit ihnen zu tun. Jetzt standen sie auf dem Gehweg und hielten einen Schwatz. Die Einkaufstüten hatten sie neben sich auf den Boden gestellt. Einige von ihnen trugen ein Kopftuch. Ihre bunten Röcke und Blusen flatterten in der Zugluft, die im Durchgang entstand. Wie gerne hätte ich mich zu ihnen gestellt, anstatt in dieser Blechbüchse neben der schweigenden Theresa langsam in der Hitze zu sterben.

»Ob eine von ihnen Volkans Frau ist?« sagte die Fliege mit dem gestreiften Turban und deutete auf die Gruppe vor der Bank. »Wahrscheinlich ist es die Dicke da drüben mit dem Bart! Seine Alte muß schrecklich häßlich sein! Meinst du, das ist sie?«

Sie fixierte die Frau durch ihre Insektenbrille.

»Hat er gesagt, daß seine Frau zwanzig Jahre älter ist als er?«

»Nein, aber das Alter ist schwer einzuschätzen! Du darfst nicht vergessen, daß sie zwei Kinder hat. So was kann eine Frau um Jahre altern lassen!«

Ich kramte in meinem Erfahrungsschatz, doch die einzige Frau mit zwei Kindern, die mir spontan einfiel, war meine Schwester Vera. Und natürlich Irene, die Klatschreporterin. Sie hatte auch zwei Kinder. Ich konnte allerdings nicht behaupten, daß sie an der Aufzucht ihrer Töchter merklich gealtert war. Ihre Boutiquenbesitzerinnenschönheit war perfekt wie eh und je. Bei meiner Schwester konnte ich auch keine Anzeichen für vorzeitiges Altern durch die ständige Anwesenheit von Kleinkindern im Haushalt feststellen. Sie hatte sich über die Jahre kaum verändert, abgesehen von der Tatsache, daß sie keine Zahnspange mehr trug. Vera war mir schon immer uralt vorgekommen, obwohl sie nur zwei Jahre älter war als ich, weil sie vernünftig war, wie meine Großmutter es nannte.

»Sara, nimm dir doch ein Beispiel an deiner Schwester! Kannst du nicht so vernünftig sein wie sie?« fragte sie ständig.

Es gelang mir nicht. Wozu auch? Veras Beispiel schien wenig nachahmenswert. Alles, was sie vom Vernünftigsein hatte, war ein langweiliges Leben. Sie tat nie etwas Verbotenes, wie zum Beispiel heimlich nachts Krimis gucken, wenn die Eltern weg waren, und da sie auch nicht auf dem Schulklo rauchte, blieb sie bis zum Abitur in der Klosterschule, um nur ein Beispiel zu nennen, wohin dieses Verhalten sie führte.

Wenn sie, was selten geschah, etwas Unvernünftiges tat, war es mit Sicherheit völlig harmlos. Aber Vera konnte aus einer Mücke einen Elefanten machen, daher nahmen kleinste Begebenheiten in ihren Erzählungen gigantische Ausmaße an. Oft wurden ihre Stories durch die Übertreibung sogar richtig lustig. Als sie studierte, hatte sie mich einmal aufgeregt angerufen und berichtet, daß sie gerade etwas Unglaubliches angestellt hatte.

»Was denn?« rief ich gespannt.

»Ich kann es dir unmöglich sagen«, kreischte sie ins Telefon. »Ich hab noch nie so was Verrücktes getan!«

»Oh, bitte, sag's mir«, bettelte ich.

»Du wirst tot umfallen!«

»Nein, bestimmt nicht«, beruhigte ich sie. »Es kann doch nicht so schlimm sein! Was ist es denn? Hast du dein Studium geschmissen und wirst Paragliderin am Grand Canyon, oder bist du mit deinem Professor durchgebrannt?«

»Ich habe gerade zwei Kasten Bier in den Ausguß geschüttet!« sagte sie und schwieg bedeutungsvoll.

»Ach ja«, sagte ich. »Und dann?«

»Nichts weiter. Das war es! Findest du nicht, daß ich ziemlich durchgeknallt bin?«

»Auf jeden Fall«, sagte ich. »Und warum hast du das gemacht? Hattest du diesen unwiderstehlichen Drang, die Kanalratten unter Alkohol zu setzen, oder bist du einfach nur bescheuert?«

»Heute abend kommt mich ein goldiger Typ besuchen, und leider hab ich keinen Pfennig Geld übrig, um ihn zu bekochen. Naja, und da dachte ich, das Pfand von diesen Flaschen ist meine Rettung, und so ist es auch! Ich habe fast zwanzig Mark dafür bekommen, und jetzt schnapp ich mir den Typen! Liebe geht ja durch den Magen, oder?«

So war meine Schwester eben! Sie und Gottfried wurden ein Paar, und bei ihrer Hochzeit erzählte ich allen Leuten, daß Vera diesen Mann für den Einsatz von zwei Kasten Bier bekommen hatte.

Jedenfalls würde Vera nicht im Traum daran denken, sich in der brütenden Hitze bis zur Unkenntlichkeit vermummt in ein geschlossenes Cabrio zu setzen, um einem fremden Mann aufzulauern. Dazu fehlte es ihr an detektivischer Erfahrung, denn sie guckte immer noch keine Krimis im Fernsehen. Dafür um so mehr Liebesschnulzen, und jetzt war sie mit diesem Gottfried verheiratet! Ein weiteres Beispiel, wozu vernünftiges Verhalten führen konnte.

»Würden Sie bitte aus dem Fahrzeug steigen, meine Damen!«

Eine unsanfte Stimme weckte mich aus meinen Hitzeträumen. Ist es nicht so, daß kurz vor dem Tod das Leben an einem Revue passiert, oder war das Veras Geist, der mich warnen wollte, nicht schon wieder etwas Unvernünftiges zu tun? Die Hand, die vehement gegen die Scheiben klopfte, war groß und behaart. Sie gehörte nicht zu Vera, sondern zu einem Polizisten.

»Hören Sie schlecht? Aussteigen habe ich gesagt!« meckerte er unfreundlich.

Ich öffnete die Beifahrertür und japste nach Luft. Theresa schien auch aus dem Koma zu erwachen und schälte sich im Zeitlupentempo aus dem Wagen. Sie hinterließ einen nassen Fleck auf ihrem Sitz.

»Darf ich mal Ihre Papiere sehen, Fräulein?« pampte der Bulle sie an. »Ausweispapiere, Zulassung, Führerschein, etwas Tempo, wenn ich bitten darf, wir wollen ja hier nicht übernachten!«

»Sind wir vielleicht zu schnell gefahren?«

Er quittierte meinen Witz mit einem giftigen Blick.

»Ich habe keine Papiere, das Auto ist von einem Freund«, erklärte Theresa.

»Geliehen«, fügte sie hinzu, als sie den bissigen Blick des Polizisten sah. »Meinen Führerschein müßte ich aber dabeihaben, hoffe ich.«

»Das hoffe ich auch für Sie«, pampte der Humorlose.

Inzwischen war sein Kollege hinzugekommen. Er war ein junger, drahtiger Typ mit Sonnenbrille und ernsthaftem Gesicht wie Don Johnson, wenn er mal nicht besoffen ist oder sich mit Melanie Griffith prügelt.

»Das Fahrzeug ist am dreizehnten sechsten diesen Jahres auf einen gewissen Wolfgang Haberl zugelassen, wohnhaft in der ...«

»... Schellingstraße 22, Rückgebäude. Er ist ein Bekannter«, ergänzte ich schnell.

Es schien Don Johnson zu beruhigen, daß wir zumindest wußten, wessen Auto wir gestohlen hatten. Seine Miene entspannte sich. Der unfreundliche Kollege knurrte wie eine Bulldogge, bevor sie zuschnappt, und ließ Theresa nicht aus den Augen. Die verteilte inzwischen den Inhalt ihres Rucksacks auf der Motorhaube und kramte ratlos in dem Haufen aus Lippenstiften, Puderdosen, Make-up-Tuben, Kugelschreibern, Schlüsseln, Zetteln und Visitenkarten herum.

»Meine Güte, dieses Buch habe ich ewig lang gesucht«, sie hob ein Taschenbuch in die Höhe, um mir den Titel zu zeigen. »Es ist köstlich geschrieben! Muß ich dir leihen, du lachst dich tot!«

Dann klemmte sie den Rücken des Buches zwischen Daumen und Zeigefinger und schüttelte es kräftig. Weitere Zettel regneten auf die Motorhaube herunter. Die Polizisten stöhnten gequält.

»Ich sage Ihnen doch, daß ich heute morgen noch mit einer anderen Handtasche unterwegs war. Es kann sein, daß der Führerschein da drin ist. Heute morgen bin ich auch mit meinem eigenen Auto gefahren!«

Sie guckte die Bulldogge treuherzig an. Der Polizist stöhnte und schob sich die Mütze in den Nacken. Die Insektenbrille blockierte offensichtlich Theresas Blick, der sonst dank seiner suggestiven Kraft seine Wirkung auf Männer nie verfehlte. Der Polizist stöhnte noch mal. Er hatte eindeutig zu schlechte Nerven für diesen Job.

»Können Sie mir erklären, wieso Sie sich ein fremdes Auto von diesem Herrn ...«, er drehte sich fragend zu Don Johnson.

»Haberl, Wolfgang Haberl«, soufflierte ich.

»Sie halten sich da raus«, herrschte er mich an.

Die Bulldogge war wohl heute morgen mit dem linken Fuß aus dem Bett gestiegen.

»Wieso haben Sie sich ein fremdes Auto von wem auch immer ausgeliehen, wenn Sie ein eigenes haben? Können Sie mir das erklären, Fräulein«, bellte er.

»Ich könnte schon, aber ich will nicht!« bellte Theresa zurück. »Es geht Sie überhaupt nichts an, von wem ich mir wann Autos ausleihe und weshalb ich das mache. Haben Sie nichts anderes zu tun, als harmlose Frauen zu belästigen? Gibt es heute keine Verbrechen zu verhindern?«

Ich staunte, Theresa war wieder in Form!

Sie blitzte wütend hinter ihrer Insektenbrille hervor. Schweiß stand auf ihrer Stirn und rann in kleinen Bächen an ihren Wangen entlang. Er hinterließ Streifen von heller Haut unter den Make-up-Schichten. Von wegen ›wasserfest‹! Dann schwenkte sie triumphierend ihren Führerschein vor der Nase des Bissigen. Der schnappte ihn aus ihrer Hand und verzog sich mit der Beute in sein grün-weißes Freund-und-Helfer-Mobil.

»Macht es Ihnen Spaß, Leuten auf die Nerven zu gehen, die unschuldig in einem Auto sitzen?« wollte Theresa von Don Johnson wissen, der bei uns stehengeblieben war, vermutlich wegen der Fluchtgefahr. »Belästigen Sie doch die Leute da drüben, wenn Sie mit uns fertig sind!«

Sie deutete mit einer theatralischen Geste auf die Menge der Schaulustigen, die aus sicherer Entfernung den Einsatz der Polizei beobachtete. Es hatten sich kleine Grüppchen gebildet, und die Leute tuschelten miteinander. Aus der Entfernung war dem Gemurmel nicht zu entnehmen, ob sie uns für Verbrecher oder für unschuldig hielten.

»Oder ist das eine ganz persönlich gegen uns gerichtete Aktion? Haben Sie nichts Besseres mit Ihrer Zeit anzufangen?«

»Immer mit der Ruhe, junge Frau«, meinte der versöhnlichere Gesetzeshüter. »Wir tun hier nur unsere Pflicht!«

Sein herablassendes Junge-Frau-Getue brachte mich in Rage. Schließlich war der Typ auch nicht viel älter als wir!

»Das ist keine sehr befriedigende Auskunft, junger Mann«,

sagte ich verärgert. »Sie konnten uns doch nicht ansehen, daß wir in einem geliehenen Auto sitzen! Außerdem ist das meines Wissens nicht verboten.«

»Schau'n Sie, junge Frau«, sagte er und trat näher an mich heran. »Wir haben um sechzehn Uhr zwanzig einen Anruf von der Bank da bekommen«, sagte er mit leiser Stimme und deutete lässig mit dem Daumen in die Richtung der Bank. »Uns wurde mitgeteilt, daß zwei maskierte Frauen seit circa fünfzehn Uhr fünfzehn in einer Feuerwehreinfahrt gegenüber sitzen und das Objekt observieren. Für uns lag ein Tatbestand vor, dem wir auf den Grund gehen müssen.«

Heiliger Himmel, wir waren ja sehr unauffällige Detektive! Ich schämte mich für unsere Unprofessionalität und spürte, wie mir die Röte ins Gesicht stieg.

»Alles in Ordnung, nichts für ungut!«

Der Bissige stieg aus dem Polizeiauto und versuchte ein Lächeln. Er händigte Theresa ihre Papiere aus. Damit war der Einsatz offenbar beendet. Die Freunde und Helfer schlenderten zurück zu ihrem Auto.

»So wie Sie rumlaufen«, sagte die Bulldogge zum Abschied, »müssen Sie sich nicht wundern, daß die Leute auf komische Gedanken kommen!«

Er musterte uns von oben bis unten, schüttelte den Kopf und schwang sich hinter das Steuer des Einsatzfahrzeuges. Don Johnson hob die Hand zum Gruß, dann brausten sie mit quietschenden Reifen davon.

Da standen wir enttarnte Detektive nun wie zwei begossene Pudel. Ich griff unter den Sitz, wo sich eine Flasche Cola light befand, und nahm einen Schluck von der aufgeheizten Brühe.

»Und was machen wir jetzt?« wollte ich von Emma Peel wissen.

»Wir geben jedenfalls nicht auf!« sagte sie grimmig. »Gib mir zwei Minuten, um über alles nachzudenken! Mir fällt schon was ein.«

Sie legte ihre Stirn in Falten und bedachte die Schaulustigen auf der anderen Straßenseite mit so zornigen

Blicken, daß sich die Leute erschrocken von dannen troll-
ten.

Die Lage war aussichtslos. Volkan hatte sich nicht blicken
lassen, es war heiß, und ich war durstig.

»Theresa, laß uns abhauen!«

»Pscht! Bitte quengel nicht, ich versuche gerade nachzudenken!«

Ich ließ mich auf den Beifahrersitz plumpsen und nahm
das Barett ab. Meine Haare klebten am Kopf. Ich hatte es
mit einer Irren zu tun! Hoffentlich hatten die Polizisten
inzwischen bemerkt, daß es noch mehr Papiere zu kon-
trollieren gab, und kamen zurück! Vielleicht war ihnen ja
auch aufgefallen, daß wir eine Feuerwehreinfahrt blok-
kierten? Es lag eindeutig ein Polizeiirrtum vor, Theresa
gehörte in Gewahrsam! Man sollte sie in eine Ausnüchte-
rungszelle verfrachten, bis sie sich von Volkan erholt
hatte! Sehnsüchtig starrte ich die Straße hinunter. Der
Asphalt flirrte in der Hitze.

Am Ende der Straße sah ich Sonnenschirme auf dem Bürgersteig. Ein Café! Dahin würde ich mich flüchten. Was
interessierte mich dieser Volkan überhaupt? Er würde
schon seine Gründe haben, weshalb er sich nicht bei Theresa meldete. Wahrscheinlich wußte er, daß sie durchgeknallt war, und hatte schon längst die Stadt verlassen,
während ich hier hockte und auf die kaputte Glastüre seines Betonhochhauses starrte, bis mir schwarz vor Augen
wurde. Wie es wohl Isabel inzwischen ergangen war? Sie
durfte niemals erfahren, daß ich sie wegen dieser unsäg-
lichen Aktion im Stich gelassen hatte!

Ich bewegte meine schlappen Gliedmaßen und streifte
den Regenmantel ab.

»Ich geh mal kurz in das Café da hinten, bin gleich wieder da!«

Das hätte ich nicht versprechen sollen, denn ich trug mich
ernsthaft mit Fluchtgedanken.

Als ich das Café betrat, verstummten die Gespräche. Ich
steuerte geradewegs auf die Toiletten zu, von Blicken verfolgt, die sich wie Pfeile in meinen Rücken bohrten. In der

kühlen Dunkelheit hielt ich meine schwitzigen Hände unter das fließende kalte Wasser. Wie gut das tat! Ich steckte meinen Kopf unter den Wasserhahn, bis meine Haare patschnaß waren, und wusch mir den Schweiß vom Gesicht. Dann kämmte ich mich, zog die Lippen dezent nach und fühlte mich wieder wie ein Mensch, als ich die Toilette verließ. Als ich nach draußen trat, beäugten mich die Neugierigen etwas wohlwollender.

»Die Polizei sieht es nicht gerne, wenn man in einer Feuerwehreinfahrt parkt«, belehrte mich der Kellner, bei dem ich Kuchen und kalte Colas erstand.

»Vielen Dank für den Tip!«

Hatten denn die Leute hier nichts anderes zu tun, als sich gegenseitig zu beobachten? Hieß es nicht immer, Neubaugegenden seien anonym, und keiner interessiere sich für den anderen?

»Ich weiß jetzt, was wir tun«, sagte Theresa, als ich zum Auto zurückkam. Sie nahm einen großen Schluck von der kalten Cola.

»Das weiß ich auch! Wir fahren nach Hause. Oder zum Baden«, sagte ich hoffnungsvoll.

»Fang nicht wieder an zu quengeln«, sagte sie unbarmherzig. »Wir sind hier, um Volkan zu sehen, und genau das werden wir auch tun!«

»Hast du kein Foto von ihm in deiner Brieftasche? Wir gucken es an, und dann gehen wir!«

Theresa stellte sich vor mich hin und nahm die Insektenbrille ab. Sie sah mitgenommen aus.

»Laß mich jetzt bitte nicht im Stich«, seufzte sie und legte ihre gepflegte Stirn in Falten. »Ich kann keinen Tag weiterleben, wenn ich nicht erfahre, was mit ihm los ist!«

Während sie sprach, verlor sich der Blick ihrer großen grünen Augen in der Weite des Universums.

»Ich muß ihn sehen«, stöhnte sie jammervoll. »Ich hatte in den letzten Tagen keine ruhige Sekunde! Ich konnte keinen Bissen zu mir nehmen. Ich konnte nicht schlafen! Nur heulen und rauchen, bis mir schlecht wurde. Mein Körper macht das nicht mehr lange mit. Ich brauche ein

Zeichen von ihm, sonst fall ich tot um! Willst du das vielleicht?«

Sie fixierte mich vorwurfsvoll.

Nein, das wollte ich auf keinen Fall! Ich war bereit, alles
in meiner Macht Stehende zu unternehmen, um ihr Leben zu retten. Doch was konnte ich noch tun?

»Ich verstehe dich ja«, sagte ich ratlos. »Aber was sollen
wir denn machen, wenn der Mann nicht aus der Wohnung kommt?«

Theresa grinste.

»Na, wenn der Berg nicht zum Propheten kommt, muß
eben der Prophet seinen Hintern bewegen!«

»Du willst doch nicht etwa in seine Wohnung gehen?«
rief ich entsetzt.

»Natürlich nicht! Hast du den Verstand verloren?«

»Noch nicht, aber wenn ich dir noch länger zuhöre, ist es
bald soweit. Es beruhigt mich ja, daß du ihn nicht in seiner Wohnung heimsuchen willst.«

»Natürlich nicht. Der Ärmste würde ja einen Herzinfarkt
bekommen, wenn ihn seine Alte nicht eigenhändig umbringt! Nein«, sagte sie in beschwichtigendem Tonfall,
»das kann ich nicht machen. Du gehst in seine Wohnung!«

Es folgte ein kurzes Wortgefecht, aber gegen Theresa ist
man machtlos.

Bevor ich wußte, wie mir geschah, stand ich auf dem Flur
des Hochhauses im vierzehnten Stock. Es war dunkel. Jemand hatte die Lampe zerschlagen. Von der anderen Seite
des endlos scheinenden Ganges drang ein schmaler Streifen Sonnenlicht durch die matte Scheibe eines kleinen
Fensters und gab gerade genug Licht, daß ich die Namens-
schilder lesen konnte, wenn ich mich ganz nah ranbeugte.
Der Geruch von Sauerkraut stieg mir in die Nase. Aus
einer Wohnung drang das hohe Kreischen eines Kindes,
dann war es wieder totenstill. Theresa tat keinen Laut.
Hätte ich nicht gewußt, daß sie in der Nische hinter der
Verglasung stand, hätte ich geschworen, daß sie sich in
Luft aufgelöst hatte.

164

Ich wollte die Sache endlich hinter mich bringen, also faßte ich mir ein Herz und drückte auf die Klingel. Kurze Zeit später waren in der Wohnung Schritte zu hören.

»Ich komme schon!«

Eine Frau öffnete die Tür. Ich starrte sie entgeistert an.

»Haben Sie bei mir geklingelt?« fragte sie.

Ich nickte stumm mit dem Kopf.

»Sie waren doch schon mal hier«, sagte sie, »ich abonniere immer noch keine Zeitschriften, auch nicht, wenn Sie damit ihren Entzug finanzieren.«

»Ich bin eine Kollegin von Volkan«, ratterte ich monoton den vorgegebenen Text herunter. Meine Stimme klang seltsam fremd. »Ist er zu Hause?«

»Ach du liebe Güte«, rief sie, »wie peinlich! Jetzt weiß ich, wo ich Sie gesehen habe! Sie standen vorhin mit Ihrem Auto in der Feuerwehreinfahrt und wurden von der Polizei befragt oder so was. Sie und eine andere Frau. Ich habe jetzt nicht schnell genug geschaltet, tut mir leid! Ich bin Volkans Frau, Hürriyet. Bitte kommen Sie doch herein!«

Sie lächelte freundlich und hielt die Tür auf.

Hürriyet war mittelgroß und schlank. Sie trug eine dunkle Levi's 501 und einen schwarzen kurzärmligen Body. Ihr blauschwarzes Haar hatte sie zu einem Knoten gebunden, aus dem sich einzelne lockige Strähnen gelöst hatten. Sie hatte ein hübsches Gesicht mit einem makellosen olivfarbenen Teint und pechschwarzen Augen. Ihr Anblick verschlug mir den Atem, und ich war unfähig, mich zu bewegen.

»Kommen Sie doch! Ich hab zwar wenig Zeit, und Volkan ist gar nicht da, aber auf ein Glas Wasser möchte ich Sie gerne hereinbitten, wenn Sie schon hergekommen sind. Wo ist denn Ihre Freundin?«

Ich machte eine Bewegung in Richtung Fensternische.

»Machen Sie Witze? Wir lassen Ihre Freundin doch nicht im Flur warten. Kommen Sie doch bitte rein«, rief sie in Richtung Fenster.

In der Nische rührte sich nichts. Nach einer Zeit, die mir endlos vorkam, löste sich Theresas Schatten aus der

Dunkelheit. Sie starrte Hürriyet an, als hätte sie einen Geist gesehen. Im Zeitlupentempo bewegte sie sich auf uns zu.

»Die haben Ihnen aber schön zugesetzt! Polizisten können so grob sein! Jetzt kommen Sie rein und erholen sich von dem Schrecken!« plapperte Hürriyet.

Dann nahm sie Theresas Hand und zog sie in die Wohnung.

»Warum haben Sie nicht angerufen? Ich hätte Ihnen sagen können, daß Volkan nicht zu Hause ist! Sie hätten sich die Fahrt sparen können!«

Theresa hatte ihre Sprache noch nicht wiedergefunden.

»Das hat keine Umstände gemacht, wir waren sowieso in der Gegend«, spulte ich meinen Text weiter ab.

Dabei ließ ich den Blick durchs Zimmer streifen. Es war weiß gestrichen und sehr hell, da es auf einen großen Balkon mündete, dessen Tür weit offen stand. Theresa machte ein Gesicht, als hätte sie vor, sich auf der Stelle von der bunt bepflanzten Balustrade zu stürzen.

»Schauen Sie sich hier bloß nicht um«, plapperte Hürriyet munter. »Ich bin seit Tagen nicht dazugekommen, Ordnung zu machen. Ehrlich gesagt, ich war zu faul! Setzen Sie sich einfach irgendwohin, wo Sie Platz finden. Ich hole uns was zu trinken.«

Mit einer schnellen Handbewegung räumte sie die Modezeitschriften, die auf der Couch lagen, auf einen Stapel und knallte ihn neben einer Zimmerpflanze auf den Boden.

Sie schien Pflanzen zu lieben. Abgesehen von der Ledercouch, zwei schwarzen Ledersesseln und dem gläsernen Couchtisch war das Zimmer kaum möbliert, aber in jeder Ecke standen Pflanzen. Auf einem niedrigen, schwarzen Regal thronte ein Kleinbildfernseher, ebenfalls schwarz, und darauf eine Vase mit bunten Glasblumen, in denen sich schillernd das Sonnenlicht brach. An der Wand hinter der Couch hing ein Bild. Es war eine riesige gelb bepinselte Leinwand, aus der ein paar Nägel ragten. Ich könnte sie einzeln herausreißen und schlucken, das wäre ein schneller, gnädiger Tod, dachte ich.

»Gefällt Ihnen das Bild?« fragte Hürriyet, als sie mit dem Tablett wieder hereinkam. »Ein befreundeter türkischer Maler hat es gemalt. Es ist so sonnig und warm, finden Sie nicht? Ich habe ihn mal gefragt, wieso er die Nägel reingehauen hat. Er sagte, vieles im Leben scheine nur auf den ersten Blick harmonisch und nett, doch unter der Oberfläche lauerten dunkle Geheimnisse.« Sie lächelte uns vielsagend an. »Naja, mir gefällt's!«

Sie stellte ein knallrotes Tablett mit dunkelblauen Gläsern und einer Flasche Perrier auf den Tisch. Dann zündete sie eine Zigarette an.

»Ich glaube, ich weiß noch nicht, wie Sie heißen. Arbeiten Sie schon lange mit meinem Mann zusammen? Ich freue mich, daß Volkan jetzt so nette Kolleginnen hat! Früher arbeiteten dort nur muffelige alte Weiber. Aber ich erfahre ja nichts von ihm! Rein gar nichts!«

Sie seufzte und schüttelte den Kopf.

»Wie gefällt Ihnen der Job? Bei Volkan habe ich das Gefühl, daß es ihn nicht ausfüllt. Er wartet ja schon seit Jahren auf eine Umschulung, aber bitte sagen Sie nicht, daß Sie das von mir wissen! Er ist ein bißchen frustriert, glaube ich, aber er erzählt ja nichts über die Arbeit. Wenn er nach Hause kommt, will er nur abschalten, sagt er. Sie wissen ja, wie Männer sind! Entweder sie haben tolle Jobs, dann sprechen sie von nichts anderem, oder sie sind unzufrieden und reden kein Wort darüber!«

Sie plauderte so lebhaft und locker, daß ich langsam begann, mich zu entspannen. Hürriyet war eine sympathische Frau. Sie war nicht nur hübsch, sondern auch lebhaft und klug. Ich hätte sie gerne näher kennengelernt und mich öfter mit ihr unterhalten. Theresa schien sich auch zu entkrampfen. Sie lehnte sich zurück und räusperte sich, als steckte ihr etwas im Hals. Dann stöhnte sie. Bis jetzt hatte sie immer noch kein einziges Wort gesagt. Sie sah noch mitgenommener aus als vorhin auf der Straße. Ihre Wimperntusche hatte sich in der Hitze aufgelöst und bildete schwarze, unregelmäßige Flecken um die Augen. Das Make-up hatte sich mit dem Schweiß zu kleinen braunen

Klumpen vermischt, die wie Pickel auf der Haut standen, und der Turban hing in Streifen von ihrem Kopf. Sie war ein Bild des Jammers. Als ich sie so betrachtete, fiel mir wieder siedendheiß ein, aus welchem Grund wir hier waren.

»Wo ist Volkan? Kommt er bald nach Hause?« fragte ich.

»Der kommt so schnell nicht wieder, ich habe ihn weggeschickt!« lachte Hürriyet. Dabei blitzten ihre Zähne wie kleine weiße Muscheln, die man am Meer findet.

»Er saß mir den ganzen Tag im Weg rum, und da hab ich gesagt: ›Hör mal, du hast doch Urlaub! Jetzt kannst du das Leben genießen! Warum fährst du nicht in die Türkei und erholst dich? Leg dich an den Strand und geh abends mit deinen Freunden aus. Die Kinder kannst du auch gleich mitnehmen, da freuen sich deine Eltern!‹ Erst wollte er nicht. ›Was soll ich denn dort ohne dich?‹ sagte er, aber nach ein paar Tagen fand er die Idee doch nicht so schlecht. Er mußte einfach mal raus! Ich hatte in der letzten Zeit öfter das Gefühl, daß ihn etwas bedrückte. Er war einfach nicht mehr er selbst! Ich hatte ihn zwar ein paarmal gefragt, was los ist, aber er wollte nicht darüber reden. ›Zerbrich dir nicht deinen hübschen Kopf, mein Schatz‹, sagte er nur. Naja, dann hab ich nicht mehr nachgebohrt. Man muß die Männer in Ruhe lassen, wenn sie ihre Phasen haben. Jedenfalls erholt er sich jetzt in der Sonne und läßt sich von seiner Mutter verwöhnen, während wir bei der Hitze in dieser stickigen Stadt hocken.«

Hürriyet schaute auf die Uhr.

»So, jetzt müssen Sie mich entschuldigen, ich muß los. Ich gehe heute abend mit einer Freundin ins Kino und danach zum Essen!«

Sie grinste spitzbübisch.

»Ich habe nämlich auch Urlaub, wissen Sie? Urlaub von der Familie!«

Sie fuhr sich durch die Haare, so daß sich der Knoten löste und ihre lange schwarze Mähne über die Schultern fiel. Sie sah aus wie eine Indianerprinzessin.

»Welchen Film schauen Sie sich an?« erkundigte ich mich.

»Ich habe vergessen, wie er heißt. Es ist eine Geschichte von einer Frau in Amerika auf dem Land. Sie ist verheiratet und hat schon zwei fast erwachsene Kinder, als sie den Mann ihres Lebens trifft. Irgend so was!«

Wir standen auf und gingen zur Tür.

»Vielen Dank für alles, es war sehr nett!« sagte ich zum Abschied.

»Keine Ursache. Es ist schön, daß Sie vorbeigekommen sind! Jetzt kenne ich wieder ein paar nette Gesichter aus Volkans Arbeit! Aber ich glaube, Sie haben mir immer noch nicht gesagt, wie Sie heißen? Ich bin also die Hürriyet!«

Sie streckte mir ihre Hand entgegen. »Da wir im gleichen Alter sind, könnten wir uns auch duzen, oder? Ich steh nicht so auf Förmlichkeiten.«

»Ich bin Sara«, sagte ich.

»Theresa«, hörte ich neben mir eine heisere Stimme krächzen.

Hürriyet reichte Theresa die Hand.

»Sara und Theresa!« Sie guckte uns aufmerksam an. »Prima! Ich werde es Volkan erzählen, wenn er anruft!«

17

»Fünf Wochen Italien, Sonne, Meer und viel Arbeit. Das macht zwölf Mark achtzig.« Giovanni legte die Sachen in meinen Einkaufskorb.

»Und wann ist das Haus fertig?«

»Das dauert noch lange«, sagte er, »aber das ist egal!«

Er machte eine wegwerfende Handbewegung, als wollte er den Staub und Dreck, die Mühen der Arbeit an seinem Traumhaus in den Abruzzen mit dieser Geste wegwischen.

»Man darf nicht darüber nachdenken, sonst fängt man gar nicht erst an zu arbeiten. Eine Reise von tausend Kilometern fängt mit dem ersten Schritt an!«

Wer bei ihm Gemüse einkaufte, erhielt philosophische Erkenntnisse als Dreingabe dazu. Ein Service des Hauses sozusagen.

Es war ein warmer Freitagnachmittag. Bildschirmgeschädigt blinzelte ich in die Sonne. Die letzten Tage hatte ich wie ein Maulwurf in meiner dunklen Höhle am Ende des Ganges verbracht. Heute hatte die Adressentipperei ihr glorreiches Ende gefunden. Alle Einladungen waren ausgedruckt und kuvertiert.

»Na endlich haben wir das auch geschafft«, hatte die PR-Frau bemerkt.

Dabei hatte sie so stolz gelächelt, daß ich erwartete, sie würde sich im nächsten Moment selbst auf die Schulter klopfen. In ihrer Begeisterung hatte sie ganz übersehen, daß nicht wir, sondern ich alleine das geschafft hatte! Naja, sie war eben sehr im Stress, da verliert man schon mal den Blick für die kleinen Details.

»Jetzt müssen wir die Briefe nur noch frankieren, und ab geht die Post!«

Sie lächelte glücklich.

»Du weißt ja, wo die Frankiermaschine steht«, sagte sie hoffnungsvoll, bevor sie wieder aus meinem Kabuff verschwand.

Ich hatte weder Ahnung, wo diese Maschine stand, noch, wie sie zu bedienen war, aber das sagte ich ihr mit Rücksicht auf ihren Stress lieber nicht. Zum Glück besuchte mich Anne im Kabuff, um mit mir eine Cola zu trinken.

»Das Frankieren ist eigentlich der Job des Sekretariats«, weihte sie mich in die Kompetenzverteilung innerhalb der Agentur ein.

Doch Frau Vogel erklärte, daß Frankieren nicht in ihr Aufgabengebiet falle.

»Ich bin doch nicht das Mädchen für alles! Was denken die sich eigentlich?«

Mit ›die‹ meinte sie natürlich Bernd, und der dachte sich schätzungsweise gar nichts. Wenn er seinen Kopf mal zum Denken benutzte, dann nur, um sich zu überlegen, wie er die Arbeit am besten so aufteilen konnte, daß seine Angestellten sich nicht langweilten, während er auf Meetings war und sich mit irgendwelchen Leuten den Magen vollschlug. Niemand hielt große Stücke auf seine Anweisungen bezüglich der Aufgabenverteilung, und Frau Vogel ignorierte sie völlig. Daher hatte ich Anne erklärt, daß ich nicht auf deren Einhaltung bestand, außerdem müßte man berücksichtigen, daß das Sekretariat heute besonders beschäftigt war. Freitags mußte Frau Vogel nämlich das Wochenend-Horoskop bewältigen, und das war sehr umfangreich. Anne hatte mich dann in die Tücken der Frankiermaschine eingeweiht.

»Die spinnt manchmal. Du mußt die Briefe einzeln per Hand durchjagen!«

Nachdem das erledigt war, kopierte ich das Horoskop fürs Wochenende und holte mein Gehalt ab. Frau Vogel wollte die Einladungen heute noch zur Post bringen, und ich hatte eine Woche agenturfrei. Als ich gerade gehen wollte, kam die PR-Frau aus ihrem Zimmer geschossen. Sie hatte vollkommen vergessen, mich zu fragen, ob ich Zeit hätte, die Rückantworten zu bearbeiten, die ab nächster Woche ins Haus flattern würden. Sie müßten in Zu- und Absagen sortiert werden, und den Zusagen müßte jeweils eine Eintrittskarte geschickt werden.

»Ich kann das unmöglich alles alleine machen«, sagte sie. »Ich bin zu sehr im Stress!«

Ich versprach ihr, am Montag Bescheid zu geben, denn ich wollte mich mit Isabel absprechen. Meine zwei Jobs unter einen Hut zu kriegen war schwieriger, als ich gedacht hatte. Jeder dieser Halbtagsjobs war im Grunde ein Dreivierteltagsjob. In der Agentur guckten sie mich schief an, wenn ich pünktlich ging, und Isabel maulte auch. Was wollten die eigentlich? Man kriegte einen halben Job bezahlt und sollte dafür den vollen Einsatz bringen. Die PR-Frau sollte ruhig bis Montag ein bißchen zappeln, dachte ich. Das war ich mir schuldig, nachdem sie vor lauter Stress nicht dazugekommen war, sich für meine Mitarbeit zu bedanken.

Für heute war ich jedenfalls fertig. Das Wochenende stand vor der Tür, und ich hatte vor, Lynn und mich für die arbeitsreiche Woche mit einem schönen Abendessen zu belohnen. Genüßliches Kochen beginnt mit einem Bummel über den Markt. Hier ist alles bunter als in Supermärkten, und die Auswahl ist größer. Man ist nicht gezwungen, labberiges und vertrocknetes Zeug als Frischwaren zu akzeptieren, nur weil das übrige Warenangebot in Konservierungsmitteln ertrinkt oder in der Tiefkühltruhe auf den Tag der Auferstehung wartet. Auf dem Markt kann man bummeln, auswählen, und manchmal darf man sogar probieren. Wenn der Preis zu hoch ist oder einen die Marktfrau mit ihrem rotzigen bayerischen Charme nervt, schlendert man eben zum nächsten Stand weiter, bis das Körbchen voll ist. So einfach ist das. Ein gutes Essen beginnt mit genußvollem Einkaufen!

Im Profil erkannte ich eine andere genußvolle Einkäuferin.

»Anica! Hi!«

»Sara! Du läßt dich ja gar nicht mehr blicken, wo steckst du denn immer?«

Ich berichtete von meiner Karriere in der Agentur.

»Ich komme in letzter Zeit nicht mehr viel rum. Ich bin abends meistens viel zu schlapp, um noch wegzugehen«, stöhnte ich. »Zum Einkaufen komme ich auch nicht mehr! Wenn du tagsüber voll arbeitest, siehst du nie wieder einen Laden von innen. Jetzt hab ich mal ein bißchen Geld, aber keine Gelegenheit, es auszugeben! Das ist doch verrückt!«

Sie lachte.

»Hab ich ein Glück! Ich verdiene so schlecht, daß ich das Problem nicht habe!«

»Ich habe kaum Zeit, mir was zu essen zu kaufen! Auf dem Weg in die Agentur hetze ich morgens an der Bäckerei vorbei und schnappe mir eine Brezel. Das ist dann mein Frühstück. Mittags hab ich eine halbe Stunde, da kann ich auf dem Weg in die Uni eine kurze Erledigung einbauen, aber ich muß knallhart Prioritäten setzen. An einem Tag die Apotheke, weil ich Tampons brauche, dann müssen die Briefe aber bis morgen warten, weil es mittags in der Post endlose Schlangen gibt. Post also morgen. Das bedeutet, ich muß mit frischer Milch und Käse bis übermorgen warten. Es ist der reine Wahnsinn! Meine kleine Schwester fährt in den Sommerferien zu meinen Eltern in die USA. Ich soll ein paar Sachen für sie besorgen, Weißwurstsenf und so skurriles deutsches Zeug, mit dem sie ihre amerikanischen Freunde beeindrucken können. Naja, dafür muß ich dann wohl den Samstag opfern! Neue Klamotten hab ich mir auch seit Ewigkeiten nicht gekauft. Ich sehe die süßesten Sachen, aber nur aus den Augenwinkeln, wenn ich mit dem Fahrrad an den Schaufenstern vorbeiflitze!« Ich seufzte. »Ich bin total im Stress!«

»Du Ärmste«, sagte sie mitfühlend. »Berufstätige Singles sind eben arme Schweine.«

»Meine Chefin in der Agentur, eine ziemlich zickige PR-Frau, hat sich neulich mit dem Shampoo ihres Hundes die Haare gewaschen, weil die Läden schon wieder zu waren, als sie abends nach Hause ging.«

»Na, dann kriegt sie wenigstens keine Flöhe! Ich finde es viel schlimmer, wenn Leute, die so viel arbeiten, wie Konserven ihrer eigenen Vergangenheit durchs Leben laufen. Du kannst ihnen an den Klamotten ansehen, in welchem Jahr sie in die Mühle gekommen sind, weil sie in dieser Zeit stehenbleiben. Modemäßig jedenfalls. Ist dir das schon mal aufgefallen?«

In der Agentur arbeiteten hauptsächlich Leute um die Dreißig, die sich schwarz kleideten, außer Frau Vogel, die hautenge Kostümchen in den Knallfarben der Siebziger trug. Ich schätzte sie auf Mitte Vierzig. Vermutlich war sie in der Zeit, als Charlys Engel im Fernsehen lief, ins Berufsleben eingestiegen. An der Uni wehte auch in bezug auf Mode ein anderer Wind. Geertz zum Beispiel war Mitte Fünfzig und verkörperte die Generation derer, die gerne in Woodstock dabei gewesen wären. Er hatte schulterlange Haare und trug Jeans, die um den Hintern schlotterten, Sweatshirts in undefinierbaren Farben und einen Parka in Natogrün. Aber er konnte nicht als repräsentativ für das Einkaufsverhalten der Berufstätigen seiner Generation gelten, dachte ich, denn er hatte keine geregelten Arbeitszeiten. Abgesehen von den paar Vorlesungen, zu denen er einigermaßen pünktlich erschien, ging er ohne festen Zeitplan in der Uni ein und aus. Er könnte jederzeit shoppen gehen, wenn er wollte, tat dies aber aus anderen Gründen nicht. Vermutlich war er zu weltfremd, um so vergänglichen Zeiterscheinungen wie Mode irgendeine Bedeutung beizumessen. Ein junger Typ, der frisch von der Uni kam, war neu in der Agentur. Er arbeitete im Bereich Veranstaltungen unter der Fuchtel der PR-Frau. Er trug karierte Hemden und eine Schirmmütze. Das hatte einen agenturinternen Trend ausgelöst, und seitdem trugen ein paar andere Leute auch Schirmmützen. Sogar Bernd hatte neulich so ein Teil über seine Autohändlermähne gestülpt!

Ich wußte genau, was Anne meinte, wenn sie jammerte, durch die Arbeit in der Agentur würde man den Bezug zum realen Leben verlieren.

»Aber der Stress hat ja ein Ende, wenn die Ausstellung gelaufen ist«, sagte ich, »dann werde ich mehr Zeit haben, als mir lieb ist!«

»Ach ja, ich hab ganz vergessen, daß du dir ins Hemd machst, weil du ja ab Herbst einen Job brauchst! Das wirst du schon hinkriegen.«

»Hoffentlich! Und wie geht's dir sonst so? Was machen die Fotos?«

»Ich hab inzwischen eine ganze Menge Filme verschossen, es sind ein paar Superaufnahmen dabei«, sagte sie mit leuchtenden Augen, »wenn du Lust hast, kannst du sie dir ja mal anschauen!«

»Sehr gerne! Gib mir doch mal deine Telefonnummer, dann melde ich mich, wenn ich Zeit habe!«

»Ich hab kein Telefon«, sagte sie, als wäre das die selbstverständlichste Sache der Welt. »Ich halte nichts von elektronischer Kommunikation.«

Ich war platt! Diese Frau bezeichnete andere Leute als Konserven vergangener Zeiten und lebte selbst hinter dem Mond?

»Wie bitte? Wie kannst du überleben, wie triffst du Verabredungen? Also, ein Leben ohne Telefon kann ich mir nicht vorstellen!«

»Ach, weißt du, die Leute, die ich treffen muß, laufen mir ohnehin ständig über den Weg. Und wenn nicht, dann ist es eben Schicksal. Leute, die ich nicht treffe, bewegen sich sowieso in ganz anderen Sphären, also, was soll ich mit denen? Ich lebe in meinem Dorf, und da spielt sich alles ab. Es ist wie früher! Wie bei meiner Oma. Die lebt in einem kleinen Dorf in Kroatien. Da kennt jeder jeden, und man trifft sich zwangsläufig. Ich kann doch in dieser Stadt nicht mit allen befreundet sein oder mich auf alle einlassen! Es gibt viel zu viele Leute, die total anders drauf sind, und ich muß mich da einschränken, sonst wird mir das Leben zu unübersichtlich und zu oberflächlich. Deswegen schaffe ich mir mein eigenes kleines Dorf.«

»Aha, interessant!«

Diese Philosophie beeindruckte mich. Sie hatte was Zwingendes, das mußte ich zugeben, außerdem sparte man eine Menge Geld, wenn man die Telekom nicht finanzierte.

»Ich muß jetzt nach Hause«, sagte ich, »die Ställe ausmisten. Und ich will für meine Bäuerin kochen, die den ganzen Tag auf dem Feld geschuftet hat.«

»Was ist los?«

»Lynn hat Abgabetermin von einem Projekt, an dem sie in den letzten Wochen gearbeitet hat, und ich koche uns ein schönes Abendessen.«

»Hat die es gut! Was gibt's denn?«

»Karibisch. Zuerst eine Tomaten-Orangensuppe, dann Hühnchen in einer süß-sauren Soße, dazu gebackene Süßkartoffeln, und zum Abschluß schwenke ich nach Italien und serviere Panna Cotta.«

»Na dann, viel Spaß beim Kochen! Bis bald.«

Sie ging über den Marktplatz und war innerhalb von Sekunden im dichten Getümmel, das ihre Dorftheorien Lügen strafte, verschwunden.

Als krönenden Abschluß meines Einkaufsbummels gönnte ich mir einen frisch gepreßten Orangensaft, den ich im Stehen trank. Genießerisch sog ich die Sommerluft ein, die mit dem Duft der Blumen des Nachbarstandes durchsetzt war. Dort ließ sich gerade ein Pärchen einen Strauß zusammenstellen.

»Bunt soll er sein, fröhlich, und er soll nicht so schnell verblühen! Was nehmen wir denn da am besten?«

»A poar von dene Schdrelizien, die san grad im Angebot, und na nemma de Margritten und von dene kloana Sonnenblumen. Mit a bissal Grün mocht des scho was her!« riet die Verkäuferin.

Als ich ausgetrunken hatte, kaufte ich auch einen dicken Strauß Sonnenblumen und schleppte meine Last nach Hause.

Mein Anrufbeantworter blinkte.

»Ich komme dieses Wochenende nicht, weil wir Schulfest haben, außerdem will ich baden und segeln. Bis bald!« Die Stimme der Prinzessin piepste vor Aufregung.

»Wir haben am Dienstag einen Auftritt im Kunstpark. Wenn du kommen willst, sag mir Bescheid, ich setz dich auf die Gästeliste.« Das war Paul.

»Ich bin übers Wochenende bei Thorsten in Hamburg. Seh dich am Montag. Das Treffen mit Quantas verlief übrigens prima! Auch ohne dich, haha! Alles Weitere dann persönlich! Sei brav!«

»Hallo, Sara! Huhu! Wo steckst du nur? Hier ist Nana! Wir haben ewig nichts von dir gehört! Robert und ich fliegen am Sonntag nach Kanada! Ich freu mich schon so! Samstag wollten wir einen kleinen Umtrunk veranstalten. Wenn du da bist und Zeit hast, komm doch vorbei. Ansonsten wünsche ich dir einen schönen August. Tschühüß!«

Ich löschte die Nachrichten und schaltete den Anrufbeantworter aus. Was wäre ich ohne Telefon?

Isabels Treffen mit Mr. Lester war wohl ganz gut gelaufen. Ich rief sie zurück und gratulierte ihr.

»Hört sich gut an«, sagte ich. »Aber bis wir keine schriftliche Zusage haben, glaube ich an gar nichts! Es hat sich schon öfter jemand hinreißen lassen und gesagt, alles würde klargehen. Und dann hat in der letzten Sekunde eine andere Abteilung auf die Bremse gedrückt, und die ganze Sache ist geplatzt!«

»Jaja, du hast recht, du Miesepeter! Trotzdem hab ich diesmal das sichere Gefühl, daß es klappen wird. Hugh, äh, Mr. Lester, hat angebissen, glaub mir!«

Hugh, äh, Mr. Lester? Ich hatte anscheinend etwas verpaßt!

»Hab ich das richtig verstanden? Ihr duzt euch?«

Sie kicherte affektiert.

»Das ist ein total junger Typ! Ich war zuerst richtig erstaunt, als er auf mich zukam, das kannst du mir glauben. Nach all den grauen Typen, die sich höchstens durch das Muster ihrer Krawatten unterscheiden, war Hugh ein echter Knaller! Ich saß in so einer Art Vorzimmer herum und guckte etwas gelangweilt die Poster an der Wand an, als plötzlich eine Tür aufgerissen wurde, er auf mich zustürmte und mir seine Hand entgegenstreckte: ›Hi, ich bin Hugh Lester, nennen Sie mich Hugh, in Australien benutzt man seinen Nachnamen nur in der Geburtsurkunde und auf dem Grabstein. Also, Sie wollen, daß wir was für Sie transportieren? Ich hab einen Blick auf Ihr Konzeptpapier geworfen. Ist ja ein Roman! Die Zeit, das alles durchzulesen, hab ich nicht! Sorry, ihr Deutschen seid mir manchmal zu umständlich. Können Sie mir in zwei Sätzen erklären, worum es geht?‹ In dem Tenor lief das dann ab! Als ich rauskam, hatte ich das Gefühl, ich bin in einer Waschmaschine in den Schleudergang geraten, aber ich weiß intuitiv, er macht mit!«

»Ist ja super! Und kriegen wir deine Intuitionen auch schriftlich?«

Sie lachte.

»Sein Boss ist in Frankfurt, dessen O. k. muß er noch kriegen, und dann meldet er sich Montag bei uns.«

»Na, warten wir's ab, und vielen Dank, daß du das ohne mich durchgezogen hast!«

»Oh, das war kein Problem«, sagte sie und kicherte wieder.

Während ich die Zwiebeln schnippelte, telefonierte ich mit Nana.

»Wir möchten unsere Wohnung nicht im Chaos hinterlassen, deshalb dachten wir, es wäre doch eine nette Idee, sich im Hofgarten im Pavillon zu treffen. Ein Treffen unter dem Sternenhimmel sozusagen. Es gibt Prosecco aus Pappbechern. Kommst du?«

»Klar! Wenn du möchtest, bringe ich was zu essen mit.«

»Prima, ich seh dich dann ab halb elf. Frag bitte Lynn, ob sie auch Zeit hat. Tschüß, bis morgen!«

Die Ratten verließen das sinkende Schiff.

Sosehr ich den Sommer in München mochte, schreckte mich die Erkenntnis, daß ich demnächst vollkommen verwaist sein würde. Die meisten Leute waren schon in Urlaub gefahren, und die übriggebliebenen packten jetzt ihre Koffer. Lynn wollte Becky, die seit zwei Wochen in Spanien herumreiste, in Barcelona treffen, was insofern ganz praktisch war, als ich den Alfa in ihrer Abwesenheit hüten durfte. Markus war mit seinem neuen Lover in Schottland. Er müßte dieses Wochenende zurückkommen, wenn ich mich nicht täuschte. Es fiel mir nicht leicht, die Reisetermine der verschiedenen Leute im Kopf zu behalten. Sophie flog nächste Woche zu unseren Eltern in die USA, und Vera genoß mit ihrer Familie einen pädagogisch wertvollen Urlaub auf einem Bio-Bauernhof. Als ich ihr mein Leid geklagt hatte, hatte sie gefragt, ob ich mitkommen wollte. Ich hatte dankend abgelehnt. Die Vorstellung, den Sommer nicht zwischen gackernden Hühnern, kreischenden Kleinkindern und Misthaufen verbringen zu müssen, hatte mich etwas mit meinem Schicksal versöhnt. Es fiel mir auch deshalb leicht, weil ich auf die Gesellschaft meines Schwagers gerne verzichten konnte. Gottfried war eine Nervensäge. Er war Sozialpädagoge und hielt sich für den geistigen Erben von Sigmund Freud. Da er jeder Form von Sozialisation gegenüber mißtrauisch war, befand er sich seit Jahren in therapeutischer Behandlung, um sein wahres Ich zu finden, das er verborgen unter einer dicken Kruste bürgerlicher Erziehung vermutete. Er war der Ansicht, auch seine Mitmenschen sollten das tun, und regte jeden ständig dazu an, etwas auszuleben, das vorher ausdiskutiert werden mußte.

»Du willst das nicht wirklich, das ist nur deine Erziehung«, hatte er neulich doziert, als ich bei meiner Schwester zu Kaffee und Kuchen eingeladen war. »Du bist dir dessen natürlich nicht bewußt, weil du keine Therapie machst. Aber ich weiß, daß das verdrängte Bedürfnisse aus deiner Kindheit sind! Es ist ein Pseudo-Ersatz für etwas anderes, Mutterliebe wahrscheinlich.«

»Es ist mir vollkommen egal, was du denkst! Ich will verdammt noch mal zu meinem Kaffee keine Mutterliebe, sondern noch ein Stück Erdbeertorte!«

»Du verdrängst da was«, sagte er.

Gottfried fürchtete Verdrängung wie der Teufel das Weihwasser. Verdrängung führte auf direktem Weg zu Frustration und Aggression, und die wiederum zu Umweltzerstörung, Krieg und Plastikspielzeug. Menschen, die nicht ständig den Inhalt ihrer hintersten Gehirnwindungen auskotzen wollten, waren verlogene Spießer. Meine arme Schwester, die mangels tiefenpsychologischer Schulung nicht jede Banalität, die Gottfried wieder mal maßlos aufbauschte, ausdiskutieren konnte, war das typische Opfer ihrer verklemmten bürgerlichen Erziehung, von der sie sich endlich befreien sollte. Seine Therapien, die natürlichen Teppichböden aus tibetanischem Lamahaar sowie die maßgeschreinerten Möbel ohne rechte Winkel, die ihr Haus verunstalteten, konnten sich meine Schwester und Gottfried jedoch nur dank der bürgerlichen Erfolge seiner spießigen Eltern leisten, die ihm eine dicke Erbschaft hinterlassen hatten. Sie hatten ihm in gewisser Weise das Privileg verschafft, sich ständig über jedes Kinkerlitzchen Sorgen zu machen.

Gottfried war anstrengend, und daher mied ich seine Gesellschaft, so gut ich konnte.

»Du gehst mir aus dem Weg, weil ich ein Mensch bin, der dich durchschaut«, war seine Reaktion, als er hörte, daß ich die Einladung, als kostenloser Babysitter auf den Bauernhof mitzufahren, abgeschlagen hatte.

Ich konnte jetzt auf keinen Fall verreisen. Die Ausstellung sollte Mitte September eröffnen, und ich mußte die Möglichkeit nutzen, in der Agentur ein bißchen Geld zu verdienen. Außerdem war es höchste Zeit, mich nach einem richtigen Job umzugucken, denn der Gedanke, ab Herbst arbeitslos zu sein, löste in mir regelrechte Panikanfälle aus. Also schob ich ihn erst mal weg. Im Gegensatz zu Gottfried halte ich viel von der Verdrängung unangenehmer Tatsachen, besonders solcher, an denen man sowieso nichts ändern kann. Ich nahm mir vor, Firmen mit Bewerbungen zu bombardieren und mich Bernd gegenüber von meiner Schokoladenseite zu zeigen, damit er mich fest anstellte, aber man konnte nichts erzwingen.

Ein anderes Beispiel war die Sache mit Tom, dachte ich, während ich fünf große Fleischtomaten in kochendes Wasser warf. Meine Telefonrecherche hatte bezüglich des Status der Blonden in Toms Leben keine eindeutigen Ergebnisse gebracht. Die Meinungen gingen auseinander.

»Du kannst ihm nicht verübeln, daß er sich in die nächste Sache stürzt.«

»Wenn er mit jeder Frau, mit der er gesehen wird, eine Beziehung hätte, könnte er einen Harem aufmachen.«

»Die? Nee, da ist nix!«

»Jaja, die sind ein Paar. Wieso interessiert dich das?«

Ich wurde nicht schlau daraus. Daher beschloß ich, nicht mehr an Tom und die Sofakissenaufschüttlerin zu denken. Wenn ich es mal nicht schaffte, die Gedanken daran zu verdrängen und sie zuließ, wie Gottfried sich ausdrückte, wurde ich so traurig, daß mein Schwager seine helle Freude an mir gehabt hätte.

Ich spürte, daß es nicht die Blonde war, die mir Kopfzerbrechen bereitete. Sie war nur ein Zeichen, wie eine Narbe, die einen an eine Wunde erinnert, die man vor langer Zeit hatte. Die Wunde ist längst verheilt, aber wenn zufällig der Blick auf die Narbe fällt, denkt man, verdammt, das hat weh getan! Die Blonde erinnerte mich an eine Lektion, die zu schmerzlich war, als daß ich sie lernen wollte. Die Sofakissenaufschüttlerin war der lebende

Beweis für die Vergänglichkeit von Gefühlen, und deshalb war sie mir ein Dorn im Auge. Wie kann es passieren, dachte ich, daß zwei Planeten, die sich nebeneinander um die Sonne bewegen, plötzlich aus der Bahn geraten? Unmerklich ihre Umlaufbahn ändern? Nur um ein paar Grad zuerst, doch im Laufe der Zeit kreisen sie immer weiter von der Sonne entfernt, und schließlich erkalten sie. Das führt zu Klimakatastrophen, die Bewohner der erkalteten Sterne müssen gerettet und auf Asteroiden umgesiedelt werden. Die Crew der Enterprise ist in heller Aufregung. Captain Kirk schnauzt die Basisstation an: Die Jungs und Mädels hätten das doch merken müssen! Man forscht nach Ursachen. Hätte der Tod der ehemals glühenden Planeten nicht verhindert werden können? Nein, denn die fatale Abweichung vom Kurs war minimal gewesen. Die Meßinstrumente der Enterprise hatten sie nicht registriert. Die Nachforschungen der Basisstation konnten die Frage nach dem Warum nicht beantworten. Wie kommt das Salz ins Meer? Warum ist die Banane krumm?

Ich hätte es am liebsten gesehen, wenn Tom im Bermuda-Dreieck verschollen oder einem Männerorden auf dem Berg Athos beigetreten wäre, weil Begegnungen wie neulich an der Isar quälende Fragen nach den Rätseln um erlöschende Planeten aufwarfen. Insbesondere dann, wenn er den lebenden Beweis für die kosmischen Veränderungen in Gestalt von blonden Frauen mit sich spazierenführte. Da er jedoch keine Anstalten machte, aus dem Dunstkreis meines Lebens zu verschwinden, mußte ich mich wohl oder übel damit abfinden, daß es Dinge gab, für die ich keine Erklärung hatte. Ich konnte es nicht ändern, also wozu mich aufregen? Egal, was Gottfried sagte, es half nur Verdrängung. Tom aus dem Weg gehen und nicht an Raumschiff Enterprise denken! Das Leben ging weiter, ich wollte es nicht mit trübsinnigen Gedanken verplempern.

Vorsichtig hob ich die Tomaten aus dem kochenden Wasser und zupfte die Haut ab. Dann legte ich sie in den Topf mit den gehackten Zwiebeln, fügte vier Tassen Wasser hinzu und stellte die Flamme hoch.

Jetzt mußte ich mich um die Hauptspeise kümmern. Ich legte die Hühnchenfilets in einen tiefen Topf, würzte sie mit Salz und Pfeffer und bedeckte sie mit zweihundert Gramm Honig. Über das Ganze träufelte ich den Saft einer ausgepreßten Orange und zerdrückte eine Knoblauchzehe. Dann schob ich alles in den Ofen, wo es bei zweihundert Grad vor sich hin garen sollte. Für die Suppe pürierte ich die Tomatenbrühe und fügte frische gehackte Basilikumblätter hinzu sowie den Saft einer ausgepreßten Orange und einer Limette und ließ alles kurz aufkochen. Fertig! Dann wusch ich die dicken Süßkartoffeln und achtelte sie vorschriftsmäßig. Sie kamen in einem Extratopf mit einer Prise Salz und etwas Butter in den Ofen.

Ich lag gut in der Zeit und war ziemlich stolz auf mich.

Es war kurz vor sieben. Lynn wollte spätestens um acht zu Hause sein. Ich würde ihr einen Aperitif reichen, und wir konnten gegen halb neun essen. Ich mußte nur noch die Soße für das Hühnchen vorbereiten. Die Panna Cotta stand schon im Kühlschrank und erstarrte langsam, wie es das Rezept befahl. Ich verarbeitete hundert Gramm Champignons und ebenso viele Austernpilze zu kleinen, ebenförmigen Streifen, fast so schön wie im Kochbuch, und legte sie zu den Hühnerfilets. Die nette karibische Lady, die mich vom Rücken des Kochbuches anlächelte, schrieb, daß ich jetzt nur noch kurz vor dem Servieren hundert Milliliter Sahne mit zwei Eigelben verquirlt dem Huhn beifügen mußte, und das Essen war fertig!

Eigelb? Eier?

Ich hatte doch welche gekauft, wo waren sie? Hektisch durchforstete ich den Kühlschrank. Es waren keine Eier da. Als nächstes durchwühlte ich meine Einkaufstüten, aber vergeblich! So ein Mist, ich hatte die Eier vergessen! Wo kriegte ich um diese Zeit noch welche her?

Ich schlüpfte in meine Turnschuhe und verließ eilig die Wohnung. Bei den Nachbarn rührte sich nichts. Keiner da. Doris, die ein Stockwerk tiefer wohnte, öffnete die Tür. Aus der Wohnung hinter ihr drangen Stimmen und Musik. Sie lud Lynn und mich nie auf ihre Feste ein, weil ihr

Mann mit Tom befreundet war. Seit ich nicht mehr mit Tom zusammen war, mied sie mich, als hätte ich eine ansteckende Krankheit. Wenn wir uns im Treppenhaus begegneten, lief sie mit gesenktem Kopf an mir vorbei. Es war schwierig, ein neues Leben anzufangen, wenn man von Leuten in bezug zu seiner Vergangenheit gesehen wurde. Für Doris war ich nicht Sara, sondern Toms Ex. Der Nachbar von oben hatte versucht, mich zu trösten, als ich ihm erzählt hatte, wie sich mein Kontakt zu Doris seit der Trennung von Tom verändert hatte.

»Ich bin anscheinend ohne Mann gesellschaftlich out«, hatte ich voller Selbstmitleid gejammert. Ich hatte eine Talkshow über alleinstehende Frauen gesehen, die sagten, daß sie total out seien, weil sie keinen Mann hätten. Von wegen Fisch ohne Fahrrad! Die Frauen fühlten sich wie Fahrrad ohne Rad. Es sei ein gesamtgesellschaftliches Problem, erklärten sie.

Ich sähe das völlig verkehrt, hatte der Nachbar erklärt. Mein neugewonnener Status als alleinstehende Frau sei nicht out, sondern bedrohlich.

»Die Frau hat kein Selbstbewußtsein, deshalb ist jede frei herumlaufende Frau eine Gefahr für sie. Du weißt ja, wie ausgehungert weibliche Singles sind! Die stürzen sich in ihrer Verzweiflung auf alles, was nur entfernt nach Mann aussieht, und mit Vorliebe jagen sie anderen Frauen die Männer ab!«

Ich mußte lachen.

Ich konnte mir nicht vorstellen, daß außer Doris noch eine andere Frau Interesse an ihrem Mann haben könnte. Er sah aus wie Al Bundy aus der schrecklich netten Familie. Ich hätte ihr gerne gesagt, daß ich ihren Al nicht wollte, aber sie redete ja nicht mehr mit mir.

Auch jetzt guckte sie mich mit kaum verhohlener Feindschaft an.

»Was gibt's?« fragte sie säuerlich. »Eier? Hab ich nicht. Salmonellenschleudern kommen mir nicht ins Haus!«

Sie hatte also nicht nur gegen alleinstehende Frauen eine Aversion, sondern gegen Fruchtbarkeitssymbole jeglicher

Art. Wahrscheinlich gehörte sie zu den Leuten, die im Frühling auf den Isarauen spazierengingen und mutwillig Krokusse zertrampelten.

Schließlich ging ich in die Pizzeria an der Ecke und erstand zwei Eier. Der Koch wollte sie zuerst nicht verkaufen, weil er nicht wußte, ob sie noch frisch waren.

»Ich bin nicht so zimperlich«, sagte ich, »wenn's eure Gäste nicht umbringt, kann ich es auch essen!«

Daraufhin verlangte er eine Mark sechzig für die Eier. Achtzig Pfennig für ein Ei, das mich für die nächsten Wochen ins Krankenhaus bringen könnte! Ich beschloß, bei der nächsten Gelegenheit in ein Land auszuwandern, wo die Geschäfte rund um die Uhr geöffnet haben.

Im Treppenhaus hörte ich mein Telefon klingeln. Ich raste nach oben. Zu spät! Auf dem Anrufbeantworter war eine Nachricht von Lynn. Sie würde es nicht schaffen, um acht zu Hause zu sein, und würde sich später noch mal melden.

Ich stellte den Ofen auf die niedrigste Flamme und ließ Badewasser ein. Dann legte ich mich vor den Fernseher. Als ich ausgiebig gebadet, meine Haare gewaschen und mit einer Kur behandelt, mein Gesicht mit einer feuchtigkeitsspendenden Maske verjüngt und meine Nägel manikürt hatte, war es halb zehn. Ich rief Lynn an.

»Büro Singer & Speidel, Wilson«, meldete sie sich formvollendet.

»Wo bleibst du denn? Das Essen ist fertig!«

»Oje! Ich würde nichts lieber tun, als den ganzen Kram hinschmeißen, aber es geht nicht! Jedenfalls noch nicht. Es sind Komplikationen aufgetreten, und ich brauche etwas länger.«

Sie redete wie eine Chirurgin, die vor dem Eingriff die Verwandten eines Todgeweihten beruhigen wollte.

»Ich wußte nicht, daß bei Häusern Komplikationen auftreten können«, sagte ich. »Was ist passiert? Du warst doch fertig mit den Zeichnungen!«

»Es ist furchtbar peinlich«, seufzte sie, »stell dir vor, wir haben es erst gemerkt, als das Modell fertig war. Ich weiß

nicht, wie uns das entgehen konnte? Jedenfalls kam der
Modellbauer, übrigens ein sehr süßer Typ. Tolle Hände,
wie du dir vorstellen kannst! Bei dem Job sind sie ja ständig in Übung!«

Sie kicherte.

»Lynn, was ist passiert?«

»Nichts, noch nichts! Aber das wird nicht lange so bleiben,
ich habe mich nämlich mit ihm verabredet.«

»Was ist mit deinem Plan passiert? Das Hochhaus, erinnerst du dich?« unterbrach ich ihren euphorischen Rede-
schwall.

»Ach so, ja! Also, Corni, so heißt der Typ, lieferte das Modell, und wir stellten fest, daß im Flur keine Fenster waren.
Wir hatten einfach vergessen, sie zu zeichnen! Zum Glück
nicht in allen Plänen, aber einige müssen wir jetzt eben
neu machen.«

Ich mußte an Hürriyets Flur denken, der sehr dunkel war.

»Es gibt in vielen Häusern keine Fenster im Flur! Laß es
einfach so, und komm jetzt nach Hause!«

»Mein Haus soll keine Fenster haben? Bei dir piept's
wohl? Niemals! Das hat man in den Siebzigern gemacht,
als massenweise Einheitsbauten aus dem Boden gestampft
wurden, weil man Geld sparen mußte. Heutzutage will
niemand mehr so was bauen. Natürlich müssen wir heute
auch Geld sparen, aber das tun wir da, wo es keiner
sieht.«

»Wirklich? Wie umsichtig«, sagte ich.

»Was hältst du davon: Ich muß sowieso das Wochenende
ranhängen und Corni auch, also warum holst du uns nicht
mit dem Alfa ab, sagen wir so gegen elf, und wir essen alle
zusammen?«

Ich seufzte.

»O. k. Also bis dann!«

Ich drehte den Herd aus, sammelte das Geschirr von dem
kleinen Bistrotisch auf dem Balkon zusammen und deckte
für drei Personen im Wohnzimmer. Ans Tischende stellte
ich die Vase mit den Sonnenblumen und holte passende
gelbe Kerzen.

Kurz vor elf machte ich mich in Beckys Alfa auf den Weg. Auf der Leopoldstraße war Stau wie im Berufsverkehr. Stop and go. Ich kam nur im Schrittempo voran. Da ich mich fast ausschließlich in den geografischen Abmessungen zwischen Sendlinger Tor, der Uni und dem Deutschen Museum bewegte, fühlte ich mich in Schwabing fremd, insbesondere an einem Freitagabend. Neugierig beäugte ich die Nachtschwärmer. Es war eine braungebrannte Spezies mit blonden, lockigen Haaren. Alle trugen Jeans in irgendeiner Form und Farbe, als Hosen, Hemden, Jacken oder Mützen. Dazu Cowboystiefel, die Frauen bevorzugten weiße Modelle, die Männer dunkel mit Stickerei oder silbernen Beschlägen. Geschlossene Autos kannte man hier nicht. Ich befand mich in einem Blechmeer aus Cabrios. Aus einem weißen Porsche neben mir brüllte Axel Rose aus den Boxen. Der Typ hinterm Steuer strich sich mit einer goldberingten braungebrannten Hand die blonde Mähne aus der Stirn und grinste zu mir rüber.

»Gehst du nachher auch noch ins Roxy?« brüllte er, als wir an der roten Ampel standen.

Ein offenes Verdeck ist unheimlich kommunikationsfördernd, stellte ich fest. Trotzdem hatte ich nicht vor, diese Bekanntschaft im Roxy zu vertiefen, und selbst wenn ich gewollt hätte, wäre das Roxy geschlossen, bis ich in diesem Getümmel einen Parkplatz gefunden hätte. Ich lächelte freundlich zurück und schüttelte den Kopf.

Links von mir saß ein Typ in seinem Cabrio, der mir bekannt vorkam. Ich hatte ihn im Fernsehen gesehen, wo er eine Sendung moderierte, in der er unwahrscheinlich kommunikativ war und ständig redete. Jetzt starrte er mit verbissenem Gesicht auf den Verkehr.

An der nächsten Ampel warf mir der Typ, der ins Roxy wollte, seine Telefonnummer auf den Beifahrersitz.

»Vielleicht hast du ja ein andermal Lust!« brüllte er und düste mit wehenden Haaren in eine Seitenstraße.

Geistesabwesend legte ich die Nummer ins Handschuhfach. Der Moderator fluchte jetzt und drosch auf sein Steuerrad ein.

Ein paar Ampeln später hatten wir es geschafft.

Nach der Münchner Freiheit beginnt die freie Wildbahn. Ich drückte aufs Pedal, so daß meine Haare im Wind flatterten und meine Augen anfingen zu tränen. Das Radio drehte ich auf volle Lautstärke und brüllte aus voller Kehle: »… on a bed of roses …« Bevor das Lied zu Ende war, stand ich vor Lynns Büro.

Geistesabwesend öffnete sie die Tür. Ich folgte ihr in einen neonbeleuchteten Raum. Die Luft war stickig. Sämtliche horizontalen Flächen waren mit Papier übersät. Ein Typ und eine Frau standen so tief über einen Schreibtisch gebeugt, als wollten sie die Fehler auf den Zeichnungen mit ihren Nasenspitzen wegradieren. Sie schauten nicht auf, als ich hereinkam. Im Hintergrund röchelte eine altersschwache Kaffeemaschine.

»Ich bin gleich soweit, setz dich noch ein paar Minuten hin, wenn du einen Platz findest!«

Lynn verschwand wieder in einer Ecke des Raums.

»Ist das das Modell?« fragte ich den Typen, der Corni sein mußte.

»Klar doch! Ich hab's gebaut. Schön, nicht?«

Es war wunderhübsch. Wie ein futuristisches Puppenhaus. Das Haus hatte eine S-Form aus dunkelblauem Plastik und winzige Fenster mit Miniaturrahmen aus streichholzdünnem Holz.

»Ich hab die Glasverkleidung mit Plexiglas gemacht, und hier kannst du sehen, daß in unregelmäßigen Abständen die Balkone mit herkömmlichen Baumaterialien verkleidet sind, Ziegel, Holz, und Glas.«

Das lockert die Fassade optisch auf und gibt den Leuten ein individuelles Wohngefühl, hatte Lynn mir erklärt. Außerdem war es billig. Kostengünstig, wie Lynn sagte.

»Es ist eine Schweinearbeit, besonders die Ziegel«, sagte Corni und beugte sich mit liebevollem Blick zu dem Puppenhaus hinunter, als wäre es ein Baby.

»Guck mal genau hin, ich habe sie einzeln aufgemalt! Das ist eine so anstrengende Arbeit, mir zittern jetzt noch die Hände!«

Bei diesem Stichwort mußte ich unwillkürlich die aussagekräftigen Merkmale seiner verborgenen männlichen Qualitäten begutachten. Ganz normale Hände, durchschnittlich, stellte ich fest. Hoffentlich versprach sich Lynn nicht zuviel von ihm!

»Und jetzt muß ich die Hälfte wieder einreißen, weil ich noch Flurfenster einbauen soll«, jammerte Lynns Liebhaber in spe.

»Schaffst du das denn bis Montag?« fragte ich.

»Klar doch, keine Frage!« Er winkte lässig ab. »Ich bin ein Vollprofi. Es passiert ziemlich häufig, daß man was überarbeiten muß. Manche Leute belassen es auch dabei, wenn der Fehler mal passiert ist, die Bauherrn merken das sowieso nicht.«

»Wirklich?«

»Klar doch! Was glaubst du, warum viele Leute in so komischen Häusern wohnen?«

Keine Ahnung. Darüber hatte ich mir noch nie Gedanken gemacht.

Lynn war jetzt fertig, und wir konnten losfahren. Als wir ins Auto stiegen, kamen gerade die Zwölf-Uhr-Nachrichten. Mir war schwindlig vor Hunger.

Als wir gegessen hatten, bestand Corni darauf, das Geschirr zu spülen. Lynn und ich leisteten ihm Gesellschaft und tranken dabei Gin und Tonic.

»Du bist eine gute Köchin«, lächelte Corni mich an, »ich würde mich gerne mal bei dir revanchieren, wenn ich darf?«

»Gerne«, sagte ich geschmeichelt. »Autsch!«

Lynn war mir gegen das Schienbein getreten. Sie hatte ihre Augen weit aufgerissen und deutete hinter Cornis Rücken mit dem Zeigefinger auf ihre Brust. Was zum Teufel wollte sie? Ich war müde und daher etwas schwer von Begriff. Dann fiel der Groschen endlich.

»Lynn und ich würden uns freuen, wenn du mal für uns kochen würdest, Corni«, ergänzte ich hastig.

»Klar doch«, sagte er und spülte weiter.

Lynn grinste hinter seinem Rücken und nickte so heftig

mit dem Kopf, daß ihre blonden Haare in der Luft wirbelten. Dabei hielt sie einen Daumen in die Höhe. Ich konnte nicht begreifen, daß die Aussicht auf ein Essen mit Corni sie derart in Ekstase versetzen konnte. Er war groß, schlank und gut gebaut, soweit sein Schlabber-T-Shirt eine Beurteilung zuließ. Seine Beine steckten in einer dicken, schwarzen Lederhose. Corni war Motorradfahrer. Wenn er dazu überredet werden könnte, sich die Haare zu schneiden und seinen Naturton rauswachsen zu lassen, könnte er ganz passabel aussehen. Die verschossenen blonden Strähnen, die wie Relikte längst vergangener Sommer von seinem Kopf baumelten, machten seinen blassen Teint unangenehm fahl. Lynn schien das nicht zu stören, sie stand auf abgefahrene Typen. Corni war voll auf ihrer Linie. Die qualitative Auswertung seiner Hände hatte anscheinend über das Berufliche hinaus zu einem positiven Ergebnis geführt, das deutete sie mir jetzt mit heftigen kreisenden Handbewegungen an, die sie in ihrer Herzgegend vollführte.

Mißtrauisch drehte sich Corni um.

»Was machst du eigentlich da hinter meinem Rücken?«

Lynn schnappte sich blitzschnell ein Geschirrtuch.

»Ich wollte dir gerade beim Abtrocknen helfen«, sagte sie unschuldig und griff nach einem nassen Teller.

»Kommt, Leute«, sagte ich, »wir beenden jetzt die Küchenaktion. Laßt uns doch noch ein bißchen auf dem Balkon sitzen! Corni, danke für die Hilfe!«

»Ist doch klar«, sagte er.

Ich war den ganzen Tag in der Küche gestanden und hatte keine Lust mehr auf Hausarbeit, auch nicht beobachtenderweise. Die beiden ließen sich nicht lange bitten und legten bereitwillig die Arbeit nieder.

»Wie wär's mit etwas Musik?« fragte Lynn.

Sie ging raus und machte sich auf die Suche nach einer passenden Untermalung für den geplanten Flirt. Corni kam mir auf den Balkon nach.

»Ich finde dich sehr nett, Sara«, sagte er freundlich. »Wir könnten doch mal was unternehmen!«

»Du wolltest für Lynn und mich kochen«, erinnerte ich ihn.

»Klar doch! Das mach ich gerne. Aber ich dachte, daß wir beide was unternehmen könnten, allein?«

Bevor ich etwas antworten konnte, kam Lynn auf den Balkon und setzte sich, ohne einen Moment zu zögern, auf Cornis Schoß. Das konnte ja heiter werden!

Ich verdrückte mich ratlos in die Küche. Was sollte ich tun? Ich mußte sie warnen, wenn ich keine Lust hatte, mir morgen den ganzen Tag den Bericht über ihre Pleite anzuhören.

»Lynn, ich glaube, dein Telefon klingelt!« rief ich und hoffte, sie dadurch von Corni abzulenken. Aber Lynn war leider immun gegen Telefongebimmel, ganz im Gegensatz zu mir, denn ich würde aus dem Grab aufstehen, wenn das Telefon klingelt. Aber Lynn war damit nicht zu ködern.

»Das ist mir egal!« antwortete sie seelenruhig.

Es war nichts zu machen. Ich konnte sie nicht vor ihrem Schicksal bewahren. Da ich müde war, verabschiedete ich mich von den Turteltauben und verzog mich ins Bad. Das Badezimmerfenster war einen Spalt offen, und auf dem Balkon war es verdächtig still. Ich putzte mir die Zähne und kämmte ausgiebig meine Haare. Dann beschloß ich, noch einen Versuch zu starten.

»Lynn, bitte komm mal!«

»Sara! Du merkst es vielleicht nicht, aber du nervst!« rief sie ungehalten zurück.

»Bitte!«

Sie seufzte, kam aber dann doch ins Bad.

»Was ist? Ich hoffe, du hast einen guten Grund dafür.«

Ein paar Minuten später stand ich im Bademantel auf dem Balkon. Lynn hatte einen Arm um mich gelegt und rieb ihre Nase an meiner Wange. Ihr warmer Atem streifte meinen Hals, als sie sagte: »Corni, du mußt jetzt leider gehen, Sara und ich wollen ins Bett!«

Er riß seine Augen weit auf. Lynn streichelte sanft über meinen Kopf.

»Ich wußte nicht, daß ihr beide ...«

»Oh, wir sehen das normalerweise nicht so eng«, lächelte ich. »Aber heute brauche ich sie für mich alleine. Ich bin irgendwie so liebebedürftig!«

»Besitzergreifendes kleines Miststück«, sagte Lynn und tätschelte meine Wange. »Also, Corni, gute Nacht! Wir sehen uns morgen im Büro!«

Als die Tür hinter ihm zugezogen war, fiel mir ein, daß ich etwas Wichtiges vergessen hatte.

»Ich hab ja den Nachtisch gar nicht serviert!« rief ich.

»Her damit! Laß uns noch ein bißchen naschen, mein Schmusekätzchen«, grinste Lynn.

Wir setzten uns mit einer Riesenportion Panna Cotta auf den Balkon.

»Weißt du«, seufzte Lynn und nahm sich einen dicken Löffel voll, »er hatte wirklich komische Ohren!«

»Klar doch!«

18

Lynn klemmte den Korb mit den Oliven und dem Baguette auf den Gepäckträger und schwang sich auf ihr Fahrrad. Es war wieder einer von diesen herrlich milden Sommerabenden, an denen man mit einem dünnen Fetzen bekleidet bis spätnachts draußen sein kann. Der Himmel war pechschwarz und voller Sterne und die Luft noch warm vom Tag. Wir radelten durch die Fußgängerzone in der Innenstadt, wo sich alle Welt per Fahrrad oder zu Fuß tummelte.

Auf dem Marienplatz hatte sich eine riesige Menschenmenge versammelt.

Wir hielten an, um zu sehen, was geboten war. Die Leute standen dichtgedrängt im Kreis um einen Mann, der sich von Kopf bis Fuß golden angemalt hatte. Er sah aus wie eine antike Skulptur, die zum Leben erweckt war und sich aus der Sammlung eines Museums davongestohlen hatte. Ein griechischer Gott, dachte ich entzückt, als ich meinen

Blick an seinem hübschen Körper heruntergleiten ließ. Wie nett, so was trifft frau nicht alle Tage! Sein Oberkörper war allererste Sahne. Genau die richtige Menge Muskeln, nicht zu viel, wie bei den Typen, die sich in Fitness-Studios abstrampeln, bis sie wie Michelinmännchen aussehen, aber auch nicht zu wenig, wie bei den rachitischen Models aus der Calvin-Klein-Werbung. Seine Beine waren knackig und fest. Über andere Körperteile konnte man sich keine Meinung bilden, weil er leider einen Lendenschurz trug, der ebenfalls vergoldet war.

Aus einem Cassettenrecorder, der auf dem Boden stand, dröhnten alte deutsche Schlager.

Der Gott bewegte sich langsam und mit steifen Bewegungen zu dem Gescheppere der Musik. Es strengte ihn sichtlich an, seine metallenen Glieder zu heben und zu senken. Rhythmisch und steif wie ein Roboter schob er sich jetzt auf eine Frau mit zwei kleinen Kindern zu. Die Kinder hielten sich die Hände vors Gesicht und quietschten aufgeregt, während die Mutter mit ungerührter Miene beobachtete, wie die Statue auf sie zukam. Es ist nicht alles Gold, was glänzt, ich hab da so meine Erfahrungen gemacht, sagte ihr unbeeindrucktes Gesicht. Der vergoldete Gott konnte natürlich nicht ahnen, daß moderne Frauen nicht so leicht rumzukriegen waren wie die Mädels im alten Athen. Wie sollte er auch? Die Trends in der Frauenbewegung waren an ihm genauso vorübergegangen wie die Entwicklungen in den Medien. Neue Götter hatten die alten ersetzt, aber davon ahnte er nichts. Namen wie Tom Cruise oder Axel Rose dringen selten in die verstaubten Räume der Museen. Voller Vertrauen auf seine zeitlosen Reize verbeugte er sich jetzt vor der kleinen Familie und streckte im Zeitlupentempo die goldene Hand nach der Mutter aus.

Doch die junge Frau schüttelte den Kopf. Sie hatte kein Interesse an halbnackten Männern aus der Antike, und seien sie noch so göttlicher Abstammung. Die Abfuhr schien den vergoldeten Adonis ziemlich mitzunehmen. Seine schöne Stirn legte sich bekümmert in Falten, und er ließ die Arme hängen wie ein flügellahmer Vogel. Dann versuchte er sein Glück bei den beiden kleinen Mädchen, die quietschend und kichernd die Beine ihrer Mutter umklammerten. Er verneigte sich steif, legte die goldene Hand auf sein Herz und sah die kleinen Zuckerprinzessinnen flehentlich an. Die Zuschauer wollten endlich Action und feuerten die Kleinen an.

»Los! Tanzt mit ihm!« schrien ein paar Leute, unter anderem ich.

»Sei ruhig«, zischte Lynn, »oder willst du unbedingt, daß er auf uns losgeht?«

Das wollte ich nicht, und den Kindern schien es genauso zu gehen. Sie schüttelten ihre vor Aufregung hochroten Köpfe und versteckten sich hinter dem Rücken der Mutter.

Neben der kleinen Familie stand eine Gruppe kichernder Teenies, bei denen Adonis als nächstes sein Glück versuchte. Er war völlig versessen darauf zu tanzen und ließ sich von den Körben, die er bis jetzt kassiert hatte, nicht entmutigen. Mit der Miene eines arabischen Scheichs auf Brautschau bewegte er seinen güldenen Body auf die Mädels zu und streckte seinen muskulösen goldenen Arm nach ihnen aus. Die Girls kreischten, als wäre ihnen ein leibhaftiges Mitglied der Kelly Family erschienen. Sie hielten sich abwechselnd die Hände vors Gesicht und schubsten sich gegenseitig nach vorne. Für sie war alles Gold, was glänzte, aber sie hatten noch nicht gelernt, danach zu greifen. Anstatt dem Mann ihrer Träume die Hand zu reichen, quietschten sie bei seinem Anblick wie die Alarmanlage einer Bank bei einem Überfall. Der antike Gott guckte verwirrt und trat die Flucht nach hinten an.

In diesem Moment löste sich hinter den Girlies eine schmale Silhouette aus der Dunkelheit. Mit den zögerlichen Schritten der jungen Sissi auf ihrem ersten Ball trat eine elegant gekleidete ältere Dame nach vorne. Vorsichtig durchbrach sie den Kreis, den die Menge gebildet hatte. Ihr silbernes Haar glänzte im Scheinwerferkegel der Straßenlaterne.

Der Schlager war gerade zu Ende. Zarah Leanders rauchige Stimme klang leise aus und verstummte dann ganz. Ein paar Sekunden lang herrschte vollkommene Stille.

Dann ging die Statue mit den langsamen Schritten der edelmetallenen Beine auf die Frau zu, die unter der Laterne stand, wie einst Lili Marleen. Ihre Augen leuchteten hell und warm, wie damals vor dem großen Tor. Aus dem Recorder röhrte die heisere Stimme einer Frau.

»Männer umschwirrn mich wie Motten das Licht, und wenn sie verglühen, mich stört es nicht ...«, oder so ähnlich.

Der Adonis aus Edelmetall verbeugte sich vor dem Golden Girl und reichte ihr seine Hand. Die Frau lächelte ein wenig und tat einen Schritt auf ihren Traumtänzer zu. Der umfaßte ihre schmale Taille mit seiner metallenen Pranke und schaute ihr tief in die Augen. Schmachtende Geigenklänge erfüllten die warme Abendluft. Ich hielt den Atem an. Das Golden Girl legte seine welke Hand auf die glänzenden Muskeln von Adonis' kräftigem Oberarm, und dann fing das goldene Paar an zu tanzen. Wie durch einen Zauber wurden die Bewegungen von Metall-Adonis sanft und geschmeidig, als er sein Girl im Kreis wirbelte. Der Tanz hatte ihn aus seiner Erstarrung gelöst, und Marlene wirbelte im Kreis wie ein junges Mädchen. Die Menge klatschte und jubelte, während sich der silberne und der goldene Kopf im Licht unter der Straßenlaterne drehten.

»Ich glaub, ich träume!« seufzte ich verzückt.

»Hey! Finger weg!«

Lynns Gekreische holte mich unsanft in die Wirklichkeit zurück.

Ich drehte mich um und sah eine Gruppe Rollerblader lachend davonflitzen. Einer von ihnen hielt unser Baguette in der Hand.

»Ich hoffe, es bleibt euch im Hals stecken!« rief Lynn ihnen hinterher, dann seufzte sie resigniert.

»Wollen wir weiterfahren?«

Wir radelten zum Hofgarten.

Als wir vom belebten, hell erleuchteten Odeonsplatz durch den Torbogen in den Park kamen, war es, als hätte jemand in einem Festsaal das Licht ausgeknipst. Stromausfall. Auf einmal war es wieder dunkel und still. Wir stiegen ab und schoben die Räder über den knirschenden Kies.

Der Park ist von alten Gebäuden umgeben, in denen Kunstgalerien und wahnsinnig noble Geschäfte residieren, die es anscheinend nicht nötig hatten, für das profane Fußvolk die nächtliche Schaufensterbeleuchtung einzuschalten. Es war so dunkel, daß man kaum die Hand vor den Augen sehen konnte. Einige der schwarzen Fenster gehörten zu der Galerie, in der unsere Ausstellung stattfinden sollte. In der Mitte der Anlage sah man die Umrisse des Pavillons, der schwach beleuchtet war. Als wir näher kamen, hörte man das laute Lachen von Robert aus dem Stimmengewirr heraus.

»Es ist jedesmal das gleiche Spiel«, sagte Nanas Stimme dann. »Er muß den gesamten Inhalt seines Kleiderschranks mitnehmen. Aber natürlich kann er unmöglich mit einem Koffer verreisen, das wäre uncool, denn echte Traveller reisen nur mit Handgepäck.«

»So was hab ich nie behauptet«, rief Roberts Stimme.

»Ach so?« kam es wieder von Nana. »Dann kann ich also meine Reisetasche zur Abwechslung mal mit meinen eigenen Sachen vollstopfen? Was für ein Glück!«

»Sieh das doch nicht so eng! Ich bin eben größer als du, und deshalb brauchen meine Klamotten auch mehr Platz.«

Alles lachte.

»Also ist alles beim alten«, sagte Nana. »Jedesmal packt er meine Reisetasche mit seinen Sachen voll. Ich muß unterwegs seine T-Shirts anziehen, und dann, das ist das Höchste, sagt er zu mir: ›Sag mal, hast du keine eigenen Klamotten?‹ Ich sag: ›Klar, die liegen zu Hause auf meinem Bett. Sie paßten irgendwie nicht mehr in meine Tasche, denn die war schon voll, bevor ich anfing zu packen!‹ Daraufhin händigt er mir großherzig ein ganz häßliches T-Shirt aus, so eine Art Reserve-Shirt, das er für den Bummel durch die Slums eingepackt hat, und das Ende vom Lied ist dann, daß ich einkaufen gehe. Dann meckert er wieder: ›Wenn ich gewußt hätte, daß du deinen Urlaub im Kaufrausch verbringen möchtest, mein Schatz, hätten wir im Campervan auf dem Parkplatz vor einem Einkaufszentrum Ferien machen können. Dann wären wir morgens pünktlich zur Ladenöffnung da, um uns ins Vergnügen zu stürzen.‹ Blablabla! Naja, und jetzt ärgert er sich, daß ich ihn dieses Mal überlistet habe! Meine Tasche ist nämlich seit gestern fix und fertig gepackt. Nur mit meinen Sachen!«

»Hi, Sara, hi, Lynn!« strahlte das Paar mit dem Reisetaschenproblem.

»Wir haben was zu essen mitgebracht«, sagte Lynn. »Das Baguette ist uns unterwegs in einer Straßenschlacht abhanden gekommen, aber die Oliven konnten wir retten. Wo soll ich sie hintun?«

»Das Buffet befindet sich im Südflügel«, erklärte Nana. »Komm mit, ich zeig's dir!«

»Ich hol mir noch einen Nachschlag von der Mousse«, sagte Robert und schloß sich den beiden an.

Der Pavillon ist rund und ist nach vier Seiten durch hohe Torbögen geöffnet. Mit seiner bauchigen Form und den barocken Verzierungen sieht er aus wie eine dicke Torte auf einem Damenkränzchen. Grethe Weiser lädt zum Kaffeeklatsch. Das Innere der Torte erinnert an eine Grotte in Capri. Wasser plätschert aus vier kleinen Brunnen, die mit Muscheln dekoriert sind, wie die kleinen Souvenirschachteln, die man als Kind im Urlaub kaufen wollte und die die Eltern furchtbar kitschig fanden. Der Rand eines der Brunnen fungierte als Buffet. Er war mit Alufolie abgedeckt und mit ein paar Teeleuchten spärlich beleuchtet, die gespenstische Schatten an die Wand warfen. Lynn hatte sich ein Glas geschnappt und unterhielt sich mit Jochen, dem Ehemann von Roberts Kollegin Tonja. Tonja kam aus Irland. Sie war eine witzige Frau mit vielen Sommersprossen und pechschwarzen Haaren. Sie und Lynn unternahmen viel zusammen, und manchmal kam ich auch mit zu einem der legendären irischen Abende, wie Lynn sie bezeichnete, die sehr lustig waren und bei denen Guinness eine große Rolle spielte.

Lynn und Jochen unterhielten sich lebhaft mit einer Blondine mit Heike-Makatsch-Haarschnitt. Die Frau lachte laut. Ihre Stimme kam mir bekannt vor. Zu meinem Erstaunen umarmte sie Jochen und küßte ihn. Hoffentlich kriegte Tonja das nicht mit! Ich guckte mich suchend um, konnte sie aber nirgends entdecken, statt dessen stürmte Marie auf mich zu.

Sie kam aus Salzburg und war ebenso schwarzhaarig und temperamentvoll wie ihre Freundin Tonja. Zusammen waren sie ein unschlagbares Team. Marie war Landschaftsgärtnerin und hatte seit ein paar Monaten einen Job in Südfrankreich.

»Hi, Marie! Seit wann bist du in München?«

»Seit Donnerstag. Ich bleibe nur eine Woche, brauche dringend Urlaub von der Côte! Es ist unerträglich dort! Heiß und voll. Jeden Tag Sonne, ich weiß nicht, wann ich das letzte Mal Regen gesehen habe.«

»Entsetzlich!« grinste ich. »Einen Sommer ohne Regen kann kein Mensch aushalten!«

»Ja. Es ist einfach zu viel für mich. Ich komme schließlich aus den Bergen, und da regnet's immer!«

Sie seufzte herzzerreißend.

»An der Côte ist zu viel los. Diese Menschenmassen! Sie liegen zu Tausenden wie Ölsardinen aneinandergequetscht am Strand und schwitzen vor sich hin. Nicht mal abends kann man vor die Tür gehen. Die Discos sind voll von graumelierten Casanovas, und die Drinks doppelt so teuer wie im Rest des Universums.«

»Willkommen im Münchner Sommerloch! Hier ist es total ausgestorben weil alle in Urlaub sind, wahrscheinlich an der Côte! Wir freuen uns über jeden Neuankömmling, der die Lücken füllt. Wir könnten ja mal wieder einen irischen Abend veranstalten?«

»Schön wär's! Leider müssen Tonja und ich uns um Jochens Schwester kümmern. Sie ist zu Besuch hier«, seufzte die Stimmungskanone aus dem Salzburger Land. »Aus Passau!«

»Warum nehmen wir sie nicht mit? Ist sie minderjährig?«

»Wir waren die letzten Tage mit ihr unterwegs, aber sie hat eine tiefsitzende Abneigung dagegen, sich zu amüsieren. Sie ist der Typ, der sich dreimal umzieht, um dann in die Kneipe an der Ecke zu gehen und über die soziokulturellen Hintergründe von irgendwas zu reden.«

»Wie nett! Soziokulturelle Hintergründe sind ein echtes Problem! Unsere Gesellschaft stolpert nun mal von einer Krise in die nächste!«

»Klar, aber ich glaube nicht, daß die durch Reden an der Bar gelöst werden können.«

»Tonja hat doch diese todsichere irische Methode, Leute aufzulockern?«

»Haben wir alles schon versucht! Sie trinkt kein Guinness.«

Marie rollte mit ihren grünen Augen und haute sich mit der flachen Hand auf die Stirn.

»Weil sie dann anfängt, Quatsch zu reden, sagt sie. Am liebsten hätte ich gesagt: Mädel, vielleicht redest du dann mal zur Abwechslung lustigen Quatsch! Naja, sie ist jedenfalls ein Ausbund an Heiterkeit und leider ausgerechnet in der Woche in München, in der ich auch hier bin.«

»Soll doch Jochen mit ihr ausgehen, schließlich ist sie seine Schwester!«

»Das haben sie an ihrem ersten Abend in München getan. Es war ein totales Desaster! Sie fand alles gräßlich, jedenfalls im Vergleich zu Passau, das anscheinend eine swinging town ist. Schließlich ist Jochen der Kragen geplatzt, und er nannte sie eine Zicke. Seitdem reden die beiden nur noch das Notwendigste miteinander, und Tonja, die ja geduldig ist wie ein Schaf auf den grünen Wiesen Irlands, muß sich jetzt um das Biest kümmern.«

»Wer ist ein Schaf?« sagte hinter mir Tonjas Stimme.

Als ich mich umdrehte, stand die Frau mit dem blonden Mop-Haarschnitt vor mir.

»Ich vollbringe eine beziehungstechnisch wichtige Tat«, sagte der blonde Mop mit Tonjas Stimme. »Außerdem kann Beate sehr nett sein. Man muß sie nur reden lassen.«

»Tonja? Bist du das?«

Tonja lächelte stolz wie ein Kind, dem ein Streich gelungen ist.

»Erkennst du mich nicht?«

»Was ist mit deinen Haaren passiert? Bist du in einen Chemietank gefallen?«

»Danke für die Blumen«, sagte ein ebenso wasserstoffblonder Mann, der neben ihr stand.

Tonja lachte.

»Sara, das ist Oliver, Markus' Freund und mein neuer Frisör!«

Der männliche Marilyn-Verschnitt grinste mich an. Er trug ein grünes T-Shirt und einen Schottenrock, unter dem haarige Knie hervorblitzten.

»Sie sind heute aus Schottland zurückgekommen«, fügte Tonja hinzu, als sie bemerkte, daß ich die Marilyn im Schottenlook entgeistert anstarrte.

»Hallo, Oliver«, sagte ich, als ich mich an seinen Anblick gewöhnt hatte, »was hast du denn mit der armen Tonja gemacht?«

»Gefällt's dir nicht?« fragte er beleidigt. »Die Frisur ist total in! Tonja mußte dringend neu gestylt werden, da hab ich ihr zu diesem Schnitt geraten. Lange Haare sind für Frauen hoffnungslos passé!« Er blickte strafend auf meine Mähne.

»Du kannst gerne auch mal vorbeikommen, uns fällt sicher was für dich ein!« Mit einer fachkundigen Handbewegung fuhr er prüfend durch meine Locken.

»Danke, ich überleg's mir!«

Ich wollte mich zu nichts verpflichten lassen! Frisören gegenüber mußte man sich mit allen Mitteln verteidigen. Das hatte ich in der Zeit gelernt, als ich noch die Hoffnung hatte, jemand könnte meine Naturkrause in eine normale Frisur verwandeln. Meistens störten mich zwar meine Locken nicht, ich wuschelte sie irgendwie aus der Stirn oder steckte sie mit einem Kamm hoch. Aber sobald ich

in einer Krise war oder irgendwas in meinem Leben verändern wollte, wandte ich mich hilfesuchend an einen
Frisör. Ich hielt ihm ein Foto unter die Nase und erklärte,
daß die neue, verbesserte Version von mir so auszusehen
hätte wie das Model auf dem Bild. Glatte Haare wollte ich
haben, und alles mußte irgendwie anders sein. Jedenfalls
wollte ich nicht mehr aussehen wie Pumuckl mit Dauer-
welle. Die Frisöre guckten mich treuherzig an und sagten,
sie wüßten genau, was ich meinte. Ich solle ihnen nur vertrauen. Dann schnippelten sie drauflos, während ich arglos Mineralwasser schlürfte und in Illustrierten blätterte.
Wenn sie fertig waren, sah ich wieder aus wie Pumuckl,
nur um ein kleines Vermögen plus Trinkgeld ärmer. Die
Frisöre gratulierten mir zu meinen Haaren. Ich hätte ja
keine Ahnung, wie viele Frauen mich um diese Naturwel-
len beneiden würden! Nein, da hatte ich wirklich keine
Ahnung, und ich würde es auch niemals verstehen, sagte
eine Stimme tief in Pumuckls Herzen. Danach schwor ich
mir jedesmal, nie wieder in einem schwachen Moment
zum Frisör zu gehen.
»Hat er dich in einem schwachen Moment erwischt?«
fragte ich Tonja.
Sie lachte, aber Oliver schnaubte empört.
»Nein! Ich hab in Irland in einer Zeitschrift einen sehr interessanten Artikel gelesen. Da stand eine Liste von Din-
gen, die Frauen hin und wieder tun sollten.«
»Und dazu gehört, mit einem Mophaarschnitt herumzu-
laufen?«
»Das hab ich schon als Kind getan«, lachte Marie. »Meine
Mutter hat mir damals die Haare geschnitten! Da sah ich
immer so aus.«
»Du warst eben ein Trendsetter«, sagte Lynn, die hinzu-
gekommen war.
Tonja lachte.
»Darum geht es nicht! Der Artikel handelte von wichti-
gen Erlebnissen im Leben einer Frau.«
»Was kann man beim Frisör schon erleben?« fragte ich.
»Wie kriege ich meinen Geldbeutel in der kürzesten Zeit

leer? Laß dich doch ausrauben! Dann hast du dein Erlebnis, und dir bleiben wenigstens die Haare!«

»Du leidest unter einem schweren Frisörtrauma«, sagte Oliver und schaute mich mitleidig an. »Das ist ein verbreitetes Phänomen unter Frauen, die nicht in meinen Laden kommen!«

Alle lachten.

»Ihr versteht das nicht«, sagte Tonja. »In dem Artikel ging es nicht um Haare, sondern um Älterwerden und so. Der Stress mit der biologischen Uhr. Tick tick tick!«

»Und dagegen soll ein neuer Haarschnitt helfen?« erkundigte sich Marie. »Ich kriege schon graue Haare, wenn ich nur an Frisöre denke.«

»Ach so!« rief Lynn. »Wenn die Uhr tickt, überlegst du dir, ob du ein Kind willst oder lieber eine neue Frisur? Oder vielleicht ein Kind von deinem Frisör?«

Alle lachten und gackerten durcheinander.

»Jetzt hört doch mal endlich mit diesen Haargeschichten auf!« rief Tonja. »In dem Artikel standen Sachen, die uns vor dem Älterwerden schützen. Verrückte Sachen. Oder tolle, wie zum Beispiel ein guter Orgasmus. Er macht die Haut weich und entspannt und ist wirksamer als jede Creme!«

»Und billiger!« lachte Marie.

Wir quietschten und lachten ausgelassen.

»Das sind ja sehr patente Ratschläge«, sagte ich. »Endlich mal etwas, was man auch umsetzen kann. Was stand denn da noch alles?«

»Es ist so«, erklärte Tonja, »das schlimmste Gift für deine Haut sind Sorgen. Du wirst alt, wenn du keinen Spaß mehr hast und das Leben zu ernst nimmst. Davon kriegst du Falten und trübe Augen.«

»Aha. Das war jetzt sehr theoretisch. Ich will wieder mehr aus der Praxis hören! Diese Liste von Dingen, die man dagegen tun kann.«

»Naja, das sind eben so kleine Tricks. Zum Beispiel sollst du, wenn dir alles auf den Keks geht, dein Image radikal ändern. Also hab ich mir gedacht, ich hake die Aufgaben der Reihe nach ab und ändere als erstes mein Image.«

»Das ist dir gelungen!«

»Was kann man denn sonst noch tun?« erkundigte sich Lynn.

»Ich kann mich nicht mehr an alles erinnern«, grübelte Tonja. »Ich glaube, man soll einen Winterpulli im Zopfmuster stricken?«

»Das ist mir zu kompliziert!« Ich sah meine Chancen auf ewige Jugend dahinschwinden. »Alles, nur keine Zopfmuster!«

»Vergiß den Pulli!« winkte Tonja ab. »Das hab ich verwechselt, das war in der Strickbeilage. Der verzweifelte Versuch der irischen Wollindustrie, Frauen zum Stricken zu animieren.«

»Nett«, bemerkte Marie, »frei nach dem Motto: ›Immer mehr Frauen hängen an der Nadel, stricken auch Sie!‹«

Alle lachten und gackerten durcheinander, und der Prosecco fand reißenden Absatz.

»Es geht nicht um dumme Aufgaben, die eine Frau erfüllen muß«, sagte Tonja, »sondern um Spontanität im Gegensatz zu eingerosteten Gewohnheiten! Also, wenn du merkst, du kriegst einen säuerlichen Blick und steile Falten auf der Stirn, dann mußt du raus aus deinem Trott. Eine Nacht durchtanzen zum Beispiel, egal, ob du am nächsten Morgen einen Termin hast oder nicht.«

»Statt einen vernünftigen Wintermantel heiße Dessous kaufen!« sagte Lynn.

»Ohne Unterwäsche zu einer Verabredung gehen!«

Alle johlten und prosteten einander zu.

»Nach einer durchgemachten Nacht ins Büro stöckeln und den Kollegen ein Sektfrühstück spendieren!«

»Zum Flughafen gehen und den ersten freien Flug nehmen!«

»Sich für einen Job im Ausland bewerben und alles hinter sich lassen!«

»Einen Job ablehnen, der zwar gut bezahlt, aber todlangweilig ist!«

»Die Figurprobleme vergessen und fett essen gehen!«

»Einen dicken Joint rauchen und auf ein Konzert gehen!«

»Einem Mann den Laufpaß geben, der Romantik und rote Rosen kindisch findet.«

»Eine Frau sollte einmal im Leben für ein sündhaft teures Paar Schuhe ihr Konto überziehen!«

»Sie sollte einmal im Leben einen völlig Fremden küssen!« kreischte Marie.

»Ihren Liebsten in einem Hauseingang verführen!«

»Hoch die Tassen«, rief ich. »Auf das würdevolle Altern!«

Wir prosteten einander zu.

Neben mir stand eine hübsche blonde Frau. Sie guckte so verdrießlich, als hätte sie ein Stück Seife verschluckt.

»Auf so einen Quatsch stoße ich nicht an«, sagte sie, als ich ihr meinen Pappbecher hinhielt. Dann eben nicht.

»Jeder sollte ab und zu etwas Unvernünftiges tun!« rief ich in die Gruppe.

»Nur ab und zu? Das ist zu selten«, rief Marie.

»Einmal in der Woche meint die Sara sicher«, tröstete sie Robert, der sich zu uns gestellt hatte.

»Warum dürfen nur Frauen unvernünftig sein?« Oliver machte einen Schmollmund. »Wir Männer haben schließlich auch eine biologische Uhr, die unablässig tickt!«

»Hundert Punkte für Männer, die im Schottenrock ausgehen!« rief Robert. Darauf wurde wieder angestoßen.

»Ihr seid doch alle nicht ganz dicht«, bemerkte die Frau neben mir. Sie war offensichtlich nicht in Partylaune.

»Wenn ihr mit solchem Schwachsinn euer Leben vertun wollt, könnt ihr mir nur leid tun«, sagte sie.

»Mit welchem Schwachsinn sollte man denn deiner Meinung nach sein Leben vertun?« erkundigte ich mich.

»Das weiß ich auch nicht«, sagte sie mürrisch, »aber habt ihr denn keine anderen Probleme, als euch über so oberflächliches Zeug zu unterhalten?«

»Klar haben wir Probleme! Jede Menge!« sagte ich. »Aber es macht mehr Spaß, oberflächliches Zeug zu reden, findest du nicht?«

»Spaß, Spaß, Spaß!« zischte sie. »Ist das das einzige, was für euch zählt?«

»Naja, auf einem Fest schon!« überlegte Robert. »Man geht doch hin, um Spaß zu haben. Oder gehst du auf eine Party, um deine Probleme zu besprechen?«

»Was erwarte ich von Leuten wie euch eigentlich? Ihr versteht mich sowieso nicht!« sagte sie. »In Passau jedenfalls haben die Leute was Besseres zu tun, als Schwachsinn zu reden.«

Mit diesen Worten drehte sie sich um und ließ uns stehen. In die Stille hinein sagte Tonja: »Das war Beate, wie sie leibt und lebt!«

Marie rollte mit den Augen und griff sich mit den Händen um den Hals, als wollte sie sich eher selbst erwürgen, als Beates Anwesenheit noch einmal zu ertragen.

»So ist das eben auf dem Land«, sagte Robert, »die Leute betreiben seit Jahrtausenden Inzucht. Das verändert die Gene.«

»Red keinen Unsinn! Jochen ist völlig in Ordnung«, sagte Tonja. »Ich gehe ihr mal hinterher.«

»Laß mich das machen«, bot ich an, »du kannst dich noch den Rest der Woche mit ihr vergnügen.«

Tonja seufzte.

Beate saß vor dem Pavillon auf einer Bank und scharrte mit den Schuhen im Kies. Entsprach das ihrer Vorstellung von einer guten Party?

»Schön hier draußen!«

Ich schenkte ihr ein breites Doris-Day-Lächeln und ließ mich neben sie auf die Bank fallen.

»Es sind so viele Sterne am Himmel«, bemerkte ich leutselig, »mehr als sonst, findest du nicht?«

Sie schwieg weiter, aber sie hörte auf, mit den Füßen im Kies zu scharren.

»Angeblich ist heute die Nacht mit den meisten Sternschnuppen im Jahr!« plapperte ich, entschlossen, mich von ihr nicht beirren zu lassen. »Wenn du eine siehst, hast du einen Wunsch frei.«

Mit diesem Beitrag zu unserer einseitigen Konversation hatte ich ihr den Köder für vielfältige Reaktionsmöglichkeiten hingeworfen. Sie könnte seufzend in den Himmel blicken und flüstern: ›Ich wünsche mir einen Menschen, der mich mag, obwohl ich eine Kratzbürste bin, eine Schiffsreise in die Karibik und eine Karriere als Sängerin einer Reggae-Band, ich wünsche mir, daß du mich auf dieser Bank in Ruhe läßt und mich mit deinem Geplapper verschonst, weil ich gerade anfing zu verstehen, worum es bei der Relativitätstheorie geht.‹

Nichts dergleichen geschah. Beate war stumm und steif wie die goldene Statue auf dem Marienplatz, bevor ihn seine Marlene gefunden hatte.

Ich zündete eine Verlegenheitszigarette an und starrte in die Nacht. Kalt blinzelten die Sterne auf uns herunter. Sie schienen nicht bereit, ihre Bahn zu verlassen und malerisch vor unseren Augen zu verglühen. Am ganzen Himmel zeigte sich weit und breit keine einzige Sternschnuppe. Das Glück war irgendwo anders, jedenfalls nicht hier. Ich seufzte.

Der Pavillon war die einzige Lichtquelle in der Dunkelheit. Rund und selbstgefällig saß die dicke Marzipantorte in der Mitte des Parks, ein Stein gewordenes Sinnbild barocker Lebensfreude, die gerade ausgiebig zelebriert wurde. Robert und Nana tanzten zu imaginärer Musik. Das Brautpaar aus Zuckerguß, dachte ich. Die Stimmen und das Lachen der Feiernden drangen bis zu uns auf die Strafbank. Verzweifelt durchforstete ich meine Gedanken nach einem Thema, auf das Beate ansprechen könnte. Ein einziger Satz, eine Einleitung, mußte mir doch einfallen? Ein Köder für den Stockfisch! Alles andere würde sich dann von selbst ergeben. Doch mir fiel nichts ein. Irgend jemand hatte einen Staubsauger an mein Ohr gesetzt und sämtliche Gedanken herausgesaugt: Der Stockfisch! Wütend sah ich sie an.

Sie saß nur da und starrte auf den Boden. Wenn sie unbedingt schlechte Laune haben wollte, war das ihre Entscheidung, ich jedenfalls fand es absurd, hier in der Dunkelheit zu sitzen und anderen Leuten dabei zuzusehen, wie sie sich einen schönen Abend machten. Schlimmer ist nur, im Winter mit einer fiebrigen Erkältung auf dem Sofa zu liegen und Baywatch zu gucken oder irgendeine andere Serie, in der kerngesunde Menschen mit gebräunter Haut an sonnigen Stränden herumlaufen, während man selbst ins Taschentuch schnieft. In so einer Situation bleibt einem nur die Möglichkeit, sich sinnlos mit Hustensaft zu betrinken. Ganz so aussichtslos war es heute abend nicht, immerhin waren die Feiernden unsere Freunde, und wir durften in dem Film mitspielen, wenn wir wollten. Aber Beate wollte nicht.

Sie blieb lieber als Zuschauerin auf der anderen Seite des Bildschirms. Wahrscheinlich fand sie die Serie doof. Oberflächlich. Sie hatte höhere Ambitionen. Ihre Rolle sollte anspruchsvoller sein. Sie wollte aufrütteln, Probleme ansprechen und ans Licht bringen. Welche Probleme mochte sie wohl besonders gerne? Es war schwierig, sich mit jemandem über tiefgründige Dinge zu unterhalten, den man nicht kannte, und von dem man nur wußte, daß er ein Spaßverderber war. Doch ich hatte Tonja versprochen, mich um Beate zu kümmern, also wollte ich noch einen letzten Versuch wagen. Wenn sie dann trotzdem lieber alleine rumhängen wollte, war das ihre Sache.

Worüber sprach sie wohl gerne? Ich graste meine Gedanken nach einem geeigneten Problem ab, mit dem ich sie unterhalten könnte. Was war nicht oberflächlich?

»Was hat dich so genervt an dem Gespräch vorhin?« fragte ich.

Sie räusperte sich und schaute auf den Boden.

»Das war kein Gespräch, sondern das hysterische Gegacker von angesoffenen Leuten.«

»Und was hat dich daran gestört?«

»Es ist idiotisch, für ein Paar Schuhe sein Konto zu überziehen!«

»Das finde ich auch!«

»Ich meine, was soll das?« ereiferte sie sich. »Wozu soll ich einen fremden Mann küssen?«

»Vielleicht macht es mehr Spaß, als alleine auf einer Parkbank herumzusitzen!«

Sie seufzte.

»Und warum sollte man nach einer durchgemachten Nacht in der Arbeit ein Sektfrühstück veranstalten? Was soll das?«

»Keine Ahnung?« sagte ich ungeduldig. Es machte mich nervös, wie ernsthaft sie diese Fragerei betrieb. »Vielleicht macht man es, weil einem gerade danach ist?«

»Sehr schön! Und dann wird man für verrückt erklärt!«

»Kann schon sein! Ist das so schlimm? Wenn man immer darauf Rücksicht nimmt, was andere von einem denken, kann man gar nichts tun!«

»Es geht nicht um die anderen«, sagte sie. »Du selbst mußt erwachsen werden und dein Leben planen. Du mußt möglichst sinnvolle Entscheidungen treffen.«

»Aber doch nicht von morgens bis abends! Ich meine, der Tag hat vierundzwanzig Stunden. Willst du nur essen, schlafen, arbeiten und sinnvolle Entscheidungen treffen?«

»Wenn ich es jetzt nicht tue, ist es irgendwann zu spät dafür!«

»Spaß oder Leben? Das hört sich an wie das Märchen von der Ameise und der Grille! Ich glaube nicht, daß das bei uns Menschen auch so ist!«

»Doch, ganz genau so ist es! Ich will jedenfalls einen guten Job haben, einen tollen Mann finden, Kinder kriegen, und dafür habe ich nicht ewig Zeit. Mit vierzig ist alles vorbei!«

Ich mußte an die tanzende Lili Marleen in den Armen des goldenen Adonis denken.

»Ich glaube einfach nicht, daß irgendwann alles vorbei ist, weder mit vierzig noch mit sechzig.«

»Du machst dir was vor, wenn du die biologische Uhr einfach ignorierst«, sagte sie unbarmherzig. »Du kannst mit vierzig keine Familie mehr gründen!«

»Ne, die gründest du mit dreißig. Mit vierzig bist du dann geschieden.«

Sie lachte laut auf.

»So ist das also! Du bist eine Zynikerin? Man soll es gar nicht erst versuchen, weil es sowieso nicht klappt. Einfach aufgeben?«

»Nein«, sagte ich vehement. Diese Frau wollte mich nicht verstehen. »Ich glaube nur nicht, daß man etwas erzwingen kann, indem man wie ein Roboter auf seine Ziele zusteuert.«

»Ich jedenfalls habe einen Horror davor, als einsame alte Frau zu enden, die vor Langeweile vergeht.«

»Ach, und deshalb übst du jetzt schon so fleißig? Du meinst, wenn du dir jetzt schon jeden Spaß verkneifst, hast du später keine Umstellungsschwierigkeiten?«

Sie schwieg.

»Ich hab auch Angst«, sagte ich, »daß es bei mir nicht so läuft, wie ich will.«

Endlich würdigte sie mich eines Blickes. Offensichtlich waren wir auf ein Thema gestoßen, über das wir uns problembezogen unterhalten konnten, ohne dabei die Möglichkeit aufkommen zu lassen, uns zu amüsieren.

»Was meinst du damit?« sagte sie und schaute mir in die Augen.

Ich verspürte plötzlich das dringende Bedürfnis, sie zu erwürgen. Schließlich verbrachte ich einen nicht unerheblichen Teil meines Lebens damit, mir einzureden, daß ich mir keine Sorgen machen und die Dinge auf mich zukommen lassen sollte. Kaum hatte ich es geschafft und lebte einigermaßen unbekümmert in den Tag hinein, erschien sie auf der Bildfläche und verlangte, daß ich meine Alpträume ans Licht zerrte und unter einem Vergrößerungsglas studierte. Ich räusperte mich.

»Naja, was soll ich sagen? Ich habe studiert, viel zu lange, inklusive einer Ehrenrunde und einem Jahr, in dem ich sozusagen in der Warteschleife hing. Ich hab zwischendurch zwei Semester in Sydney eingeschoben ...«

»Wirklich? Das ist ja toll!«

»Ja, das war's auch! Aber ich hab eben Zeit verplempert, und jetzt habe ich immer noch keinen guten Job. Außerdem bin ich seit einem Jahr von meinem Freund getrennt und habe mich seitdem nicht mehr verliebt. Das ist die ganze Wahrheit! Soll ich mich jetzt erschießen?«

Sie lachte.

»Auf mich wirkst du nicht unglücklich«, sagte sie.

»Das bin ich auch nicht. Trotzdem mach ich mir manchmal Sorgen.«

Ich zündete noch eine Zigarette an, in der Hoffnung, der Qualm könnte meine trüben Gedanken vertreiben.

»Aber ich habe festgestellt, daß mich Sorgen nicht weiterbringen. Ich verderbe mir nur selbst die Laune damit und werde zum Zombie. Und das will ich nicht.«

»Was meinst du mit Zombie?«

»Naja, lebende Tote. Du bist ein Zombie, wenn du nur vernünftig bist, immer zielorientiert und nutzenorientiert. Wenn du ständig daran denkst, was die anderen richtig finden, wenn du keinen Quatsch mehr machen kannst, wenn du dich nicht mehr traust, was Neues auszuprobieren! Egal, wie alt du bist, dann bist du so gut wie tot!«

»Sag mir ein Beispiel!«

»Was weiß ich? Es ist wie eine Krankheit, die dich von innen auffrißt. Es fängt damit an, daß du dich nicht traust, einen netten Mann anzulächeln, weil du gerade nicht geschminkt bist, oder daß du auf eine Party nicht hingehen kannst, weil du kein passendes Kleid hast, und es hört damit auf, daß du deinen langweiligen Job nicht kündigst, weil du denkst, du findest keinen anderen, oder deinen Freund heiratest, den du eigentlich nicht so toll findest, weil du denkst, er ist deine letzte Chance!«

»Das habt ihr vorhin schon gesagt!«

»Ich weiß. Übrigens, ich sehe gerade eine Sternschnuppe! Wir dürfen uns was wünschen!«

Ich fixierte die Sternschnuppe und konzentrierte mich auf meinen Wunsch.

»Woran hast du gedacht?« fragte Beate.

»Das darf ich nicht sagen, sonst geht es nicht in Erfüllung!«

»Du glaubst doch nicht an diesen Quatsch?«

Sie war unverbesserlich!

Der Kies knirschte, und Tonja kam auf uns zu.

»Na, was macht ihr denn so lange hier draußen?« fragte sie.

»Wir packen jetzt zusammen und gehen in eine Kneipe.«

»Ich habe eben eine Sternschnuppe gesehen! Heute ist angeblich die beste Nacht des Jahres dafür!«

»Wirklich? Dann laßt uns doch in den Englischen Garten gehen und Sternschnuppen gucken! Ich frage die anderen, ob sie Lust haben mitzukommen!«

Sie stürmte davon.

Eine Viertelstunde später lagen wir auf der großen Wiese im Englischen Garten und starrten in den Himmel. Hier war die Nacht noch schwärzer als im Hofgarten. Ich lag zwischen Lynn und Markus, die ich fühlen, aber nicht sehen konnte.

»Jetzt werden alle unsere Wünsche in Erfüllung gehen«, sagte Lynn mit andächtiger Stimme.

»Ich habe mir gerade gewünscht, daß es Winter wird und ich Snowboarden kann!« sagte Nana.

»Du darfst nicht sagen, was du dir gewünscht hast, sonst geht es nicht in Erfüllung!« warnte sie Robert.

»Dann gibt es dieses Jahr keinen Winter, wie gut! Ich hasse Winter, und ich hasse Snowboarden!« lachte Nana.

»Von mir aus könnte es auch immer Sommer bleiben«, sagte Oliver.

Dann fiel die nächste Sternschnuppe, und alle wünschten sich etwas.

»Also, ich dachte, in München kann man abends was erleben! Auf einer Wiese liegen und den Himmel angucken, das hätte ich auch in Passau haben können«, sagte Beate in die Stille hinein.

19

Hamburg, ein grauer Regentag. Ich stehe auf dem oberen Deck des riesigen stählernen Kahns und starre in die bleiernen Wassermassen. Seit Tagen prasselt der Regen ununterbrochen gegen das Fenster. Ich wische mit dem Ärmel meines Trenchcoats über die beschlagene Scheibe. Nichts als Grau, das die ganze Welt zu bedecken scheint. Hinter dem dichten Vorhang aus Regentropfen verschwimmen die Wolken mit den aufgewühlten Wassermassen zu einer Mauer aus grauem Stahl. Kälte und Feuchtigkeit dringen durch die klammen Kleider bis auf die Haut. Ich bin deprimiert und verängstigt. Wie lange werden wir hier noch feststecken? Die Stimmung an Bord ist zum Zerreißen angespannt. Seit Tagen vermeide ich jeden Kontakt mit den übrigen Passagieren, denn ein Mißverständnis oder ein falsches Wort könnte der Funke sein, der die Explosion auslöst. Ich habe zu niemandem Vertrauen, keiner spricht mit dem anderen, alle haben Angst. Ich denke nur noch an Flucht. Ich überlege, mich in die eisigen grauen Fluten zu stürzen und zu schwimmen, doch dafür ist es längst zu spät. Die Stadt ist in den Wassermassen untergegangen, nur ein paar Kirchtürme ragen spitz heraus, wie die Reste einer Sandburg, bevor die Flut sie wegspült. Plötzlich höre ich hinter mir Geschrei. Eine Flasche fliegt gegen ein Fenster dicht neben mir. Klirrend zersplittert die Scheibe. Einem übermächtigen Impuls folgend, gehe ich schnurstracks nach draußen und springe ohne zu zögern ins eiskalte Wasser. Die Alarmglocken des Schiffes klingeln schrill in meinen Ohren. Es ist ein nervenzerfetzender Ton.

Ich wachte mit Herzklopfen auf. Regentropfen prasselten gegen die Fensterscheiben, und unter dem Kopfkissen bimmelte sich der Wecker die Seele aus dem Plastikleib. Ich hatte verschlafen.

Eilig ging ich unter die Dusche. Als ich fertig war, trocknete ich mich hastig ab und kämpfte mit einem Body, der sich nur durch Anwendung von roher Gewalt über die noch feuchte Haut ziehen ließ. Dann streifte ich das erste Kleid über, das mir entgegenfiel, als ich den Kleiderschrank öffnete, und schlüpfte in meine Stiefel. Ein paar Minuten später saß ich auf dem Fahrrad und raste durch die Innenstadt in Richtung Uni. Regen peitschte gegen mein Gesicht, und ich mußte die Augen beim Fahren zusammenkneifen. Verdammtes Mistwetter! Die Feuchtigkeit kroch mir bis in die Knochen. Was für ein Alptraum! dachte ich.

Als ich in die Uni kam, hörte ich schon auf dem Gang das Telefon bimmeln. Es klang wie das Läuten der Alarmglocke auf dem Schiff. Anscheinend war noch niemand da, denn das Gebimmel hörte nicht auf. Ich stürzte ins Zimmer, an Isabel vorbei, die regungslos am Schreibtisch saß und ihren Kopf in die Hände stützte, aufs Telefon und riß den Hörer von der Gabel. Zu spät, das Freizeichen tutete mir ins Ohr.

»Wird nicht so wichtig gewesen sein«, sagte ich.

Im Raum war es düster wie an einem Novembermorgen. Als ich auf den Lichtschalter drückte, gingen die Neonröhren mit einem hohen Summton nacheinander an. Was für eine ungemütliche Beleuchtung, dachte ich, was für ein merkwürdiger Morgen!

Egal, ich war entschlossen, das Beste daraus zu machen.

»Guten Morgen, Isabel! Packen wir's wieder an. Hattest du ein schönes Wochenende in der Hansestadt?«

»Laß mich bloß in Ruhe«, murmelte sie, ohne aufzublicken oder ihre Pose auch nur im geringsten zu verändern.

»Welche Laus ist dir denn über die Leber gelaufen?« erkundigte ich mich. »Laß mich raten: die Quantas-Götter haben uns verlassen!«

Das Telefon fing wieder an zu bimmeln. Während ich noch überlegte, ob ich rangehen sollte, hob Isabel in Zeitlupentempo den Kopf und warf einen haßerfüllten Blick auf das Telefon. Dann vergrub sie ihr Gesicht wieder in den Handflächen.

»Die haben sich noch nicht gemeldet«, murmelte sie.

Wie sollten sie auch?

»Vielleicht ist das gerade Mr. Lester! Du meinst, wenn wir nicht drangehen, kann uns auch keiner absagen? Prima Strategie!«

Das Gebimmel hörte auf.

»Mach, was du willst, ich bin noch nicht da.«

Sie hob den Kopf und starrte mich aus geröteten, make-up-verschmierten Augen an, als wäre ich eine Erscheinung aus einer anderen Welt.

»Was ist denn mit dir los?«

Sie sah so mitgenommen aus, als hätte sie das Wochenende in den Fängen von Entführern verbracht, die ihr weder zu essen noch zu trinken gegeben hatten und sie auf dem Betonboden eines Kellerverlieses schlafen ließen.

»Hamburg scheint ja ein aufregendes Nachtleben zu haben«, sagte ich munter. »Du kannst ruhig nach Hause gehen und dich ausschlafen! Ich schaff das hier schon, und morgen fühlst du dich wieder besser.«

»Wenn es nur so einfach wäre«, seufzte sie. »Du hast ja keine Ahnung! Mein Wochenende war der reinste Horrortrip, und nichts wird besser. Nie mehr!«

Dann legte sie eine dramaturgische Pause ein, was die Spannung erwartungsgemäß steigerte. Das Publikum hatte jetzt die Möglichkeit, das Drehbuch interaktiv mitzugestalten. Fragte man nach, um welche Art Horrortrip es sich handelte, würde man den Vormittag mit der Erörterung privater Probleme verbringen. Oder man ließ sie mit einer flapsigen Bemerkung auflaufen und fing an zu arbeiten. In der Agentur hätten sich die Leute für letztere Möglichkeit entschieden. Es sei ein Zeichen von Professionalität, persönliche Befindlichkeiten an der Garderobe abzugeben, sagte die PR-Frau immer. Sie selbst ging mit leuchtendem Beispiel voran. Frau Vogel, die sich um Professionalität einen Dreck scherte, hatte mir berichtet, daß die PR-Frau privat bis zum Hals in der Scheiße steckte. Da sie jedoch ihre persönlichen Befindlichkeiten an der Garderobe oder sonstwo im Eingangsbereich deponierte, war sie in der Lage, täglich zehn bis zwölf Stunden zu arbeiten.

»Kein Wunder, daß die Frau lieber arbeitet, als nach Hause zu gehen«, meinte Frau Vogel schulterzuckend, wenn sie pünktlich um fünf ihren Computer ausschaltete. »Kann mir nicht passieren. Ich hab schließlich ein Privatleben!«

Und was für eines! Frau Vogel erzählte gerne und viel davon. Morgens besuchte sie reihum die Büros und stattete Bericht ab. Als letzte Station ihrer Visite besuchte sie mich in meinem Kabuff.

»Sie können sich nicht vorstellen, was mir gestern abend wieder passiert ist«, sagte sie dann.

Ich wußte inzwischen, daß sie platzte, wenn man nicht auf der Stelle alles stehen- und liegenließ und sie nach ihren Erlebnissen befragte. Sie ging fast jeden Abend ins Schuberts. Das Schuberts ist der Treff für Rolexträger und solche, die es werden wollen. Frau Vogel trug zwar keine Rolex, aber dafür rauchte sie Cartier. Das schien die Männer im Schuberts sehr zu beeindrucken, jedenfalls erlagen sie reihenweise ihrem Charme, wenn man ihren Berichten Glauben schenken durfte.

»Erzählen Sie schon!« sagte ich immer, kurz bevor sie an dem aufgestauten Wortschwall zu ersticken drohte.

Dann plazierte sie sich mit einer Pobacke auf dem Schreibtisch und beschrieb in eindringlichem Tonfall jedes Detail des vorigen Abends. Dabei senkte sie die Stimme und gab auf diese Weise dem Zuhörer das Gefühl, an einem besonderen Geheimnis teilzuhaben. Das war natürlich nicht der Fall, denn sie erzählte ihre Stories allen, die sich dafür interessierten und nicht zu sehr im Stress waren wie die PR-Frau.

»Die Frau treibt mich noch in den Wahnsinn mit ihrem ewigen Gequatsche über Privatkram«, sagte sie immer, nachdem Frau Vogel den Raum verlassen hatte.

Es hörte sich ein bißchen an, als beneidete sie Frau Vogel um ihre Erlebnisse, denn sie selbst hatte ja laut eigener Aussage kein Privatleben.

»Wenn einem die Karriere wichtig ist, muß man Prioritäten setzen«, betonte sie.

Bei Isabel und mir lagen die Prioritäten umgekehrt, wir berichteten uns ausführlich aus unserem Privatleben. An der Uni war das normal, hier liefen die Uhren eben anders.

»Seien Sie froh, daß Sie nicht in der freien Wirtschaft sind«, sagte Geertz immer. »Da weht nämlich ein andrer Wind!«

Die freie Wirtschaft war das Schreckgespenst eines jeden Uni-Angestellten. Sie war ein kalter dunkler Ort, in dem der schnöde Mammon regierte und seelenlose Roboter

214

ihr trauriges Dasein fristeten, die in ständiger Furcht vor Kündigung lebten und auf Schlaf und Nahrung verzichteten, um ihren Schreibtisch zu verteidigen. Daher versuchte jeder Student, der einigermaßen bei Verstand war, so lange wie möglich an der Uni zu bleiben. Hier wehte kein eisiger Wind, und Zeit war nicht Geld. Die warme Sonne der Wissenschaft umhüllte die Auserwählten mit ihren hellen Strahlen und nährte sie selbst dann, wenn sie keinen Anspruch auf Bafög hatten. Und niemand verlangte, daß man kein Privatleben hatte.

Im Gegenteil. An der Uni war Privatleben wichtig. Isabel und ich hatten unseren Job nur bekommen, weil Geertz uns kannte und nett fand. Wegen der gleichen Wellenlänge eben. Ein ungeschriebenes Gesetz der Uni sagte, daß es zur Erarbeitung akademischer Leistungen unerläßlich war, intensiv und oft private Schwätzchen zu halten. Es war vorteilhaft, möglichst eng mit den anderen Angestellten befreundet zu sein, noch besser war eine Liebesbeziehung. Die garantierte einem einen Arbeitsvertrag auf Lebenszeit. ›Vetternwirtschaft‹, wetterten die Neider. Doch man muß zur Verteidigung dieser Arbeitsweise sagen, daß man in der Wissenschaft viel Zeit hatte. Man war nicht auf schnelle Ergebnisse angewiesen, wie zum Beispiel in der Planung von Werbe- und PR-Maßnahmen. Wen interessiert es schon, ob das fehlende Chromosom einer pakistanischen Wüstenmaus ein Jahr früher oder später gefunden wird? Oder ob neue Erkenntnisse über das Frauenbild von Ingeborg Bachmann im Mai oder im Oktober veröffentlicht werden? Es ist schnurzegal, und deshalb läßt man sich an der Uni Zeit. Nur so kann man zu fundierten Erkenntnissen gelangen, und diese Zeit läßt sich eben um so angenehmer verbringen, je besser man sich privat versteht.

Es entsprach also den Regeln der akademischen Arbeitsweise, wenn ich jetzt eine Cola und zwei Gläser holte und erst mal mit Isabel klönte.

Ich war sowieso nicht in Arbeitsstimmung. Der Alptraum lag noch wie ein grauer Schleier über mir. Es heiterte mich auch nicht unbedingt auf, daß Boris auf meinen Anrufbeantworter gesprochen hatte, das mußte gestern irgendwann gewesen sein. Er hatte eine Reise gewonnen. Nach New York, wie ich das finden würde. Die Reise gälte für zwei Personen, und er und sein Kumpel Ricci säßen heute abend schon im Flieger.

Das Leben war ungerecht!

Außerdem machte ich mir mal wieder schreckliche Sorgen über das Gelingen der Ausstellung. Auch wenn es unakademisch war, deswegen in Stress zu verfallen, mußte ich zugeben, daß ich nach Details über das Treffen mit Mr. Lester lechzte. Isabel hatte ja bisher nur die Eckdaten des Ereignisses rausgerückt. Jetzt brauchte ich jede kleinste Information über seinen Charakter und sein Äußeres, mußte über jedes Lächeln oder Zucken mit den Augenbrauen Bescheid wissen, um unsere Chancen einschätzen zu können.

»Also, was ist los?«

Ich stellte die Gläser auf einen Aktenordner, der auf dem Schreibtisch lag, und setzte mich auf den Besucherstuhl Isabel gegenüber.

»Thorsten hat mir ein Ultimatum gestellt«, sagte sie mit Grabesstimme.

»Wie meinst du das? Was für ein Ultimatum denn?«

»Er hat keinen Bock mehr auf Wochenendbeziehung. Wenn wir nicht bis Weihnachten in einer Stadt leben, macht er Schluß.«

»Und wo liegt das Problem? Er kann jederzeit nach München kommen!«

Isabel lachte bitter.

»Er will auf keinen Fall die Stadt wechseln. Er hat einen tollen Job in Hamburg. Wenn jemand umzieht, dann bin ich es.«

»Im September fängt die Ausstellung an, so Gott will, und Ende Oktober ist der ganze Zauber vorbei. Dann kannst du nach Hamburg ziehen, das ist doch super!«

»Ich finde Hamburg auch schön und hätte Lust, dort zu wohnen …«

»Das Wetter ist natürlich mies dort, du müßtest in jedem Fall ein Rettungsboot haben.«

»Wegen Thorsten? Da brauch ich ein U-Boot! Zum schnellen Abtauchen, das sage ich dir! Was faselst du da von Rettungsbooten, hörst du mir überhaupt zu?«

»Ich hatte heute einen schrecklichen Alptraum von Überschwemmungen in Hamburg. Entschuldige!«

Ich nahm einen Schluck von der Cola, in der Hoffnung, daß mich das klebrige Zeug aufwecken würde.

»Also, ich hätte nichts dagegen, dort zu wohnen«, fing sie wieder an, »aber ich lasse mir nicht das Messer an die Brust setzen! Es wäre nicht so leicht für mich, hier wegzuziehen, weil ich meine Freunde hier habe. Deshalb müßte ich mir das gut überlegen. Mein einziger Grund, nach Hamburg zu ziehen, wäre er! Ich würde es unter Umständen tun, aber ich will auch über andere Möglichkeiten nachdenken, verstehst du?«

»Nicht so ganz.«

»Es ist alles so kompliziert! Warum sollte sein Job unser beider Leben bestimmen?«

»Naja, es ist sicher nicht nur der Job, er hat seine Freunde in Hamburg!«

»Was für Freunde?« zischte sie. »Der Mensch hat keine Freunde, nirgendwo! Kein Wunder, er ist ein emotional gestörtes Monster!«

Letzte Woche hatte sie in dem Monster noch den Vater ihrer zukünftigen Kinder gesehen. Ich konnte der Geschwindigkeit, mit der sich Dr. Jekyll in Mr. Hyde verwandelte, nicht folgen und schlürfte an meiner Cola, um Zeit zu gewinnen. Sie schmeckte wie immer. Es war beruhigend, daß in einer Welt, in der sich alles immer schneller veränderte, wenigstens ein paar Dinge gleichblieben. Auf Cola war diesbezüglich Verlaß.

»Er wohnt doch erst seit kurzem in Hamburg«, sagte Isabel etwas versöhnlicher, »und kennt dort noch keinen Menschen. Er könnte seine Zelte wieder abbrechen und zurückkommen, oder?«

»Stimmt, es gibt hier die gleichen Banken wie dort, also müßte es auch die gleichen Jobs geben«, urteilte ich branchenkundig. »Meine Güte, das ist lächerlich! Ihr wißt, daß ihr zusammensein wollt, das ist mehr, als die meisten Leute wissen! Ihr werdet euch doch wohl über eine popelige Stadt einigen können?«

»Wie denn?« rief sie. »Er war so stur! Ich konnte mit ihm nicht reden! Er fegte meine Argumente mit richtig doofen Sprüchen vom Tisch. Ich hätte ja keine Ahnung, was das für ein Glücksfall sei, gleich nach dem Studium so einen Job zu kriegen, blablabla. Zum Schluß wurde er so wütend, daß er mich anschrie, ich würde immer noch den gleichen Kinderkram wie in meinem Studium machen, aber für ihn hätte jetzt das wirkliche Leben angefangen, ich sollte endlich erwachsen werden und so! Ich war total entsetzt von diesen Sprüchen! Er ist engstirnig, borniert, einfach unmöglich.«

»Der Ernst des Lebens setzt ihm offensichtlich ganz schön zu.«

»Er hat sich total verändert, seit er sein Examen gemacht hat«, sagte sie traurig. »Er ist nicht mehr der Mensch, den ich kannte.«

Ich stellte mir Thorsten vor, wie er morgens im Anzug schnell einen Kaffee kippte und dann in sein Büro hetzte. Ob er die bunten T-Shirts, in denen er früher herumgelaufen war, für die Wochenenden eingemottet hatte? Mir sollte es recht sein, ich hatte sie sowieso ziemlich geschmacklos gefunden.

»Er steht unter Druck«, sagte ich, »versetz dich mal in seine Lage! Jeden Morgen muß er der Supertyp sein, der in seinen Superjob geht, und in Wirklichkeit schlottern ihm die Knie. So sieht es doch aus!«

»Versetz dich mal in seine Lage, versetz dich mal in seine Lage«, keifte sie und zog eine Grimasse, »wer versetzt sich denn in meine Lage?«

Was sollte das nun wieder heißen?

»Ich tue das, du Nuß!«

Sie schnaubte wütend.

Wie ungerecht und unsensibel sie sein konnte! Ich hatte schließlich noch mit meinem Alptraum zu kämpfen, und nun das!

»Du verteidigst ihn«, zischte sie.

»Ich verteidige eure Beziehung«, zischte ich zurück.

»Wie reizend von dir!«

War ich jetzt der Feind? Das Austauschen persönlicher Befindlichkeiten trug offensichtlich nicht immer zur Verbesserung des Arbeitsklimas bei.

Ich startete einen weiteren Versuch.

»Ich bin auf deiner Seite, hörst du? Ich gebe zu, er hat sich wie ein Vollidiot benommen, aber das ist nur vorübergehend. Er hat gerade den Ich-bin-wichtig-Virus, aber der geht vorbei.«

»Na, ich weiß nicht? So was kann ziemlich hartnäckig sein!«

Es war wie in meinem Alptraum. Ich suchte einen Ausweg und fand keinen. Der Gedanke, daß sich die beiden ernsthaft in der Wolle lagen, machte mich traurig. Und eine Trennung könnte ich nicht mehr verkraften! Nicht auch noch dieses Paar aus unserer Studienzeit! Nachdem Tom und ich auseinandergegangen waren, gab es in meinem Bekanntenkreis kein Paar, das länger als drei Jahre zusammen war. Was war nur los mit uns? Die bleiernen Fluten umspülten eiskalt meinen Körper, und ich fröstelte. Doch dann biß ich die Zähne zusammen und schwamm weiter.

»Er vermißt dich eben«, sagte ich vage.

»Früher hat er mir anders gezeigt, daß er mich vermißt!« seufzte sie. »Du hättest ihn hören sollen! Er war richtig herrisch, ganz der Chef, der es gewöhnt ist, Befehle zu erteilen.«

Sie baute sich vor mir auf, stützte eine Hand in die Hüften und knallte mit der anderen auf einen Papierstapel, daß die Staubflocken durch die Luft wirbelten.

»Ich will mein Leben planen, verstehst du mich?« schrie sie und fuchtelte mit den Händen vor meinem Gesicht herum, so daß ich unwillkürlich zurückwich. »Was wir hier machen, ist keine Beziehung, sondern Kinderkram!«

Hätte er das nicht ein bißchen freundlicher formulieren können? Sosehr ich auch bereit war, bis zum letzten für den

Fortbestand dieser Beziehung zu kämpfen, konnte ich diesen Ausbruch nur schwer als romantischen Antrag, Tisch und Bett zu teilen, interpretieren. Da ich nicht noch mehr Benzin ins Feuer kippen wollte, schwieg ich.

»Das Schlagwort war Lebensplanung. Er versteht darunter, daß ich nach Hamburg komme, aber ich plane mein Leben so, daß ich mich von Männern fernhalte, die schreien wie Paviane und mir Ultimaten stellen«, heulte sie.

Wie sollte man diese unterschiedlichen Bedürfnisse unter einen Hut kriegen?

»Er nimmt mich nicht für voll. Freunde könnte man überall finden, sagte er, und so einen Pennerjob, wie ich habe, auch. Daraufhin nannte ich ihn einen arroganten Großkotz, und er brüllte, ich sei chaotisch und würde nie in meinem Leben etwas erreichen. Es war schrecklich! Er wollte jedenfalls Klarheit über seine Zukunft und ließe sich nicht länger hinhalten. ›Du hast bis Weihnachten Zeit, dich zu entscheiden‹, sagte er.«

Warum mußte ich mir das anhören?

Jede Faser in meinem Körper wehrte sich dagegen, daß diese Beziehung in die Brüche gehen könnte. Ich wollte keine erkalteten Asteroiden mehr sehen, nur noch strahlende Sterne! Die beiden waren mein persönliches Traumpaar gewesen und hatten stellvertretend für alle die Flagge der Liebe hochgehalten. Wenn sie auseinandergingen, würde ich meinen Glauben an Happy-Ends endgültig aufgeben.

Aber vielleicht gab es ja noch Hoffnung!

»Bis Weihnachten ist noch eine Menge Zeit«, sagte ich, »du mußt nichts übereilen!«

»Sag mal, spinnst du?«

Sie tippte mit dem Finger an die Stirn.

»Ich habe sofort reagiert! Ich hab gesagt, die Klarheit könnte er sofort haben. Zu Befehl, Herr Oberfeldwebel!«

Sie legte die flache Hand an die Stirn und salutierte.

»Dann hab ich meine Sachen gepackt und mich in den Zug gesetzt. Ich lasse mich nicht unter Druck setzen! Mit mir kann er so nicht umgehen.«

»Stimmt, das ist keine kluge Strategie«, gab ich zu und tauchte in die eisigen Fluten.

Das Telefon fing wieder an zu bimmeln.

»Kannst du bitte drangehen?«

Isabel deutete auf das Telefon, das unbeirrt vor sich hin bimmelte. Ich mußte mich quer über den Tisch legen, um den Hörer abzunehmen.

Es war Thorsten. Der Verräter von Liebe und Glück. Der Killer von der Elbe.

Ich konnte ihn kaum verstehen, weil die Verbindung so schlecht war. Es knackste und rauschte in der Leitung, und im Hintergrund tobte der Verkehr. Isabel schüttelte den Kopf und wedelte mit der Hand in der Luft herum. Es sah nicht so aus, als wollte sie jetzt mit ihm sprechen.

»Isabel kann gerade nicht ans Telefon kommen«, sagte ich, während ihre Nase fast an meiner klebte. Ich fürchtete, Thorsten könnte sie atmen hören.

»Sie ist doch nicht etwa in Arbeit vertieft?«

Die Vorstellung schien ihn zu amüsieren.

»Angeber!« murmelte ich.

»Was?« brüllte er. »Ich kann dich so schlecht verstehen, ich komme gerade an einer Baustelle vorbei!«

»Ich sage ihr, daß du angerufen hast«, schrie ich in den Hörer.

»Sag ihr, sie soll aufhören rumzuzicken, verdammt!«

»Das wird sie sicher gerne hören. Sonst noch was?«

Als ich aufgelegt hatte, atmete Isabel tief aus. Sie hatte die ganze Zeit die Luft angehalten.

»Ich soll dir sagen, daß er angerufen hat.«

»Ich will nicht mit ihm sprechen«, murmelte sie, »ich will mit niemandem sprechen, ich kann das alles nicht mehr ertragen.«

Mit ihren roten Augen sah sie aus wie Bambi, nachdem seine Mutter von den Jägern erschossen wurde.

»Mein ganzes Leben zerplatzt wie eine Seifenblase. Alles ist so unwirklich! Ich bin mit einem Mann zusammen, der mich überhaupt nicht ernst nimmt, und arbeite an einer Ausstellung, die es niemals geben wird.«

Es sind ganz besondere Tage, an denen ich mir morgens um zehn eine Zigarette anzünde. Aufregende Tage, an denen die Welt wunderschön ist, vollkommen wie in der Kaffeewerbung. Dann lehne ich mich zufrieden in meinen Stuhl und rauche genüßlich. Oder es sind Tage wie heute. Morgens um zehn hat man schon das Gefühl, es ist nichts mehr zu retten. Man sollte im Bett bleiben und die Decke über den Kopf ziehen, bis die Sintflut vorbei ist. Ich verfluchte Thorsten, diesen Wichtigtuer, der jetzt eilenden Schrittes mit wehendem Sakko durch Hamburg lief und mit der Brüllerei in sein Handy friedliche Passanten aufscheuchte. Wahrscheinlich war er noch mächtig stolz darauf, daß er sich zwischen zwei Terminen die Zeit genommen hatte, das schmollende Frauchen zu kontaktieren. Und dieser Lester-Typ war bestimmt vom gleichen Kaliber! Ich konnte mir lebhaft vorstellen, wie er in seinem Büro hockte, eine Tasse Kaffee in der Hand und die Gedanken im Wochenende. Er schiebt ein paar Akten von rechts nach links, blättert in einer Zeitschrift für Golfer und sagt zu seiner überarbeiteten Sekretärin: »Falls jemand anruft: Ich bin in einem Meeting!«

So geht das bis kurz vor der Mittagspause. Dann sagt er: »Falls jemand anruft: Ich bin außer Haus.«

Und dann war der Tag gelaufen. Heute war er einfach nicht dazugekommen, mit seinem Boss über diese Ausstellung von diesen Uni-Tussen zu reden. Pech!

Ich fühlte mich elend.

»Vielleicht hat Thorsten ja recht«, sagte Isabel plötzlich. »Ich meine, der Job hier ist doch wirklich eine Sackgasse! Und schlecht bezahlt ist er noch dazu. Wir sitzen nur rum und trinken Cola, und nichts geht voran. Und das alles nur, um ein paar Bilder auszustellen. Wen interessiert schon australische Kunst? Es ist piepegal, ob man das mal gesehen hat oder nicht! Es ist sogar in dem Maße unwichtig, daß wir nicht in der Lage sind, es zu realisieren. Wir kriegen ja nicht einmal die nötigen Sponsoren, um den Plan durchzuführen! Das sollte uns zu denken geben! Thorsten meint, ich beschäftige mich nur damit, weil ich unfähig bin, einen richtigen Job an Land zu ziehen.«

Nach dieser Tirade verlor sich ihr Blick wieder ins Leere.

Ich seufzte. Was konnte man dazu noch sagen?

Bei mir war auch eine Seifenblase geplatzt.

Ich fühlte mich um Jahre gealtert und stützte meinen müden Kopf auf die Hände. Die Idee mit der Ausstellung kam mir auf einmal idiotisch vor. Eine von Geertz' Schnapsideen. Weltfremd und belanglos, unrealisierbar wie alles an der Uni. Thorsten war erwachsen und bewegte sich in einer realen Welt, während wir im Sandkasten Burgen bauten. Das Gespräch mit Beate fiel mir wieder ein. Was, wenn ich nie erwachsen würde? Bevor ich irgend etwas erreicht hatte, würde ich im Altersheim sitzen, meinen faltigen Mund pink anmalen und mit wehendem Morgenrock über den gebohnerten Linoleumboden eilen und alte Männer durch die Gänge jagen. Zur selben Zeit würde Thorsten in seinem Eichenfurnierwohnzimmer sitzen und im Kreise seiner wohlgeratenen Enkel Hans Meiser gukken. Zwischendurch blättert er in seinen Kontoauszügen und freut sich über die astronomische Rente, die er monatlich einstreicht.

Mit einem Magister in Geisteswissenschaften war einem diese Zukunft leider verwehrt. Ich konnte mich noch genau an die glorreiche Zeit erinnern, als ich nach den Abschlußprüfungen die Zeitung nach geeigneten Jobs durchforschte.

»Mitarbeiter/in gesucht, jung, dynamisch, hochmotiviert.«
Hochmotiviert, wie ich war, rief ich gleich an.

»Können Sie mir die Arbeit beschreiben?«

»Das geht nicht am Telefon. Es ist dies und das. Büroarbeiten, lesen Sie die Anzeige, da steht alles drin!«

»Aha. Und was verdient man bei Ihnen?«

»Gehaltsfragen werden grundsätzlich nicht telefonisch diskutiert«, erfuhr ich von der barschen Dame.

»Ich wüßte nur ganz gerne, ob ich von dem Job leben kann«, sagte ich, »denn sonst kommt es für mich nicht in Frage.«

Man arbeitete ja schließlich unter anderem, um sich den Lebensunterhalt zu verdienen! Die Barsche hatte diesbezüglich eine andere Ansicht.

»Es ist immer eine Sache der persönlichen Ansprüche, ob man mit seinem Gehalt auskommt«, erklärte sie ungehalten. »Wohnen Sie denn noch bei Ihren Eltern?«

Ich mußte verneinen.

»Dann kommen Sie für den Job nicht in Frage! Wir haben in der Anzeige ausdrücklich betont, daß wir eine junge Mitarbeiterin suchen! Können Sie nicht lesen?«

Sie legte den Hörer auf, ohne sich von mir zu verabschieden.

Ich kaufte mir ein Buch über die erfolgreiche Jobsuche und lernte, Anzeigen zu lesen. Jung sei im Anzeigendeutsch gleichbedeutend mit unterbezahlt, schrieb der Ratgeber. Fähig zur Teamarbeit heißt, daß man keinen Schritt alleine tun darf, einsatzbereit bedeutet, daß man auf Weisung jeden Idiotenjob macht. Hochmotiviert bedeutet Überstunden ohne Ende.

Um alle Möglichkeiten auszuschöpfen, trat ich auch den obligatorischen Gang zum Arbeitsamt an. Hier war man sehr entgegenkommend. Es gab sogar einen gesonderten Wartebereich für den akademischen Nachwuchs, da man uns nicht zumuten wollte, mit den minderqualifizierten Arbeitsuchenden herumzusitzen. Nachdem ich eine Nummer gezogen hatte, setzte ich mich in den Wartebereich für den hoffnungsvollen akademischen Nachwuchs und blätterte in den Broschüren, die auf den Tischen aus weißem Sperrholz herumlagen. Nach ein paar Stunden mußte ich dringend aufs Klo. Noch während ich überlegte, wie lange ich mich wohl entfernen konnte, ohne daß meine Nummer aufgerufen wurde, hörte ich meinen Namen aus der Sprechanlage schnarren. In dem angegebenen Zimmer teilte mir ein freundlicher Herr mit, daß die Lage für Absolventen der Geisteswissenschaften im Moment nicht rosig sei. Trotzdem sollte ich die Hoffnung nicht aufgeben. Gerade als Geisteswissenschaftlerin hätte ich doch gelernt, flexibel zu denken, daher sollte ich unter

Umständen in Erwägung ziehen, mich fachfremd umzusehen. Wenn das nicht klappt, käme eine Umschulung in Frage, aber dazu wäre ich erst berechtigt, wenn ich über ein Jahr als arbeitsuchend registriert sei. Wie ich diese Zeit allerdings ohne Job überstehen sollte, wußte der nette Herr auch nicht. Er verabschiedete sich freundlich, denn im Wartebereich saßen noch viele andere arbeitsuchende Akademiker und warteten händeringend auf fachkundige Beratung.

»Zumindest wir auf dem Arbeitsamt können uns nicht über mangelnde Arbeit beklagen«, lächelte der freundliche Herr. »Manchmal beneide ich Leute wie Sie richtig, die sich dem Dolce far niente hingeben können!«

Dann sagte er, daß er sich gegebenenfalls bei mir melden würde, aber ich brauchte nicht darauf zu warten, weil sich seiner Meinung nach die Lage in absehbarer Zeit nicht entspannen würde.

Nachdem ich mich ein paar Wochen dem Dolce far niente hingegeben hatte und mir die ewigen Fragen meines Vaters über meine berufliche Zukunft auf die Nerven gingen, beschloß ich, mich fachfremd umzusehen, und nahm eine Stelle als Rezeptionistin an. Als Geisteswissenschaftlerin war ich schließlich flexibel. Der Job war nicht schwer. Ich mußte nur im Eingangsbereich der Firma in einer Art Terrarium sitzen und ans Telefon gehen, wenn es klingelte. Ich hatte mich mit: »Morchelmeuder und Partner« zu melden.

Dann mußte ich fragen: »Wen möchten Sie sprechen?«

Am Anfang meldete ich mich mit: »Morchelmeuder und Partner, Sara Baumann«, aber das war falsch, sagte man mir. Der Name der Rezeptionistin sei für den Anrufer vollkommen unerheblich, und wer würde mich schon sprechen wollen? Die Argumentation war einleuchtend, und ich machte es in Zukunft richtig. Nach ein paar Wochen fing ich an, mich zu versprechen. Anstatt »Morchelmeuder und Partner« sagte ich »Meuchelmörder und Partner«.

Es passierte mir ständig, keine Ahnung warum. Als der Chef das mitkriegte, sagte er, ich sollte sofort meine Sachen packen und nicht wiederkommen. Da ich keine Sachen zu packen hatte, steckte ich ein paar Kugelschreiber mit dem Firmenlogo ein und ging.

Als Geertz mich ein paar Tage später anrief, weil er für die Realisierung einer Ausstellung des Institutes Mitarbeiter suchte, die sich mit der australischen Kunst auskannten, war ich sehr froh. Es war meine Chance, wenigstens für einige Zeit nicht fachfremd arbeiten zu müssen. Die Uni zahlte zwar nicht annähernd so gut wie Meuchelmörder und Partner, aber der Job war interessanter. Das Telefonieren war auf die Dauer langweilig geworden. Aber immerhin hatte ich Flexibilität bewiesen und die Fähigkeit, mich in neue Bereiche einzuarbeiten. Trotzdem jagte mir der Gedanke, jemals wieder fachfremd arbeiten zu müssen, Angst ein. Wenn ich darüber nachdachte, wie es nach der Ausstellung weitergehen sollte, fühlte ich mich wie auf dem Schiff in meinem Traum. Regentropfen schlugen mir ins Gesicht, und ich dachte, daß die Frau, mit der ich mich auf Deck unterhalten hatte, aussah wie Beate. Ich war im gleichen Boot mit Beate! Das durfte nicht sein! Ich mußte schleunigst weg.

Ich nahm noch einen Schluck von der Cola und packte die Gedanken über das Boot und die fachfremde Arbeit in eine entlegene Schublade meines Gehirns. Sorgen brachten mich nicht weiter.

Wir hatten zwar keinen Job mit Zukunft, aber immerhin einen mit Gegenwart. Außerdem durfte ich mich am Telefon mit meinem Namen melden und Briefe selbst unterschreiben. Geertz war ein netter Chef. Da sich seine Mitarbeit darauf beschränkte, uns aufmunternde Sätze zuzuwerfen, hatten wir völlig freie Hand. Würde er sonst ständig betonen, daß er vollstes Vertrauen hatte? In seinen Augen waren wir keine naiven Kinder, sondern kompetente Mitarbeiterinnen, auch wenn diese Ansicht möglicherweise darauf beruhte, daß Geertz in den Siebzigern zu viele Drogen geschluckt und sein Urteilsvermögen eingebüßt hatte. Trotzdem durfte ich mich nicht von Thorstens Virus anstecken lassen. Unser Job war mindestens so gut wie seiner, und heutzutage gab es keine Sicherheit im Job, es sei denn, man war Claudia Schiffer oder der Papst. In der Welt der Börsen und Aktien mußte man auch mit erheblichen Turbulenzen rechnen, mit welchem Recht also tat dieser Wichtigtuer unseren Job als Kinderkram ab?

Mr. Lester konnte mir auch keine Angst einjagen. Wenn er nicht bereit war, das Projekt zu unterstützen, würden wir einen anderen Weg finden. Ich mußte es nur wissen, am besten sofort, denn ich konnte die angespannte Stille im Raum nicht länger ertragen.

»Gib mir mal die Nummer von Quantas«, sagte ich zu Bambi. »Wir haben lange genug gewartet, ich will jetzt wissen, was Sache ist.«

Isabel reichte mir wortlos Mr. Lesters Visitenkarte.

Ich wählte die Nummer.

»Hallo, Mr. Lester? Hier ist Sara Baumann vom Institut für Völkerkunde in München!« sagte ich mit fester Stimme.

»Hall ...«, sagte er.

Mir stand jetzt nicht der Sinn nach höflichem Geplänkel.

»Ich wollte mich erkundigen, ob Sie schon zu einer Entscheidung bezüglich einer Kooperation von Quantas an unserer Ausstellung gekommen sind ...«

»Ja, Frau, äh, wie war Ihr Name?«

»... da wir die anderen möglichen Partner kontaktieren müßten«, beendete ich den Satz.

Stille.

Hatte er aufgelegt? Isabel guckte mich gespannt an.

Dann hörte ich am anderen Ende der Leitung ein lautes Lachen. Machte er sich über mich lustig? Was bildete sich dieser Typ ein?

»Ich kann daran nichts Komisches finden. Wir müssen schließlich auch disponieren!«

»Ich verstehe, daß Sie unter Druck sind, denn das Ganze ist ja sehr kurzfristig«, antwortete er, »und ich finde es nett, daß Sie so engagiert für die Sache eintreten.«

Nett? Wie herablassend dieser Büroheini war!

»Wir haben Termine einzuhalten, wenn Sie das meinen«, sagte ich spitz.

Isabel schüttelte den Kopf und fuchtelte mit den Händen in der Luft herum. Was wollte die denn jetzt von mir?

»Wir waren so verblieben, daß ich Ihnen im Laufe des heutigen Tages, sobald ich mit meinem Boss geredet habe, Bescheid gebe«, sagte er. »Haben Sie mal auf die Uhr geschaut? Es ist elf Uhr vormittags!«

Es war fünf nach elf. Vielleicht war ich etwas übereifrig gewesen, aber wenn man sich die Zeit nicht einteilt, vergeht so ein Arbeitstag schneller, als man gucken kann!

»Aber Sie haben Glück!« fuhr er fort. »Ich konnte die Sache gleich heute morgen klären. Ich sagte Ihrer Kollegin bereits, daß ich persönlich die Idee gut finde und es sich mehr oder weniger um eine Formalität handelt, mit meinem Boss zu sprechen. Ich wollte Ihnen unser O.k. im Laufe des Vormittages zufaxen.«

Unser O. k.! Wollte er damit andeuten, daß er mitmachte? Quantas beteiligte sich? Hatte er das gemeint? Ich konnte es nicht fassen! So ein Glück! Wer sagte denn, daß wir nicht erfolgreich waren?

»Hallo? Sind Sie noch da?«

Ich räusperte mich.

»Wir freuen uns, Sie unterstützen zu können«, sagte er freundlich, »da wir der Meinung sind, daß Ihre Ausstellung bestens mit unserem Profil übereinstimmt. Eine tolle Sache!«

»Ist das Ihr Ernst?« schrie ich in den Hörer. »Das ist ja super! Wahnsinn!«

Isabel riß mir den Hörer aus der Hand.

»Hugh? Hier ist Isabel. Entschuldige, daß wir dir schon so früh morgens auf die Pelle rücken!«

Sie kicherte in den Hörer.

»Das ist Sara, die Mitarbeiterin, von der ich dir erzählt habe«, sagte Isabel jetzt und lachte kokett.

Sie duzten sich, und ich war die kleine Tolpatschige im Hintergrund, über die man sich lustig machte, weil sie Leute zu Unzeiten mit Telefonanrufen traktierte. Zuerst behandelte mich die PR-Frau, als wäre ich eine Maschine, und jetzt das! Ich hatte es wirklich satt, ich hatte schließlich auch Gefühle!

Was bildete sich Isabel ein? Wenn es nach ihr gegangen wäre, hätten wir den Montag damit verbracht, trübsinnig aus dem Fenster zu starren und über Thorsten nachzugrübeln. Allein meiner Initiative und Dynamik war es zu verdanken, daß wir jetzt voller Tatkraft voranschreiten konnten. Und jetzt war ich die doofe Mitarbeiterin? Dieser Frau würde ich die Meinung geigen. Ihr Privatleben könnte sie in Zukunft zu Hause lassen. Wie sollte denn ein Projekt von der Stelle kommen, wenn man die Arbeitszeit damit vergeudete, über persönliche Befindlichkeiten zu labern? Ich schleuderte ihr zornige Blicke zu, die sie jedoch nicht wahrnahm, weil sie förmlich in den Telefonhörer gekrochen war.

»Ich freue mich so, daß Quantas mitmacht!« gurrte sie. »Ihr seid mir persönlich als Sponsoren sehr sympathisch!« Meine Güte, konnte die dick auftragen!

»Mit wem kann ich die Termine für den Transport besprechen?« flötete sie jetzt. »Prima, wenn du das selbst in die Hand nimmst, melde ich mich in den nächsten Tagen.«

Das konnte sie haben! Ich würde die Quantas-Akte nicht mehr anrühren.

»Ja, gerne«, kicherte sie jetzt, »das wäre nett! Du hast wirklich prima Ideen! Ich kenne einen guten Italiener gleich bei euch um die Ecke. Also, bis demnächst und tausend Dank erst mal.«

Sie wollte mit dem Typen italienische Delikatessen mampfen und die zustande gekommene Kooperation feiern, während ich die Büroarbeit machte? Da hatte sich Madame aber geschnitten!

»Ciao!« flötete sie und legte den Hörer auf. Sie lächelte und schloß die Augen. Dann streckte sie sich wie eine Katze in der Sonne und seufzte.

»Ist das Leben nicht schön?«

»Wie eine zerplatzte Seifenblase«, sagte ich.

Sie öffnete nicht mal die Augen.

»Quatsch! Ich gebe zu, daß mir Thorsten kurzzeitig die Suppe versalzen hat, aber das ist jetzt vorbei. Ich kann dir nicht sagen, wie glücklich ich bin.«

»Klar, du hast ja ein neues Würzmittel gefunden!« zischte ich. »Aber hast du mal daran gedacht, wie das für mich ist? Bin ich dein seelischer Mülleimer, oder was?«

Wenigstens öffnete sie jetzt die Augen.

»Was ist los mit dir? Wir haben alles erreicht, was wir wollten, und jetzt hast du miese Laune?«

»Wir haben alles, was du wolltest! Alles, was du wolltest, ist, deinen privaten Frust an deiner dummen Mitarbeiterin abladen und dann mit unserem Geschäftspartner herumflirten. Das haben wir nicht nötig, verstanden?«

»Findest du es etwa besser, ihn als erstes am Morgen anzumeckern, weil er sich noch nicht gemeldet hat? Das sind unsere Hauptsponsoren! Meinst du, die sind uns gegenüber zu irgend etwas verpflichtet? Weißt du, was passiert wäre, wenn du ihn verärgert hättest?«

»Nachdem ihr beide euch so nahegekommen seid, konnte er ja kaum noch nein sagen.«

»Jetzt reicht's aber, meine Liebe«, sagte sie und senkte bedrohlich ihre Stimme. »Du hast mich im Stich gelassen, als der Termin mit Hugh anstand, nicht umgekehrt, und jetzt fühlst du dich ausgebootet? Was erwartest du eigentlich?«

»Jedenfalls nicht, daß ich die Mitarbeiterin bin, die nur für die Idiotenjobs zuständig ist. Die langweilige Katalogseiten schreiben muß, während du mit charmanten Männern am Telefon herumplänkelst! Die in den sauren Apfel beißt und den Typen anruft, aber den Erfolg nicht mitfeiern darf! Wie hast du dir das vorgestellt? Daß ich hier Telefondienst mache, während du dich mit italienischen Delikatessen vollstopfst?«

»Es geht dich überhaupt nichts an, mit wem ich wann und wohin essen gehe!«

»Prima! Dann geht es dich ja auch nichts an, mit wem ich wann telefoniere.«

»Es war völlig unprofessionell, ihn zu diesem Zeitpunkt am Telefon zu nerven!«

»Ach! Und du warst natürlich sehr professionell! Wenn mich dein trauriges Liebesleben nicht zutiefst gefrustet hätte, wäre ich gar nicht auf die Idee gekommen, ihn heute morgen anzurufen.«

»Vielen Dank für dein Mitgefühl! Ich werde dir in Zukunft nichts mehr erzählen, aber bitte verschone mich auch mit den öden Stories über deine nächtlichen Eroberungen.«

»Bist du neidisch? Das verstehe ich gut! Es ist eben traurig, wenn man Jahre seines Lebens mit einem Schnösel vergeudet, der einen dann fallenläßt wie eine heiße Kartoffel! Das bedeutet aber noch lange nicht, daß man über seine Kollegin hinwegtrampelt und sich einem Geschäftspartner an den Hals schmeißt! Das ist wirklich unprofessionell.«

»Danke für den Hinweis!«

Bevor ich noch etwas sagen konnte, hatte Isabel ihre Tasche gepackt und stand in der Tür.

»Es tut mir leid, wenn dich meine Story mit Thorsten deiner Illusionen beraubt hat, aber für deine Happy-Ends bin ich nicht zuständig! Schaff sie dir selber oder laß es bleiben, und spiel weiter Verstecken mit deinen Borissen oder wie sie alle heißen!« sagte sie und knallte die Tür so fest hinter sich zu, daß der Kalender an der Wand wackelte.

Das Dezemberblatt löste sich und torkelte wie welkes Herbstlaub lautlos zu Boden.

Im nächsten Moment stand Geertz im Zimmer.

»Guten Morgen, meine Damen! Ist bei Ihnen alles klar?«

»Alles bestens, Professor Geertz«, sagte ich. »Wir haben gerade das O. k. von Quantas bekommen.«

Sein Gesichtsausdruck sagte mir, daß er keine Ahnung hatte, wovon ich redete. Er hätte nicht entgeisterter gucken können, wenn ich erzählt hätte, daß auf dem Dach der Uni Ufos gelandet sind.

»Die Ausstellung!« erinnerte ich ihn. »Quantas übernimmt den Transport der Bilder!«

»Ich wußte, daß Sie das schaffen werden«, sagte er. »Gratuliere!«

Damit verschwand er in sein Zimmer, und ich ging in die Bibliothek. Ich wollte gucken, ob Isabel dort war. Fehlanzeige!

Also ging ich allein ins Café um die Ecke und feierte unseren Erfolg bei einer dicken Himbeertorte. Dazu bestellte ich eine heiße Schokolade und eine Extraportion Sahne.

20

Ein Caipirina könnte meine Stimmung heben, dachte ich und winkte der Barfrau. Inzwischen war es hier so voll geworden, daß ich mich auf Zehenspitzen stellen und mit dem Arm wild in der Luft herumfuchteln mußte, um ihre Aufmerksamkeit zu bekommen.

Nachdem ich bestellt hatte, starrte ich wieder auf den Tresen, um zu vermeiden, daß jemand auf die Idee kam, mit mir zu sprechen. Ich brauchte auf meiner Ein-Frau-Party keine Gesellschaft. Ich war sozusagen inkognito hier, insbesondere da ich die einzige war, die sich nicht abendlich gestylt hatte. Wozu auch? Wem ich nicht gefiel, in meinem ausgewaschenen Baumwollkleid und den Gummistiefeln, der brauchte nicht mit mir zu reden. Es waren genug Leute hier, die in ihren chicen Klamotten einfach klasse aussahen, ich hatte keinen Nerv, gute Laune zur Schau zu stellen. Ich war Sara, die bis neun Uhr abends im Büro geschuftet hatte und dann auf ihrem klapprigen Fahrrad durch den Regen gefahren war, um ihren beruflichen Erfolg mit ein paar Drinks zu begießen. Ich war Sara, die sich mit ihrer kaltherzigen Kollegin gestritten hatte!

Nachdem ich aus dem Café zurückgekommen war, hatte ich mir den Papierkram vorgenommen und viel erledigt. Man arbeitet eben wesentlich konzentrierter, wenn man sich nicht von privaten Problemen ablenken läßt! Wenn das Telefon läutete, hatte ich jedesmal angenommen, es wäre Isabel, die die Sache mit mir bereinigen wollte, doch immer waren andere Leute an der Strippe. Ich antwortete einsilbig, da ich sehr beschäftigt war und keine Zeit für Unterbrechungen hatte. Lynn rief an und sagte, Corni hätte das Puppenhaus ganz toll umgebaut, sie hätte Brot und Käse eingekauft und warum ich so einsilbig sei? Ich sollte mich vom schlechten Wetter nicht frusten lassen, und sie wolle mich jetzt nicht weiter stören. Anne, die nicht mit so viel Feingefühl gesegnet war, verwickelte mich in ein Endlosgespräch, als ich in der Agentur anrief. Ich hatte mit Frau Vogel sprechen wollen, um mir das Horoskop vorlesen zu lassen, weil ich mir von den Sternen eine Erklärung für diesen schrecklichen Tag erwartete. Aber die hatten es anscheinend wirklich auf mich abgesehen, denn ausgerechnet Anne nahm den Hörer ab. Ich hatte keine Chance, zu erfahren, was die Sterne zu sagen hatten.

»Stell dir vor«, brüllte sie in den Hörer, »eine Frau im weißen Kostüm mit Handy im Park! Ich frage mich, was die da zu suchen hat. Oder ein Mann im Designer-Anzug sitzt, nein, er liegt auf den Stufen vor der Oper und liest die Herald Tribune. So wie der angezogen ist, kleidet sich kein Arbeitsloser, und wer sonst hat die Zeit, sich am helllichten Tag auf irgendwelche Stufen zu lümmeln und ausländische Zeitungen zu lesen?«

»Ich weiß es nicht! Vielleicht hat er Mittagspause? Oder er ist auf Jobsuche. Deshalb liest er die Zeitung, und der Anzug ist ein Geschenk von seinen Eltern. Gib mir jetzt bitte Frau Vogel.«

»Sofort! Du solltest seine Haare sehen! Eeeklig, sag ich dir! Schmierige schwarze Locken, die in der Sonne glänzen wie ranzige Butter! Diese Fotos sind der letzte Schrott. Ich verstehe nicht, wie das passieren konnte? Warum willst du eigentlich mit Frau Vogel sprechen? Arbeitest du nächste Woche wieder bei uns?«

»Ja.«

»Wie schön! Dann habe ich noch ein absolutes Kotzpärchen. Die sind echt der Hammer! Sie im roten Schlauchkleid, er Marke Latin Lover mit weißem, offenem Hemd an der Bar.«

Ich hatte meine eigenen Sorgen und schwieg. Sie faßte das als Aufforderung auf, ungestört weiterzuplappern.

»Wo lebt dieser Mensch bloß? In Rimini oder in Dallas? Oder siehst du ständig supergestylte Leute in Designerklamotten durchs Leben flitzen?«

Welches Leben, dachte ich, ich arbeite rund um die Uhr, doch sie erwartete keine Antwort.

»Ich bin am Ende, ich könnte mich erschießen!« sagte sie jetzt.

Ich hoffte, sie würde das Vorhaben wahr machen, damit ich weiterarbeiten konnte, aber noch zeigte sie keinerlei Absicht, ihren Worten Taten folgen zu lassen. Sie wollte anscheinend vorher noch ausgiebig telefonieren.

»Wir haben am Freitag interne Präsentation! Wo soll ich zum Teufel auf die Schnelle anständige Bilder herkriegen? Ich meine, für diesen Schrott hätte ich keinen Fotografen anzuheuern brauchen, denn davon sind die Archive der Bildagenturen voll!«

Sie redete ohne Unterbrechung, und ich unternahm keinen Versuch mehr, mich aktiv am Gespräch zu beteiligen. So ging das schon seit einer Viertelstunde ohne Punkt und Komma, und es war das klügste, sie einfach ausreden zu lassen.

»Werbefotografen haben diese rosarote Bonbon-Optik von der Welt, sie leben in einer Art Super-Wirklichkeit. Alles ist schöner, besser, heller als im wahren Leben. Fotografiert werden Seifenopern aus dem Leben von Klonen. Die Klone kommen immer frisch vom Frisör, haben makellos saubere Kleider an, die modisches Mittelmaß sind, nach dem Motto: bloß keine Individualität zeigen! Naja, Klone haben ja keine. Sie sind alters- und gesichtslos, leicht zu verwechseln und beliebig austauschbar, Menschen, die man nie wiedererkennen würde, weil man ihre nichtssagenden Gesichter sofort vergißt. Dafür graben sie sich auf tückische Weise tief in unser Unterbewußtsein. Wir wachen morgens auf und sind unzufrieden mit unserer Frisur. Sieben Uhr, Rom, Sonne, die Frau schüttelt ihre Mähne. Wie kriegt sie das hin? Meine Haare sehen um sieben Uhr morgens nach zwei Stunden Flug ganz anders aus! Und wieso wird die Frau, die sich pausenlos Schokolade reinstopft, nie dick? Sie ist sogar dünner als ihre Freundin, die Diät hält! Sieht diese Frau aus wie fünfzehn, weil sie sich mit Oil of Olaz einreibt, oder wurde an ihren Genen manipuliert? Es ist jedenfalls kaum zu glauben, daß sie in Wirklichkeit fünfundvierzig ist, wie sie steif und fest behauptet!«

Diese Fragen hatte ich mir auch schon oft gestellt, schließlich mußten wir uns mit der manipulativen Kraft der Werbung schon in der Schule auseinandersetzen. Man versuchte uns gewissermaßen zu immunisieren und uns zu Kreativität und Individualität zu erziehen, Eigenschaften, die in der wirklichen Welt nicht gerade gefragt sind, aber unsere Lehrer waren eben Idealisten. Bei dem Gehalt mußte man das sein, aber wie konnte jemand wie Anne, die seit Jahren in der Branche arbeitete, derartig naiv sein?

»Das glaubt doch sowieso kein Mensch«, warf ich daher ungeduldig in ihren Gesprächsfluß ein, »jedes Kind weiß, daß Werbung lügt.«

»Genau. Der Identifikationswert ist gleich Null. Deshalb wollte ich die Kampagne mit Fotos von wirklichen Menschen machen. Die wirkliche Szene, aber dieser Typ hat mich nicht verstanden!«

Ich hatte keinen Nerv für ihre Probleme. Ich steckte bis zum Hals in meinen eigenen. Den Hörer zwischen Schulter und Ohr geklemmt, versuchte ich, trotz des Geplappers weiterzuarbeiten. Hin und wieder brummelte ich »hm, hm« oder »genau, du hast recht« in den Hörer, bis sie endlich zum Schluß kam.

»Also ciao, Sara, es war nett, mit dir zu reden! Du bist eine gute Zuhörerin.«

Ich tauchte wieder in den Papierkram, bis der schrullige Portier der Uni angeschlurft kam und mich darauf aufmerksam machte, daß ab zehn Uhr das Hauptportal geschlossen sei.

»Ham Sie kein Zuhause, oder san Sie mit dem Job verheiratet?« fragte er.

Ich schaltete den Computer aus und fuhr mit dem Fahr-rad durch den Regen direkt in die Bar. Als ich ankam, war ich eine der ersten. In regelmäßigen Abständen, die souveräne Distanz signalisierten, lehnten ein paar Ver-sprengte an der Bar und starrten in ihre Gläser. Das war mir nur recht, denn ich hatte keine Lust auf Kommuni-kation. Ich wollte alleine sein. Nirgendwo kann ich so gut alleine sein, ohne mich einsam zu fühlen, wie in meiner Stamm-Bar.

Inzwischen tobte hier das Leben; und von souveräner Distanz war keine Spur mehr. Ich wurde ständig ange-rempelt, und Leute brüllten neben meinem Ohr Bestel-lungen in Richtung Bar. Mißmutig blickte ich über die Schulter, um die Störenfriede mit einem giftigen Blick zu vertreiben.

»Prost!«

Ein gutgelaunter Blondschopf Marke Kerniger-Bursche-aus-der-Bierwerbung grinste mich unerschrocken an.

»Jetzt kriegen wir dich auch mal von vorne zu sehen! Du bist schon länger hier, bist anscheinend versetzt worden!«

»Was redest du da, Olli«, wiegelte sein Kumpel ab, »wer würde denn eine schöne Frau versetzen?«

Wie charmant sich dieser Dummkopf vorkam! Konnte eine Frau nicht an der Bar stehen, ohne eine Verabredung zu haben? Der Gedanke schien ihnen absurd, und ich ahnte, daß sie fieberhaft Schritte planten, um diesem befremd-lichen Zustand Abhilfe zu verschaffen.

»Dürfen wir dich auf einen Drink einladen?« fragte Ollis Kumpel prompt und grinste wie ein Orang-Utan.

Ich kannte das Spielchen: Hier geht es um ein Prinzip. Er mußte mir jetzt einen Drink spendieren, um das männ-liche Privileg, allein an der Bar zu stehen, zu verteidigen. Die Männer dieser Welt sind sich einig, diese Domäne schützen zu müssen, indem sie Frauen, die unerlaubt ihr Privileg in Anspruch nehmen, schleunigst auf einen Drink einladen. Dadurch hat die Frau an der Bar den dazuge-hörigen männlichen Begleiter, und die Ordnung der Welt ist wiederhergestellt.

Ich hätte um des Prinzips willen ablehnen müssen, doch da ich kaum noch Geld bei mir hatte und nicht nach Hause gehen wollte, beschloß ich, den Geschlechterkampf zu vertagen, und nickte gnädig.

Der Bursche aus der Bierwerbung lächelte zufrieden und erzählte dann von seinem Urlaub in Brasilien. Im aufgeregten Stakkato eines Sportreporters kündigte er in ein paar Sätzen die Themenbereiche an, die er im Laufe des Abends noch im Detail erörtern würde.

»Spitzenstrände, Spitzennachtleben, Spitzenfrauen. Ich könnte stundenlang erzählen«, drohte er.

Der Caipirina hatte bei ihm einen Schalter umgelegt. Erinnerungen wurden freigesetzt, die er jetzt mit uns teilen wollte. Seinen ersten Caipirina hatte er in Brasilien getrunken, wo er viel besser schmeckte als in Deutschland.

»Kein Vergleich! Das muß man erlebt haben!«

Ich kippte das saure Zeug in Windeseile in mich hinein und suchte mit den Augen die Menge nach Bekannten ab, die mich davor retten könnten, den Bierwerbungsburschen weiter auf dem Pfad der Erinnerung begleiten zu müssen. Wer weiß, was er noch alles zum ersten Mal in Brasilien getan hatte? Da ich niemanden sah, der mich erlösen könnte, murmelte ich: »Komme gleich wieder«, und flüchtete auf die Toilette.

Endlich Ruhe! Ich ließ mich auf den heruntergeklappten Klodeckel fallen und zündete eine Zigarette an.

»Ruf mich an, wenn du verwöhnt werden willst«, stand in krakeligen Buchstaben an der Wand. Darunter eine Telefonnummer mit Vorwahl. Der Verwöhner oder die Verwöhnerin lebte außerhalb. Nach so einem Tag könnte es nicht schaden, etwas verwöhnt zu werden, dachte ich und versuchte, die Nummer auswendig zu lernen. Zu diesem Zweck mußte ich mich so weit nach vorne beugen, daß meine Nase fast die Wand berührte, und meine Augen zu kleinen Sehschlitzen zusammenkneifen. Trotzdem konnte ich die Zahlen nur verschwommen erkennen. Der Verwöhner hatte eine schauerliche Handschrift. Ich starrte voller Konzentration auf die Wand, die sich wie ein Karussell um mich drehte.

»Hast du heute noch mal vor, da rauszukommen?« Fäuste donnerten an die Klotür.

Vorsichtig stand ich auf und öffnete die Tür. Eine Rothaarige schubste mich beiseite und verriegelte die Tür hinter sich. Ich drehte den Wasserhahn auf und guckte in den Spiegel. Ein bleiches Gesicht starrte mir entgegen. Ich sah aus wie eine Horrorfigur aus einem japanischen Monsterfilm. Clearasil macht Mitessern den Garaus, dachte ich. Aber da das blaue Wässerchen nicht zur Hand war, versuchte ich es mit Wasser pur und einem knalligen Lippenstift, den ich aus meiner Jackentasche fischte.

»Geht's besser?« fragte mich die Rothaarige, als sie wieder rauskam.

»Alles o. k.«, sagte ich.

Die Rothaarige cremte sorgfältig ihre Hände ein. Ich beobachtete sie fasziniert. Palmolive pflegt die Hände und schützt das Geschirr.

»Darf ich ein paar Tupfer von deiner Creme haben?«

Ich deutete auf mein frisch gewaschenes Gesicht.

»Das ist eine Handcreme! Die willst du doch nicht für dein Gesicht verwenden?« Es folgte ein entsetzter Augenaufschlag. »Nein, also das geht wirklich nicht«, sagte sie bestimmt.

Sie ließ ihren Arm bis zum Ellenbogen in den Tiefen einer riesigen Tasche verschwinden und tastete mit kreisenden Bewegungen darin herum. Dann hielt sie mir einen Tiegel aus Milchglas unter die Nase.

»Nimm lieber das!«

Sie grinste: »Ich bin auf alle Eventualitäten vorbereitet.«

Plötzlich fiel mir Anne ein. Diese Szene wäre ihr Traum von glaubhafter Werbefotografie! So sah das wirkliche Leben aus. Anica hatte Tausende solcher Fotos. Sie hatte das Nachtleben festgehalten, wie es leibt und lebt. Es waren sicher jede Menge echter Menschen in lebensnahen Situationen darunter. Wenn ich mich beeilte, könnte ich sie noch abfangen, bevor das Stadtcafé zumachte. Ich bedankte mich hastig bei der Rothaarigen für die kosmetische Erste Hilfe und stürmte nach draußen.

Als ich die kühle Stille des gekachelten Refugiums verlassen hatte, schlug mir die Mischung aus Zigarettenqualm und lauter Musik mit solcher Wucht entgegen, daß ich mich ermattet an die nächste Wand lehnen mußte. Die Caipirinas rauschten wie riesige Flutwellen durch meinen Körper und verursachten Turbulenzen in meinem Kopf. Der Plan, mir einen Weg durch die Menge zu bahnen und zum Stadtcafé zu eilen, um Annes Karriere zu retten, schien völlig undurchführbar. Entmutigt schloß ich die Augen. Ich saß in der Falle. Am besten blieb ich bis Ladenschluß hier stehen und wartete darauf, daß die Menge nach draußen strömte. Wenn alle verschwunden waren, könnte ich langsam die Treppen hochsteigen und unbemerkt nach Hause schleichen. Ganz vorne an der Bar sah ich den Bierwerbungsburschen und den Gorilla, die sich mit zwei Frauen unterhielten. Der Bierwerbungsbursche hatte etwas gesagt, worüber jetzt alle herzhaft lachten. Wenigstens für diese beiden hatte sich der Abend gelohnt, dachte ich.

In der Hoffnung, von den beiden nicht entdeckt zu werden, guckte ich starr auf den Boden beziehungsweise auf einen schwarzen, blitzblanken Männerschuh, auf dem ein schwarzes Hosenbein endete. Mein Gummistiefel berührte fast den fremden Männerschuh. Unwillkürlich zog ich meinen Fuß ein wenig von dem schwarzen Hosenbein weg. Nach einiger Zeit wurde ich neugierig und guckte langsam an dem Besitzer des Schuhs hoch. Er hatte ein schwarzes T-Shirt an und hielt ein Glas Bier in der Hand. Es war eine schöne, feste Männerhand mit gepflegten Fingernägeln. Dann guckte ich höher.

Ich blickte ihm direkt ins Gesicht. Er lächelte. Seine Brillengläser blitzten, als er den Kopf leicht bewegte, um sich eine Haarsträhne aus dem Gesicht zu streichen. Mich traf augenblicklich der Schlag.

»Es war wohl ein harter Tag heute«, sagte er, und seine Worte hallten in meinem Kopf. »Aber ich sehe ja, daß du für jedes Wetter gerüstet bist!«

Dabei streifte er mit einem Blick meine Beine, zumindest den Teil, der zwischen den Gummistiefeln und dem Saum meines Kleides herausblitzte. Es war nur ein ganz kurzer Moment, überraschend und aufregend wie eine zufällige Berührung, und doch lang genug, um mir einen Schauer über den Rücken zu jagen. Was für eine schöne Stimme er hatte, und wie witzig er war! Ich hätte ihm gerne etwas Originelles geantwortet, doch leider konnte ich meine Lippen nicht bewegen. Sie waren aneinandergewachsen. Statt dessen starrte ich ihn an.

Er war aus der Nähe noch umwerfender als neulich. Jetzt räusperte er sich, vermutlich, um wieder etwas sehr Geistreiches zu sagen. Sprich weiter, du toller Mann, dachte ich, erzähl mir irgendwas. Wenn du willst, kannst du mir aus dem Telefonbuch vorlesen. Ich möchte nur hier stehen und deiner traumhaften Stimme lauschen.

Aber ich sagte nichts dergleichen, denn ich kriegte meinen Mund nicht auf, und mein Hals war furchtbar trocken. Ich versuchte, meine Lippen zu einem Lächeln zu formen, was anscheinend nicht sehr überzeugend wirkte, denn er sagte: »Das war ein dummer Spruch! Entschuldige, vielleicht fällt dir ja was Besseres ein, um ein Gespräch zu beginnen?«

Diese Stimme! Sie war tief und weich, sehr freundlich und klang leicht belustigt, kein Wunder, sie gehörte ja einem geistreichen Menschen. Sie verzauberte mich.

Er wollte mit mir ein Gespräch beginnen? Wie wunderbar! Das ist deine Chance, Mädel, nutze sie, dachte ich. Ich mußte jetzt versuchen, meine Lippen zu bewegen und meiner trockenen Kehle einen Ton zu entlocken! Aber wie? Mein Kopf war erschreckend leer, dafür flatterten in meinem Bauch Schmetterlingsschwärme wild durcheinander. Ich mußte unbedingt erst mal einen klaren Kopf bekommen, daher sagte ich nach ewigen Zeiten: »Ich brauche ein Glas Wasser. Bin gleich wieder da!«

Dann tauchte ich ab in Richtung Bar, zugegebenermaßen kein besonders gelungener Abgang, aber ich brauchte eine Verschnaufpause. Dieser Mann raubte mir den Verstand.

Während ich auf das Wasser wartete, überlegte ich fieberhaft, worüber ich mich mit ihm unterhalten könnte. Dieser Tag war so grauenhaft gewesen und hatte in mir die Erinnerung an alles andere ausgelöscht. Ich hatte ständig die Szenen von meinem Streit mit Isabel vor Augen. Ich hatte mich unmöglich verhalten! Wie konnte ich sie nur so angreifen, wo sie doch gerade Stress mit Thorsten hatte? Ich fühlte mich elend. Am liebsten wäre ich von hier verschwunden und hätte mich auf mein rotes Sofa verkrochen. Ich war sicher, daß der süße Typ mir an der Nasenspitze ansehen konnte, daß ich eine herzlose Zicke war und außerdem miserabel gekleidet und bis oben hin voll mit Caipirina. Mein Selbstbewußtsein hatte den Jahrestiefststand erreicht, aber ich durfte jetzt nicht schlappmachen. Prinzen fragen nicht danach, ob einem der Zeitpunkt ihres Erscheinens genehm ist. Sie tauchen zu den unpassendsten Gelegenheiten auf, und man muß sie am Schlafittchen packen, bevor sie wieder verschwinden. Deshalb schnappte ich tapfer mein Wasser und bahnte mir den Weg zurück, doch ich hatte die Rechnung ohne den Bauernburschen gemacht.

»Hey, da bist du ja wieder!« schrie er. »Ist deine Verabredung doch noch erschienen?«

Er legte seinen Arm um mich, als wäre ich eine alte Verwandte, die von einer langen Reise zurückgekehrt war.

»Darf ich vorstellen, das sind Kati und Dani.«

Stolz deutete er auf seine Eroberungen der letzten halben Stunde.

»Ich erzähle gerade von Brasilien. Stell dir vor, die Dani war auch schon mal dort! Sie ist mit dem Jeep bis in den Regenwald gefahren, klasse, was?«

»Toll!«

Ich lächelte und warf über seine Schulter einen Blick ins Dunkel an der Wand. Zu meinem Entsetzen konnte ich keine Brillengläser blitzen sehen. Jetzt mußte ich handeln, sonst würde mir mein süßer Prinz durch die Lappen gehen.

»Ich kann diese Geschichten nicht ertragen«, sagte ich,

»mein Verlobter ist im Regenwald verschollen! Man hat ihn nie wieder gefunden. Es war eine tragische Sache.«

Ich nutzte den Moment der Verblüffung, um mich aus der Umarmung des Bauernburschen zu schälen, und tauchte in die Menge. An der Wand lehnte die Rothaarige und drückte sich an einen baumlangen Menschen, der sie mit Polypenarmen umschlungen hielt. Auf diese Romanze konnte ich jetzt keine Rücksicht nehmen. Unsanft stupste ich sie an.

»Hast du gesehen, wo der Typ mit der Brille hingegangen ist, der gerade noch hier stand?«

Da sie nicht reagierte, geriet ich in Panik. Die Flutwellen schlugen über meinem Kopf zusammen. Hatte ich am Ende alles nur geträumt? Mit stierem Blick durchkämmte ich die Menge.

»Hast du jetzt Lust, dich zu unterhalten, oder sollen wir noch ein bißchen Verstecken spielen?« sagte hinter meinem Rücken die traumhafteste Männerstimme, die ich jemals gehört hatte.

21

Dieses Telefon bringt mich noch um den Verstand, dachte ich.

Jetzt beobachtete ich das dumme Ding schon seit über einer halben Stunde, aber es klingelte nicht. Hatte ich vergessen, die Rechnung zu bezahlen? Oder war am Ende die Leitung defekt? Man hörte ja öfter, daß die Telefonkabel im Innenstadtbereich zum Teil uralt und marode waren und längst ausgewechselt werden müßten. Beherzt rief ich die Störungsstelle an, um den möglichen Schadensfall zu melden.

»Wir haben da nichts vorliegen«, sagte die Frau am anderen Ende, »aber wenn Sie jetzt zu Hause sind, checken wir das gleich, und ich rufe Sie dann zurück.«

Ich legte den Hörer wieder auf. Wie dumm von mir, daß ich ihm nicht die Nummer in der Uni gegeben hatte. Ich war wirklich schwer zu erreichen, da ich ständig zwischen Uni, Agentur und meiner Wohnung hin und her pendelte. Das war ein Wahnsinn, der ein Ende haben mußte. Ich brauchte entweder ein Handy oder einen festen Job. Ich nahm mir vor, demnächst mit Bernd über meine Zukunft in der Agentur zu sprechen. Ursprünglich hatte ich vorgehabt, ihn lässig zur Eröffnung der Ausstellung einzuladen, um ihm vorzuführen, zu welchen Leistungen ich so ganz nebenbei in der Lage war. Aber bis dahin würden noch ein paar Wochen vergehen, und so lange konnte ich nicht warten. Der Gedanke an meine Arbeitslosigkeit schlug mir aufs Gemüt wie ein grauer Novembertag, und ich mußte jetzt Klarheit schaffen.

Als das Telefon klingelte, hob ich hektisch ab.

Es war nur die Telekom. Im Innenstadtbereich läge derzeit keine Störung vor. Diese Information beruhigte mich etwa eine Minute lang, bis mir auffiel, daß die Frau sich sehr unverbindlich ausgedrückt hatte. Derzeit läge keine Störung vor. Das war doch in höchstem Maße verdächtig! Derzeit war ein dehnbarer Begriff. Möglicherweise bedeutet es, daß es den ganzen Tag eine Störung gegeben hatte, die inzwischen behoben war. Zu der Zeit, als ich mit ihr redete, lag natürlich keine Störung vor, aber vermutlich war, als ich in der Uni war, das gesamte Telefonnetz zusammengebrochen! Das würde auch die ungewöhnliche Tatsache erklären, daß auf meinem Anrufbeantworter kein einziger Anruf war. Viele meiner Freunde waren zwar in Urlaub, aber schließlich war nicht die gesamte Stadt evakuiert worden. Ein paar Leute waren immer noch hier und hatten unter Umständen versucht, bei mir anzurufen, und waren nicht durchgekommen, weil mein Telefon gestört war. Derzeit. Bis vorhin eben!

Oder lag es an meinem Anrufbeantworter? Ich ging in Lynns Zimmer und machte mich auf die Suche nach ihrem Telefon. Es lag versteckt unter einem Knäuel von Decken in ihrem Bett. Als ich meine Nummer wählte, schaltete sich wie durch ein Wunder der Anrufbeantworter ein.

»Ene mene meck, ich bin weg, ene mene miste, sprecht auf meine Kiste.«

Was für ein dummer Spruch! Und diese Stimme! Hatte ich so eine piepsige Stimme? Ich nahm mir vor, in Zukunft mit einer tiefen, rauchigen Stimme zu sprechen. Zum Glück hatte er noch nicht angerufen, sonst hätte er einen völlig falschen Eindruck von mir bekommen. Ich raste zurück zu meinem Telefon und löschte die kindische Ansage. Dummerweise fiel mir auf Anhieb nicht ein, was ich statt dessen draufsprechen könnte.

»Hier ist die Nummer blablabla« war eine Beleidigung.

Mit dieser Ansage unterstellte man dem Anrufer, so schusselig und vertrottelt zu sein, daß er nicht wußte, wen er eigentlich hatte sprechen wollen. Oder daß er sich ständig verwählte, bevor er zufällig mal die richtige Nummer tippte. Der Anrufer kannte ja meine Nummer, also mußte ich sie ihm nicht mehr sagen.

Sollte ich mich schlicht mit meinem Namen melden? Das war auch nicht besonders sinnig, denn wer mich anrief, kannte ja meinen Namen, und wer ihn vergessen hatte, mußte mich nicht anrufen.

Der Spruch auf dem Anrufbeantworter war eine Art Visitenkarte, mehr noch! Er war Programm und stand für die Person, deren Nachrichten er aufzeichnete. Wer war ich, und was war mein Programm?

Während ich über diese Frage nachgrübelte, klingelte das Telefon. Derzeit lag also keine Störung vor. Das mußte er sein, das war der süße Brillentyp! Ich hatte es im Gefühl. Ich räusperte mich, um sicherzugehen, daß meine Stimme nicht piepsig klang. Dann ließ ich es noch ein paarmal klingeln, um den Eindruck zu vermeiden, ich hätte neben dem Telefon gewartet.

Es war Vera.

»Du brauchst aber lange, um ans Telefon zu kommen«, sagte sie, »und deine Stimme klingt so komisch. Bist du erkältet?«

Die Ferien auf dem Bauernhof waren ein Reinfall gewesen, zumindest aus ökologischer Sicht.

»Du hast nichts verpaßt«, sagte sie.

Als hätten diesbezüglich jemals Zweifel bestanden!

»Die Zimmer waren mit Fernsehern ausgestattet, daher schwirrte die Luft vor Elektrosmog, und wir konnten nachts kein Auge zutun. Die Kinder konnten kaum nach draußen, weil ständig die Sonne schien und die Ozonwerte so hoch waren. Wir mußten mit ihnen im Schatten bleiben, aber das war auch schwierig, weil um uns herum weit und breit nur plattes Land war. Nichts als Felder, die vor Kuhdung stanken! Gottfried meinte zwar, das machte nichts, denn Dung sei ja quasi natürlicher Dreck, aber nach dem ersten Spaziergang durch die Felder stanken unsere Schuhe so penetrant, daß ich doch lieber im Haus geblieben bin. Die Kinder haben sich so gelangweilt, daß sie die meiste Zeit vor der Glotze saßen. Meinst du, daß Strahlen der Sonne gefährlicher sind als die, die vom Fernseher ausgehen? Ich werde das nachlesen, wir haben ja genug Literatur zu dem Thema. Als Gottfried dann feststellte, daß die Nachtkästchen aus Preßspan waren, entschied er sich, daß es besser wäre, mit den Kindern auf dem Heuboden zu schlafen, als sich den ganzen Wohngiften auszusetzen. Die Kinder fanden das natürlich toll und abenteuerlich, aber ich glaube, Gottfried hat Heuschnupfen oder eine Mäuseallergie, jedenfalls niest und schnupft er seitdem. Er fühlte sich die ganze Zeit total schlapp, naja, du kannst dir vorstellen, was das für mich bedeutete! Du weißt ja, wie gerne wir noch ein Kind hätten! Aber das wird wohl noch ein bißchen warten müssen.«

Sie seufzte.

Es war unfaßbar, wie kompliziert es für die beiden war, Sex zu haben! Man sollte meinen, daß sie ideale Voraussetzungen für ein erfülltes Liebesleben hatten, sie hatten einander und ein großes Haus mit vielen Zimmern. Sie mußten nicht einsam durch die Kneipen ziehen und im Ausverkauf der Singles in den Angeboten wühlen oder auf Heiratsannoncen antworten, um jemanden zu finden, der dann höchstens mal für eine Nacht was taugte. Sie mußten sich nicht in Parks oder in dunklen Ecken eines Büros herumdrücken, sondern konnten sich in ihrem geräumigen ökologisch korrekten Schlafzimmer lieben. Wo lag also das Problem? Ich konnte mir nicht vorstellen, was so schwierig sein sollte, aber ich war ja auch nicht mit Gottfried verheiratet. Und den durfte man nicht unterschätzen. Er war in der Lage, jede noch so einfache Situation kompliziert zu gestalten.

»Du meinst, ihr habt es in den ganzen Ferien nicht ein einziges Mal gemacht?«

»Doch. Genau einmal, aber das war nicht in der fruchtbaren Zeit.«

»Na, immerhin bist du einmal auf deine Kosten gekommen. Sex ist ja nicht nur zum Kindermachen da. Hin und wieder darf man es auch zum Vergnügen tun! Haben die Nonnen vergessen, euch das im Aufklärungsunterricht zu sagen?«

»Das haben sie allerdings. Zum Glück hattest du ja früher die Bravo abonniert, sonst würde ich heute noch darüber rätseln, was die Bienen und die Blüten damit zu tun haben. Aber ich will noch ein Kind, weißt du? Und so selten, wie Gottfried mich ranläßt, muß ich ökonomisch vorgehen. Es ist praktisch, wenn ich die Zweckmäßigkeit mit dem Vergnügen verbinde und gleich schwanger werde, in einem Aufwasch sozusagen.«

»Du hättest ihn einfach verführen sollen …«

»Das hab ich schließlich auch getan«, kicherte sie. »Es war so aufwendig! Ich habe volle zwei Wochen gebraucht, um einen Plan auszuhecken. Ich konnte ja nicht einfach in Strapsen auf dem Bauernhof rumlaufen! Es ist schwierig, Gottfried zu verführen, glaub mir! Ich darf nicht zu direkt sein, denn er muß immer das Gefühl der Kontrolle haben, sonst tut sich gar nichts! Außerdem braucht man viel, viel Zeit. Auf schnelle Nummern steht er überhaupt nicht. Sex ist für ihn ein hochkomplizierter, fast mystischer Akt.«

Ich mußte lachen.

»Das hört sich jetzt schlimmer an, als es ist!« sagte sie. »Glaub mir, es hat durchaus seine Vorteile, wenn ein Mann sich Zeit nimmt!«

»Willst du damit andeuten, daß ich nur schnelle Nummern habe?«

»Nimm doch nicht alles so persönlich! Ich wollte nur sagen, daß Gottfried ein toller Mann ist, auch wenn du über ihn die Nase rümpfst!«

»Und das nimmst du zu persönlich.«

»Stimmt. Ich vergleiche mich ständig mit dir.«

»Das haben wir unsrer Großmutter zu verdanken«, erklärte ich, froh, eine Schuldige gefunden zu haben. »Die hat uns immer miteinander verglichen! Mir gegenüber mußt du deinen Gottfried nicht verteidigen. Wenn eine Frau ihren Mann als Gott der Liebe hinstellt, obwohl er es innerhalb von zwei Wochen nur einmal auf die Reihe kriegt, den Erwartungen zu entsprechen, hat sie entweder einen Liebhaber oder den Verstand verloren!«

»Ich war fast soweit. Du hättest mich sehen sollen! Am Ende der Ferien war ich körperlich so erholt, daß ich vor überschüssiger Energie fast geplatzt bin! Ich hatte ja jede Nacht alleine in dem großen Bett geschlafen, während die Kinder und Gottfried im Heu gelegen sind. Tagsüber hab ich gelesen oder bin gemütlich mit den Kindern vor der Glotze gehangen, naja, und die gesunde Ernährung tat auch das Ihre. Ich war topfit und gespannt wie ein Flitzebogen, doch leider fehlte das eine zu meinem Glück! Ich mußte also meinen Mann rumkriegen, und der ist ein harter Brocken!«

»Wie schön für dich«, kicherte ich.

Sie seufzte.

»Du kennst ihn doch schon so lange«, sagte ich. »Du mußt doch wissen, worauf er abfährt! Ist es Reizwäsche aus unbehandelter Baumwolle? Oder aus Jute? Das fände er sicher total scharf! Also, verrate mir Gottfrieds Schwachstelle! Wie hast du's geschafft?«

»Meine Überlegung war, daß ich mindestens eine Stunde brauchte. Mit Vorher, Nachher und allem Drum und Dran.

Ich mußte also die Kinder loswerden, unauffällig natürlich, denn wenn Gottfried den Braten gewittert hätte, wäre es ja vorbei gewesen. Sex darf nicht inszeniert sein, findet er, es muß sich spontan ergeben! Aber wie soll sich denn was ergeben, wenn man zwei kleine Kinder hat, frage ich mich? Das ganze Leben hört auf, spontan zu sein, alles ist durchgeplant, besonders bei Gottfried, du kennst ihn ja!«

»Es ist mir nicht entgangen, daß dein Göttergatte ein Pedant ist. Was hast du also gemacht? Ihn gefragt, ob er deine Rabattmarkensammlung vom Bioladen sehen will? Oder hast du ihn mit ökologisch angebautem Wein abgefüllt und ihm bei einem romantischen Plausch über Massentierhaltung tief in die Augen geblickt?«

Sie lachte.

»Ich bin immer dankbar für neue Tips! Ich hatte einfach Glück und das richtige Timing: Eines Tages mußte der Bauer mit seinem Hund zum Tierarzt. Der hatte nämlich ein Schaf gerissen und sollte eingeschläfert werden ...«

»Und du bist mitgefahren und hast Hormonpräparate für Zuchtbullen gemopst. Die hast du dann Gottfried in sein Müsli gekippt ...?«

Sie lachte wieder.

»Ich sehe, du bist eine versierte Verführerin! Sprichst du aus deiner reichen Erfahrung?«

»Man tut, was man kann. Also was hat der todgeweihte Hund mit Gottfried gemeinsam? Ich meine, außer daß du-weißt-schon-was etwas schlapp ist?«

»Ich hab dem Bauern die Kinder aufgehalst.«

»Was? Du hast deine Kinder einem Mord beiwohnen lassen, um deine niederen Instinkte zu befriedigen? Rabenmutter! Du hättest dich opfern und mit dem Bauern zum Tierarzt fahren sollen! Einen von beiden hättest du schon zu einer schnellen Nummer überreden können ...«

»Die Idee ist nicht schlecht, aber wie kann ich Gottfried ein feistes Kind mit den semmelblonden Haaren unterjubeln? Die ganze Idee war eine Notlösung, ich war am Ende. Ich hatte schon alles mögliche versucht. Zum Beispiel die Sache mit dem Rummelplatz! Ein junges Pärchen, das auch auf dem Bauernhof wohnte, wollte mit seinem Kind dahin gehen. Also fragte ich sie, ob sie nicht unsere Kinder auch mitnehmen könnten.«

»Toll. Die hatten sicher große Lust, sich noch zwei fremde Gören aufhalsen zu lassen.«

»Ich hab ihnen einfach einen Haufen Geld angeboten«, sagte Vera ungerührt, »wenn sie unsere Kinder mitnehmen würden. Natürlich ganz dezent! Also ich sagte, es wäre selbstverständlich an uns, die Kosten für den Nachmittag zu übernehmen, wenn sie schon so freundlich sind, auf unsere Kinder aufzupassen. Das war ein ganz junges Pärchen, die wahrscheinlich von Bafög lebten, jedenfalls kriegten die ganz leuchtende Augen und waren furchtbar scharf darauf, unsere Kinder mitzunehmen. Leider machte Gottfried in letzter Sekunde einen Strich durch die Rechnung! Rummelplätze seien die Ausgeburt von Kommerz und der Anfang aller Umweltverschmutzung, sagte er. Ich meine, er hat ja recht. Dort wird nur Plastikzeug verkauft, das Zehntausende von Jahren in der Erde bleibt und in der Herstellung so viel Formaldehyd ausstößt, daß unser Planet davon untergehen wird. So was sollte man wirklich nicht unterstützen. Außerdem gäbe es dort nur ungesunden Süßkram zu essen, und da das Pärchen vorhatte, sein Kind damit zu verseuchen, würden unsere Kinder nur leiden und weinen, wenn sie das nicht haben könnten. Ich sollte den Kindern dieses frustrierende Erlebnis ersparen, meinte Gottfried.«

Ich war der Ansicht, Vera sollte ihren Kindern diesen frustrierenden Vater ersparen, doch sie blieb wie immer loyal.

»Im Grunde hat er ja recht«, sagte sie, »und ich bewundere an ihm, daß er so global denken kann! Also blieb mir nur die Sache mit dem Tierarzt. Das fand Gottfried dann auch gut. Es sei eine echte Lebenserfahrung für die Kinder, durch die sie lernen könnten, wie es auf dem Bauernhof wirklich zugeht. Leben und Tod sind nun mal Erfahrungen, die in unserer Kultur viel zu ausgeklammert stattfinden, erklärte er. Das führe zu Ängsten, die man später nur therapeutisch bearbeiten könne. Daher sei es geradezu eine einmalige Chance für die Kinder, dieser Entfremdung zu entgehen, indem sie das einmal hautnah miterlebten. Für mich war es auch eine einmalige Chance. Ich zog also mein hübschestes Baumwollkleid an. Es war genau passend. Nicht zu tief ausgeschnitten, denn das findet er billig. Dann sagt er sofort, daß er sich als Mann zu schade sei, auf so eine plumpe Zurschaustellung weiblicher Reize reinzufallen. Er sei schließlich ein Mann und kein Pawlowscher Hund! Ist das nicht süß? Das Kleid ist lang und läßt nur die Knöchel frei, deshalb wiegte sich Gottfried in Sicherheit. Ich stand also gekleidet wie ein züchtiges Burgfräulein im Hof und winkte den Kindern hinterher, als sie mit dem Bauern zum Tierarzt fuhren, während sich in meinem Kopf die wildesten Liebesszenen abspielten. Dann fragte ich Gottfried, ob er Lust hätte, mit mir in Ruhe die Ställe anzugucken, um ihn von meinem eigentlichen Ziel abzulenken. Währenddessen kratzte ich mich etwas an der Schulter. Es würde ihm ja nicht auffallen, wenn jemand vor seiner Nase mit einer Waffe herumfuchtelt, aber er bemerkt den kleinsten Pickel oder die leichteste Rötung auf der Haut seines Gegenübers. Auch diesmal reagierte er prompt und fragte mich, wieso ich mich kratzen würde? Ob ich etwa auch eine Allergie hätte. Ich sagte: Es ist nichts, was mich von der Stallbesichtigung abhalten könnte, und kratzte mich weiter. Das fand er dann doch besorgniserregend. Wir waren ja in dieser natürlichen Umwelt vielerlei gefährlichen Allergenen ausgesetzt. Also gab ich mich schweren Herzens geschlagen und sagte, ich hätte ihn nicht beunruhigen wollen, aber um ehrlich zu sein, ich hätte schon seit Tagen gerötete Hautstellen. Ob er, der Experte für Allergien, sich das nicht einmal anschauen wollte? Gottfried sagte, es sei eine typische Folge meiner verklemmten, körperfeindlichen Erziehung, Dinge, die den Körper betreffen, aus falscher Scham zu verschweigen! Naja, fünf Minuten später lag ich nackt auf meinem Bett, und er rieb mich mit einer Melisse-Kampfer-Creme ein, die zwar ziemlich stinkt, aber ihren Zweck erfüllte! Als später die Kinder heulend vom Tierarzt zurückkamen, war ich total gelassen und stellte mich den Fragen über Leben und Tod im allgemeinen und dem Hundehimmel im besonderen.«

Ich staunte über meine Schwester, die Mata Hari der Reihenhaussiedlung. Waren wir uns am Ende ähnlicher, als wir dachten? An Trickreichtum war mir Vera jedenfalls haushoch überlegen, stellte ich bewundernd fest.

Als sie aufgelegt hatte, beschäftigte ich mich weiter mit dem Anrufbeantworter. Ich hatte mich entschieden, anstatt Worten Musik sprechen zu lassen. Zu diesem Zweck durchforstete ich meine Sammlung.

»Girls just wanna have fun« war von der Aussage her zwar richtig, aber die Stimme piepste noch schlimmer als meine eigene. ABBA war auch keine große Hilfe. »Gimme gimme gimme a man after midnight« traf zwar den Kern der Sache, aber es könnte die falschen Leute ermutigen. Zum Beispiel Paul, der später noch mal anrufen wollte, weil wir für heute abend verabredet waren. So ein Text würde seinem ohnehin schon aufgeblasenen Ego den ultimativen Kick geben, und es würde platzen. Also hörte ich in Ace of Base rein, eine klare Stimme brauchte mein Band. »It's a beautiful life ...« hatte zwar eine Stelle, die gut rüberkam, aber es war zu quietschig und hopsig, der passende Song für eine Eisdiele auf Ibiza. In die Endauswahl kamen »hej, hej, ich bin ein Kind dieser Stadt ...«, »the girl from Ipanema« und »it's got to be perfect ...«, womit Isabel recht behielt, wenn sie auf mein Faible für Happy-Ends anspielte. Schließlich spielte ich ein paar Takte Janis Joplin aufs Band und verließ die Wohnung.

Während ich die Treppe runterlief, fiel mir ein, daß der Brillentyp ein eher ernst wirkender Typ war. Ich hätte wohl besser Vanessa Mae aufs Band gespielt, um vornehme Kultiviertheit und einen gewissen Bildungsgrad zu demonstrieren. Klassische Musik kam zwar auf meinem Anrufbeantworter grauenhaft schrill und verzerrt rüber, hatte aber den Vorteil, daß es keine mißverständlichen Texte gab, es sei denn, man wählte eine Oper. Die Opern, die mir auf Anhieb einfielen, waren entweder todestragisch oder schmalztriefend und daher auch wieder ungeeignet. Unmusik, das wär's gewesen, dachte ich. Einfach Geräusche, zum Beispiel vom Staubsauger oder Mixer. Das wäre sehr sophisticated, weil es von intellektuellem Humor zeugte. Andererseits wäre es auch mißzuverstehen. Was, wenn er einfach auflegte, weil er dachte, mein Telefon sei gestört? Na wennschon! Vermutlich war er doch nur wieder ein Frosch im Prinzenmantel, und ich hatte mich den ganzen Nachmittag umsonst ins Zeug gelegt. Und durch die Aufnehmerei und Veras Gequassel war das Telefon ständig besetzt gewesen.

22

Als ich im Stadtcafé ankam, winkte mir Anica aus der Ferne zu und deutete auf einen halbleeren Tisch, an dem zwei Frauen saßen. Sie hatten sämtliche Stühle, bis auf die zwei, auf denen sie thronten, auf die umliegenden Tische verteilt, vermutlich, weil sie unter sich bleiben wollten. Die Frage, ob bei ihnen noch ein Platz frei sei, erübrigte sich. Ich schnappte mir einen Stuhl, der herrenlos in der Gegend herumstand, und setzte mich zu den beiden, die mich sauertöpfisch beäugten.

»Ich muß mit dir reden, sofort«, sagte ich, als Anica zu mir kam.

Ich stand total unter Zeitdruck, denn ich wollte so schnell wie möglich wieder nach Hause. Es wäre ja möglich, daß der süße Typ anrief!

»Ich bin sehr beschäftigt. Würdet ihr bitte die Stühle dort stehenlassen, wo sie hingehören?« sagte sie zu meiner Tischgesellschaft.

»Also hör mal!« ereiferte sich die eine. »Es kann dir doch egal sein, wo die Stühle stehen.«

»Ihr könnt nicht einen ganzen Tisch für euch beanspruchen! Seht ihr nicht, daß Leute auf dem Boden sitzen müssen, weil wir nicht genug Platz haben? Das geht nicht«, sagte Anica entschieden.

»Das ist nicht unser Problem«, erklärte meine andere Tischpartnerin. »Wir brauchen unsere Privatsphäre!«

»Dann bleibt zu Hause!« sagte Anica ungerührt.

»Bitte rede mit mir! Es ist wirklich wichtig«, sagte ich wieder.

»Schau dich doch um, wie voll es heute ist! Und meine Ablösung hat sich verspätet. Ich hoffe bloß, daß er überhaupt auftaucht! Also, was willst du trinken?«

»Irgendwas. Es dauert nur ein paar Minuten!«

»Also eine Cola light. Kommt sofort«, sagte sie und war verschwunden.

Das konnte ja heiter werden! Es war wirklich brechend voll. Die Cineasten hatten anscheinend Vollversammlung, und für den Rest der Innenstadt war der Garten des Cafés ohnehin ein beliebter Treffpunkt, weil er zentral gelegen war. Selbst in der größten Hitze war es hier angenehm kühl wegen der hohen schattenspendenden Bäume. Heute gesellten sich zu den Stammgästen noch jede Menge Touristen, die unter den Bäumen auf dem Boden saßen und auch auf Bedienung warteten. An einem Tisch weiter weg saß ein Typ, den ich von Morchelmeuder und Partner kannte und seitdem nicht gesehen hatte. Da ich mir die Zeit vertreiben mußte, markierte ich mein Territorium mit meiner Jacke und den Zigaretten und ging zu ihm hinüber. Er erzählte mir die Neuigkeiten aus der Firma und sagte, daß zur Zeit eine Germanistin an der Rezeption arbeitete. Sie machte ihre Sache sehr gut, soweit er das beurteilen konnte. Dann berichtete er, daß er demnächst Vater wird. Jetzt wartete er auf seine Freundin, mit der er eine kindgerechte Wohnung hier in der Nähe anschauen wollte. In diesem Moment sah ich, daß Anica sich mit einer Cola light näherte. Ich wünschte dem werdenden Vater alles Gute und ging wieder an meinen Tisch. Dort hatte inzwischen die Belegschaft gewechselt. Anstelle der Frauen hatten zwei Typen aus Ohio Platz genommen, die sich sofort auf mich stürzten, um ihrem Highschool-Deutsch den letzten Schliff zu verpassen. Da das mühsam zu werden schien, beschloß ich, die Unterhaltung alleine zu bestreiten. Erst mal klärte ich sie über Münchens Sehenswürdigkeiten auf, und dann weihte ich sie in die besondere Beziehung von Münchnern zu Kastanienbäumen ein. Mit diesem völkerkundlichen Exkurs hatte ich schon einige Unterhaltungen mit Touristen erfolgreich überstanden. Ein netter Mann aus dem Jemen hatte mir sogar Trinkgeld dafür gegeben.

»Einen guten Biergarten erkennst du nicht am Bier, sondern an seinen Bäumen«, dozierte ich. »Es werden immer Kastanien gepflanzt, und je höher und dichter die sind, um so besser und beliebter ist der Biergarten!«

»I see«, murmelten die Amis beeindruckt.

»Wegen dem Schatten«, erklärte ich für die Langsamen unter ihnen. Und für den Fall, daß sie sich für Geschichte interessierten, sagte ich: »Das war schon immer so. Früher hat man die Bierkeller dadurch kühl gehalten, daß man oben drüber Kastanien pflanzte.«

»Ohne Airconditioning muß das Leben hart gewesen sein«, sagte der eine Ami sichtlich erschüttert.

»Es ist so interessant zu reisen«, erklärte der andere. »Man lernt so viel! Und wenn man das Leben der Leute in anderen Ländern anschaut, merkt man erst, wie gut man es zu Hause hat!«

Dann erkundigten sie sich, was man abends in München machen konnte. Ich beschrieb ihnen die Bars und Kneipen, in die ich nie einen Fuß setzte. Als nächstes kam das Thema Übernachtung. Die Amis berichteten von ihren diversen Erfahrungen mit Jugendherbergen. In Deutschland sei alles sehr sauber, bemerkten sie, verglichen mit dem Süden. Im Norden dagegen seien die Jugendherbergen sehr teuer. Was für eine anregende Unterhaltung, dachte ich. Das schienen die anderen auch zu finden, denn sie gaben mir ihre Adressen. Falls ich jemals in Ohio wäre, sollte ich mich melden. Ich fand das sehr nett, lehnte aber dankend ab. Ich würde in absehbarer Zeit, sagen wir in den nächsten vierzig Jahren, voraussichtlich nicht nach Ohio fahren, erklärte ich. Ich hätte andere Reisepläne. Höflich erkundigten sie sich danach.

»Venedig«, sagte ich, »das ist meine Lieblingsstadt.«

Sie berichteten von den Jugendherbergen in Venedig und kamen insgesamt zu einem sehr negativen Urteil über die Stadt.

»Alt und abgefuckt! Es stinkt nach faulem Wasser, und es gibt nichts zu tun!«

»London finde ich auch schön«, sagte ich.

Doch auch die Krone des Empire schnitt in ihrer Beurteilung schlecht ab.

»Teuer und schmutzig«, sagten sie.

Mich störte der Schmutz nicht, schließlich fahre ich nicht zum Putzen nach London.

Außerdem sei es unmöglich, daß die Pubs um elf schließen, fanden sie. Die richtig guten Nachtlokale hatten die Londoner ihnen offensichtlich verschwiegen.

Ich liebe London. Im Herbst, wenn im Hyde Park die Blätter fallen und einsame Spaziergänger mit ihren Promenadenmischungen auf der Jagd nach den letzten fahlen Sonnenstrahlen sind, fühle ich mich wie die Heldin aus einem Jane-Austen-Roman. Dann gehe ich in die kleine Backsteinkirche St. Martin's in the Field, wo mittags Konzerte gegeben werden und Angestellte aus den umliegenden Büros ihre Sandwiches zu den Klängen von klassischer Musik verspeisen. Außerdem kann man dort herrlich shoppen.

Die Jungs aus Ohio guckten verwirrt aus ihren Sweatshirts.

»Ich fiebere schon im Flugzeug auf den Moment hin, in dem ich in der Kings Road aus dem Bus steige«, sagte ich, »oder High Street Kensington! Da gibt's auch gute Läden.«

Die Kleidung meiner Gesprächspartner deutete darauf

hin, daß sie unter guter Mode etwas anderes verstanden als ich.

Die Boys aus Ohio schüttelten ihre Köpfe angesichts meiner europäischen Provinzialität. Was konnte man schon erleben, wenn man auf der Stelle trat? Man sollte aufbrechen zu neuen Ufern. Fremde Welten entdecken war ihre Devise. Sie klangen wie der Prospekt eines Reiseveranstalters. Schwupp, sei das Leben vorbei, ohne daß ich etwas erlebt hätte, warnten sie mich. Ich kreiste in meinem Viertel zwischen Viktualienmarkt und Uni wie eine Fliege in der Streichholzschachtel. Die Vorstellung, nichts zu erleben, war erschreckend, daher nahm ich mir vor, mehr Abenteuerlust zu bekunden.

»China«, sagte ich wagemutig. »Ich hätte Lust, nach China zu fahren.«

Ob man in einem kommunistischen Land schönen Urlaub machen könnte, bezweifelten die beiden. Da gäbe es doch nichts zu tun, befürchteten sie. Was wollten die bloß immer tun? fragte ich mich.

»We love South America! In der Dominikanischen Republik gibt es Superstrände zum Surfen! Wie in Hawaii«, berichtete der eine.

Es folgte eine Auflistung der Stellen auf der Welt, wo man gute Wellen zum Surfen finden konnte. Zumindest wußte ich jetzt, was die beiden unter Aufbrechen zu neuen Ufern verstanden.

»Da würde ich schon lieber nach Australien fahren«, sagte ich. »Dort sind die Strände nicht überlaufen, und ich könnte meine Freunde besuchen.«

Ich erzählte ihnen, daß manche Leute, mit denen ich dort studiert hatte, inzwischen Kinder hatten oder sonst irgendwelche Wagnisse begonnen hatten. Wie zum Beispiel mein Freund Andy, der im Outback lebte und Kakadus züchtete.

Die Tatsache, daß ich einige Zeit im Ausland gelebt hatte, versöhnte die Weltreisenden sichtlich. In dem Bewußtsein, sich nicht mit einer hoffnungslosen Provinzmaus unterhalten zu haben, zahlten sie und gingen los, um München zu erkunden. Ich wünschte ihnen viel Spaß und mir, daß

München sich von seiner besten Seite zeigte, wenn es schon keine Wellen zu bieten hatte. Nicht zu sauber und nicht zu schmutzig, weder zu teuer noch zu billig.

Es nervte mich, daß Anica mich noch immer keines Blickes würdigte, daher beschloß ich, mich an der Bar zu postieren. Hier könnte ich sie abfangen, wenn sie ihre Bestellungen aufgab. Nach einiger Zeit kam sie mit einem Riesentablett um die Ecke gebogen, das sie fluchend auf den Tresen knallte.

»Verdammter Mistladen! Hat mal jemand bei Thomas angerufen, oder soll ich die Nachtschicht auch noch machen?«

Keiner antwortete.

»Fünf kleine Helle, ein großes, zweimal Weinschorle, drei Apfelsaft, eine Cola ohne Eis, dreimal Cappuccino, ein Eistee, ein Baguette mit Schinken und Mozzarella«, sagte sie zu dem Rücken der Barfrau, die im Kühlschrank mit Flaschen hantierte, während sie das Tablett leerräumte, schmutzige Aschenbecher auskippte und saubere auf das Tablett stellte.

Dann schnappte sie sich die vollen Gläser vom Tresen und stürmte wieder nach draußen. Ich folgte ihr.

»Hör mal, es ist wirklich wichtig!«, sagte ich, während ich versuchte, mit ihrem rasanten Tempo Schritt zu halten, »und ich hab's eilig, ich muß wieder nach Hause.«

»Meinst du, ich bin zum Spaß hier?« antwortete sie und knallte die Getränke auf einen Tisch. »Ich muß leider sofort abkassieren. Die Abendschicht nimmt die weiteren Bestellungen an«, sagte sie zu den fünf Typen, die sich ihre Weißbiere angelten. Zu mir gewandt, verdrehte sie die Augen und flüsterte: »Positive thinking! Wie es im Moment aussieht, verbringe ich noch den Abend in diesem Saftladen.«

Die Typen kramten in ihren Geldbörsen und Hosentaschen.

»Der geb ich kein Trinkgeld«, sagte der eine leise zu seinem Nachbarn. »So lange hab ich noch nie auf ein Bier gewartet!«

»Dieser Rekord ist noch zu übertreffen«, grinste Anica, als wir uns wieder nach drinnen drängelten, um die nächsten Bestellungen aufzugeben.

»Anstatt mir hinterherzulaufen, könntest du mir ruhig

helfen!« sagte sie plötzlich. »Wisch die Tische ab und trag die leeren Gläser rein! Wenn du fertig bist, mache ich 'ne Pause, und wir können reden, o. k.?«

Sie grinste mich an.

»Jetzt mach nicht so ein Gesicht. Der Lappen liegt im Spülbecken. Und wenn du schon dabei bist, leere auch bitte die Aschenbecher aus!«

Ich seufzte und machte mich an die Arbeit.

Irgendwie hatte ich mir die Zusammenarbeit mit Anica anders vorgestellt! Unsere Schicksale waren seit dem Eggs-Bernaise-Tag untrennbar miteinander verwoben, das wußte ich. Doch ich hatte gehofft, daß sich die Perspektiven, die sich daraus ergeben würden, nicht in einer Zusammenarbeit in einer Kneipe endeten. Was nicht ist, kann ja noch werden, dachte ich, und dies war nur der erste Schritt auf der Karriereleiter, die wir gemeinsam erklimmen würden. Voller Ekel spülte ich den schmierigen Lappen aus. Die Barfrau interessierte sich nicht für meine Aktivitäten und kramte seelenruhig weiter in ihrem Revier zwischen Kühlschrank, Zapfhahn und Tresen. Das Tischeabwischen war komplizierter, als ich mir vorgestellt hatte. Schon am ersten Tisch mußte ich mit unvorhergesehenen Hindernissen in Form einer gestressten Blondine kämpfen.

»Ich hätte gerne noch einen Milchkaffee, und mein Freund wartet schon ewig auf seinen Feldsalat mit Croutons«, berichtete sie. »Ich hoffe doch, ihr macht die Croutons frisch? Die abgepackten schmecken nämlich wie alter Schaumgummi!«

»Wenn man sich vorstellt, wie lange mein Salat wahrscheinlich schon auf dem Tresen rumsteht, weil hier niemand in der Lage ist, ihn zu servieren, dürfte es rein geschmacklich keinen Unterschied mehr machen, wann die Croutons mal frisch waren«, tröstete sie ihr Begleiter.

»Ich habe nichts mit den Bestellungen zu tun«, erklärte ich und beeilte mich, den Aschenbecher auszuleeren. Es war nicht einfach, in einer derart explosiven Stimmung seiner Arbeit nachzugehen.

»Ich tue auch nur meinen Job«, zitierte ich Frau Vogel.

In der Agentur hatte sie unglaublichen Erfolg mit diesem Spruch. Kaum hatte sie ihn losgelassen, entschuldigten sich alle, sie mit ihren Forderungen belästigt zu haben, und schlichen mit schlechtem Gewissen davon.

Doch die Blondine war nicht so leicht abzuschrecken.

»Ich sehe schon, daß du voll ausgelastet bist«, giftete sie.

Dann wechselte sie in einen zuckersüßen Tonfall und säuselte: »Aber falls es in diesem Laden jemanden gibt, der psychisch und physisch in der Lage ist, einen Salat von der Küche hierherzubringen, könntest du bitte diese Person zusammen mit dem vor einer Ewigkeit bestellten Salat vorbeischicken? Vielleicht hat ja der Geschäftsführer Interesse, ihn persönlich zu servieren?«

»Ich sehe mal, was ich tun kann«, versprach ich verschüchtert und ging zum nächsten Tisch. »Übernimm dich bloß nicht«, zischte die Frau und sagte dann zu ihrem Freund gewandt: »Ich sag's ja immer! Je anspruchsloser der Job ist, um so doofer die Leute! Sie verlernen mit der Zeit, selbständig zu denken.«

Mir war nie aufgefallen, was für zickige Menschen hier verkehrten! Wenn alle Gäste so schwierig waren, mußte Anica mir ewig dankbar sein, daß ich vorhatte, sie aus ihrem Dorf in die große Welt der Werbung zu katapultieren. Nie mehr die Tische von zänkischen Weibern abzuwischen, die über Croutons diskutierten, müßte ihr wie das Paradies vorkommen. Wenn wir Glück hatten und mein genialer Plan funktionierte, könnte sie von jetzt an ihr Geld auf eine Weise verdienen, die sogar Spaß machte. Sie würde um die Welt jetten und an traumhaften Locations neurotische Models fotografieren. Naja, letzteres würde ich aus strategischen Gründen unter den Tisch fallen lassen. Geld und Ruhm und die große weite Welt würden sie erwarten, das genügte fürs erste. Natürlich hoffte ich, daß der Deal für mich auch etwas abwerfen würde. Bernd betonte ständig, daß er nur Leuten einen festen Job geben würde, die motiviert waren und selbständig denken konnten. Genau das tat ich jetzt. Ich war sogar bereit, Tische abzuwischen und mich von neurotischen Leuten anpöbeln zu lassen, um eine Starfotografin für seine Agentur zu gewinnen. Mit Slavicas Fotos konnten wir Annes Präsentation vielleicht retten. Anne hatte geschworen, alles für die Person zu tun, die ihren Kopf aus der Schlinge zog. Ich war bescheiden. Wenn sie sich bei Bernd für mich einsetzte, würde ich zufrieden sein. Ich wollte unbedingt in der Agentur arbeiten, als vollwertige Mitarbeiterin. Von diesen Gedanken beseelt, wischte ich die restlichen Tische ab und wartete am Tresen auf Anica.

»Meine Fotos? Warum hast du das nicht gleich gesagt?« rief sie.

»Ich kam nicht zu Wort, erinnerst du dich?«

Sie umarmte mich überschwenglich.

»Das ist meine Chance! Ich werde berühmt! Der weibliche Lindbergh, die junge Gabo, die neue Ellen von Unwerth! Ich sehe schon die Schlagzeilen! Von der Tellerwäscherin zur Starfotografin – ein Siegeszug, der in einer Hinterhof-Kneipe seinen Anfang nahm.«

Sie knallte Bestellblock und Kugelschreiber auf den Tresen und strahlte mich an, als hätte sie gerade den Oscar verliehen bekommen.

»Was ist mit deinen Bestellungen?« rief die Barfrau. »Sollen die von selber an die Tische laufen?«

Sie stellte einen Feldsalat mit Croutons auf den Tresen.

»Das würde ich empfehlen«, antwortete Anica, »ich bin jetzt nämlich in der Pause.«

»Ach, da ist ja endlich der Salat«, sagte ich und angelte im Besteckkorb nach einer Gabel.

Dann fing ich an, genießerisch das Grünzeug zu verspeisen. Man sollte öfter Feldsalat essen. Er ist eisenhaltig und schmeckt gut. Allerdings bevorzuge ich persönlich eine Soße mit hartgekochten Eiern und Frühlingszwiebeln anstelle von trockenen Brotkrumen.

»Sag mal, macht ihr die Croutons eigentlich frisch, oder verwendet ihr diese vorgefertigten?«

»Hast du sonst noch Sorgen?« Anica guckte mich erstaunt

an. »Können wir jetzt vielleicht die wirklich wichtigen Dinge des Lebens besprechen?«

»Ein anderes Mal gerne«, sagte ich, »laß uns jetzt über deine Fotos reden.«

Sie lachte. In diesem Moment kam ein baumlanger Typ an den Tresen und schnappte sich einen Block und ein Tablett.

»Mistkerl!« Anica stupste ihn in die Seite. »Dafür mußt du morgen die Tagschicht übernehmen!«

Er guckte verdattert.

»Das ist aber eine harte Strafe für eine Stunde Verspätung!« sagte er empört.

»Ich weiß, aber morgen ist der wichtigste Tag in meinem Leben!«

»Ach! Hat sich doch noch einer erbarmt? Und ich habe gar kein Geschenk besorgt! Du hättest mir früher sagen können, daß du morgen heiratest«, grinste er.

Was für ein Witzbold!

»Ich bin so froh!« sagte Anica. »Morgen fängt mein neues Leben an, und wenn ich Glück habe, muß ich diesen Laden nie wiedersehen.«

»Das sagen sie alle! Und ein paar Jahre später kleben sie jeden Abend an der Bar, umklammern ein Bierglas und wollen nie mehr nach Hause gehen.«

»Guck dir diesen Kerl an! Nach außen wirkt er tumb und plump, aber er verfügt doch über eine bestechende Beobachtungsgabe. Ist er vielleicht auch ein verkanntes Genie?«

»Sind wir das nicht alle?« fragte das Genie und trollte sich, um die Bestellungen der zickigen Meute entgegenzunehmen.

Anica und ich setzten uns an einen Tisch, an dem wir in Ruhe den morgigen Tag planen und unsere strahlende Zukunft besprechen konnten.

»Und weshalb bist du dir so sicher, daß denen meine Bilder gefallen werden?«

»Das bin ich nicht«, sagte ich wahrheitsgemäß. »Aber die sind in einer verzweifelten Situation. Sie würden alles nehmen!«

»Oh, danke! Das baut mich wirklich auf.«

»Ich will damit nur sagen, daß sie jetzt gezwungen sind, flexibel zu sein. Sie stehen unter Druck. Sie müssen dem Kunden am Freitag eine Idee präsentieren, und sie haben von ihrem Haus- und Hoffotografen langweilige Bilder bekommen, die sie nicht verwenden können, weil sie dem Kunden was Unkonventionelles versprochen hatten.«

»Was Unkonventionelles! Wenn ich das schon höre, wird mir schlecht. Die sind zu ausgebrannt, um selbst noch gute Sachen zu produzieren, und da soll ich jetzt einspringen und dem toten Haufen neues Leben einhauchen? Eine Frischzellenkur sozusagen?«

»Du hast's erfaßt!«

»Aber meine Bilder sind was Besonderes, da steckt eine Aussage drin. Sie haben einen künstlerischen Wert. Ist das scheißegal?«

»Ja, das ist es«, sagte ich beinhart.

War diese Frau anspruchsvoll! Sie wollte mit ihren Fotos nicht nur Geld verdienen, sondern auch noch künstlerisch anerkannt werden. Da ich in gewisser Weise als ihre Agentin fungierte, war es meine Aufgabe, ihr eine Portion realistischen Denkens einzuflößen. Ich seufzte.

»Du hast normalerweise keine Chance, so einer Agentur deine Fotos zu verkaufen, weil du völlig unbekannt bist! Aber jetzt müssen sie sie praktisch nehmen, und für dich könnte das der Einstieg sein.«

»Du meinst, ich soll Perlen vor die Säue werfen? Alles, was ich kann und bin, steckt in diesen Fotos, und jetzt soll ich sie für ein paar Werbemotive verheizen?«

Das konnte nicht ihr Ernst sein! Seit ich sie kannte, mimte Anica die unverstandene Künstlerin, die sich für ihren kargen Lebensunterhalt in der Kneipe versklaven mußte, bis der große Durchbruch kam. Und jetzt, wo sie eine Chance hatte, die Schallmauer zu durchbrechen, zierte sie sich. Ich mußte der Künstlerin ihre Flausen austreiben, sonst würde sie bis in alle Ewigkeit kellnern, Anne würde den Kunden verlieren, und die Agentur könnte sich keine weiteren Angestellten, nämlich mich, leisten.

»Na gut«, sagte ich. »Dann laß die Bilder in deiner Schublade vergammeln, vielleicht können deine Enkel sie ja postum für eine Retrospektive verwenden!« Ich schüttelte den Kopf über diese plötzlich auftretenden Starallüren. »Was zum Teufel ist los mit dir? Vorhin warst du noch Feuer und Flamme!«

»Ich weiß«, seufzte sie. »Ich hab mir eben meinen Durchbruch anders vorgestellt.«

»Verstehe! Dein Plan war, zu warten, daß eines Tages die amerikanische Vogue bei dir anruft und fragt, ob du ein paar Bilder von Winona Ryder machen möchtest, oder?« Sie lachte.

»Ganz genau! Oder von Demi Moore in Klamotten von Hennes & Mauritz. Irgendwas Großes eben. Aber du hast recht, ich mache mir da was vor. So geht es nicht.«

»Naja, es gibt sicher noch viele tolle Möglichkeiten für dich, aber im Moment ist das die einzige. Und ich finde, du solltest zugreifen!«

»Aber was ist, wenn die meine Bilder schlecht finden?«

»Dann wartest du weiter auf den Anruf von der Vogue und sagst dir, daß deine Bilder viel zu gut für diese Agentur sind, o.k.?«

»Ich habe sie noch keinem Menschen gezeigt! Es wäre eine Art Premiere, und ich hab solche Angst vor Kritik. Lampenfieber, verstehst du?«

»Ich sagte dir doch, daß denen alles gefallen wird, in der Situation, in der sie jetzt sind!«

»Danke, deine Hilfe ist unschätzbar!«

»Wie sehen die Bilder denn überhaupt aus?«

»Ich dachte schon, du fragst nie«, grinste sie.

»Entschuldige, aber unter den Umständen ist das ziemlich unwesentlich.«

»Ich habe sie mit einem Fischauge gemacht.«

»Igitt!« Ich verzog das Gesicht und schüttelte mich. »Mit so einem Stinkteil haben die dich in die Kneipen reingelassen?«

Sie lachte: »Jedenfalls ist der Effekt etwas ungewöhnlich, deshalb bin ich unsicher.«

»Wie ungewöhnlich kann er schon sein?« fragte ich.

»Sehr! Glaub mir!«

Doch ich ließ keine weiteren Einwände gelten.

»Je ausgefallener, um so besser! Vertrau mir bitte und hör auf, die Primadonna zu spielen! Oder willst du am Ende gar nicht entdeckt werden? Keine Titelblätter in internationalen Magazinen, keine Shootings auf tropischen Inseln, nein?«

»Laß mich darüber nachdenken!«

Sie biß sich auf die Unterlippe und legte ihre Stirn in Falten. Dann schlich sich ein zartes Lächeln auf ihr Gesicht, das sich zu einem breiten Grinsen ausbreitete.

»Ich hab nachgedacht. Ich will alles und noch viel mehr! Ich sagte doch: Morgen fängt mein neues Leben an!«

Als ich endlich nach Hause kam, blinkte mein Anrufbeantworter, aber ich hatte nicht den Nerv, ihn abzuhören. Es hätte mir nur die Laune verdorben, wenn immer noch keine Nachricht von dem süßen Brillentypen drauf gewesen wäre. Statt dessen machte ich mich so sorgfältig zurecht, daß Paul das Ergebnis begeistert anstrahlte, als wir uns vor der Muffathalle trafen.

»Du siehst umwerfend aus«, sagte er.

»Tue ich das nicht immer?«

23

Als ich am nächsten Morgen aus der Wohnung eilte, um Anica vor der Agentur zu treffen, stolperte ich fast über ein kleines Päckchen, das auf der Fußmatte lag. Auf dem Weg zur Bäckerei riß ich es auf: Es war eine Cassette. Keine Notiz, kein Absender. Pauls neueste Aufnahme, dachte ich. Wie nett! Hastig schob ich die Cassette in meine Tasche. Als ich in die Buttermelcherstraße einbog, sah ich Anica mit einem Fotokoffer in der Hand vor dem Eingang der Agentur warten. Mit der anderen Hand winkte sie mir zu.

»Los, beeil dich!«

Anscheinend war sie ein Morgenmuffel wie ich und zu dieser frühen Stunde noch nicht zu Höflichkeitsfloskeln in der Lage.

»Jetzt geht's aufs Ganze«, murmelte sie, als wir die Treppen hochstiegen. Zwei Frauen auf der Leiter des Erfolgs!

Am späteren Nachmittag saß ich mit Markus und Theresa auf meinem Balkon und genoß die Sonne mit geschlossenen Augen. Die Stimmen der beiden plätscherten neben meinem Ohr. Ich war angenehm müde und räkelte mich, soweit die Enge des Balkons es zuließ, in meinem Stuhl. Wir warteten auf Lynn, die wir zum Flughafen chauffieren und in den Flieger nach Barcelona setzen wollten. Markus blätterte in meinen Modezeitschriften.

»Ich mag diesen neuen Look an Frauen«, sagte er, »sieht fantastisch aus!«

»Du mußt es ja auch nicht tragen!« maulte Theresa. »Ihr Männer tut euch immer leicht mit solchen Bemerkungen, aber ihr vergeßt dabei, welche Anstrengung es eine Frau kostet, den Körper für so ein Kleid zu kriegen!«

»Den Körper hast du umsonst, denk lieber dran, was das Kleid kostet!«

»Ich muß dringend auf Diät«, sagte Theresa, »ich bin viel zu dick!«

Ihre tragische Miene konnte ich auch mit geschlossenen Augen sehen. Mit einem lauten Schlürfen sog sie die Reste ihres Eiskaffees ein.

»Alles Kummerspeck, sieh dir das an!«

Ich ließ meine Augen zu, denn die Vorführung, die sie jetzt geben würde, war keine Premiere. Ich kannte das Programm auswendig. Meistens fing sie mit einer Demonstration ihrer Beine an. Sie schob ihren Rock nach oben und preßte das Fleisch ihrer makellosen Oberschenkel zwischen Zeigefinger und Daumen, bis es unter der Folter ihres Schraubgriffs nachgab und kleine Dellen aufwies.

»Orangenhaut und Reiterhosen«, lamentierte sie, »ich frage mich, ob ich jemals wieder einem Mann gefallen werde.«

»Mir gefällst du schon jetzt, und ich bin ein Mann«, lachte Markus.

»Du bist disqualifiziert, weil du dir nichts aus Frauen machst!«

»Gerade deshalb bin ich ein objektiver Beobachter, glaub mir. Mein Frauengeschmack ist nicht wechselnden Lüsten und Projektionen unterworfen. Ich muß euch schließlich nicht erobern!«

»Apropos Eroberung! Sara, hat sich der Schwarm deiner Sommernächte schon gemeldet?«

Diese Frage riß mich unsanft aus meiner Lethargie. Ich öffnete die Augen und blickte in zwei erwartungsvoll gespannte Gesichter. »Fehlalarm«, seufzte ich.

»Wahrscheinlich ist er schwul«, sagte Markus.

»Oder in einer festen Beziehung«, ergänzte Theresa.

»Das hätte ich gemerkt, ich bin schließlich nicht von gestern!«

»Aber verliebt! Und das macht bekanntlich blind! Vertraue meinem geschulten Auge«, sagte Markus. »Am Samstag ist das Sommerfest der Münchner Galerien, da suchen wir einen Prinzen für dich, den ich einer sorgfältigen optischen Prüfung unterziehen werde!«

»Bis dahin ruft er sicher an!«

»Um so besser, dann bringst du ihn mit!«

Lynn stürmte zur Tür herein und knallte ihren Aktenkoffer in die Ecke.

»Keine Panik, ich habe alles unter Kontrolle«, rief sie und raste in ihr Zimmer. »Fünf Minuten, dann können wir fahren!«

Ich stand auf und ging ihr in die kühle, schattige Wohnung hinterher.

In ihrem Zimmer herrschte das helle Chaos. Kleidungsstücke lagen über Bett und Boden verteilt, Strümpfe hingen wie Bandnudeln über Stühlen, und das Gesamtkunstwerk war garniert von Büchern, Heften und Zetteln. Lynn balancierte auf einem Stuhl und zerrte am Henkel ihrer Reisetasche, die auf dem Kleiderschrank unter einem Stapel von Zeichnungen lag. Mit einem Ruck kam ihr die Tasche entgegen, und die Papiere flatterten wie aufgescheuchte Vögel in einer Gewitterwolke aus feinstem Staub zu Boden.

Lynn hüstelte und wedelte mit der Hand vor dem Gesicht herum, um wieder klare Sicht zu bekommen.

»Kann ich dir irgendwie helfen?«

»Schmeiß ein paar Sommersachen in die Tasche«, sagte sie und riß die Türen ihres Kleiderschranks auf. »Ich muß den anderen schwarzen Schuh suchen.«

Ich versuchte, hinter das System zu kommen, nach dem sie ihre Kleider geordnet hatte, beschloß aber bald, es aufzugeben, und zog wahllos ein paar Sachen heraus. Zufällig fiel mir ein blaues Baumwollkleid in die Hand, das für Stadtbesichtigungen wie geschaffen war. Immerhin ein Anfang!

»Du kannst dir nicht vorstellen, wie sich das ganze Büro in ein Irrenhaus verwandelt, wenn ein Mensch in Urlaub fährt!« stöhnte sie. »Es war heute den ganzen Tag wie verhext! Mein Schreibtisch quoll über vor Arbeit, dabei hatte ich in den letzten Tagen alles erledigt! Um mich rum saßen die Kollegen mit vorwurfsvollem Blick wie Kinder, wenn die Mami es wagt, mal alleine wegzufahren. ›Weiß die Oma auch, wie man Fischstäbchen kocht? Weiß sie, wann die Sendung mit der Maus anfängt, Mami?‹ Ständig nervten sie mich mit Fragen. ›An wen müssen wir uns im Baureferat wenden? Welche Firma war das noch mal mit den Böden?‹ Ich hatte ihnen hunderttausendmal erklärt, daß alles geklärt war! Aber sie mußten mich zum hunderttausendundeinsten Mal nerven!«

Sie stand auf dem Stuhl wie auf einem Rednerpult und gestikulierte so wild, daß ich fürchtete, sie könnte das Gleichgewicht verlieren und wäre gezwungen, im Streckverband nach Barcelona zu reisen.

Endlich stieg sie herunter. Suchend sah sie sich um und kroch dann unter das Bett. Ihre Stimme klang dumpf, als sie weitersprach.

»Die werden keine Arbeit mit meinem Projekt haben, dafür hab ich gesorgt! Für Notfälle habe ich sämtliche Nummern auf die entsprechenden Ordner geklebt, aber es wird keine Notfälle geben. Das sagte ich immer wieder, trotzdem taten sie so, als würde der gesamte Bau in den zwei Wochen, in denen ich nicht da bin, verrückt spielen. Schließlich hatten sie es geschafft. Ich hatte ein furchtbar schlechtes Gewissen und blieb so lange im Büro hängen, daß ich jetzt wahrscheinlich den Flieger verpassen werde! Als ich ging, standen sie dann alle in der Tür, die Idioten, und sagten scheinheilig: ›Erhol dich gut und vergiß nicht, daß wir hier schwitzen, während du im Urlaub bist!‹ Ich bin so froh, daß ich diese Idioten zwei Wochen lang vom Hals habe!«

Sie tauchte unter dem Bett hervor und ließ den staubigen schwarzen Schuh in die Reisetasche auf die säuberlich gestapelten Sommerkleider fallen.

»Was nimmt man überhaupt auf so eine Reise mit?« fragte sie, sichtlich überfordert.

»Unterwäsche macht sich immer ganz gut«, sagte ich, »der Rest ist gepackt: Bequeme Baumwollkleidchen fürs Sightseeing, in verschiedenen Farben. Shorts und T-Shirts für den Strand nebst einem Bikini ...«

»Nicht den!« schrie sie entsetzt, als hätte ich einen toten Fisch in ihr Gepäck gelegt. Angewidert zog sie den Bikini aus der Tasche.

»Der macht dick«, erklärte sie.

»Du sollst ihn ja auch nicht essen!«

Lynn überhörte diesen Kommentar und verschwand kopfüber in ihrem Kleiderschrank. Ich fuhr fort, ihr den Inhalt ihrer Reisetasche zu erklären.

»Weiter: Ein kleines Schwarzes für die seriös-klassische Frau am Abend und ein weiß-silber Transparentes für die Ruchlose der Nacht. Hab ich was vergessen?«

»Den ganzen Badezimmerkram«, rief sie aufgeregt. »Make-up und so! Gesichtsreiniger, Deo, Kondome, Zahnbürste. Kannst du mir ein gutes Buch leihen? Ich hab mir selbst Reiselektüre gekauft, aber ich kann die Tüte nicht finden.«

Kein Wunder, denn ihr Zimmer versank im Chaos. Das Telefon klingelte.

»Geh du ran!« befahl sie. »Das sind sicher diese Idioten aus dem Büro. Ich bin schon weg!«

Es waren die Idioten.

»Ähm«, stotterte ich, »ich glaube, sie ist schon losgefahren. Warten Sie mal einen Moment.«

Ratlos hielt ich den Hörer in die Luft. Lynn bedeutete mir, sie sei noch nicht in Urlaub gefahren. Ich reichte ihr das Telefon.

»Ja, hallo!« sagte sie und verdrehte ihre Augen. »Nein, das macht gar nichts. Mein Flieger geht ja erst in einer dreiviertel Stunde. Ich hab noch massig Zeit! Brosendorfer ist im Ordner unter B. Schau mal nach, du findest es sicher!«

Sie schlug sich mit der freien Hand an die Stirn.

»Sag mal, wie blöd können Menschen sein?« fragte sie flüsternd. Ich zuckte ratlos mit den Schultern.

»Alles klar? Na prima. Ja, ich werde euch auch vermissen«, sagte sie jetzt und steckte sich den Zeigefinger ihrer freien Hand in den Rachen, um anzudeuten, daß sie gleich ihren Mageninhalt wiedergeben würde.

»Tschühüß, ihr Lieben!«

Dann knallte sie den Hörer auf und verstaute das Telefon unter der Bettdecke.

»Ich dreh durch!« schrie sie. »Ich wollte noch aufräumen, bevor ich fahre! Ich hasse meine Kollegen!«

Ich packte ihr Susanna Tamaros Buch, das ich neulich gelesen hatte, in die Reisetasche.

Als wir in den Alfa stiegen, dessen alleinige Nutznießerin ich bis zu ihrer Rückkehr sein würde, quetschten sich Markus und Theresa auf den Rücksitz. Lynn ließ sich seufzend auf dem Beifahrersitz nieder und sagte: »Ich hatte nicht einmal Zeit, auf die Bank zu gehen! Jetzt hab ich keinen Pfennig spanisches Geld! Wie ich meine Kollegen hasse!«

Dann fummelte sie am Radio herum auf der Suche nach guter Musik, doch auf allen Kanälen kamen die Nachrichten und ständig Zeitansagen, was sie noch nervöser machte.

»Hat denn die Frau keine Cassetten im Auto?« fragte sie ungehalten.

»Ich hab eine in meiner Tasche, Lynn. Da ist irgendwas von Paul drauf.«

»Hör mal, du hast noch mit keinem Wort erwähnt, wie

es dir und deiner Superfotografin heute morgen in der Agentur ergangen ist?« fragte Lynn.

»Gut war es«, sagte ich, »ich mag jetzt aber nicht erzählen. Mach lieber Musik!«

»Sofort. Aber ich muß das doch wissen, bevor ich in Urlaub fahre«, drängte sie.

»Naja, zuerst dachte ich, mich trifft der Schlag! Ich hatte die Fotos ja nie vorher gesehen. Sie sind vollkommen verrückt, verzerrt und sehr schrill. Bernd und Anne guckten sie schweigend an, und ich dachte: Das war's, jetzt halten sie dich für einen kompletten Idioten! Nach ein paar Minuten sagte Anne dann ganz trocken: ›Das ist thematisch genau das, was ich mir vorgestellt hatte, und in der Umsetzung ist es wirklich gut! Es ist witzig, innovativ und knallt optisch voll rein.‹ Anica und ich guckten uns bloß an und grinsten. Wir konnten es nicht fassen. Dann schauten alle Bernd an, der noch immer schweigend über den Leuchttisch gebeugt war und nichts sagte. Er räusperte sich. ›Es ist anders‹, sagte er zögerlich, und mir sank das Herz in die Hosentasche. Dann brummelte er: ›Ein neuer Look, nein, eigentlich nicht.‹ Er überlegte wieder und fuhr sich dabei durch seine Autohändlermähne. Ich glaube, er war verwirrt und einfach nicht sicher, ob er die Fotos mochte. Er versuchte, sie stilistisch einzuordnen und zu kategorisieren, um Sicherheit vorzutäuschen. Er ist schließlich der Obermacker in der Agentur! ›Im Grunde gab's das alles schon einmal‹, sagte er dann, ›in den Siebzigern. Verzogene Optik, dazu dieser pseudorealistische Reportage-Stil. Damals war es eben ein Stilmittel der progressiven Fotografen, die damit die Wirklichkeit in der verzogenen Optik, in der sie erlebt wurde, nicht zuletzt durch die Hippies und ihre Drogen.‹ Irgendwann hatte Anne die Schnauze voll und unterbrach ihn. ›Was soll dieser Vortrag, Bernd‹, meckerte sie. ›Findest du es gut oder nicht? Nehmen wir die Bilder?‹ – ›Klar nehmen wir sie!‹ sagte Bernd, ›die sind ein echter Eye-catcher. Mal was andres. Das wird auffallen! Spricht 'ne Menge Leute an, da bin ich sicher.‹ Das war dann zu viel für mich. Ich bin einfach geplatzt. ›Anica, ich gratuliere!‹ brüllte ich äußerst unprofessionell und umarmte sie. ›Ich glaube, Sara hat auch ihren Teil dazu beigetragen‹, sagte Anne, ›immerhin hat sie die Fotografin entdeckt!‹«

»Richtig«, pflichtete Markus bei, »das mußte gesagt werden! Diese Anne ist eine faire Kollegin.«

»Das stimmt. Ohne sie hätte ich den Job gar nicht überstanden«, sagte ich. »Aber letztlich kommt es nur darauf an, ob die Agentur den Kunden kriegt.«

»Und dann kriegst du einen festen Vertrag?« fragte Lynn.

»Ja. Hoffentlich. Ich weiß nicht. Alles, was Bernd sagte, war: Mal abwarten, was der Kunde sagt. Der Kunde hat das letzte Wort!«

»Toll, und was soll das heißen?« fragte Theresa.

»Daß wir bis zur Präsentation warten müssen. Nimmt der Kunde den Vorschlag an, wird Bernd die Fotos auch klasse finden. Dann wird er sich auf die Schulter klopfen, weil er so eine innovative Agentur hat, und auch geneigt sein, mit mir über eine Festanstellung zu reden. Wenn die Sache aber floppt, wird er Anne anschimpfen, wie sie es wagen konnte, einem so wichtigen Kunden die Arbeit und Idee von zwei Laien vorzusetzen. Und außerdem wird er kein Geld haben, mich fest anzustellen, so einfach ist das!«

»Tja dann, viel Glück«, sagte Markus und klopfte mir auf die Schulter, »du packst das schon ganz richtig an!«

»Also, ich finde es unglaublich«, wetterte Theresa, »was man alles tun muß, um an einen Job heranzukommen!«

»Auf normalem Wege geht da gar nichts!«

»Ich wette, daß die Bezahlung unter aller Kanone ist und die trotzdem erwarten, daß sich die Mitarbeiter sich in repräsentative Roben gewanden!«

»Kleidermäßig ist das kein Problem«, sagte ich, »ich muß einfach alles, was ich habe, schwarz einfärben, und dann passe ich prima in den Laden.«

Mittlerweile waren wir fast am Flughafen angelangt.

»Hat mal jemand eine Zigarette?« fragte Theresa.

Lynn zog ein Päckchen aus meiner Handtasche und

reichte es nach hinten. Dann legte sie meine Cassette ein und drückte auf den Startknopf. Janis' kratzige Stimme röhrte aus den Boxen. Ich wunderte mich. Das war doch nicht Pauls Stil? Alle summten mit. Als der Song zu Ende war, wäre ich vor Schreck fast in den Straßengraben gefahren.

»Hallo, liebe Sara«, sagte die schönste Männerstimme der Welt, »ich habe ein paarmal bei dir angerufen und mir das Lied auf deinem Anrufbeantworter angehört. Leider konnte ich dich nie persönlich erreichen, denn entweder war besetzt, oder du warst nicht da, und bevor mir eingefallen ist, was ich draufsprechen könnte, war dein Band wieder zu Ende. Deshalb frage ich dich jetzt. Hast du Lust, am Samstag mit mir auszugehen? Ich würde mich sehr freuen. Meine Nummer ist ...«

Mein Herz raste.

»Ist das der Brillentyp?« schrie Theresa. »Wow!«

»Gute Stimme«, sagte Markus, »den werde ich mir näher angucken, wenn du ihn am Samstag mitbringst!«

»Aber nicht zu nah!« warnte Lynn.

24

Als ich am Freitag aufwachte, beschloß ich, daß ich am Samstag nicht mit dem Brillentypen ausgehen wollte. Ich hatte schon viel zu viel Wirbel um ihn gemacht! Der Stress mit dem Anrufbeantworter und dann die Warterei neben dem Telefon waren alles Zeichen, daß ich mich zu sehr in die Sache hineingesteigert hatte. Ehrlich gesagt, hatte ich die ganze Woche nichts anderes getan, als an ihn zu denken. Insgeheim natürlich, denn ich wollte nicht, daß es irgend jemand merkte. Die Gefahr war allerdings nicht groß, denn die wenigen Menschen, mit denen ich zu tun hatte, waren viel zu sehr mit sich selbst beschäftigt, um auf die Idee zu kommen, sich nach meinem Befinden zu erkundigen. Und Lynn war in Barcelona, ausgerechnet jetzt, wo ich sie dringend brauchte. Anica hatte ihre Karriere als Fotografin im Kopf, Anne, die ohnehin nur an Arbeit dachte, hatte ihr ganzes Denken auf die Präsentation reduziert, und Isabel redete nicht mit mir. Kein Wort! Das ging jetzt schon die ganze Woche so. Sie hatte sich ins Nachbarzimmer verzogen und steckte ihren Kopf nur dann zur Tür herein, wenn arbeitstechnische Sachzwänge es erforderlich machten. Da zwischen den beiden Räumen nur eine marode Holztür war, die sich schlecht schließen ließ, konnte ich trotzdem hören, wie sie mit Hugh-äh-Mr. Lester am Telefon schäkerte. Manche Frauen haben eben nichts als Männer im Kopf, dachte ich. Einen anderen Lebensinhalt kennen sie gar nicht. Sie können nicht einen Tag als Single überleben und müssen sich sofort dem nächsten besten Mann an den Hals schmeißen. Es war erbärmlich mitanzusehen, wie sie unser kollegiales Arbeitsverhältnis opferte, um ihr bemitleidenswertes Liebesleben aufzumöbeln. Mit Anne als Kollegin würde mir das nicht passieren, denn Anne interessierte sich für Männer nur am Rande. Als ich ihr berichtete, daß ich an der Uni mit einer Tussi zusammenarbeitete, die sich vor lauter Frust an unseren Geschäftspartner rangeschmissen hatte, war sie entrüstet.

»Es ist eine goldene Regel, daß man sich niemals in einen Kollegen verlieben darf! Ach, weißt du, solange mir der Traumprinz nicht über den Weg läuft, ist mir ein erstklassiges Essen lieber als ein zweitklassiger Mann!«

Ich bewunderte ihre Haltung, schließlich erforderte sie gute Kenntnisse der lokalen Restaurantszene und einigen Optimismus. Es war nicht leicht für einen Mann, ihr über den Weg zu laufen, denn sie verbrachte die meiste Zeit ihres Lebens in der Agentur, und dort gingen keine Traumprinzen ein und aus. Die einzigen Männer, die wir dort trafen, waren Fahrradkuriere und Pizzaauslieferer. Über die Pizzaauslieferer konnte ich mich nicht äußern, denn ich bestellte grundsätzlich nie Pizza, wenn ich in der Agentur arbeitete. Wenn Bernd im Zimmer war, sagte ich, um dezent auf die feinen Unterschiede zwischen den Aushilfen, die für wenig Geld langweilige Dinge tun mußten, und den Festangestellten, die für viel Geld tolle Sachen machten, hinzuweisen: »Für mich nichts, danke! Ich kann es mir nicht leisten, jeden Mittag Pizza zu essen.«

Bernd reagierte auf diese Äußerung, wenn überhaupt, als Mann und nicht als Arbeitgeber.

»Ich weiß nicht, was du willst?« sagte er und guckte mit fachmännischem Blick an mir herunter. »Du hast doch eine Spitzenfigur!«

Es war hoffnungslos. Der Mensch hatte eben, wie Anne treffend bemerkte, sein Gehirn in den Hoden. Ich mußte also in der Mittagspause zur Bäckerei hetzen und mir eine Brezel holen. Daher konnte ich mich zum Thema: Sind Pizzaauslieferer potentielle Traumprinzen? nicht weiter äußern. Über Fahrradkuriere dagegen hatte ich neulich einen Bericht in einer Zeitschrift gelesen, die sich intensiv mit dem Thema befaßt hatte. Die Redakteurinnen hatten sich viel Mühe mit dem Bericht gemacht und gründlich recherchiert. Neben Interviews mit berufstätigen Frauen aus diversen Sparten, die über ihre Erlebnisse mit Fahrradkurieren sprachen, ließen sie auch eigene Erfahrungen mit einfließen. Ich mag diese Art von redaktioneller Arbeit. Ein Artikel ist einfach nicht so trocken, wenn man spürt, daß sich die Verfasser mit der Situation identifizieren können. Ich fand den Bericht sehr glaubhaft, denn die Redakteurinnen waren wie Anne hart arbeitende Frauen und den ganzen Tag an ihren Schreibtisch gefesselt. Abends hingen sie dann vor der Glotze und waren zu erschöpft, um sich auf die Suche nach Traumprinzen zu begeben. Ihre Erfahrungen mit Fahrradkurieren waren einhellig positiv. Die Männer seien immer zu einem kleinen Plausch bereit, schrieben sie, weil sie sich ja ihren Job frei einteilen konnten. Wenn sie bei der einen Dame aufgehalten wurden, konnten sie die verlorene Zeit durch schnelleres Radeln wieder wettmachen. Es war der große Vorteil in ihrem Job, daß sie durch den gezielten Einsatz ihrer Körper vieles erreichen konnten, von dem andere nur träumten. Der Bericht war mit Fotos aufgelockert, die glücklich lächelnde

Frauen in Kostümjacken zeigten, wie sie gerade braungebrannten Männern in engen Hosen und ärmellosen T-Shirts Briefkuverts überreichten. Nur wenige Frauen hatten schlechte Erfahrungen gemacht.

»Zu uns kam früher immer so ein Dicker in einem altmodischen Trainingsanzug«, stand unter dem Bild einer lächelnden Dame.

Sie war Filialleiterin einer Krankenkasse und hieß Annemarie Meister.

»Seit wir das Kurierunternehmen gewechselt haben, läuft alles wie geschmiert«, sagte Frau Meister.

Der Bericht räumte mit dem dummen Vorurteil auf, berufstätige Frauen hätten keine Möglichkeit, Männer kennenzulernen. Die Verfasserin wollte Frauen, die noch so dachten, mit ihrer Reportage Mut machen. Sie schrieb, daß man es als berufstätige Frau keineswegs nötig hatte, sich aus Mangel an Alternativen an Kollegen heranzumachen. Ich nahm mir vor, Isabel diesen Artikel zu zeigen. Anne sollte ihn auch lesen. Sie hatte ja außerhalb des Jobs auch wenig Gelegenheit, dem Traummann zu begegnen, es sei denn, er rannte ihr auf dem Nachhauseweg vors Auto. Doch das war sehr unwahrscheinlich, denn meines Wissens gehörte es nicht zu den Angewohnheiten von Traumprinzen, durch die Straßen zu irren und entgegenkommenden Autos auf die Kühlerhaube zu springen.

Trotzdem bewies Anne Geduld, eine Eigenschaft, die man Isabel nicht bescheinigen konnte. Außerdem bezweifelte ich, daß Mr. Lester ein Traumprinz war. Ich stellte ihn mir vielmehr als einen abgenudelten Büromenschen mit schmalen Schultern vor, der weiße Socken zu schwarzen Schuhen trug und nach abgestandenem Kaffee roch. Doch Isabel schien das in ihrer Verzweiflung zu übersehen. Sie war anscheinend zu allem bereit. Neulich, als die Verbindungstür zwischen unseren beiden Räumen wieder mal nicht richtig zu war, hatte ich sie wieder ins Telefon gurren gehört.

»Wir sollten die Sache mit Frankfurt noch mal besprechen«, säuselte sie, »ich habe wirklich Lust dazu!«

Ich war natürlich vor Erstaunen platt gewesen und wollte

der Sache auf der Stelle nachgehen. Ich stand auf und versuchte so geräuschlos wie möglich meinen Stuhl wegzuschieben. Das Parkett knarrte etwas, als ich zur Tür schlich, um besser hören zu können, worüber die beiden redeten, doch leider beendete sie das Gespräch, kurz nachdem dieser Satz gefallen war. Ich grübelte darüber nach, was es zu bedeuten haben könnte, obwohl die Sache eigentlich eindeutig war. Die beiden planten ein romantisches Wochenende in Frankfurt. Wie abgeschmackt! Die ganze Idee bewies nur wieder, wozu es führte, wenn sich eine verzweifelte Frau einem angestaubten Bürohengst an den Hals schmiß! Frankfurt! Ein richtig toller Mann hätte Venedig vorgeschlagen oder Paris. Aber Frankfurt? Wollten sie sich beim Äppelwoi mit Eisbein und Sauerkraut näherkommen? Jedem das Seine, konnte ich da nur sagen! Trotzdem hatte mich meine Neugier gezwungen, unseren Kommunikationsstopp bezüglich privater Dinge zu durchbrechen und sie zu fragen, was sie denn am Wochenende so vorhätte. Ich wollte damit natürlich keineswegs privates Interesse kundtun, da sollte sie sich mal nicht täuschen! Ihre nach Verrat und Mobbing stinkende Romanze konnte sie meinetwegen so lange für sich behalten, bis sie daran erstickte. Die Frage war eher als höflicher Small-talk unter Kolleginnen gedacht gewesen.

»Nichts Besonderes, ich bleib im Bett«, antwortete sie unverbindlich.

Es war ärgerlich, daß ich nichts erfahren konnte und vor Neugier förmlich zerfressen wurde, aber ich ließ es dabei bewenden. Ich spürte, wie sich die ungefragten Fragen in mir anstauten, so daß ich zu platzen drohte, aber ich beherrschte mich. Wenn es drauf ankam, konnte ich mindestens genauso stur sein wie Madame. Deshalb wollte ich ihr nicht den Gefallen tun, mich zu erkundigen, in wessen Bett sie vorhatte, das Wochenende zu verbringen, bevor sie nicht wieder anfing, mit mir zu reden. Da sie ihrerseits keine Anstalten machte, mich nach meinen Plänen zu fragen, endete unser Gespräch an dieser Stelle. Das war ärgerlich, denn ich hätte zu gerne die Gelegenheit genutzt, um ihr von dem Brillentypen zu erzählen. Ich war es gewohnt, jeden Mann mit ihr von vorne bis hinten durchzuhecheln, und hätte zu gerne gewußt, wie sie die Sache einschätzte. Bevor wir Kolleginnen geworden sind, waren wir Freundinnen gewesen, dachte ich, und ich vermißte sie als Freundin. Im Grunde kannte ich sie so gut, daß ich mir ihre Meinung vorstellen konnte.

»Eine Barbekanntschaft?« hätte sie gefragt. »Und der Typ war alleine? Hat er keine Freunde, die mit ihm ausgehen?«

»Isabel, was soll denn das?«

»Ich hoffe nur, daß der Mensch auch andere Interessen hat, als alleine in Bars rumzuhängen.«

Das Schweigen zwischen uns ersparte mir diese Diskussion. Im Grunde war ich gar nicht scharf auf ihre Meinung, sondern wollte nur über ihn sprechen. Ich hätte am liebsten den ganzen Tag nichts anderes getan! Allein der Gedanke an ihn jagte mir genußvolle Schauer über den Rücken. Ich hätte ihr zu gerne die Cassette vorgespielt, um einen Vorwand zu haben, seine wunderbare Stimme noch mal zu hören. Ich hatte sie in meinem Walkman auf dem Weg zur Uni schon mindestens zehnmal gehört.

»Hallo, liebe Sara …«

Immer, wenn der Text zu Ende war, mußte ich anhalten, um zurückzuspulen. Daher war ich in den letzten Tagen immer mit etwas Verspätung an die Uni gekommen.

Aber ich wußte, daß Isabel keinen Sinn für wahre Leidenschaft hatte. Ihrer Meinung nach hing man so lange mit einem Typen rum, bis man ihn nervlich nicht mehr ertragen konnte. Dann ersetzte man ihn durch ein neues Exemplar, das dem alten möglichst ähnlich sein sollte, damit man sich nicht allzusehr umstellen mußte.

»Na, Thorsten-äh-Hugh, wie war's denn heute im Büro?«

Sie sollte ihren Männern Kosenamen geben, dachte ich. Dann würde sie nach einem Wechsel nicht durcheinanderkommen.

Mir war zwar Hugh-äh-Mr. Lester immer noch nicht persönlich vorgestellt worden, denn den Erfolg hatten die beiden ja ohne mit der Wimper zu zucken alleine gefeiert. Aber ich konnte ihn mir genau vorstellen. Schließlich hatte ich schon mit ihm telefoniert. Er hatte den gleichen arroganten Ton drauf wie Thorsten. Die beiden unterschieden sich wahrscheinlich nur durch die Farbe ihrer Krawatten. Wahrscheinlich hörte Hugh-äh-Mr. Lester die gleiche Musik wie Thorsten und paßte sogar mit etwas Glück in seine Ski-Ausrüstung, die in Isabels Keller stand. Von Romantik hatte diese Frau jedenfalls keine Ahnung! Wie sollte sie auch, wenn sie sich immer so abgenudelte Typen suchte, die von Effizienz und Lebensplanung redeten? Die kriegten doch nur Herzklopfen, wenn sie ihren Kontostand abfragten.

Ich mußte den Brillentypen unbedingt nach seinem Beruf fragen. So, wie er aussah, machte er etwas total Spannendes. Er hatte sicher einen Beruf, der ihn sehr interessierte, aber seine Fähigkeit zu Leidenschaft nicht beeinträchtigte. Leider wußte ich bisher sehr wenig über ihn, ein Punkt, den Isabel mir sicher unter die Nase gerieben hätte.

»Was weißt du eigentlich über diesen Mann, außer seiner Telefonnummer und daß er Tobias heißt?«

»Daß mir seine Stimme Schauer über den Rücken jagt«, hätte ich zu meiner Verteidigung gesagt.

Wir hatten schließlich noch keine Gelegenheit gehabt, uns länger zu unterhalten, und es ist nicht meine Angewohnheit, beim ersten Treffen persönliche Daten abzufragen. Ich bin schließlich nicht Inspektor Columbo!

Neulich nachts hatten wir nicht mehr viel geredet. In der Bar war es zu laut gewesen, um sich zu unterhalten, und auf dem Weg zu mir nach Hause, konnte ich ihn auch nichts fragen, weil meine Zähne so klapperten. Ich fror ganz erbärmlich in meinem dünnen Kleid. Es war vom Regen durchnäßt, und die Nacht war außergewöhnlich kalt für die Jahreszeit. Ich fand es höchst romantisch, daß er sich anbot, mich nach Hause zu begleiten. Er hängte mir sogar seine Jacke über, als er merkte, daß ich vor Kälte zitterte. Ein echter Gentleman! Dann verwirrte es mich zunächst, daß er mit nach oben kommen wollte, denn ich war nicht darauf vorbereitet, ihn so schnell aus nächster Nähe kennenzulernen. Ich wollte nichts übereilen. Aber er machte keine Anstalten, in Richtung Bett zu drängeln. Das fand ich dann auch wieder verwirrend. Er bat um einen Zettel und einen Stift und notierte sich meine Nummer. Dann strich er seine süße Haarsträhne aus der Stirn, und meine Knie wurden schwach. Ich überlegte, ob ich nicht doch lieber alles übereilen wolle, und guckte ihm in die Augen, bis mir schwindlig wurde.

»Ich laß dich jetzt schlafen, du siehst müde aus«, sagte er und strich wieder mit seiner wunderschönen Hand über seine Haare.

Dann wünschte er mir eine gute Nacht und trollte sich. Ich seufzte entzückt, als ich die Tür hinter ihm ins Schloß fallen ließ. In der nächsten Sekunde nagten schon die Zweifel an mir. Fand er mich am Ende nicht attraktiv? Wie war es zu verstehen, daß ich müde aussah? Wie müde? So wie ein ausgemergeltes Weiblein, das einen Reisigkorb auf dem Rücken trug und einem am Bahnsteig verschrumpeltes Obst andrehen mußte, um den Lebensunterhalt für seine neun Kinder zu verdienen?

Er hatte zwar von Anfang an gesagt, daß er nur kurz mitkommen wollte, um sich meine Telefonnummer aufzuschreiben, aber ich hatte schon dümmere Ausreden gehört, mit denen sich Männer den Zutritt zu unserer Wohnung verschafft hatten. Meistens vergaßen sie dann, weshalb sie ursprünglich gekommen waren, und krallten sich stundenlang im Sofa fest, bis man sie an die Luft setzte. Manche nahm man auch mit ins Bett. Es kam auf die Stimmung an. Tobias wollte ich in dieser Nacht auf keinen Fall mit ins Bett nehmen, das wußte ich, obwohl ich seit der ersten Sekunde, in der ich ihn gesehen hatte, an nichts anderes mehr denken konnte.

Aber diesmal sollte alles perfekt sein, dieser Mann war zu schade für einen One-night-Stand. One-night-Stands fühlen sich anders an. Man entscheidet sich spontan dafür und hat danach das Gefühl, man hätte Champagner getrunken oder in einem tollen Schaumbad gelegen. Im Laufe des nächsten Tages verschwindet das Gefühl genauso schnell, wie es gekommen war. Es gibt kein Kribbeln in der Magengegend, kein Warten neben dem Telefon, keine Schauer über den Rücken, wenn man seine Stimme hört. Manchmal ist man sogar eher genervt, wenn der Typ einen anruft und sich noch mal verabreden will. One-night-Stands kann man nicht planen, und spontane Gefühle lassen sich nicht wiederholen. Deshalb geht man dem Mann eine Zeitlang aus dem Weg, bis die Anrufe aufhören. So ist das mit One-night-Stands. Bei dem süßen Brillentyp war das etwas anderes.

Ich wollte ihn mir langsam auf der Zunge zergehen lassen, und deshalb wäre es ein Kardinalfehler gewesen, bei der ersten Gelegenheit mit ihm in die Kiste zu springen.

Doch als er vor mir stand, lösten sich diese Überlegungen in Luft auf. Ich dachte nur daran, mein Bein um seines zu schlingen und ihn auf seinen schönen Mund zu küssen.

»Worauf wartest du noch? Tu es!« sagte eine Stimme in meinem Kopf.

Sie kam von der lustvoll genießenden Sara, die entspannt im Hier und Jetzt lebte und sich einen Dreck um morgen scherte. Morgen könnte mir ein Ziegelstein auf den Kopf fallen, und ich hätte die tollste Nacht meines Lebens verpaßt.

»Du willst ihn jetzt, also nimm ihn dir«, sagte die Stimme.

»Die Taube auf dem Dach ist besser als der Spatz in der Hand«, sagte eine andere Stimme, aus einem anderen Winkel meines Gehirns. Sie kam von der Sara, die sich gerne die besten Sachen bis zum Schluß aufbewahrte. Beim Essen kam ja auch die Nachspeise erst am Ende.

»Gut Ding will Weile haben« war ein Standardspruch meiner Großmutter, doch das hatte nicht viel zu bedeuten, denn sie sagte auch Dinge wie: »Ist der August hell und heiß, lacht der Bauer in vollem Schweiß.«

Schließlich war ich froh, daß er mir die Entscheidung abnahm und ohne großes Getue verschwand. Als ich die Wohnungstür hinter dem erotischsten Mann der Welt geschlossen hatte und sich seine Schritte im Treppenhaus verloren, war ich erleichtert und gleichzeitig verwirrt. Was, wenn er kein Interesse an mir hatte? Ich war zu müde gewesen, um weiter über diese Frage nachzugrübeln, und ging ins Bett.

Am nächsten Morgen wachte ich mit einem erotischen Traum auf. Ich hatte heißen Sex mit einem Unbekannten. Wir liebten uns auf dem Fußboden im Flur meiner Wohnung, und es war mir egal, ob Lynn dadurch aufwachte.

Die nächsten Tage hatte ich in Hochspannung neben dem Telefon verbracht. Im Grunde war es eine Zumutung von dem Typen, mich so lange auf seinen Anruf warten zu lassen, dachte ich. Erst als ich die Cassette gehört hatte, fühlte ich mich ein bißchen wohler und beschloß meinerseits, ihn auch ein bißchen zappeln zu lassen. Er sollte nicht denken, ich hätte nichts Besseres zu tun, als bis Freitag darauf zu warten, daß ein Prinz anruft, um meinen Samstagabend zu retten. Er sollte ruhig merken, daß er es mit einer aktiven, unabhängigen Frau zu tun hatte, die auch ohne ihn in der Lage war, ihr Wochenende zu gestalten.

Außerdem wollte ich mir Zeit lassen und diesen Mann ein bißchen unter die Lupe nehmen, bevor ich mich auf ihn einließ. Ich wollte den freien Fall, aber diesmal bitte mit Fallschirm! Das war mal was Neues, aber ich hatte keine Lust mehr auf böse Überraschungen. Keine bleiernen Fluten, die eisig meinen Körper umspülten, und ich mittendrin. Ohne Rettungsring. Ich war entschlossen, aus den Fehlern von früher zu lernen, schließlich war ich ein denkender Mensch. Die Genstruktur des Homo sapiens ist zu fünfundneunzig Prozent identisch mit der des Schimpansen, und diese fünf Prozent waren meine Chance. Ich wollte sie nutzen. Als ich Tom kennenlernte, hatte ich mich wie ein Schimpansen-Weibchen verhalten, und man wußte ja, welches Affentheater dabei herausgekommen war! Ich war Hals über Kopf in die Affäre gestürzt, und ehe ich mich versah, in einer festen Beziehung gelandet, aus der ich nur unter größten Schwierigkeiten wieder herauskam, als sich herausstellte, daß mir meine Hormone einen Streich gespielt hatten und ich wieder mal erotische Anziehung mit Liebe verwechselt hatte.

Diesmal wollte ich vorsichtiger sein! Ich wählte seine Nummer, um ihm mitzuteilen, daß ich für Samstag abend schon andere Pläne hatte. Ob er nicht lieber am Sonntag nachmittag mit mir in ein Café gehen wollte? Zum Zwecke des unverbindlichen Kennenlernens, wie man sagt, denn erfahrungsgemäß spielen die Hormone besonders verrückt, wenn man ein Glas Wein in der Hand hält. Mit Cola oder Tee kann diesbezüglich weniger passieren.

Leider war er nicht zu Hause. Ich hätte ihn liebend gerne persönlich drangehabt und die genußvollen Schauer auf meinem Rücken gespürt, außerdem war ich neugierig, wie er auf meinen Vorschlag reagieren würde. Statt dessen redete ich auf seinen Anrufbeantworter und bat um Rückruf. Dann rief ich noch fünfmal an, um seine tolle Ansage zu hören, und legte immer wieder auf.

25

Freitag abend war ich völlig entnervt. Ich lief in der Wohnung auf und ab wie ein Tiger in seinem Käfig und schleuderte dem Telefon wütende Blicke zu. Trotzdem weigerte es sich zu klingeln, und ich konnte die Stille in der Wohnung nicht mehr ertragen. Also versuchte ich, irgend jemanden zu erreichen, der sich mit mir unterhielt, aber kein Mensch war zu Hause. In meiner Not war ich bereit, das Kriegsbeil zu begraben, und rief Isabel an.

»Ach, du bist's«, sagte sie gelangweilt.

»Ja, nur die kleine Mitarbeiterin. Nicht der nette Kollege, mit dem man so schön schäkern kann.«

»Wenn du angerufen hast, um mit mir zu streiten, muß ich dich leider enttäuschen. Heute habe ich wichtigere Dinge im Kopf. Ich habe keine Zeit für deine Kindereien.«

»Ich wollte nur kurz antesten, ob mein Telefon noch funktioniert.«

»Das tut es ja offensichtlich. Am besten, wir legen gleich wieder auf.«

»Nein, warte! Bitte leg nicht auf! Oder leg auf und ruf mich zurück. Ich glaube nämlich, daß ich zwar rausrufen kann, daß aber kein Gespräch zu mir durchkommt! Dann erzählst du mir, was es so Wichtiges gibt, daß du keine Zeit für meine Kindereien hast. Ich freu mich doch, daß du endlich wieder mit mir sprichst«, schmeichelte ich.

»Also gut«, sagte sie versöhnlich, »aber ich warne dich! Es wird dich zu Tode langweilen, weil es nichts mit dir zu tun hat. Es geht ausnahmsweise nur um mich!«

Sie legte auf. Wahrscheinlich würde sie mir jetzt von Thorsten erzählen oder von irgendeiner Klamotte, die sie unbedingt haben mußte und die es leider in ihrer Größe nirgendwo in München gibt. Zur Not müßte ich mich bereit erklären, am Samstag mit ihr einkaufen zu gehen, um sie endgültig zu versöhnen. Ich stöhnte. Manche Leute zwingen einen zum Äußersten. Aber ich war jetzt bereit, alles zu tun, denn ich brauchte unbedingt ihren Rat. Als das Telefon klingelte, sagte sie: »Ich bin so durcheinander. Ich weiß gar nicht, wo ich anfangen soll.«

»Am besten am Anfang. Was ist denn los?«

»Ich hab einen Job!«

»Das weiß ich bereits. Wir arbeiten zufällig zusammen, auch wenn es in der letzten Woche nicht danach aussah!« Sie lachte.

»Ich meinte, daß ich einen Job für die Zeit nach der Ausstellung habe!«

»Wirklich? Das ist ja fantastisch! Gratuliere!«

»Ach, ich weiß nicht«, seufzte sie in den Hörer. »Ich hab noch nicht endgültig zugesagt. Ich könnte ihn haben, wenn ich will, aber ich weiß nicht, ob ich will. Was soll ich machen? Ich bin schon völlig hektisch, weil ich mich noch dieses Wochenende entscheiden muß.«

»Und wo liegt das Problem?«

»Der Job ist in Frankfurt. Was soll ich denn da?«

»Arbeiten vermutlich«, sagte ich ungeduldig.

Ich hatte keine Lust, schon wieder die Allüren einer Primadonna zu ertragen. Ich wollte jetzt endlich zum Thema kommen und meine Sorgen loswerden. Doch sie machte keine Anstalten, mich danach zu fragen, daher sagte ich: »Was ist es denn für ein Job?«

»Er ist toll! Mein absoluter Traum!«

»Wirklich? Erzähl doch mal!«

»Du wirst ausflippen«, orakelte sie geheimnisvoll. »Ich hab mir schon die ganze Woche darüber den Kopf zerbrochen, wie ich es dir beibringen soll.«

»Ist es wirklich so kompliziert, oder hältst du mich für besonders schwer von Begriff?«

Sie lachte.

»Es ist einfach dumm gelaufen, deshalb bin ich dir auch aus dem Weg gegangen.«

»Es war umgekehrt«, sagte ich, »ich wollte nicht mit dir reden! Ich war sauer auf dich – es tut mir leid. Ich war wirklich eine Zicke.«

»Im Grunde war das für mich ganz praktisch«, sagte sie, »weil ich nicht wußte, wie ich es dir sagen sollte.«

»Was denn? Was kannst du mir nicht sagen? Spuck's endlich aus!«

»Es ist so«, druckste sie herum, »der Job in Frankfurt hat sich sozusagen durch Kontakte aus dem jetzigen Job ergeben.«

Welchem jetzigen Job? Es war mir neu, daß sich aus einer Tätigkeit an der Uni Zukunftsperspektiven ergeben konnten, die wissenschaftliche Laufbahn war bekanntlich eine Sackgasse.

»Ich kann in der Pressestelle von Quantas anfangen, wenn ich will. Und wenn ich den Anpfiff, den ich von dir bekomme, überlebe!«

Ich schwieg. Das war wirklich das Höchste! Da rief man ohne böse Absicht bei ihr an, um sie bezüglich eines Mannes zu konsultieren, und natürlich auch, um sich mit ihr zu versöhnen, und dann erfuhr man, daß sie inzwischen die Zeit genutzt hatte, um fröhlich weiter zu mobben.

»Es ist nicht so, wie du denkst«, sagte sie, »ich hatte nicht die Absicht, dich auszubooten! Es hat sich einfach so ergeben, daß ich Kontakt zu Hugh hatte, während du eben andere Sachen gemacht hast. Als wir beim Italiener waren, kam das Gespräch irgendwann darauf, was ich nach der Ausstellung machen würde. Ich erzählte ihm, daß ich gerne in diesem Bereich weitermachen wollte. Naja, und gestern rief er mich an und sagte, er hätte zufällig erfahren, daß sein Büro in Frankfurt jemanden sucht. Ich hab mich dort natürlich sofort gemeldet, und jetzt kann ich den Job haben!«

»Das ist alles?«

»Ja, was sollte sonst noch sein?«

»Bei dieser ganzen Flirterei mit dem Menschen ging es nur um einen Job?«

»O. k., ich hab ein bißchen rumgeflirtet, das gebe ich zu. Aber ich stecke doch viel zu tief in der Sache mit Thorsten, als daß mir der Sinn nach einem anderen Mann stünde!«

»Und was wirst du tun?«

»Mit Thorsten? Gar nichts. Ich lasse die ganze Sache einfach mal eine Zeitlang ruhen und gucke, wie es sich entwickelt.«

»Ich meine doch wegen Quantas. Wie wirst du dich entscheiden?«

»Ich weiß es nicht. Was würdest du denn tun?«

»Keine Ahnung. Meine Mutter hat mir so ein Listensystem beigebracht. Man muß die Vor- und Nachteile nebeneinander auf einen Zettel schreiben. Ich lege dann den Zettel vor dem Einschlafen unters Kopfkissen, und am Morgen weiß ich dann, was ich tun soll. Meistens jedenfalls.«

»Was?«

»Man kann den Zettel auch eindrehen und rauchen und dann die Asche analysieren.«

»Ich dachte, man sieht auf der Liste, ob die Vor- oder Nachteile überwiegen?«

»Das war der ursprüngliche Sinn«, belehrte ich sie, »aber das funktioniert nicht. Die Aufzählung der Nachteile kann zum Beispiel ellenlang sein, aber wenn es einen wirklich guten Vorteil gibt, entscheidest du dich trotzdem dafür, verstehst du?«

»Also, der Job kann schlecht bezahlt sein, auf ein Jahr befristet sein, und wenn er zum Beispiel in Oberammergau wäre, würde ich ihn nicht nehmen, weil ich nicht auf Alpenromantik stehe. Aber wenn er in Johannesburg wäre, würde das die Nachteile aufwiegen?«

»Genau so!«

»O. k. Ein Vorteil an dieser Sache ist, daß ich wahnsinnig billig fliegen kann, der Nachteil ist, daß ich in Frankfurt keinen Menschen kenne.«

»Naja, aber dieser Nachteil läßt sich dadurch wettmachen, daß du billige Flüge kriegst. Du kannst mich jedes Wochenende besuchen.«

Sie lachte.

»Ich dachte, du wolltest mir einen Vorteil sagen?«

Ich mußte auch lachen.

»Na gut. Du könntest jederzeit nach London fliegen und einkaufen, wenn du willst. Dort haben die Läden auch am Wochenende auf!«

»Du hast recht. Ich glaube, ich nehm den Job. Es geht nur alles so schnell!« Sie seufzte. »Und worüber wolltest du reden? Wen hast du jetzt schon wieder kennengelernt?«

»Wie kommst du denn darauf?«

Sie lachte.

»Ich kenn doch dein Gesicht! Ich hab die ganze Woche schon gemerkt, daß irgendwas los ist!«

Ich erzählte ihr, daß ich mich den ganzen Tag nicht vom Telefon wegbewegt hatte, weil ich auf Tobias' Anruf wartete.

»Das ist doch Kinderkram«, sagte sie überheblich. »Ich weiß eine Sache, die todsicher funktioniert! Warte kurz, ich muß mein Zauberbuch holen!«

Dann war sie verschwunden. Ich hörte sie in der Wohnung rumlaufen.

»Verdammter Mist«, schimpfte sie im Hintergrund, »ich kann in diesem Müllhaufen nichts finden. Alles ist voller Zeug! Ich sollte den ganzen Ramsch auf dem Flohmarkt verkaufen!«

Ich konnte es vor mir sehen, wie sie ihre Klamotten mit Fußtritten traktierte. Bei Isabel war die Modesaison noch schneller vorbei als in Mailand oder Paris. Wenn sie ein Kleidungsstück mehr als zweimal getragen hatte, gehörte es ihrer Ansicht nach in die Altkleidersammlung. Ich mußte unbedingt erfahren, wann sie zum Flohmarkt gehen wollte. Das wäre eine einmalige Gelegenheit für mich, neuwertige Sachen zu Spottpreisen zu erstehen.

»Also«, sagte sie, »gucken wir mal, was das schlaue Buch zu sagen hat.«

Ich hörte, wie sie die Seiten umschlug, und wartete voller Spannung auf die mystischen Tips ihres Zauberbuches. Es war ein sehr altes Buch, das sie in einem Antiquariat in der Nähe der Uni erstanden hatte, mit dem Titel ›Liebestränke und Zaubersprüche für die moderne Frau‹.

»Pink«, sagte sie nach einer Weile. »Pink ist jetzt deine Farbe.«

»Igitt!« schrie ich. »Muß das sein?«

»Du darfst ab sofort nur noch Pink tragen. Das steht hier.«

»Guckst du auch im richtigen Kapitel? Ich brauche jetzt keinen Zauber, um einen Mann zu verjagen, sondern um ihn zu kriegen!«

»Hier steht: ›Tragen Sie Rosa, um Ihre natürliche Anziehung zu unterstreichen. Je mehr Rotelemente das Rosa enthält, um so stärker wird Ihre Beziehung auf Körperlichkeit basieren. Wählen Sie Rot, wenn Sie sicher sind, daß Sie nur die körperliche Liebe wollen.‹ Also bitte, du hast die Wahl!«

»Ich habe überhaupt keine pinken Klamotten«, überlegte ich, »nicht ein Stück! Das wird teuer!«

»Naja, du mußt wissen, was dir der Mann wert ist«, sagte Isabel trocken, »aber du kannst ja zur Not was einfärben. Etwas Altes, das du nicht mehr brauchst.«

»Meinst du wirklich, daß das funkioniert? Ich kann mir nicht vorstellen, daß er mich in pinken verwaschenen Altkleidern attraktiv findet? Ich weiß nicht, ob das Buch für meine Zielgruppe geschrieben ist?«

»Natürlich kannst du dich nicht ausschließlich darauf verlassen«, sagte sie, »hör zu: deine Blumen sind Rosen, Gardenien …«

»Was für 'n Zeug? Wie sehen denn Gardenien aus?«

»… Jasmin und Veilchen.«

»Veilchen! Das ist gut. Ich habe jede Menge Usambaraveilchen!«

Meine Mutter hatte sie bei mir untergestellt. Ich sollte sie gießen, solange sie in Amerika war.

»Na also«, lobte Isabel, »jetzt kommen wir der Sache schon näher. Du nimmst also diese Veilchen und legst sie in eine Schale mit warmem Wasser.«

»Soll ich das sofort machen?«

»Warte, laß mich nachschauen. Nein, später. In der dritten Stunde der Dunkelheit.«

»Oh, Gott, wann ist das denn? Können die nicht genauer sein?«

»Es hängt doch von der Jahreszeit ab, wann die Sonne untergeht. Laß mich nachdenken. Zur Zeit wird es etwa um halb zehn dunkel, das heißt …«

»Halb eins! So lange muß ich warten? Ich bin jetzt schon völlig genervt, weißt du, ich habe schon den ganzen Tag hier rumgewartet!«

»Aber du hast Glück, denn Freitag ist der Tag, um Männer zu verzaubern. Frauen verzaubert man am besten donnerstags.«

»Frauen wie dich vielleicht! Mit denen geht man am langen Donnerstag einkaufen, und schon sind sie verzaubert!«

»Sehr witzig! Du kannst also heute loslegen. Was du noch brauchst, sind Steine. Hast du irgendwelche Steine zu Hause?«

»Ich weiß nicht.« sagte ich. »Ich habe einen Bimsstein, mit dem ich mir die Hornhaut abschrubbe. Aber ich kann ja an die Isar gehen und Steine sammeln!« Ich war zu allem bereit.

»Edelsteine brauchst du, keine Isarkiesel!«

»Edelsteine? Sag mal, wollen die mich in den Ruin treiben?«

»Die Investition könnte sich lohnen«, sagte sie trocken.

»Das wird ja sicher nicht der letzte Mann sein, den du verzaubern willst!«

»Ich kann mir keine Edelsteine leisten!«

Es raubte mir den Verstand. Jetzt, wo ich so kurz vor dem Ziel stand, taten sich unüberwindbare Hindernisse auf.

»Hast du denn keinen Schmuck? Du brauchst keine sehr hochwertigen Steine zum Zaubern. Jade, Malachit, Rosenquarz oder Lapislazuli. Hast du so was im Haus?«

Ich hatte von meiner Großmutter ein paar Ringe und Armbänder geerbt, fiel mir ein, die hatten sicher Steine mit solchen edlen Namen.

»Ich guck mal«, sagte ich.

Als ich mit dem Schmuckkästchen zurückkam, beschrieb ich ihr die Steine.

»Das Armband hört sich nach Rosenquarz an«, entschied Isabel, »aber wenn du auf Nummer Sicher gehen willst, häng dir einfach alles um.«

Ich tat, wie mir geheißen wurde.

»O. k.«, sagte ich und klimperte mit meinen beringten und behängten Armen.

»Ich bin soweit.«

»Hast du eine lila Kerze?«

»Nö! Aber ich nehm einfach irgendeine und wickel lila Papier drum.«

Ich war jetzt für praktische Lösungen.

»Solange du die Wohnung nicht abfackelst!« sagte Isabel.

»Na gut, jetzt kann es losgehen. Du stellst diese Kerze unter die Schüssel mit dem Wasser. In das Wasser wirfst du folgende Gewürze: Zimt, Vanille, Nelke oder Patschuli. Zum Schluß kommen die Blumen dazu. Dann setzt du dich vor diese Schüssel und atmest tief und lange durch. Du konzentrierst alle deine Gedanken auf diesen Mann.«

»Das ist kein Problem, ich denke sowieso ständig an ihn!«

»Na, siehst du! Tja, und das war's dann schon. Ach, eine Sache noch! Du mußt dieses Duftwasser als Parfüm tragen, wenn du mit ihm ausgehst.«

»Das ist alles? So angel ich mir diesen Mann?«

»Jede Wette«, sagte sie mit fester Stimme.

Ich konnte es nicht fassen. Was hatte ich mich früher immer abgemüht, für meine Verabredungen hübsche Kleider und Schuhe auszusuchen, das passende Parfum zu wählen und mir witzige Themen für die Unterhaltung auszudenken! Ich hatte mich völlig umsonst angestrengt! Anscheinend reichte es völlig, ein paar rosa Fetzen überzuwerfen, dazu alten Schmuck mit schweren Steinen zu tragen und sich mit gewürztem Wasser einzureiben.

Als ich gegen ein Uhr nachts tief durchatmend vor der Wasserschüssel saß, klingelte es an der Tür.

Wer wagte es, mein heiliges Ritual zu stören? Majestätisch wie die Hohepriesterin eines ägyptischen Tempelordens stand ich auf und linste durch den Türspion. Alles, was ich erkennen konnte, war eine schwarze Lederjacke.

»Wer ist denn da?«

»Ich bin's, Boris! Du weißt schon, ich bin der, der in New York war.«

Da ich mit nichts weiter als einem pinken Handtuch bekleidet war, öffnete ich die Tür vorsichtig einen kleinen Spalt.

Boris grinste mich an.

»Hallo, kann ich reinkommen?«

»Ähm, ja klar!«

»Dann mach doch mal die Tür auf! Ich passe nicht durch den Türspalt!«

»Ich hab nur ganz wenig Zeit«, sagte ich, weil ich mein Ritual fortsetzen wollte. Ich hatte leider vergessen, Isabel zu fragen, wie lange man vor dem Wassertopf sitzen mußte, damit der Zauber wirkte. »Wie spät ist es denn?« fragte ich Boris.

»Ein Uhr. Komme ich außerhalb der Sprechzeiten?«

»Nein, nein, darum geht es nicht. Eine halbe Stunde müßte reichen …«

»Wie bitte?« fragte er verwirrt. »Sag mir, wenn ich dich störe. Hast du Besuch?«

»Komm nur rein«, sagte ich und öffnete die Tür.

»Das ist ja eine enthusiastische Begrüßung!«

»Wirklich nett, dich zu sehen«, sagte ich gnädig. »Was hat dich denn in die Gegend verschlagen?«

»Ich komme direkt vom Flughafen. Ich hatte Sehnsucht nach dir!« Er guckte mich mit seinem bewährten Hundeblick treuherzig an. »Freust du dich denn gar nicht?«

Ich umarmte ihn.

Ein paar Minuten später tranken wir bei Kerzenlicht steuerfreien Gin mit einheimischem Tonic auf dem Balkon.

»Und, was gibt's bei dir so?« fragte er, nachdem er mit der New-York-Berichterstattung fertig war. »Außer daß du dich neuerdings mit Schmuck behängst und in Vanille badest?«

»Ich habe mich verliebt«, erklärte ich.

Er riß seine Augen so weit auf, daß sie wie zwei blaue Spotlichter in der Dunkelheit funkelten.

»Endlich«, sagte er. »Das ist ja wunderbar! Du kannst dir nicht vorstellen, wie mich das freut!«

Ich war etwas verwirrt und lächelte höflich. Immerhin nahm er es sehr gelassen auf, dachte ich erleichtert.

»Ja, ich finde es auch toll! Ich hab mir das schon länger gewünscht. Zur Abwechslung mal wieder was Festes. Mal sehen, ob was daraus wird.«

Er lachte.

»Na, ob du dir da den Richtigen ausgesucht hast? Also, du kennst mich ja! Ich bin ein sehr spontaner Mensch, unzuverlässig, das weißt du.«

»Ja, ja«, winkte ich ab, »aber Tobias ist anders. Er wirkt irgendwie seriöser.«

»Wer ist Tobias?« fragte Boris.

»Hörst du mir nicht zu? Der Typ, in den ich mich verliebt habe, heißt Tobias.«

»Oh«, sagte Boris.

Eine Weile schlürften wir schweigend an unseren Gin Tonics, dann räusperte Boris sich.

»Im Grunde ist es besser so«, sagte er. »Wir hätten bestimmt unsere Beziehung kaputtgemacht, wenn wir eine Beziehung angefangen hätten.«

»Wie bitte?« fragte ich. »Das ist mir zu hoch.«

Er nahm meine Hand.

»Wir sind doch Freunde, oder?«

»Klar«, sagte ich. »Beziehungen kommen und gehen, aber Freunde hat man für immer.«

Dann setzte ich mich auf seinen Schoß, und wir küßten uns in aller Freundschaft.

26

Der Samstag war sonnig und schön, daher beschloß ich, nachmittags an die Isar zu gehen und mich zu sonnen. Vorher mußte ich nur noch den Wochenendeinkauf hinter mich bringen.

Auf dem Viktualienmarkt war die Hölle los. Es war ein einziges Gedrängel und Geschiebe. Touristen liefen mit Fotoapparaten herum und knipsten die Bilderbuch-Bayern, die sich mit Maßkrügen in der Hand dekorativ um die Würstchenbuden postiert hatten. Dazwischen stolzierten aufgedonnerte Frauen in bunten Kostümen herum wie exotische Vögel und stellten den Familienschmuck zur Schau. Es war nicht zu ertragen, wenn der Sommer sein Füllhorn über meinem geliebten Markt ausschüttete! Mißmutig drängelte ich mich durch die Massen. Da Lynn in Barcelona und meine kleine Schwester in Seattle war, mußte ich nicht viel einkaufen.

»Deutsche Frauen sind verrückt mit Diät«, bemerkte Giovanni, als er ein paar Obststücke in meinen Einkaufskorb legte. »Schau sie dir an!« Er machte eine kreisende Handbewegung, die den Markt und die gesamte Republik umspannte. »Sie sind dürr!«

Neben mir stand eine braungebrannte Frau und deutete mit ihrem abgemagerten Ärmchen auf die Steige mit den Zucchinis. Ihre gebräunten Beine staksten wie zwei abgebrannte Streichhölzer aus dem hellen Leinenkleid, das um ihren Körper schlotterte. Mit sauertöpfischer Miene guckte sie die junge Verkäuferin an.

»Das sieht aber nicht frisch aus«, meckerte sie. »Ich lasse mir kein altes Gemüse andrehen!«

»Frischer als hier auf dem Markt sind die Zucchinis nur, wenn Sie sie selber ernten«, erklärte das Mädchen.

Die Frau schwieg und preßte ihre dünnen Lippen fest aufeinander. Sie hatte offensichtlich wenig Lust, sich das schöne Leinenkleid bei der Gartenarbeit einzudrecken.

»Man kriegt verkniffene Lippen, wenn man auf alles verzichtet«, quasselte Giovanni weiter. »Ein gutes Essen macht Körper und Seele gesund!«

»Ich mache keine Diät, was redest du da?« verteidigte ich mich und die Ehre der Frauen in diesem Land. »Ich habe nur keinen Appetit bei der Hitze.«

Ich mußte mir schließlich keine Bemerkungen über meine Lebensführung anhören, nur weil ich heute weniger Geld ausgab als sonst. Der Mensch war wie mein Vater!

»Ein Drittel der Weltbevölkerung stirbt an Hunger«, meckerte der immer, wenn ihm eine Modezeitschrift in die Hände fiel. »Und bei uns gilt es als schön, wenn Frauen mit eingefallenen Wangen herumlaufen! Ich weiß nicht«, feixte er in affektiertem Tonfall, »welche Probleme diese Äthiopierinnen haben? Wenn ich deren Figur hätte, wäre ich wunschlos glücklich, meine Liebe.«

»Das macht zehn Mark achtzig«, sagte Giovanni. »In Italien ist es viel heißer als hier, und trotzdem essen die Frauen. Schönheit kommt von innen. Ein Mann findet dich nicht schön, weil du fünf Kilo mehr oder weniger hast, sondern wegen deiner Ausstrahlung. Innere Werte, bella! Also, schönen Tag noch!«

Damit wandte er sich dem nächsten Kunden zu.

Ohne Lynn machte mir das Bummeln keinen Spaß, daher schlenderte ich wieder nach Hause. Unterwegs dachte ich über Giovannis südländische Weisheiten nach. Lebte der Mann hinter dem Mond, oder lohnte es sich, mal seine Kumpels kennenzulernen?

Ich versuchte mich daran zu erinnern, welcher Mann, mit dem ich in der letzten Zeit ausgegangen war, sich für meine inneren Werte interessiert hatte. Spontan fiel mir keiner ein. Worüber Frauen bloß immer so viel reden können, wunderten sich die Männer. Waren sie etwa fantasieloser als Frauen? Gingen ihnen schneller die Themen aus, weil sie weniger im Kopf hatten? Das konnte es auch nicht sein, dachte ich. Männer reden gerne und viel. Lynn hatte mir neulich von einem Typen erzählt, mit dem sie beim Essen war. Er arbeitete bei der Stadt in der Müllentsorgung und redete ununterbrochen. Die einzige Frage, die er ihr im Laufe des Abends stellte, war, was er ihr zum Trinken bestellen sollte. An diesem Abend lernte sie viel über Mülltrennung. Als sie sich nicht mehr konzentrieren konnte und ihr vor Müdigkeit die Augen zufielen, fuhr er sie nach Hause. Vor der Tür fragte er, ob er noch mit nach oben kommen könnte. Lynn wollte nur ins Bett, und zwar alleine. Das brachte ihn ziemlich durcheinander.

»Ich dachte, wir bleiben noch ein bißchen länger zusammen«, sagte er. »Wir hatten doch einen tollen Abend!«

»Das Restaurant war wirklich sehr gut«, gab Lynn zu.

»Ich habe mich auch prima mit dir unterhalten«, sagte der Müllmann.

»Du meinst, du hast dich prima mit dir unterhalten?«

Lynn sagte, er hätte sich keine Sekunde für sie interessiert. Natürlich interessierte er sich für sie, hatte der Müllmann erwidert. Warum hätte er sie denn sonst zum Essen eingeladen? Darauf wußte Lynn auch keine Antwort und verabschiedete sich. Am nächsten Tag stellte sie verschiedenfarbige Plastiktonnen für die unterschiedlichen Sorten von Müll in der Küche auf.

»Ich hab mich so gelangweilt, daß ich fast eingeschlafen wäre!« berichtete sie mir. »Und er hielt sich für wahnsinnig interessant!«

»Das tun sie alle! Ohne Rücksicht auf die Tatsachen.«

Jeder Mann mit dem durchschnittlichen Gehirnvolumen einer Feldmaus wünscht sich eine Frau, die ihn für einen Nobelpreisanwärter hält. Um diese Illusion aufrechtzuerhalten, lassen sie die Frau gar nicht erst zu Wort kommen. Männer können sich nicht vorstellen, worüber Frauen gerne reden, weil sie ihnen so selten zuhören. Kein Wun der, daß sie sich nicht für die inneren Werte einer Frau interessieren, wenn sie nicht mal ahnen, daß die Frau welche hat. Tom und ich hatten uns immer was zu sagen gehabt. Ihm hatte ich alles erzählen können, allerdings war ich mir im nachhinein nicht sicher, ob er jemals zugehört hatte. Aber das lag sowieso Lichtjahre zurück. Die Erinnerung daran war ähnlich verblaßt wie an Kindergeburtstage oder den ersten Schultag. Weit, weit weg! Jetzt wehte ein anderer Wind. Die Männer, die ich im Ausverkauf der Singles kennenlernte, waren viel zu sehr mit sich selbst beschäftigt, um jemand anderem zuzuhören. Sie konsumierten andere Menschen in homöopathischen Dosen zu eigens dafür festgesetzten Zeiten. Sie waren Männer für eine Nacht. Wenn sie etwas austauschen wollten, dann waren das mit Sicherheit nicht Gefühle oder Gedanken. So weit ließen sie es erst gar nicht kommen. Liebe war ein Zeitvertreib für Langweiler, die keine Hobbies hatten, und Leidenschaft war ein nächtlicher Pausenfüller zwischen zwei arbeitsreichen Tagen. Sie fand statt, wenn nichts im Fernsehen kam und die Kumpels keine Zeit hatten. Leidenschaft gehörte zur Nacht wie Dosenbier zur Tennisübertragung. Wenn sie unerwarteterweise mal am Tag auftauchte, wurde sie verscheucht wie eine lästige Fliege, die mit ihrem nervtötenden Gebrumme die Teilnehmer eines wichtigen Meetings stört. Man nahm einen Aktenhefter und haute kurz drauf. Weg war das lästige Ding. Männer für eine Nacht stehen nicht auf innere Werte. Schon gar nicht am Morgen danach. Sie sprechen am liebsten hübsche Frauen an, weil sie auf optische Effekte stehen und weil sie annehmen, daß hinter einer hübschen Fassade keine Persönlichkeit zum Vorschein kommt. Wenn eine Frau Persönlichkeit hat, bedeutet das Stress. Stress ist, wenn eine Frau Ansprüche stellt, wenn sie mehr vom Leben erwartet als alle paar Jahre ein neues Auto, und wenn sie mehr von einem Mann erwartet als die Rest-Gefühle, die vom Tag übrig sind. Leidenschaft ist Stress. Intelligente Frauen machen mehr Stress als dumme Frauen. Die stellen höchstens dumme Fragen.

Doch dieses männliche Auswahlprinzip beruht auf einem fatalen Mißverständnis, denn seit es Schminke und Wonderbra für alle gibt, sind die bewährten Kategorien hoffnungslos durcheinandergeraten. Jede Frau, die über eine Scheckkarte verfügt, kann sich in eine Schönheitskönigin verwandeln. Vermutlich kann sich eine intelligente Frau sogar besonders toll stylen, denn um die Geheimnisse der modernen Kosmetik zu verstehen, braucht man eine gute Portion Grips, wie jeder weiß, der einmal versucht hat, die Kosmetiktips einer Zeitschrift zu kapieren. Am Morgen danach fragt sich die Frau, wieso sich der Mann nicht für ihre inneren Werte interessiert, während er sich darüber den Kopf zerbricht, seit wann Schaufensterpuppen eine Seele haben. So sind sie eben, die Männer für eine Nacht.

Was wäre man ohne sie? Sie sind die Vorschau darauf, was das volle Programm zu bieten hat. Sie sind die Tütensuppe, wenn der Kühlschrank mal wieder leer ist. Nichts schmeckt so scharf wie ein One-night-Stand, wenn man Hunger hat. Aber One-night-Stands sind nur bekömmlich, wenn man sich nicht mehr verspricht, und man darf sich auf keinen Fall verlieben! Eine Tütensuppe ist nun mal kein Fünf-Sterne-Menü, und der gemeine Laubfrosch verwandelt sich nur im Märchen in einen Prinzen. Frauen haben diesbezüglich noch einiges zu lernen. Man hat uns Tricks beigebracht, um Tütensuppen in kulinarische Köstlichkeiten zu verwandeln oder zumindest so zu tun, als schmeckten sie uns. Und man hat uns eingebleut, daß Sex und Liebe zusammengehören wie Kino und Popcorn. Wohlerzogen, wie wir sind, verlieben wir uns in die Männer, mit denen wir Sex haben, zumindest tun wir so, als ob. Jetzt sind wir dabei, umzudenken und müssen lernen, die Prinzen von den Fröschen zu unterscheiden und beide auf ihre Art zu genießen.

Wie der Brillentyp wohl drauf war? War er ein Mann für eine Nacht, oder für mehr? Um das rauszufinden, müßten wir zumindest mal eine Nacht miteinander verbringen, dachte ich sehnsüchtig. Doch für einen lockeren One-night-Stand war es schon viel zu spät. Ich grübelte von morgens bis abends über ihn nach, und seine Cassette hatte ich schon so oft abgespielt, daß sie die goldene Schallplatte verdient hätte. Ich mußte herausfinden, woran ich bei ihm war, bevor ich mich unnötig weiter verliebte, und außerdem eine andere Cassette in meinen Walkman einlegen.

27

Als ich vom Sonnenbaden zurückkam, blinkte mein Anrufbeantworter wie verrückt: Markus, der vor dem Fest noch beim Thailänder essen wollte. Ich dachte an Giovannis lehrreichen Vortrag über Frauen, die zu wenig essen, und rief sofort zurück. Er war nicht zu Hause, daher unterhielt ich mich mit seinem Anrufbeantworter.
»Hi, mein kleiner mechanischer Freund! Sag Markus bitte, daß ich um neun im Restaurant bin. Er soll pünktlich sein, ich hasse es, alleine rumzusitzen. Danke!«
Der nächste Anruf war von Theresa. Ihre Trauerzeit sei vorbei, und sie hätte Lust, endlich mal wieder so richtig einen draufzumachen. Ob wir uns später auf dem Fest treffen könnten?
»Hallo, Sara«, sagte die erotischste Männerstimme der Welt.
Mein Herz fing an wie wild zu klopfen.
»Schade, daß du heute abend keine Zeit hast. Wie wäre es, wenn wir uns am Sonntag nachmittag im Café am Odeonsplatz treffen würden? Es ist dort sehr schön sonnig. Sagen wir, um drei? Bitte hinterlaß eine Nachricht auf meinem Band.«
Als mein Herzrasen aufgehört hatte, war ich so glücklich, daß ich den Telefonhörer hätte küssen können. Dann rief ich Theresa zurück und teilte ihrem Anrufbeantworter die aufregende Neuigkeit mit. Außerdem sagte ich, daß ich auf dem Fest gegen elf vor den Klos auf sie warten würde.

Den restlichen Nachmittag verbrachte ich vor meinem Kleiderschrank und suchte nach Sachen, die ich morgen in Ermangelung eines pinken Kleides anziehen könnte. Eine Sekunde lang überlegte ich, um auf Nummer Sicher zu gehen, in meinem rosa Bademantel zu erscheinen, aber ich verwarf den Gedanken dann doch. Es war schon möglich, daß er mich darin unwiderstehlich finden würde, überlegte ich, aber noch wahrscheinlicher war es, daß ich, bevor es dazu kam, von Sanitätern abgeführt würde. Statt dessen kam ein schwarzes kurzes Leinenkleid in die engere Wahl. Es wirkte sexy und doch elegant zurückhaltend, und außerdem war es neu, und ich hatte es noch nie getragen. Die gewagtere Variante war ein knalloranges Kleid. Am wohlsten dagegen fühlte ich mich in meinem weißen Catsuit. Wenn allerdings morgen die Sonne schien, war der Catsuit weniger geeignet. Mit meiner runden Sonnenbrille würde ich darin aussehen wie John Lennon, der sich als Malermeister verkleidet hat. Mist. Ich war ratlos. Giovanni und seine inneren Werte, dachte ich ungehalten, der Mann hatte keine Ahnung! Woran sollte denn jemand erkennen, daß ich innere Werte hatte, wenn ich nach außen hin blöde aussah? Eine schöne Seele braucht eine angemessene Verpackung.

Inzwischen war es spät geworden, und ich beschloß, die Kleiderfrage auf morgen zu verschieben. Eilig streifte ich das schwarze Leinenkleid über und schlüpfte in schwarze hochhackige Schuhe. Vor dem Spiegel probierte ich einen passenden Lippenstift, fertig. Ich sah gut aus. Sexy mit Tiefgang, und das in nur fünf Minuten! So schnell kann das gehen, dachte ich, wenn man nicht mit süßen Brillentypen verabredet war.

Den Weg ins Restaurant ging ich zu Fuß. Ich lief quer über die Grünfläche am Gärtnerplatz und stolperte in meiner Eile fast über ein spielendes Kind.

Das Restaurant war zur Hälfte besetzt. Markus saß schon vor einem Glas Wein und winkte mir zu. Er trug ein schlichtes weißes T-Shirt, das seinen wohlgeformten Oberkörper bestens zur Geltung brachte, und schwarze Levi's.

Sein pechschwarzes Haar glänzte wie ein edler Pelz. Er war leicht gebräunt und lächelte umwerfend. Wie üblich stellte ich fest, daß er einen großen Verlust für die Frauenwelt darstellte, der um so schmerzlicher war, als Markus nicht nur gut aussah, sondern man mit ihm auch prima reden konnte. Wörter wie Psychokram oder Weibergequatsche würden ihm nie über die Lippen kommen. Ganz im Gegenteil. Er hatte nichts gegen innere Werte und redete leidenschaftlich gerne über Themen, die den durchschnittlichen Hetero-Mann in Tiefschlaf versetzten.

»Was für ein himmlisches Kleid du anhast«, sagte er prompt. »Reines Leinen? Laß mal fühlen! Super! Ganz die junge Hepburn, sexy, aber mit unheimlich viel Stil! Wen möchtest du heute noch beeindrucken?«

»Niemanden außer dir!« antwortete ich, denn meine Gefühle waren vollkommen auf das morgige Ereignis gerichtet, und mehr Aufregung konnte ich nicht vertragen. »Ich gehe gediegen mit einem guten Freund zum Essen und danach auf ein kultiviertes Fest. Dort werde ich Leuten zuhören, die sich über Dinge unterhalten, von denen ich keinen blassen Schimmer habe. Deshalb werde ich etwas zu viel trinken, was dazu führen könnte, daß ich wild tanze, und wenn ich dann müde bin, gehe ich nach Hause.«

Das Fest war der traditionelle Abschluß einer Art Tag der offenen Tür der Münchner Galerien. Kunstfreunde pilgerten von Ausstellung zu Ausstellung, kippten literweise Prosecco und verschafften sich einen Eindruck vom aktuellen Kunstgeschehen. Den teilten sie sich dann gegenseitig auf dem Fest mit.

»Erzähl mal, was du dir angeguckt hast«, bat ich Markus, in der Hoffnung, mir ein paar Details zu merken, die ich später ganz locker in die Konversation mit den Kunstliebhabern einstreuen konnte. Er fing an, mir die Themen und Trends des zeitgenössischen Kunstgeschehens zu erläutern, und hielt dabei die Speisekarte fest umklammert. Er machte keine Anstalten zu bestellen. Die Leute an den anderen Tischen mampften genießerisch, und es duftete herrlich nach Curry und Zitronengras. Mein Magen knurrte vorwurfsvoll wie ein hungriger Hund, dem man vergessen hatte, sein Schappi zu geben. Er wollte jedenfalls mehr als nur das bißchen Obst, das ich ihm gegeben hatte. Deshalb unterbrach ich die Ausflüge in die Kunstgeschichte.

»Sollten wir nicht mal bestellen? Ich mag diese Kokosnuß-Curry-Saucen so gerne. Möchtest du eine Vorspeise oder sollen wir gleich in die vollen gehen?«

Er studierte die Karte mit gerunzelter Stirn.

»Es gibt immer so viel! Ich kann mich nie entscheiden. Am liebsten ist es mir, wenn der Kellner was empfiehlt. Das nehme ich dann, und er hat schuld, wenn's nicht geschmeckt hat. Hier: Fischfilets mit Thai Auberginen in einer Soße aus grünem Curry und Kokosnuß.« Er leckte sich die Lippen. »Dafür würde ich den schönsten Mann stehenlassen.«

»Ich auch«, sagte ich.

Bis auf den Süßen mit der Brille, dachte ich. Den würde ich nicht abtreten, nicht für ein Curry-Abonnement auf Lebenszeit! Aber der Brillentyp war auch nicht direkt ein schöner Mann, dachte ich, nicht im klassischen Sinn. Dafür hatte er dieses gewisse Etwas, das mich einfach umhaute. Sein Blick, seine Stimme, die Art, wie er sich bewegte. Boris sah toll aus mit seinen Til-Schweiger-Augen und dem perfekten jungenhaften Körper. Aber der mit Abstand schönste Mann saß mir gegenüber. Daher fügte ich hinzu: »Aber nur, weil der schönste Mann schwul ist!«

Ich guckte ihm tief in die Augen.

»Danke für die Blumen«, grinste er, »ich kann das Kompliment besten Gewissens erwidern, meine Schöne!«

Zärtlich streichelte er meine Hand. Außenstehende mußten uns für das perfekte Liebespaar halten! Die Frau am Nachbartisch musterte uns interessiert. Sie schien sich mit ihrem Begleiter schrecklich zu langweilen, und während er pausenlos Nahrung in sich hineinstopfte, warf sie mir neugierige Blicke zu. Was-hat-die-was-ich-nicht-habe? In Nachbars Garten ist das Gras immer etwas grüner.

Endlich kam der Kellner, der aussah wie ein thailändischer Prinz. Er verschlang Markus mit seinen Blicken. Mich behandelte er wie Luft. Markus bestellte das Curry und ein Gericht, das Kaeng Phet Kung heißt und hauptsächlich aus Garnelen besteht. Es klang verlockend.

»Hübscher Junge«, bemerkte Markus grinsend, als sich der Prinz mit aufreizendem Hüftschwung von unserem Tisch entfernte.

»Und wie geht's mit Oliver?« erkundigte ich mich.

»Er wird mir zu hausfraulich. Heute morgen wollte er mir ein Pausenbrot machen, das ich in den Sender mitnehmen sollte, und wenn ich nicht aufpasse, bügelt er meine Hemden.«

»Ach, herrje!«

»Er hat fast nie Lust, was zu unternehmen. Zu Hause wär' es sooo gemütlich, sagt er!« Markus rollte mit den Augen. »Ich weiß nicht, warum ich immer an solche Männer gerate?«

»Du findest schon noch deinen Prinzen«, tröstete ich ihn. Er lachte.

»Das sag ich mir auch schon seit Jahren. Aber ich schätze, ich muß lernen, Abstriche zu machen. Oliver ist eigentlich ein Schatz, aber dieses Geglucke geht mir auf die Nerven. Zum Glück bin ich ja beruflich viel unterwegs, sonst wäre ich schon ausgeflippt!«

»War dein Ausflug durch die Galerien auch beruflich? Habt ihr was gedreht?«

Er nickte. Dann setzte er seinen Exkurs in die Welt der schönen Künste fort.

»Alles ist erlaubt«, sagte er, »aber es muß sich in die Diskussion innerhalb der Kunst eingliedern lassen. Deshalb passiert heutzutage im normalen Leben mehr Innovatives als in der Kunst. Die Zeiten, als Kunst schockieren oder aufrütteln konnte, sind vorbei. Das Leben hat die Kunst überholt.«

»Vielleicht ist es nicht mehr wichtig zu schockieren!«

»Ist es auch nicht«, sagte er, »aber als Bilder noch schockierten, richteten sie sich an die Öffentlichkeit. Im Moment kommunizieren die Künstler nur untereinander, und kaum jemand nimmt Notiz davon, was sich da eigentlich abspielt. Du bist das beste Beispiel dafür.«

»Ich kann wenig damit anfangen«, mußte ich zugeben. »Ich interessiere mich mehr für Film oder Musik.«

»Du könntest es dir wenigstens mal anschauen! Oder hast du keine Geduld für Sachen, die du nicht auf Anhieb verstehst?«

»Das auch«, sagte ich, »die Welt ist voll von Dingen, die ich nicht kapiere! Aber ich hab ja noch ein bißchen Zeit.«

Als wir das Restaurant verließen, war es dunkel.

Wir schlenderten noch an einem Café vorbei und holten uns ein Eis als Nachspeise. Cappuccino und Schokolade für ihn, Zitrone und Himbeere für mich.

Das Stadtcafé war proppenvoll. Äußerst kommunikationsfördernd! »Entschuldige, daß ich dir auf die Zehen getreten bin«, war ein schmerzhafter, aber sehr wirkungsvoller Gesprächsbeginn.

Im Innenhof standen die Leute dicht an dicht wie die Sardinen in der Büchse. Unter einem Baum war eine Anlage aufgestellt, aus der laute Musik dröhnte. Hier war es weniger kommunikativ, und wir verständigten uns durch Zeichensprache. Markus deutete in Richtung Bar und schob sich beharrlich seinem Ziel entgegen. Ich hinterher. In diesem Moment lief mir Irene über den Weg. Das mußte ja passieren! Sie trug eine ihrer Ilona-Christen-Brillen und ein schwarzes Flatterteil, das bis unter die Knie reichte.

»Hallo«, schrie sie, »tolles Fest, oder?«

Ich nickte stimmbandschonend.

»Seit wann bist du hier?«

»Gerade gekommen, wir waren noch beim Essen«, brüllte ich zurück.

Sie schielte neugierig auf Markus. Ich stellte ihn ihr vor.

»Irene, das ist Markus, Markus, das ist Irene«, schrie ich. Natürlich attackierte sie ihn sofort mit ihren Ansichten zum aktuellen Kunstgeschehen. Wie schön, daß man hier ein verbindendes Thema hatte, dachte ich und ärgerte mich wieder, so ein Kulturbanause zu sein. Markus entzog sich bald der Diskussion, weil er immer noch an die Bar wollte. Das Schreien hatte ihn noch durstiger gemacht. Die Musik machte jetzt eine Pause, und die Leute fingen an, sich in normaler Lautstärke zu unterhalten.

»Kann ich euch auch was mitbringen?« fragte Markus höflich.

Ich bestellte Weißwein. Irene hielt schon ein Glas in der Hand und winkte ab.

»Ein netter Typ«, sagte sie, als er ungefähr zwei Schritte von uns entfernt war. »Hat der vielleicht einen Bruder?«

»Hat er«, antwortete ich, »hetero, langweilig und nicht halb so gut aussehend.«

»Was für ein Jammer«, seufzte sie, »es ist kein Wunder, daß ich ständig an Schwule gerate, sie sind einfach die besseren Männer!«

»Apropos, wie geht es deinem Ehemann?«

»Ex-Ehemann bitte sehr«, sagte sie und lächelte stolz, »du darfst mir gratulieren. Ich bin frisch geschieden!«

»Wirklich? Herzlichen Glückwunsch! Und wie fühlst du dich?«

»Prima! Es geht mir so gut wie noch nie.« Sie strahlte über das ganze Gesicht. »Alle Geschiedenen, die ich kenne, sind glücklich. Die Singles sind unglücklich, weil sie niemanden haben, die, die in einer Beziehung sind, sind unglücklich, weil sie jemanden haben, nur die Geschiedenen sind happy. Ich kann eine Scheidung nur wärmstens empfehlen.«

Zum einmonatigen Trennungsjubiläum von Tom hatte mir Isabel damals ein T-Shirt mit einem Comic vorne drauf geschenkt. Es zeigte eine Frau mit schwarzen Haaren. Über ihrem Kopf hing eine Sprechblase, in der stand: ›all the women moarning about not having a husband have obviously never had one‹. Als ich es bekam, fand ich es sehr witzig, obwohl ich nur unter Tränen darüber lachen konnte. Ich lief eine Weile ständig darin herum, bis ich es satt hatte und in die hinterste Ecke meines Kleiderschrankes verbannte. In der letzten Zeit hatte ich es nicht mehr getragen.

»Ich war nicht immer so glücklich, wenn eine Beziehung auseinanderging«, sagte ich unverbindlich.

»Es muß eine Scheidung sein«, erklärte sie. »Erst dann bist du am Ende des Regenbogens angelangt. Vorher träumst du immer noch vom ewigen Glück, aber nur wenn du es mal ausprobiert hast, weißt du, wie es wirklich ist!«

»Aha! Dann werde ich wohl diesen Glückszustand niemals erleben«, sagte ich. »Wie soll ich mich scheiden lassen, wenn ich nicht mal verheiratet bin?«

»Keine Panik, das ergibt sich von selbst. Jeder rasselt da früher oder später rein«, beruhigte sie mich.

Ich war mir da nicht so sicher, denn ich hatte keinen blassen Schimmer, wen ich heiraten könnte, um mich von ihm scheiden zu lassen. Vielleicht den Brillentypen? Das war keine gute Idee, dachte ich, denn von ihm würde ich mich niemals wieder scheiden lassen. Er war einfach zu süß. Ich würde ständig diesen unausgesprochenen Scheidungswunsch in mir herumtragen, und so was belastet eine Beziehung auf Dauer. Wenn ich Markus heiratete, wie wir beim Chinesen überlegt hatten, war das zu dem Zweck, um Nachwuchs zu haben. In diesem Fall wäre es ausgesprochen ungünstig, die Ehe gleich wieder zu beenden, denn die Kinder würden ein Scheidungstrauma bekommen. Boris war der einzige, den ich vielleicht heiraten könnte, vorausgesetzt, er wollte mich noch. Aber wir sahen uns zu selten. Ich wäre dann eine sitzengelassene Ehefrau, und das war auch nicht erstrebenswert. Es war aussichtslos.

»Und würdest du wieder mal heiraten?« fragte ich.

»Spinnst du?« Sie tippte sich mit dem Finger an die Stirn. »Einmal reicht. Jetzt will ich nur noch kurze Affären mit Männern, die schöne Körper haben. Das Problem ist, daß Schwule am besten aussehen. Und um meine Nächte mit einem Mann zu verbringen, der sich nach anderen Männern sehnt, hätte ich auch verheiratet bleiben können.«

»Willst du denn überhaupt keine Beziehung mehr haben?« fragte ich.

»Wenn du mir sagst wozu? Überleg doch mal! Kinder hab ich schon, das Geld verdiene ich selber, und ins Kino gehe ich lieber mit Freundinnen, weil ich mit denen besser über den Film reden kann. Was kann mir ein Mann schon bieten außer Sex? Und dazu braucht man keine Beziehung!«

Wie vernünftig sie wieder mal war, dachte ich bewundernd.

»Außerdem habe ich keine Zeit für neue Leute«, fügte sie hinzu. »Ich treffe schon die, die ich jetzt kenne, viel zu selten. Dich habe ich ja auch Ewigkeiten nicht mehr gesehen.«

Der Gedanke, daß es dafür auch andere Gründe gab, kam ihr natürlich nicht in den Sinn.

»Das letzte Mal haben wir uns getroffen, glaube ich, als du mit diesem Muttersöhnchen unterwegs warst, und das war auch rein zufällig.«

Im Zusammenhang mit Irene gab es keine Zufälle. Sie zu treffen war Schicksal. Sie hatte einen eingebauten Seismographen, der jede noch so kleine Veränderung im Gefühlsleben ihrer Mitmenschen auch auf weite Entfernungen hin registrierte. Wenn ein Mann in meiner Nähe war, den ich etwas mehr als passabel fand, schlug bei ihr der Zeiger an. Manchmal ahnte ich selbst noch nichts, aber Irene war schon auf der Bildfläche. Dann beobachtete sie mich aus ihren übergroßen Brillengläsern wie einen zappelnden Käfer unter dem Mikroskop. Die Ergebnisse ihrer Beobachtung teilte sie dann postwendend meinem Ex mit.

»Und«, erkundigte sie sich, »seitdem schon was Neues aufgetan?«

Sie lächelte mich an wie die Schlange Kaa, als sie den armen Mogli hypnotisierte. Es war pures Glück, daß ich den süßen Brillentypen heute abend nicht dabei hatte! Und ich würde den Teufel tun, ihr mein süßes Geheimnis zu verraten. Deshalb schüttelte ich den Kopf.

»Hast du Tom mal wieder gesehen?« fragte ich, um sie abzulenken. Damit wäre sie die nächste halbe Stunde mit Gesprächsstoff versorgt.

»Vorgestern«, berichtete die Klatschreporterin glücklich, endlich ihr Lieblingsthema erörtern zu dürfen. »Ich komme ja abends nur weg, wenn ich einen Babysitter habe, und deshalb habe ich ihn zu mir eingeladen.«

So war das also! Mich traf sie höchstens zufällig, aber bei meinem Ex scheute sie keine Mühe. Wieder einmal ein Beispiel für die gesellschaftliche Wertlosigkeit alleinstehender Frauen.

»Er hatte bei mir in der Gegend zu tun, und da habe ich ihn gefragt, ob er nicht zum Essen bleiben möchte. Ich konnte ja nicht ahnen, daß er die Jeanette mitbringen würde. Wir haben mit den Kindern Spaghetti gegessen. Du kennst doch die Jeanette?«

War das die Sofakissenaufschüttlerin? Ich zuckte unschlüssig mit den Schultern.

»Die Blonde mit dem Topfhaarschnitt. Ein fades Weib, wenn du mich fragst.«

Ich fragte sie nicht. Wenn ich mir vorstellte, daß ich mir noch vor ein paar Wochen für Informationen über die Sofakissenaufschüttlerin die Ohren wundtelefoniert hatte, war es sehr verwunderlich, daß mich das Thema jetzt völlig kaltließ. Aber Irene hatte sich noch nie daran gestört, ob sich jemand für ihre Geschichten interessierte. Sie tratschte munter weiter.

»Ich verstehe nicht, was er an ihr findet. Sie ist so langsam wie die Bundesbahn und so langweilig wie eine Steuererklärung! Ich schätze, er brauchte zur Abwechslung mal eine Frau, die ihn bedingungslos anhimmelt.« Sie schaute mich strafend an. »Man kann ihm das nicht verdenken, denn du bist ja ziemlich stressig. Die Jeanette bewundert und verwöhnt ihn. Das braucht er, um sich in Ruhe die Wunden zu lecken«, analysierte sie weiter. »Ich meine, so wie du ihn behandelt hast!«

Das sagte mir eine Frau, deren Ex-Mann sämtlichen Frauen dieser Welt abgeschworen hatte, dachte ich empört. Sie stellte mich als Monster dar, das mit spitzen Zähnen wehrlosen Männern blutige Wunden zufügte! Gab es wirklich etwas wie Schuld, wenn eine Beziehung in die Brüche ging?

Ich fragte mich, wozu ich hier stehenbleiben und mich weiter beleidigen lassen sollte.

Wo zum Teufel war Markus?

»Sobald er eure Trennung überwunden hat«, plapperte sie inzwischen unbekümmert weiter, »wird er sie hockenlassen und sich nach einer Frau umgucken, die ihm was bieten kann. Es ist bald soweit, wenn du mich fragst.«

Ich wußte, daß sie mir auch ohne Aufforderung in epischer Breite darlegen würde, wieso die Sofakissentussi demnächst abgehalftert werden würde, doch zum Glück kam Markus mit den Getränken, und ich verabschiedete mich von Irene.

»Ich guck mich mal ein bißchen um. Man sieht sich!«

Sie winkte freundlich, in dem Bewußtsein, mich mit lebenswichtigen Informationen versorgt zu haben, und machte sich auf die Suche nach weiteren Opfern.

In diesem Moment fing die Musik wieder an zu spielen, und da sah ich ihn.

Ich blieb auf der Stelle stehen und kniff Markus so fest in den Arm, daß er jaulte.

»Verdammt«, stöhnte er, »was tust du da?«

Er schaute mich vorwurfsvoll an und rieb seinen Arm.

»Da, schau mal! Da vorne!«

»Was denn, wo?«

Er suchte mit seinen Augen den Platz ab, konnte aber nichts Ungewöhnliches feststellen.

»Guck nicht so auffällig!« zischte ich, ohne dabei die Lippen zu bewegen. »Da ist er! Der von der Cassette!«

»Was?« schrie Markus. »Ich kann dich nicht verstehen.«

Es war sehr laut, daher mußte ich die Nachricht direkt in sein Ohr brüllen. Mit schmerzerfülltem Gesicht zog er seinen Kopf weg und rieb sich das Ohr. Dann stellte er sich auf die Zehenspitzen und schaute in die Richtung von dem Brillentypen. Panisch zog ich ihn an seiner Schulter herunter.

»Nicht so auffällig!« brüllte ich. »Er könnte uns sehen!«

»Keine Sorge«, lachte Markus, »tausend Leute schauen den DJ an. Sag mal genau, welcher es ist? Ich bin mir nicht sicher, ob ich ihn überhaupt gesehen habe!«

»Der in dem grauen T-Shirt mit dem schwarzen Sakko

und der Brille, verdammt, welcher Typ sieht denn hier sonst noch süß und sexy aus?«

»'ne ganze Menge!« bemerkte Markus trocken.

Dann glotzte er sehr auffällig nach vorne.

»Ist es der, der sich mit dieser Frau unterhält? Die im weißen Schlauchkleid?«

Weißes Schlauchkleid? Das hatte ich vor Schreck völlig übersehen. Ich war augenblicklich höchst alarmiert. Wenn die heute abend mit ihm flirtete, konnte sie mir unter Umständen zuvorkommen. Das durfte ich nicht riskieren. Ich mußte schleunigst eingreifen. Andererseits könnte ich mich aber auch versteckt halten und die Sache aus der Ferne beobachten. Dann wüßte ich zumindest, woran ich war. Die Gedanken schossen wie wild durch meinen Kopf. Ich war vollkommen verwirrt, deshalb nahm ich erst mal einen kräftigen Schluck Wein.

»Und, was machen wir jetzt?« erkundigte sich Markus. »Möchtest du den restlichen Abend hier stehenbleiben und ihn anstarren?«

»Ich habe keinen Plan«, seufzte ich. »Das haut mich um, damit hab ich nicht gerechnet! Warum ist er hier?«

»Weil halb München hier ist. Das Fest ist wirklich kein Geheimtip!«

»Was ist mit der Frau im Schlauchkleid? Wieso spricht er mit ihr?«

»Naja, das ist so üblich auf Festen. Man unterhält sich eben, wußtest du das nicht?«

»Aber warum mit einer Frau? Kann er sich nicht mit einem Mann unterhalten?«

»Wäre dir das wirklich lieber?« fragte er und grinste frech.

»Er darf nur mit mir reden!« jammerte ich. »Wenn er unbedingt ausgehen muß und ich keine Zeit habe, muß er mit gesenktem Kopf alleine in der Ecke stehen und an mich denken!«

»Wie schön, daß du so liberal bist!«

»Meinst du, er interessiert sich für sie? Will er was von ihr?«

»Also, ihr Weiber seid wirklich schlimm«, sagte Markus

und guckte mich strafend an. »Ihr denkt doch immer nur an das eine. Zum Glück sind wir Männer da anders!«

»Sag mir die Wahrheit! Läuft zwischen ihm und dieser Frau was?«

Markus stellte sich auf die Zehenspitzen und starrte die beiden an.

»Ist von hier aus schwer zu erkennen«, sagte er dann.

»Ich muß es wissen, schließlich bin ich drauf und dran, mich in ihn zu verlieben.«

»Du bist schon mittendrin, würde ich sagen«, analysierte er scharfsinnig. »Es gibt nur einen Weg, um herauszufinden, auf welche von euch beiden er steht. Wir müssen hingehen!«

»Niemals!«

Ich war entsetzt. Was verlangte er von mir?

»Das schaffe ich nicht, sorry!«

»Was ist denn mit dir los? Du bist doch sonst nicht so ein Dornröschen! Mach's wie immer! Zeig ein bißchen Bein, und quassel so lange, bis er dir vor Erschöpfung in die Arme fällt.«

»Ich kann da jetzt nicht hingehen. Worüber soll ich denn reden? Mir fällt nichts ein. Im Grunde bin ich ein schüchterner Mensch!«

»Ach, wirklich? Das ist mir neu«, sagte er und grinste unverschämt. »Du tust was Gutes, wenn du den Mann rettest, denn Frauen in Schlauchkleidern sind Vampire. Die verspeisen einen Mann wie den zum Frühstück, das sag ich dir! Ich weiß das aus Erfahrung! Er ist wahrscheinlich viel zu höflich, um sie abzuschütteln, und wird dir vor Begeisterung die Füße küssen, wenn du ihn erlöst!«

»Ich will, daß er auf mich zukommt!« sagte ich trotzig.

»Und wie soll er das machen, bitte schön, wenn wir uns hier in der Menge verstecken?« Er überlegte. »Ich weiß was!« sagte er dann. »Hast du Lust zu tanzen? Er steht ja neben dem Mischpult. Wenn wir auf die Tanzfläche gehen, wird er uns auf jeden Fall sehen. Dann kann er auf uns zukommen, wenn er will. Er wird die böse Fee in den Burggraben stoßen, die Dornenhecke mit seinem Schwert durchschneiden und das schüchterne Dornröschen in seine Arme schließen!«

»Na gut«, sagte ich mutig, schließlich wollte ich nicht als schwierig gelten. »Wie sehe ich aus?«

Markus seufzte. »Wie immer. Wunderbar, aufregend, interessant, sexy, das weißt du doch!«

Normalerweise liebte ich seine Sprüche, denn sie verfehlten ihre suggestive Wirkung nie. In Markus' Gesellschaft fühlte ich mich immer unwiderstehlich. Doch jetzt wirkte der Zauber nicht. Nervös zupfte ich an meinem Ausschnitt herum und fuhr mir unkoordiniert durch die Haare. Wenn ich schon heute abend Dornröschen war, wollte ich wenigstens besser auf die Situation vorbereitet sein als die literarische Vorlage.

»Ich geh mich kurz noch mal restaurieren, bitte warte hier. Bin gleich wieder da!«

Auf dem Weg zu den Klos lief mir Theresa über den Weg. In der Aufregung hatte ich sie völlig vergessen. Sie war in eine ihrer edlen Roben gehüllt und wirkte entspannt und erholt. Ihre Pfefferminzaugen strahlten in altem Glanz.

»Gott sei Dank, daß du endlich da bist«, begrüßte sie mich mit ihrem üblichen Hang zur Theatralik. »Ich stehe mir hier die Füße in den Bauch. Wie ist das Fest? Sind gute Typen da? Ich hab richtig Lust zu feiern.«

»Dafür ist jetzt keine Zeit«, sagte ich, »du mußt mir unbedingt helfen.«

Ich zog sie am Ärmel in den Vorraum der Toilette.

»Hast du die Mafia auf den Fersen, oder was ist los?«

»Schlimmer«, sagte ich und schilderte ihr die Lage.

»Na, hör mal«, sagte sie, nachdem ich meinen Bericht beendet hatte, »wir haben doch schon ganz andere Sachen gemeistert. Jetzt werden wir erst mal das Mädchen vom Lande ein bißchen zurechtmachen, und dann stürzen wir uns ins Vergnügen!«

Sie wühlte in ihrer Handtasche nach einem Lippenstift und reichte ihn mir.

»Hier! Der wirkt bestimmt. Ich bin jetzt zu Nina Ricci gewechselt, weil Chanel mir kein Glück gebracht hat. Kein Wunder. Madame Coco selbst hatte kein besonders erfülltes Liebesleben, und dieses Karma überträgt sich natürlich auf ihre Produkte, wußtest du das?«

Ich schüttelte den Kopf und versuchte dabei, mein Gesicht zu pudern.

Coco Chanels Liebesleben interessierte mich im Moment ungefähr genauso brennend wie das der Panda-Bären im Berliner Zoo.

»Von Mücken wirst du heute abend zumindest nicht belästigt werden«, bemerkte Theresa, als ich mich von Kopf bis Fuß mit ihrem edlen Parfum bestäubte.

»Ich fürchte mich nicht vor Mücken, sondern vor Frauen in weißen Schlauchkleidern«, stöhnte ich.

»Was? Die Konkurrenz trägt Weiß«, fragte Theresa. »Das ist doch super! Warum hast du mir das nicht gleich gesagt?«

»Theresa, bitte! Ich hab jetzt nicht die Nerven, über Kleidergewohnheiten auf Galeristenfesten oder das Karma von Chanel-Lippenstiften zu faseln.«

»Was regst du dich auf? Mach's wie ich. Ich bin die Gelassenheit in Person, egal, was passiert.«

Ich war fassungslos. Zugegebenermaßen litt ich auch von Zeit zu Zeit an einem Mangel an gesunder Selbsteinschätzung, aber Theresa schoß den Vogel ab.

»Wenn ihr vorhabt, den Spiegel noch länger zu blockieren, möchte ich euren Pachtvertrag sehen«, sagte in diesem Moment eine Frau in einem Kleid mit Zebramuster, die seit längerem hinter uns in der Reihe gewartet hatte.

»Ach, verzisch dich, Alte«, fauchte die Gelassenheit in Person. Zu mir gewandt sagte sie: »Guck mich nicht so an! Ich weiß genau, was du denkst. Naja, vielleicht bin ich nicht immer cool und gelassen, aber meistens. Das spielt jetzt auch gar keine Rolle. Was ich sagen wollte ist, daß mir in jeder Situation eine Lösung einfällt. Ich bin die Frau mit dem Plan, schon vergessen? Also, vertrau mir einfach und laß mich nur machen. Du weißt doch, Schätzchen, für dich tue ich alles!«

»Danke!«

»Ist schon gut. Ich schulde dir sowieso noch was.«

»Und was machen wir jetzt?«

»Wir gehen erst mal an die Bar«, sagte die Frau mit dem Plan. »Ich brauch ein Glas Rotwein.«

Das hörte sich wirklich erfolgversprechend an. Wie angelt man sich einen Prinzen? Man verbarrikadiert sich mit einer Freundin auf der Toilette und hält einen gemütlichen Schwatz, bis man von einem wild gewordenen Zebra attackiert wird. Dann kippt man sich Rotwein hinter die Binde und wartet darauf, daß der Prinz einen findet. Immer der Fahne nach!

Theresas Logik erstaunte mich immer wieder. Die Frau mit dem Plan wußte eben, wo's im Leben langgeht. Es war beruhigend, sie zur Freundin zu haben. Wer solche Freunde hat, braucht keine Feinde.

Mutlos trottete ich hinter ihr her. Als sie endlich was zu trinken in der Hand hielt, drängelten wir uns gemeinsam bis zu Markus vor. Meine Hoffnungen ruhten jetzt auf ihm. Mein Retter unterhielt sich angeregt mit einem Typen über Delphine.

»Es ist toll«, erzählte der Typ, »du mußt dir vorstellen, daß du in einem großen Salzwasserbecken mitten unter ihnen schwimmst. Die Tiere gehen so gefühlvoll mit dir um, daß du dich fragst, wieso du so lange unter Menschen gelebt hast? Menschen sind Hyänen. Killer-Haie! Delphine sind anders, heiter und freundlich. Bei ihnen vergißt du all deine Probleme. Ich bin seitdem ein ganz anderer Mensch geworden. Viel lockerer!«

»Markus, laß uns tanzen gehen«, nörgelte ich, denn ich war noch dieselbe und keineswegs locker.

»Ich komme schon«, sagte er und bewegte sich keinen Schritt von der Stelle.

Interessierte er sich mehr für Flipper und seine Freunde als für mein Liebesglück?

»Du spürst, daß sie auf dich eingehen, wenn du mit ihnen im Wasser bist. Es gibt dir eine unvorstellbare innere Ruhe«, dozierte der Typ.

Theresa hing mittlerweile auch an seinen Lippen.

»Und wo kann man das machen, sagst du?« fragte sie, als hätte sie vor, noch heute abend loszuziehen und ihr Glück unter Delphinen zu suchen.

Ich spürte, daß ich auf mich gestellt war. Von diesen Leuten war keine Unterstützung zu erwarten. Kaum tauchte jemand auf, der ihnen Geschichten über freundliche Fischlein erzählte, vergaßen sie die Menschen um sich herum.

Ich beschloß, mein Schicksal alleine in die Hand zu nehmen. Unter Aufbietung meiner Ellenbogen wurstelte ich mich tapfer durch die Menschenmenge in Richtung Tanzfläche. Da die meisten Leute größer waren als ich, war mir der Blick auf mein Ziel versperrt, und ich mußte mich an akustischen Signalen orientieren. Unverdrossen kämpfte ich mich zur Musik vor. Auf einmal lichtete sich der Dschungel, und ich stand vor einer großen offenen Fläche. In der Dunkelheit konnte ich schemenhaft Menschen erkennen, die ihre Arme in die Luft reckten und mit den Füßen auf dem Boden stampften. Als sich meine Augen an die schummrige Beleuchtung gewöhnt hatten, guckte ich mich um. Der Traummann samt Begleitung war wie vom Erdboden verschluckt. Na, prima, dachte ich, jetzt war alles zu spät! Um Zeit zum Nachdenken zu gewinnen, zündete ich erst mal eine Zigarette an.

Plötzlich stand er direkt vor mir.

»Wie nett, daß ich dich heute doch noch zu sehen kriege«, sagte er.

Sämtliche Härchen auf meinen Armen stellten sich auf, und ich bekam Puddingknie. Die Schmetterlinge in meinem Bauch fingen wieder an wie wild zu flattern.

Ich lächelte wie ein Schaf.

»Bist du schon lange hier? Ich habe dich gerade erst entdeckt.«

»Äh«, stotterte ich und verstummte dann wieder.

Die Schlauchkleidfrau war bisher hinter seinem Rücken versteckt gewesen, aber jetzt machte sie sich bemerkbar, indem sie ihm von hinten die Arme um den Hals legte. Die steckt ihr Gebiet ziemlich deutlich ab, dachte ich entsetzt.

»Na, möchtest du mir deine Bekannte nicht vorstellen?«
fragte sie kichernd.

Sie sprühte vor guter Laune. Ich dagegen spürte, wie ich
unter meiner frisch erworbenen Sonnenbräune langsam
erbleichte. Meine Stimmung sank auf Tiefparterre.

»Sara«, sagte die Männerstimme, in die ich mich unvor-
sichtigerweise verliebt hatte, neben meinem Ohr.

Ich drehte meinen Kopf etwas in seine Richtung, jedoch
ohne ihn direkt anzuschauen. Ich wollte nicht, daß er mein
Entsetzen bemerkte. Verschwommen sah ich die Gesichter
von Theresa und Markus hinter ein paar Köpfen hervor-
gucken. Sie verfolgten meinen Schiffbruch aus sicherer
Entfernung.

»Darf ich dir meine Schwägerin vorstellen?«

Mein Herz fing wie wild an zu klopfen, und jetzt schaute
ich ihm in die Augen.

»Sara, das ist Uta! Uta, das ist Sara«, sagte er zu der Frau
im weißen Schlauchkleid.

»Hallo, Uta«, sagte ich matt.

»Du hast mir was von einer Sara erzählt«, kicherte Uta, das
fröhliche Schlauchkleidwunder. »Oder war es Sandra? Ist
sie das?«

Sie musterte mich mit einem belustigten Lächeln. Was
konnte er ihr nur erzählt haben? Daß ich komisch gekleidet in Kneipen rumstand und Caipirinas soff? Ich nahm
mir vor, mich heute abend vorbildlich zu benehmen, um
meinen guten Ruf, oder was in dieser Familie noch davon
übrig war, zu retten.

»Uta betreibt eine Galerie. Sie ist gewissermaßen Gastgeberin heute abend«, erklärte er.

»Es ist nur eine Minigalerie«, sagte Uta, »klein, aber mein.
Mehr kann ich mir nicht leisten, denn die Mieten in der
Innenstadt sind der Horror, und Kunst ernährt ja nicht
mal die Künstler selbst.«

Sie kicherte wieder.

»Wenn ich nicht einen sicheren Job als Physiotherapeu-
tin und natürlich meinen Mann hätte, könnte ich mir nicht
mal den Prosecco heute abend leisten. Du würdest mich

doch einladen, mein Lieber?« fragte sie. »Der Tobias ist so ein Netter! Auf den kann ich mich immer verlassen«, erklärte sie anstelle einer Antwort und legte ihren Arm um seine Schulter.

Vor lauter Verzückung über ihre bilderbuchartigen Familienverhältnisse küßte sie den netten Schwager auf die Backe.

»Ich sage ja! Ohne meine Familie wäre ich geliefert! Aber man darf die Hoffnung nie aufgeben, sage ich immer, oder was meinst du? Also ich stelle mir die Zukunft der Galerie immer in den rosigsten Farben vor. Sonst wüßte ich nicht, weshalb ich morgens aufstehe. Ich bin Optimistin, verstehst du? Meine Künstler sind auch alles Optimisten, sonst könnten die am Morgen auch nicht aufstehen, naja, die meisten stehen erst mittags auf. Wie dem auch sei! Eine positive Lebenseinstellung ist das A und O in meinem Business, und Gott sei Dank habe ich die.«

Zur Bekräftigung ihrer positiven Einstellung kicherte das Glückskind noch mal kräftig.

»Wie schön«, sagte ich.

Dann hüllte ich mich wieder in Schweigen.

Was redete man mit einer Galeristin und einem Typen, von dem man nur den Namen wußte und in den man verknallt war und der einen jetzt anglotzte? Da ich stumm blieb wie ein Fisch, fing Uta wieder an zu erzählen.

»Ist das Fest nicht toll? Wie findest du den DJ? Das ist so ein Dusel, daß der gestern im Nachtwerk aufgelegt hat. Dadurch haben wir ihn billig bekommen, im Doppelpack sozusagen, weil er ja extra aus Köln angereist ist. Normalerweise wäre er unerschwinglich, sag ich dir!«

Aus Freude über dieses Schnäppchen kicherte sie wieder. Dann drehte sie sich schwungvoll zu Tobias und legte die rechte Hand graziös auf seine Schulter. Mit der anderen nahm sie seine linke Hand und strahlte ihn an. Im nächsten Moment bewegte sie sich zu dem Getöse des Sonderangebots-DJ. Tobias wußte nicht, wie ihm geschah. Er blieb unbeweglich wie ein Baum, der mit dem Boden verwachsen war. Die Galeristin drehte sich eine Weile um ihre eigene Achse, dann blieb sie stehen und stemmte ihre Hände in die Hüften.

»Du Tanzmuffel«, schimpfte sie in gespielt ärgerlichem Tonfall, der aber wieder in einem lauten Gekicher endete. »Stellst du dich körperlich immer so schwerfällig an?« Sie schüttelte sich vor Lachen.

Ich konnte den Blick nicht von ihr wenden.

Sie war ein Temperamentsbündel, eine echte Stimmungs-kanone und bis oben hin angefüllt mit Prosecco. Sie war vermutlich seit frühmorgens in ihrer Galerie gestanden und hatte den Tag der offenen Tür mit jedem, der herein-kam, fleißig begossen. Als Gastgeberin hatte sie so ihre Verpflichtungen.

Ich dagegen war eine lahme Socke. Wenn ich nicht bald den Mund aufkriegte, würde das Gespräch endgültig im Sande verlaufen. Tobias war genauso stumm wie ich. So nett ich Uta fand, war sie doch irgendwie im Weg, denn sie bestritt den gesamten Sprechpart alleine.

Während ich krampfhaft darüber nachdachte, wie ich zu der Unterhaltung beitragen konnte, sah ich Theresa, die ihren Logenplatz verlassen hatte und sich zu uns durch-kämpfte. Sie hatte einen stieren Blick, weil sie krampfhaft versuchte, ein randvolles Glas Rotwein unbeschadet durch die Menschenmenge zu manövrieren. Sie stellte sich äußerst geschickt an. Beim Eierlauf hätte sie gute Chancen auf den ersten Preis, dachte ich. Als sie uns endlich erreicht hatte, verließ sie die Konzentration, und das volle Rot-weinglas landete auf dem schönen weißen Kleid.

Uta quietschte schrill und betrachtete das Desaster mit aufgerissenen Augen. Ich konnte es nicht fassen! Aus-gerechnet heute abend hatte ich einen guten Eindruck machen wollen, und jetzt fiel meine Freundin aus der Rolle! Um auch in dieser Situation souveränes Verhalten zu de-monstrieren, bot ich Uta an, sie auf die Toilette zu beglei-ten, um das Kleid notdürftig zu säubern.

»Das ist Quatsch! Damit machst du alles noch viel schlim-mer«, sagte Theresa barsch. Dann erklärte sie mit der Ge-duld einer Erzieherin, die ein störrisches Kind vor sich hat:

»Mit Wasser gehen solche Flecken nicht raus! Laß nur, ich kümmere mich schon darum. Es war ja schließlich meine Schuld!«

Du hast dich schon genug gekümmert, Tolpatsch, dachte ich grimmig.

Da die Besitzerin des ruinierten Kleides zur engeren Verwandtschaft meines Traummannes gehörte, fühlte ich mich verpflichtet, ihr in dieser mißlichen Lage zu helfen. Ich hatte ihr vor dem Desaster in gewisser Weise nahegestanden. Tobias war, als Uta angefangen hatte zu quietschen, weggerannt und kam jetzt mit einem Stapel Papierservietten zurück. Die Galeristin wischte sich damit halbherzig über das ruinierte Kleid.

»Wir müßten Salz auf den Fleck streuen«, sagte Theresa. »Kommen Sie mit in die Küche!«

Sie zog die begossene Uta am Arm.

»Alles halb so wild«, winkte die ab und lächelte Theresa an. »So was passiert eben auf Festen!«

Zum Trost nippte sie an ihrem Prosecco.

Sie hatte wirklich ein positives Naturell und wurde mir immer sympathischer.

»Das war ein alter Fetzen, den ich sowieso ausrangieren wollte«, sagte sie. »Schlauchkleider sind doch total out!«

Jetzt hatte Tobias seine Sprache wiedergefunden.

»Es ist doch schade um das Kleid. Versuch das mit dem Salz wenigstens«, riet er.

Männer halten eben mehr von Schlauchkleidern als von aktuellen Modetrends, bemerkte ich und beschloß, mir auch wieder eines zuzulegen.

»Na gut«, sagte das Sonntagskind bereitwillig, »wir können es ja probieren. Ich geh mal in die Küche, die Köche ein bißchen nerven!«

Sie drehte sich um und ging los, gefolgt von Theresa. Ich bildete das Schlußlicht.

Theresa drehte sich um. Ihre Pfefferminzaugen funkelten.

»Was tust du denn hier?« zischte sie mich an. »Geh sofort zurück zu deinem Prinzen, oder hab ich das Kleid umsonst ruiniert?«

»Was?« rief ich und blieb unwillkürlich stehen.

»Psst, schrei nicht so!« herrschte sie mich an. »Das mußte sein! Die hat sich voll an ihn rangeschmissen. Ich hab's doch gesehen! Meine Güte, bist du naiv!«

Sie schüttelte den Kopf.

Als ich meine Beine wieder bewegen konnte, waren die beiden in der Menge verschwunden. Ich drehte mich langsam um und trottete zurück.

Der süße Brillentyp lächelte, als ich auf ihn zukam.

»Hast du Lust, ein bißchen zu tanzen?« fragte er.

Ich atmete tief durch und nickte. Theresa ist ein Engel, dachte ich dankbar.

Tobias und ich waren das einzige Paar, das ganz eng tanzte. Ich konnte nicht finden, daß er sich körperlich schwerfällig anstellte. Im Gegenteil, wir bewegten uns wunderbar im Gleichklang, fremd und doch vertraut. Er fühlte sich toll an, und er roch gut. Nach irgendeinem tollen Männerduft.

Ich war nervös.

Es brachte mich völlig aus dem Konzept, daß er mir heute abend über den Weg gelaufen war. Meine ausgetüftelte Strategie brach wie ein Kartenhaus in sich zusammen. Wie sollte ich denn meine fünf Prozent Gehirnmasse nutzen, um einen Mann langsam kennenzulernen, wenn dabei seine Hand auf meinem Rücken lag und ich seinen tollen Duft einsog, der eigens zu dem Zweck kreiert worden war, weibliche Hormone in Wallung zu bringen? Vermutlich war er sinnigerweise an Schimpansen-Weibchen getestet worden.

Während meine Knie weich wurden, meine Haut kribbelte, als tanzten tausend Ameisen darauf den Mamba, und in meinem Bauch die Schmetterlinge herumflatterten, versuchte ich, wenigstens einen kühlen Kopf zu behalten.

Jetzt half nur Ablenkung und sich auf etwas anderes zu konzentrieren. Mir fiel eine Szene von Tony und Angela ein, die ich neulich abends im Fernsehen gesehen hatte. Angela geht mit Tony zum Essen. Es ist ein richtiges Date, und die beiden könnten sich diesmal wirklich näherkommen. Angela verläßt nicht wie üblich mit ihrer Handtasche das Haus, sondern hat einen Riesenkoffer im Schlepp-

tau, in dem sie strategisch wichtige Utensilien für die aufregende Verabredung verstaut hat. Es stellt sich heraus, daß
sie den gesamten Ablauf des Abends bis ins letzte Detail
vorbereitet und für jede mögliche Eventualität das passende Outfit in ihrem Koffer hat. Vom Cocktailkleid über
ein Negligé, Kosmetika, Pantoffeln bis zu einer Auswahl
von Klamotten für den nächsten Tag, je nach Wetter.
»Sag mal, wie lange hast du diese Verabredung schon ge-
plant?« fragt ihre Mutter, die das Ganze beobachtet.
»Seit dem ersten Tag meiner Pubertät«, antwortet Angela.
Ich hatte die Szene sehr witzig gefunden. Ich war auf meiner roten Couch gelegen und hatte mich vor Lachen aus-
geschüttet.
Jetzt ging es mir genauso. Ich war nervös wie am ersten
Schultag und wollte alles richtig machen.
Als das Lied zu Ende war, blieben wir nah beieinander
stehen. Tobias' Hand berührte meinen Rücken fest und
warm, und ich spürte seinen Atem auf der Stirn. Kurzerhand warf ich meine Vorsicht über Bord. Es hatte keinen
Sinn, den Schmetterlingen in meinem Bauch zu verbieten
herumzuflattern. Es war viel schöner, das alles zu genießen, Schimpansen und Gehirnmasse hin oder her. Zur Hölle
mit Raumschiff Enterprise und den erkalteten Asteroiden.
Ich wollte mir nehmen, wonach ich mich sehnte. Daher
konnte ich nicht anders, als meine Hand auf seinen Nak-
ken zu legen und seinen Kopf zu mir herunterzuziehen.
Dann küßte ich ihn.

28

Das penetrante Läuten des Telefons schreckte mich aus
dem Schlaf. Als ich die Augen öffnete, blendete mich das
grelle Sonnenlicht, das durch die Vorhänge schien. Das
Telefon bimmelte weiter. Ich hatte anscheinend vergessen,
den Anrufbeantworter anzustellen. Meine Neugier trieb
mich aus dem Bett. Nach einem kurzen Blick auf ein Män-

nerbein, das unter den Decken hervorlugte, schloß ich leise die Tür und lief den Flur entlang.

»Hallo«, krächzte ich.

»Dachte ich mir doch, daß du noch schläfst! Mami«, brüllte meine kleine Schwester in eine andere Richtung, »sie schläft noch!«

»Jetzt, da das alle wissen, können wir ja auflegen, damit ich wieder ins Bett kann«, sagte ich.

»Nein! Halt! Ich komme am elften September mit der Maschine aus Chicago in München an, das wollte ich dir sagen.«

»Tja, dann wünsche ich guten Flug!«

Ich war noch etwas müde, daher wanderte ich mit dem Telefon in die Küche und setzte den Teekessel auf. Da ich gerade Wasser einfüllte, konnte ich sie kaum verstehen.

»Sprich lauter, was ist los?«

Ich drehte das Wasser ab.

»Ich sagte, daß ich das Wochenende, bevor ich ins Internat gehe, bei dir verbringen möchte, geht das?«

»Natürlich, immer! Entschuldige«, sagte ich zerknirscht. »Ich bin noch nicht ganz wach! Mein Haus ist dein Haus!«

Das war doch selbstverständlich, warum fragte sie?

Was konnte mir Besseres passieren, als die Küche voller Teenies zu haben, die sich wie Heuschrecken über den Kühlschrankinhalt hermachten und Take That oder Techno aus der Anlage röhren ließen? Es war in den letzten Wochen fast ein bißchen zu geordnet geworden bei uns, und ich vermißte Sophie, die wie ein Orkan durch unsere Wohnung fegte.

»Die Mami meint, es wäre besser für mich, wenn ich bei der Vera bleibe, weil das dort geordneter ist. ›So eine nette kleine Familie‹, sagt sie immer. Eine nette kleine Familie ist das letzte, was ich gebrauchen kann, verstehst du das? Kannst du mal mit ihr reden?«

Eine Sekunde später war meine Mutter am Telefon.

»Guten Morgen, mein Schatz«, flötete sie.

»Ich glaube, Sie haben die falsche Nummer«, sagte ich beleidigt. »Hier ist das Heim für verwahrloste Frauen. Leider haben wir im Moment den Kammerjäger im Haus, und die Drogenfahndung hat sich für den Nachmittag angekündigt. Daher bitte ich Sie, morgen wieder anzurufen!«

»Sei nicht so empfindlich«, sagte sie ungerührt. »Du siehst doch selbst, was los ist! Du schläfst nachmittags bis drei. Das ist natürlich dein gutes Recht, aber ich denke, für die Kleine ist das nicht optimal.«

Ich wollte ihr jetzt nicht erklären, daß ihre Kleine auch auf Schlaf angewiesen war, nachdem sie die Nacht auf Techno-Parties verbracht hatte, daher schwieg ich.

»Das ist keine Kritik an dir! Der Rhythmus in einer Familie ist einfach besser für Leute in ihrem Alter.«

»Stimmt, aber ihr seid ja in den USA!«

Meine Mutter schwieg zu diesem Kommentar, aber es war klar, daß ich es geschafft hatte, ihr ein schlechtes Gewissen zu machen. Das bedeutete, ich hatte schon halb gewonnen. Sie war mir meistens unterlegen, weil sie besser austeilen als einstecken konnte.

»Die Kontrolle ist besser, meinst du wohl«, sagte ich und schlug eine härtere Gangart ein. »Du fühlst dich sicherer, wenn Sophie auf dem Land ist und mit den Hühnern ins Bett geht, als wenn sie im Sündenbabel den Gefahren des Lebens ausgesetzt ist, das ist es doch!«

»Ja«, lachte meine Mutter, »so kann man es auch formulieren. Ist das nicht verständlich, ich meine vom Standpunkt einer Mutter aus gesehen?«

»Wenn die Mutter meint, ihre Kinder würden ewig klein bleiben, schon. Aber dein Baby ist ein Teenager, ob es dir paßt oder nicht, und sie wird sich sowieso ins wilde Leben stürzen. Du kannst sie nicht davon abhalten!«

»Ich weiß«, seufzte sie, »genau das ist ja mein Problem! Ich habe mich gerade erst von deiner Teenagerzeit erholt.«

»Willst du ihr verbieten, erwachsen zu werden?«

»Quatsch! Ich wünsche mir nur, daß es ohne größere Zwischenfälle über die Bühne geht! Mütter machen sich eben Sorgen. Aber im Grunde weiß ich ja, daß nichts passieren kann. Wie geht es dir denn so?«

»Gut«, sagte ich schnippisch.

Dann erzählte ich ihr von meinem Traummann und vom gestrigen Abend, verschwieg aber, daß er gerade in meinem Bett lag und schlief.

»Es war wie in dem Film mit Barbra Streisand und Robert Redford, den wir zusammen gesehen haben, obwohl du ihn dir eher wie Andy Garcia vorstellen mußt.«

»Aha!«

»Oder wie John Travolta ohne Gel in den Haaren! Und er ist natürlich auch kein Scientologe. Das hoffe ich jedenfalls!«

»Aha«, sagte meine Mutter wieder.

Dann sagte sie noch, ich würde zuviel Fernsehen schauen und ich solle auf die Kleine aufpassen.

»Die Menschen eurer Generation brauchen viel länger zum Erwachsenwerden, als das bei uns früher der Fall war«, orakelte sie zum Schluß und reichte den Hörer an meinen Vater weiter. Dem brauchte ich nicht mit Traummännern zu kommen, er interessierte sich einzig und allein für meinen beruflichen Werdegang.

»Wie sieht's mit Arbeit aus?« fragte er prompt. »Hat sich schon was getan?«

Ich hatte ihm schon tausendmal jedes Detail von der Ausstellung erzählt, aber das war in seinen Augen keine Arbeit, weil es keine Zukunft hatte. Ein sinnvoller Job war für ihn entweder etwas, womit man auf einen Schlag reich wurde, oder eine Beamtenlaufbahn. Man mußte unter allen Umständen lebenslänglich versorgt sein und die Karriereleiter nach oben steigen, ohne nach rechts oder links zu gucken. Alles andere war keine Arbeit, sondern Zeitverschwendung. Bestenfalls war es ein nettes Hobby. Immerhin hatte er sich mal zu der Äußerung hinreißen lassen, daß er die Idee der Ausstellung ganz interessant fände.

»Im Moment denken wir darüber nach, ob wir den Raum mit Eukalyptusblättern auslegen sollen, um ein australisches Feeling zu erzeugen. Aber ich fürchte, das wird zu teuer. Oder mit roter Erde? Mal sehen. Ja, und danach werde ich hoffentlich Junior-Werbe-Irgendwas im Veranstaltungsbereich. Man organisiert Parties und so. Aber das ist noch nicht sicher. Ich muß abwarten, ob eine Frau, die ich über das Stadtcafé kenne, weil sie dort Bedienung ist, ihre Fotos verkaufen konnte. Das ist noch nicht raus. Der Kunde entscheidet sich nächste Woche. Ich kann dir leider nicht sagen, wer es ist, weil ich keine Namen nennen darf. Ist alles Geheimsache. Ist in der Branche so üblich, weißt du?« erklärte ich.

Da er nichts sagte, fragte ich: »Verstehst du?«

»Nein«, sagte er verständnislos, »aber Hauptsache, du blickst durch.«

Dann fragte er mich wie üblich, ob ich noch etwas brauchte. Da ich wußte, daß er damit auf meine finanzielle Ebbe anspielte, mußte ich leider verneinen. Er bot mir immer Geld an, aber in dem Moment, in dem es auf meinem Konto angekommen war, piesackte er mich mit Anrufen bezüglich meiner beruflichen Pläne. Darauf konnte ich gut und gerne verzichten.

»Na gut«, sagte er. »Dann machen wir jetzt wieder Schluß. Bei uns ist es gerade sieben, und wir sind extra so früh aufgestanden, weil wir zum Segeln wollen. Es ist ein strahlend schöner Tag hier, bei euch auch?«

Soweit ich das erkennen konnte, schien in der Alten Welt auch die Sonne. Aber mir war das Wetter egal, ich schwebte über dieser Erde.

Nachdem ich den Tee ausgetrunken hatte, putzte ich mir eilig die Zähne und legte mich wieder zu meinem Traummann.

Den restlichen Nachmittag verbrachten wir im Bett.

Tobias war der sinnlichste Mann, den ich seit langem erlebt hatte. Er war wild und genießerisch und doch weich und zärtlich. Seine Berührungen entzündeten tausend kleine Funken, die auf meiner Haut entlangliefen und wie ein Feuerwerk in meinem Kopf explodierten. Eine warme Welle umspülte mich, und ich ließ mich fallen.

Abends bestellten wir Pizza und aßen gemütlich auf dem Balkon.

»Jetzt ist unsere Verabredung fürs Café geplatzt«, sagte er grinsend, und seine Brillengläser funkelten, »aber wenn du willst, rufe ich dich morgen nach der Arbeit an, und wir holen es nach.«

Ich wollte.

29

Es war mucksmäuschenstill im Raum, als Professor Geertz anfing zu sprechen. Nur das trockene Rascheln der Eukalyptusblätter auf dem Boden war zu hören.

»Kann er nicht aufhören, mit den Füßen zu scharren wie ein Pferd?« flüsterte Isabel.

»So ist das, kurz bevor der Startschuß fällt«, tuschelte ich. »Sei still.«

Geertz streifte uns mit einem Blick, dann fing er an zu sprechen.

»Willkommen in der australischen Dreamtime, meine sehr verehrten Damen und Herren!«

Er lächelte freundlich und unverbindlich in die Runde wie ein Hai vor dem Angriff auf einen Heringsschwarm. Was hat er nur vor? dachte ich und schaute ihn neugierig an. Ich kannte ihn noch zu gut aus seinen Vorlesungen. Wenn er in der Tür des Hörsaals erschien, hatte er dasselbe Lächeln.

»Dreamtime, übersetzt Traumzeit, ist ein irreführender Begriff«, sagte Geertz mit fester Stimme, »insofern, als wir im Westen unter Träumen nächtlich auftretende Reflexionen unseres Unbewußten verstehen, an die wir uns morgens sporadisch erinnern. In Australien ist das anders.«

Jetzt ist es soweit, dachte ich, er wird kein Wort aus seiner vorbereiteten Rede sagen.

Geertz war der Ansicht, daß es überflüssig sei, über Dinge zu reden, die jeder halbwegs intelligente Mensch, der den Weg in einen Bücherladen findet, mühelos selber nachlesen konnte. Anstatt wie erwartet über ein Thema zu sprechen, zerpflückte er mit Vorliebe irgendwelche Wörter. Das war seine Verwirrungstaktik in den Vorlesungen gewesen, mit der er uns Studenten an den Rand des Wahnsinns getrieben hatte. Man hatte sich aufgerafft und war in die Vorlesung gegangen, weil einen das Thema irgendwie interessierte, und dann sprach er über etwas völlig anderes. Seine Vorlesungen waren nicht schlecht, weil sie nicht ganz so langweilig waren wie manche andere, und man lernte auch einiges, aber immer etwas anderes, als man erwartet hatte.

Geertz haßte schwammige Begriffe und ungenaue Definitionen. Gegen sie führte er einen ständigen Kampf. Sie führten seiner Ansicht nach zu oberflächlichem Denken und das wiederum zu Vorurteilen und Dummheit. Oder umgekehrt.

»Wenn wir von Traumzeit sprechen, müssen wir uns eine grundsätzliche Frage stellen«, sagte er und guckte wie Ulla Kock am Brink, wenn sie ihre armen geldgierigen Kandidaten vor unlösbare Aufgaben stellt.

»Wie ist das Wort Traum in diesem Zusammenhang zu verstehen?«

Müssen wir das erraten? dachte ich. Na, dann gute Nacht! Vorsichtig guckte ich in die Runde. Alle waren gekommen und hatten jetzt ihre Augen gespannt nach vorne gerichtet. Tobias stand neben Becky und Lynn und einem blonden, braungebrannten Mann, der mir irgendwoher bekannt vorkam. Becky guckte Geertz aus großen grauen Augen an. Tobias guckte mich an. Er lächelte. Nana und Robert standen neben Markus und einer Gruppe Teenies in karierten Hosen und bunten T-Shirts, die Sophie angeschleppt hatte. Tonja hatte ihre Naturhaarfarbe wieder und stand trotzdem einträchtig neben Oliver. Frau Vogel war in einem hellrosa Kostüm in Begleitung eines sehr distinguiert aussehenden Herrn mit silbernen Schläfen erschienen, den sie unauffällig von der Seite beäugte. Ganz hinten in einer Ecke standen Theresa und Uta und irgendwo waren auch Boris und Paul. Es war mucksmäuschenstill. Offensichtlich hatte sich hier kein Mensch über das Wort

Traum den Kopf zerbrochen, und man erwartete von Geertz eine Antwort.

Mach's kurz und schmerzlos, bettelte ich stumm, die Leute haben den ganzen Tag gearbeitet. Sie wollen jetzt relaxen und small-talken! Sag einfach, daß die Bilder aus dem Norden Australiens kommen, daß es dort tropisch heiß ist. Die Leute essen Wurzeln und Fische. Oder Schildkröten. Oder Schlangen. Oder meinetwegen Krokodile, völlig egal! Zum Schluß sagst du noch schnell, daß es verschiedene Aborigines-Völker gibt, die unterschiedliche Sprachen sprechen. So wie wir Europäer. Die Maler sind Gunwinggu und sprechen Gunwinggu. Dann ein paar Dankesworte an die Sponsoren und Ende der Sendezeit. Der Weißwein kann serviert werden!

Doch ich ahnte, daß er nichts dergleichen sagen würde. Dazu war sich der Herr Professor zu schade! Diese Informationen konnte schließlich jeder halbwegs intelligente Mensch dem Katalog entnehmen.

Mit den Augen suchte ich die Menge wieder nach Tobias ab. Er schaute den Haifisch an, wie all die anderen todgeweihten Heringe.

»Wir sagen Traumurlaub, Traumhochzeit!« Geertz redete sich jetzt in Rage. »Ohne dabei die Art von Träumen zu meinen, die wir während der Nacht hatten. Sie sehen, daß die Mehrdeutigkeit des Begriffs darauf zurückzuführen ist, daß es in unserer Sprache kein entsprechendes Wort gibt! Diese Wortlosigkeit, wenn Sie so wollen, legt auch eine gewisse Wurzellosigkeit unserer Kultur offen. Menschen im Westen, wir alle, fühlen sich orientierungslos und entwurzelt. Wir rennen und rennen, ohne zu wissen wohin. Kein Wunder, denn wir haben den Bezug zu unseren Wurzeln verloren und kennen unser Ziel nicht. Wir definieren uns durch Ziele, die aber nur an der Oberfläche unserer Seelen angelegt sind, Ziele, die sich auf berufliche oder private Dinge beziehen. Manche verzweifeln, wenn sich ein Ziel als unerreichbar erwiesen hat, und denken, ihr Leben hätte keinen Sinn mehr. Doch das ist nicht so, denn dieses Ziel, so erstrebenswert es auch erschien, war nichts weiter als eine Etappe auf einem langen Weg, den wir nicht kennen. Wir haben die Orientierung verloren.«

Du hast auch ganz schön die Orientierung verloren, Mann, dachte ich, ich bin gespannt, wie du aus dem Dickicht wieder rausfinden willst.

»Gehen wir noch mal zu der Traumhochzeit und dem Traumurlaub oder auch der Traumfrau, dem Traummann. Meine lieben Damen und Herren«, lächelte der Haifisch. »Ich entnehme Ihren Blicken, daß Sie mit diesen Begriffen etwas verbinden. Traum bedeutet in diesem Zusammenhang nicht das im Schlaf Erlebte, sondern eine Vorstellung dessen, wie etwas sein sollte. Damit meine ich nicht die Bilder, die uns durch die Medien aufgedrängt werden. Cindy Crawford sieht toll aus, das gebe ich zu«, sagte er und grinste in die Runde, »doch eine Traumfrau ist sie nur für die Konzerne, die mit ihr Geld verdienen. Meine persönliche Traumfrau ist die Person, die mich tief in meiner Seele berührt, wenn ich sie treffe, mit der ich glücklich bin. Jeder Mensch hat seine persönliche Traumperson, die einem Muster entspricht, das tief in uns angelegt ist. Ebenso der Traumurlaub, die Traumhochzeit. Jeder versteht darunter etwas anderes, aber jeder weiß, wie es sich anfühlt, wenn es da ist. Dieser Moment, diese Zeit ist in sich noch perfekt.« Er räusperte sich. »In diesem Sinne etwa ist das Wort Traum hier zu verstehen. Die Traumzeit der Aborigines ist die Epoche, als die Welt perfekt war.«

An dieser Stelle legte Geertz eine Kunstpause ein. Er hatte einen zufriedenen Gesichtsausdruck. Der Haifisch war jetzt satt. Ein paar kleine Bissen noch, dann könnte er entspannen.

»Die Menschen im Norden Australiens kennen diesen Zustand der Stimmigkeit, den wir oft in unserem Leben vermissen, und sie setzen alles daran, ihn aufrechtzuerhalten. Die Bilder, die wir hier sehen, sprechen davon. Ich wünsche Ihnen allen einen angenehmen und aufschlußreichen Abend.«

Die Leute klatschten, und Geertz grinste zufrieden.

Isabel und ich lächelten verbindlich wie Stewardessen vor der Landung. Wir hoffen, Sie hatten einen angenehmen Flug, bitte bleiben Sie auf Ihren Plätzen, bis die Maschine zu völligem Stillstand gekommen ist. Doch unsere Passagiere rangelten sich schon lärmend und quasselnd um das kalte Buffet.

Die Ausstellung war eröffnet!

»Rate mal, was ich für Neuigkeiten habe«, rief Vera, als sie auf mich zukam, zur Begrüßung. »Es hat geklappt!«

Sie hatte also mal wieder Beischlaf genossen! Ich wußte ja inzwischen, daß das eine Seltenheit bei verheirateten Frauen war, außer, sie sind Hausfrauen. Die können gleich am Morgen Sex haben, sobald Mann und Kinder das Haus verlassen haben. Ich mußte Vera raten, sich einen Liebhaber zuzulegen, solange sie noch Hausfrau war. Sobald sie wieder im Arbeitsleben stehen würde, könnte es schwierig werden, die Zeit dafür aufzubringen.

»Bitte posaune hier keine Details aus deinem Sexualleben herum«, sagte ich mit gesenkter Stimme.

»Stell dich doch nicht so an«, lachte sie. »Das ist doch die schönste Sache der Welt! Aber woher weißt du es denn schon wieder?«

»Intuition«, sagte ich geheimnisvoll, »außerdem strahlst du über beide Ohren!«

»Es ist wirklich erstaunlich«, sagte sie. »Ich habe es außer unseren Eltern nämlich noch niemandem erzählt! Daß die auch nicht den Mund halten können!«

Geschwätzigkeit war anscheinend eine Eigenschaft sämtlicher Mitglieder dieser Familie, dachte ich. Vera hielt ja auch nicht viel von Diskretion. Warum jagte sie nicht jedesmal eine Nachricht über Internet, wenn's mit ihrem Gottfried mal wieder geklappt hatte?

»Na, prima«, sagte ich und seufzte, »und die halten die Atmosphäre bei euch im Haus für jugendfrei!«

Im Vergleich dazu ging es bei mir gesittet zu wie in einem Mädchenpensionat. Ich nahm mir vor, bei Gelegenheit meiner Mutter zu erklären, daß meine harmlosen Ausführungen über Traummänner für die Psyche eines Teenagers weniger schädlich waren als die Meldungen über die sexuellen Trefferquoten dieses Ehepaares.

»Und wir dachten, diesmal könntest du Patentante sein«, strahlte Vera, »na, was sagst du jetzt?«

Ich sagte nichts, denn es hatte mir die Sprache verschlagen.

Irene stellte sich mit einem Glas Wein in der Hand zu uns und suchte mit ihren Augen die Leute ab, als suchte sie jemand Bestimmten.

»Tom und Jeanette wollten auch kommen«, informierte sie mich. »Hast du sie schon irgendwo gesehen?«

»Ich will sie gar nicht sehen«, antwortete ich leutselig, »und habe sie aus diesem Grund auch nicht eingeladen.«

»Ich hab ihnen Bescheid gesagt«, erklärte Irene unbekümmert. »Weil sich die Jeanette neulich beklagt hat, daß sie mit Tom nie was Kulturelles unternimmt. Und da schien das hier doch die perfekte Gelegenheit. Außerdem kann sie dich auch mal kennenlernen. Sie hat solche Komplexe wegen dir, weil du so interessante Sachen machst, und sie ist doch so langweilig. Ich hab zu ihr gesagt: Wenn du die Sara kennenlernst, wirst du schon merken, daß sie nicht beißt.«

»Da wäre ich mir an deiner Stelle nicht so sicher«, sagte ich wütend. »Ich habe mit Tom nichts mehr zu tun, verdammt! Kapier das doch endlich! Ich habe es satt, daß du mich ständig mit Infos über sein Privatleben vollquatschst. Und mit dieser Jeanette habe ich erst recht nichts zu tun. Ich bin nicht für ihre Komplexe zuständig, sondern Tom. Wenn er nicht zu ihr steht, ist das deren Problem und nicht meines. Also, bitte verschone mich in Zukunft mit Stories über die beiden, o. k.?«

Endlich war es raus! Befreit atmete ich auf.

Irene guckte mich mit großen Augen an.

»Bei mir hat Tom den Trick auch versucht«, sagte Vera zu Irene und legte die Hand auf ihren Arm. »Er hat mich mal angerufen, es ist schon länger her, Anfang März, glaub ich, war es. Es war jedenfalls noch sehr kalt, und er wollte vorbeikommen, um mit mir zu reden. Gottfried macht ja dienstagabends immer Rebirthing für Anfänger, und deshalb habe ich ihn für Dienstagabend eingeladen. Es ging an keinem anderen Tag der Woche, ich hätte höchstens am Mittwoch das Töpfern ausfallen lassen können, weil zum Bauchtanz am Donnerstag muß ich regelmäßig gehen, sonst verpasse ich den Anschluß ...«

»Hat die Geschichte eine Pointe, oder wolltest du uns nur mit dem Programm der örtlichen Volkshochschule vertraut machen?«

»Bist du aber pampig!« sagte sie beleidigt. »Ich hab nur überlegt, wann es war. Schließlich will ich dir keine Lügen auftischen. Jedenfalls hat er mir den ganzen Abend brühwarm von seinem neuen Glück berichtet. Nach einer Weile wurde es mir zu doof, und ich hab ihm geraten, er sollte es der Sara doch selbst erzählen, wenn er sie unbedingt eifersüchtig machen will.«

»Was?« rief ich entsetzt. »Du hast diesen Menschen zu dir nach Hause eingeladen? Nachdem er mich mit der teuren Wohnung hat hockenlassen?«

»Ich weiß, daß du sauer auf ihn bist, deshalb habe ich es dir auch nicht erzählt«, sagte sie, als sei das eine ausreichende Entschuldigung für ihren Verrat.

»Ich dachte, das Ganze interessiert dich nicht mehr?« sagte Irene. »Deine Schwester darf also darüber reden, aber ich nicht! Glaub bloß nicht, daß ich nicht gemerkt habe, daß du in letzter Zeit was gegen mich hast!«

»Ich habe nichts gegen dich«, erklärte ich, »es ödet mich nur an, daß du mit mir immer über Tom redest. Es gibt doch auch andere Themen auf der Welt!«

»Oh, ja«, flötete Irene, »du hast vollkommen recht! Erzähl mal, wie der nette junge Mann heißt, den du neulich im Stadtcafé abgeknutscht hast?«

Gottfried kam zu uns und legte seinen Arm um Vera.

»Da verlangst du aber viel von der Sara«, grinste er, »wo sie sich doch Namen so schlecht merken kann!«

Sehr witzig! Alle lachten.

»Gibt's in der Volkshochschule keine Schwägerin-und-Schwager-Gesprächsgruppe? Oder sollen wir uns bei Bärbel Schäfer melden, zum Thema: Mein Schwager, die Land-plage?« erkundigte ich mich.

»Ich bin nicht dein Problem«, dozierte Gottfried. »Du proji-zierst das nur auf mich. Um an deine Probleme ranzukom-men, müßtest du dich erst mal selbst finden. Aber solange du vor dir davonläufst, ist das dein größtes Problem.«

»Der weise Mann hat gesprochen«, sagte Vera, »ist er nicht schlau, mein Gottfried?«

Sie zwinkerte mir belustigt zu, deshalb hielt ich den Mund. Ich muß mich erkundigen, ob Besserwisserei erblich ist, dachte ich, bevor ich die Patenschaft annehme.

»Also, lerne ich ihn jetzt kennen?« fragte Irene.

»Nur über meine Leiche«, sagte ich vorschnell, denn Irene hatte Tobias schon unter den Leuten entdeckt und steu-erte mit nachtwandlerischer Sicherheit auf ihn zu. Auf halbem Wege blieb sie überraschend stehen und änderte ihre Richtung. Ich sah von weitem, daß sie Paul in ein Ge-spräch verwickelte.

»Was Ernstes?« fragte Vera und guckte mich neugierig an.

»Ich hoffe nicht«, sagte ich mit einem Blick auf Gottfried. »Im Moment haben wir jedenfalls noch sehr viel Spaß.«

Sie lachte, aber Gottfried schüttelte nur den Kopf.

»Du mußt dich nicht wundern, wenn du keinen Mann findest, bei der Einstellung!«

»Bis jetzt dachte ich immer, es stört dich, daß ich zu viele Männer finde?« sagte ich. »Also du hast doch immer was an mir herumzunörgeln!«

Theresa kam mit wehenden Haaren auf mich zugeschos-sen.

»Sara, ich habe gerade einen wahnsinnig süßen Typen kennengelernt! Wir haben schon heftig geflirtet. Du mußt mir alles über ihn erzählen«, sagte sie atemlos.

»Wirklich? Welcher ist es denn?«

Ich ließ meinen Blick durch den Raum schweifen.

»Dachte ich mir doch, daß die Männer heute abend ganz nach deinem Geschmack sind«, sagte ich. »Entweder be-schissen oder besetzt!« Mit einem Blick auf Gottfried fügte ich hinzu: »Oder beides!«

Doch sie ignorierte meinen Einwand und warf mir einen schmachtenden Blick aus ihren großen grünen Augen zu. »Er ist ein vollkommen anderer Typ als Volkan, glaub mir«, erklärte sie, »eher nordisch. Blonde Haare und Sommersprossen, die so sexy sind, daß es knallt!«

»Die Völker des Nordens haben auch die Sitte zu heiraten«, klärte ich sie auf.

»Komm, Vera«, sagte Gottfried, »laß uns nach Hause gehen! Die Gespräche hier sind unerträglich. Diese Weiber haben doch nichts als Sex im Kopf!«

»Ganz im Gegensatz zu dir, nicht wahr?« lächelte ich süffisant. »Ach, übrigens gratuliere ich, daß es geklappt hat! Was haltet ihr davon, das Kind Emily zu nennen?«

»Mein Sohn wird nicht Emily heißen!« sagte Gottfried empört.

»Wie kommst du darauf, daß es ein Junge wird?« fragte Vera.

Sie hatte einen argwöhnischen Tonfall in der Stimme, den ich bisher noch nicht an ihr kannte. Gottfried versuchte sofort, sie zu beschwichtigen.

»Es ist doch immerhin möglich, daß es ein Junge wird«, sagte er beschwichtigend. »Fifty-fifty!«

Es war mir nicht klar gewesen, daß die Chancen, einen Patensohn zu bekommen, tatsächlich so hoch waren. Ich war natürlich davon ausgegangen, daß es ein Mädchen wird. Patenkinder sind immer Mädchen! Man kauft ihnen süße Kleider und vermacht ihnen die alten Barbiepuppen. Wenn sie älter werden, guckt man sich mit ihnen schnulzige Filme im Kino an und heult gemeinsam an der Stelle, wo sich das Liebespaar in die Arme fällt. Wie sollte ich das mit einem Jungen machen? Aber jetzt war der falsche Zeitpunkt, um meine Schwester zur Rede zu stellen, wie sie sich das vorgestellt hatte. Davon abgesehen war es zu spät, um die Bestellung zu ändern. Also nahm ich mir vor, im Interesse des Kindes das Schlimmste zu verhindern.

»Mein Patenkind wird auf alle Fälle nicht Sigmund heißen«, sagte ich zu Gottfried. »Wann kommt das Baby überhaupt?«

»Der Termin ist am dritten Februar«, sagte Vera, als sei das eine schriftliche Abmachung mit meinem Patenkind. »Gottfried hat recht, wir müssen jetzt leider los. Unser Babysitter muß nach Hause! Wo steckt eigentlich Sophie? Wir wollten sie mit zu uns nehmen!«

»Ihr kriegt ein Baby?« quiekte Theresa. »Wie süß!«

»Mein Patenkind«, sagte ich stolz, aber sie beachtete mich nicht.

»Ich liebe Kinder«, informierte sie Vera, »mein letzter Freund hatte auch zwei, die waren goldig!«

»Na, dann kennst du ja die Problematik mit den Babysittern«, sagte Vera.

»Weniger«, erklärte Theresa, »wenn wir uns getroffen haben, war seine Frau immer bei den Kindern.«

»O Gott«, stöhnte Gottfried. »Vera, können wir jetzt bitte gehen? Ich drehe gleich durch!«

Vera küßte mich auf beide Wangen und rauschte mit ihrem Liebsten davon.

»Also, es ist der Blonde da hinten«, sagte Theresa aufgeregt, »der sich mit Geertz unterhält. Kennst du ihn? Sag mir alles Wissenswerte!«

»Der? Das ist Hugh, äh, Mr. Lester. Australier. Lebt hier. Arbeitet für Quantas.«

»Das hab ich selbst schon rausgekriegt«, sagte sie ungeduldig, »er hat es mir erzählt. Was ich brauche, sind private Infos. Ist er verheiratet oder in einer Beziehung? Hat er irgendwelche perversen Neigungen?«

»Woher soll ich das wissen? Ich habe nur mit ihm gearbeitet.«

Theresa seufzte: »Ich kann mir keinen Reinfall mehr leisten!«

»Meinst du ich etwa? Mein rotes Sofa ist schon ganz durchgesessen! Am besten wendest du dich an Isabel, die hatte intensiveren Kontakt zu ihm als ich.«

»Wie intensiv?« fragte Theresa wie aus der Pistole geschossen.

»Ein reines Arbeitsverhältnis«, beruhigte ich sie. »Er ist nett, und außerdem hat er ihr einen Job verschafft.«

»Das ist verdächtig!« ereiferte sich Theresa sofort. Die Volkan-Geschichte saß ihr anscheinend doch noch tiefer, als ich gedacht hatte.

»Also, du übertreibst es diesmal ein bißchen mit der Vorsicht«, sagte ich deshalb. »Entspann dich, und guck ihn dir doch einfach mal an!«

Theresa steuerte auf Isabel zu, und ich gesellte mich zu Anne, die mit Bernd etwas verloren in der Gegend herumstand. Sie kannten hier offensichtlich niemanden und wirkten verloren. Wie Hänsel und Gretel, die sich in einem Kaufhaus verlaufen hatten. Ausnahmsweise machten sie einen friedlichen Eindruck und lagen sich nicht in der Wolle.

»Schön, daß ihr gekommen seid«, sagte ich. »Wie gefallen euch die Bilder?«

»Ich interessiere mich null für diesen Kram«, sagte Bernd. »Ethnokunst langweilt mich. Aber das Buffet ist erste Sahne, wirklich! Du mußt unbedingt den Namen des Caterers in der Agentur hinterlegen.«

Na, wenigstens mochte er das Essen, auch wenn ihm anscheinend entgangen war, daß es hier in erster Linie um die Kunst ging.

»Wir wollten eine besondere Atmosphäre schaffen«, erklärte ich, »darum haben wir in der Gesamtkonzeption eine Linie beibehalten. Es war nicht leicht, einen Caterer zu finden, der da reinpaßte, weil die meisten nur die üblichen Häppchen machen.«

»Der Wein ist auch prima«, lobte Bernd. »Auf Vernissagen kriegt man ja oft den letzten Fusel angeboten!«

Der Mann war steigerungsfähig! Mit der Zeit würde er schon herauskriegen, daß es sich hier um eine Ausstellung handelte und die Bilder auch nicht so übel waren.

»Es ist auch wirklich toll, daß ihr Walkmans ausgelegt habt«, stimmte Anne in die Lobeshymne ein. »Eine prima Idee! So kann man rumlaufen und sich australische Musik zu den Bildern anhören. Das ist mal was anderes. Es belebt die ganze Sache!«

»Das war meine Idee«, sagte ich stolz.

»Mach mal 'nen Punkt, du kleine Angeberin«, sagte Anne, »ich finde dich ja sowieso gut, und dein zukünftiger Boss ist inzwischen auch von deinen Qualitäten überzeugt.«

»Was?« schrie ich. »Heißt das, ich krieg den Job?«

Die beiden lachten.

»Du kannst bei uns anfangen, wenn du willst«, sagte Bernd.

»Wenn du die Bedingungen von diesem Sklaventreiber akzeptierst«, sagte Anne.

»Also hör mal«, sagte Bernd.

Das war der Abend der Überraschungen! Ich hatte es in dieser kurzen Zeit zu einem Patenkind gebracht, wenn auch zu einem ungeborenen, und einen Job gekriegt. Heute war mein Glückstag! Ich hätte Lotto spielen sollen.

»Sag bloß, wir haben den Kunden! Hat ihm die Präsentation gefallen? Weiß Anica das schon?«

»Seit ungefähr fünf Minuten«, sagte Anne. »Sie wollte sich auf der Stelle einen Vorschuß geben lassen! Aber ich habe ihr gesagt, daß sie das morgen mit der Buchhaltung abklären muß.«

»Etwas unprofessionell, die Kleine«, meckerte Bernd.

»Das ist aber ziemlich ungerecht von dir«, ereiferte ich mich, »ihre Fotos sind doch besser als alles, was eure alten Hasen zustande gebracht haben!«

»Die Fotos sind erste Sahne«, sagte Bernd, »und das mit dem Vorschuß ist eine normale Reaktion bei freien Fotografen. Die nagen doch alle am Hungertuch. Aber sie hat kein Telefon! Die Sache ist beinahe in letzter Minute geplatzt, weil wir keinen Vertrag mit ihr unterzeichnen konnten! Zum Glück hat sie sich dann noch mal bei uns gemeldet, und wir konnten alles unter Dach und Fach bringen.«

»Es ging um die Bildrechte«, sagte Anne.

»Klar«, sagte ich, obwohl ich keine Ahnung hatte, wovon sie sprach.

Aber vor meinem neuen Boss konnte ich mir keine Blöße geben. Die neu entdeckte Starfotografin kam auf uns zu.

»Du hast jetzt einen Job«, grinste sie, »darauf müssen wir anstoßen!«

»Und du kriegst morgen Geld«, erwiderte ich, »gratuliere ebenfalls!«

»Das Motiv von dir hat dem Kunden übrigens am besten gefallen, ist das nicht witzig? Es wird jetzt als Plakat hochgezogen. Für die nationale Kampagne erst einmal, aber vielleicht später auch international«, sagte Anne.

»Welches Bild von mir? Du hast doch von mir kein Bild gemacht?«

Ich konnte mich nicht erinnern.

»Doch, doch«, behauptete sie, »das war ganz am Anfang. Es war eine der ersten Rollen. Wir haben doch am Anfang zusammen im Café der Muffathalle geknipst, weißt du das nicht mehr?«

Siedendheiß fiel es mir wieder ein!

Ich hatte verklemmt in die Kamera geglotzt und dabei meinen Bauch eingezogen, weil das Kleid so durchsichtig war. Wie peinlich! Es sah sicher unmöglich aus!

»Das Bild könnt ihr unmöglich verwenden, das war doch nur ein Test!« kreischte ich. »Das ist ja schrecklich peinlich, und mein dicker Bauch sieht bestimmt furchtbar aus!«

»Beruhige dich«, sagte Anica, »man sieht den Bauch nicht! Der Typ, den du umarmst, verdeckt dich vollkommen, glaube ich wenigstens.«

Boris! Meine Vergangenheit holte mich ein! Wenn mein süßer Tobias das Bild zu sehen kriegte, würde er mich verlassen, und dann könnte ich mich umgehend in die Isar stürzen! Welcher Mann hat schon Lust, mit einer dickbäuchigen Frau zusammenzusein, die in Überlebensgröße ihre abgelegten Liebhaber knutscht? Gottfried hatte recht, ich würde nie einen Mann kriegen!

»Ihr müßt ein anderes Bild nehmen«, stöhnte ich, »bitte!«

»Es wäre nicht klug, den Kunden in diesem Stadium zu verunsichern«, sagte Anne, »überleg dir gut, was du da sagst!«

»Den Teufel werden wir tun«, sagte Bernd ungerührt. »Die Bilder sind freigegeben und damit basta! Du kannst dich höchstens mit der Fotografin auseinandersetzen. Mit uns hat das nichts mehr zu tun.«

Anica blickte mich flehentlich an, doch ich kannte keine Gnade.

»Wie konntest du nur?« keifte ich. »Das ist mir total peinlich! Ich hab an dem Abend ausgesehen wie Frankensteins Tochter, so was kann man doch nicht an die Öffentlichkeit zerren!«

»Es tut mir so leid«, stotterte sie, »ich dachte, dir ist es egal, weil du realistische Fotos gut findest.«

»Aber doch nicht von mir! Warum hast du mich nicht wenigstens gefragt?«

»Naja, ich hab gedacht, du brauchst den Job genauso wie ich, und ich hab die Motive einfach abgegeben. Mir war es egal, welches der Kunde nimmt, die Hauptsache war doch, daß wir den Auftrag im Kasten haben. Aber ich verspreche dir, man kann dich nicht erkennen. Man sieht nur deinen Hinterkopf!«

»Ist das wahr? Sonst nichts? Kein Ohr oder Kinn oder so? Schwöre, daß du nicht lügst, jetzt, sofort! Sonst kann ich mir gleich die Pulsadern aufschneiden!«

»O. k.« Sie stellte ihr Glas auf den Boden und legte eine Hand aufs Herz, die andere hob sie feierlich in die Luft. »Ich schwöre hiermit, daß man dich auf dem Bild nicht identifizieren kann. Indianerehrenwort!« Dabei guckte sie mir so treuherzig in die Augen, daß ich ihr glauben mußte. Erleichtert atmete ich auf.

»Schwöre, daß du mir jetzt nicht mehr an die Gurgel gehst! Immerhin hast du den Fotos deinen Job zu verdanken.«

»Meinetwegen!« Ich hob meine rechte Hand in die Luft.

»Störe ich euch bei irgend etwas?« fragte hinter mir die schönste Männerstimme der Welt.

Anica atmete auf und bückte sich, um ihr Glas hochzuheben. Sie hatte anscheinend begriffen, daß Fotografin ein lebensgefährlicher Job sein konnte.

»Wenn du erst mal bei uns arbeitest, gewöhnst du dir schnell ab, so zimperlich zu sein«, sagte Bernd zu mir.

»Ich habe gerade erfahren, daß ich für diese Leute arbeiten kann«, erklärte ich Tobias. »Sie haben eine Werbeagentur.«

»Aha«, sagte er, »daß in der Werbung andere Gesetze gelten, hört man ja überall. Als ich meinen Job angefangen habe, mußte ich nur einen Vertrag unterschreiben.«

»Wir lieben es ein bißchen feierlicher«, sagte ich ermattet und zog ihn von der Gruppe weg, um mit ihm alleine zu sein.

Ich wollte ihn noch so lange wie möglich genießen, denn bald würde er die vielversprechende Romanze beenden und mich verstoßen. Weiche von mir, Frankensteins Tochter, würde er mit eiskalter Stimme sagen, du hast mich meiner Illusionen beraubt.

Ich hielt seine Hand und lehnte mich zwischen zwei Bilder an die Wand.

»Die Organisatorin sieht erschöpft aus«, sagte er mitfühlend. »Am besten setzt du dich mal hin, und ich hole dir was zu trinken.«

Ich nickte nur. Wie lieb er war! Und diesen Schatz würde ich verlieren. Ich mußte unbedingt Isabels Zauberbuch konsultieren. Es gab auch Zaubersprüche, um einen Mann an sich zu binden. Ich würde ihn so blind verliebt machen, daß er die Plakate einfach übersehen würde.

»Na, was hockst du denn so alleine rum«, fragte Markus, »hat dich dein Schwarm schon verlassen? Ein echter Schnuckel übrigens, ich hatte vorhin die Gelegenheit, ihn zu sprechen!«

»Noch nicht«, seufzte ich, »aber bald!«

Ich erzählte ihm das ganze Dilemma.

Markus kriegte sich fast nicht mehr ein vor Lachen.

»Köstlich«, schrie er begeistert. »Das ist eine wunderbare Geschichte! Wahnsinnig witzig, wirklich! Das ist ein Knaller! Dafür kriegst du hundert Punkte!«

»Sei still!« zischte ich. »Das ist nicht lustig! Er wird es schrecklich finden, das weiß ich!«

»Quatsch! Er wird sich totlachen. Und wenn er das nicht tut, kannst du ihn sowieso vergessen, denn ein Mann ohne Humor ist das Schlimmste, was es gibt! Also, ich amüsier mich königlich!« Er schüttelte sich vor Lachen. »Zuerst werden die Teile überall in Deutschland hängen und dann international?«

»Vielleicht!«

»Klasse!« Er schlug sich auf die Schenkel und lachte.

Ich grinste gequält.

»Schön, daß du die Sara aufheitern konntest«, sagte Tobias, als er mit dem Kaffee kam.

Lynn und Becky kamen zu uns herübergeschlendert. Lynn stellte Tobias und Becky einander vor.

»Und wer ist der Typ, mit dem du heute abend hier bist?« fragte ich Becky.

»Das ist Alex. Er ist sehr nett, und ich glaube, zwischen den beiden läuft was«, sagte Lynn und zwinkerte mir zu.

Becky strahlte über ihr ganzes rundes Kindergesicht.

»Mal sehen«, sagte sie. »Es ist alles noch sehr neu.«

»Er kommt mir irgendwie bekannt vor«, überlegte ich.

»Wo habt ihr euch kennengelernt?«

Becky stöhnte.

»Diese Frage mußte ja kommen! Aber es tut mir leid, ich kann sie dir nicht beantworten. Ich weiß es beim besten Willen nicht mehr. Es ist wirklich peinlich. Aber der Alex weiß es auch nicht!«

»Wie gibt es das denn?«

»Frag mich was Leichteres! Als ich aus dem Urlaub zurückgekommen bin, habe ich seine Telefonnummer im Handschuhfach von meinem Alfa gefunden. Ich hab dann gedacht, das ist sicher jemand, dem du schon lange mal versprochen hattest anzurufen. Also hab ich's gemacht. Wir haben uns am Telefon so gut unterhalten, daß er vorgeschlagen hat, wir sollten uns am nächsten Tag im Roxy treffen. Du kennst doch das Café auf der Leopold-straße?«

»Hmhm«, nickte ich und versuchte mir ein Lächeln zu verkneifen.

»Das war ein bißchen doof, weil keiner wußte, wie der andere aussieht! Alex konnte sich auch überhaupt nicht an mich erinnern, aber er sagt, er lernt so viele Leute kennen, da vergißt man schon mal ein Gesicht. Mir passiert das eigentlich nicht! Normalerweise erinnere ich mich gerade an Gesichter besonders gut.«

»Es spielt doch keine Rolle, wie man sich kennenlernt«, sagte ich und nahm Tobias' Hand. Sie war fest und warm. Er lächelte mich an, und seine Brillengläser funkelten. »Die Hauptsache ist, daß ihr euch getroffen habt!«

»Das stimmt!« sagte Becky. »Und weißt du was das beste ist? Er versucht nicht dauernd, mir den Alfa abspenstig zu machen, er hat nämlich ein eigenes Cabrio!«

»Wenn das nicht ideale Voraussetzungen sind«, sagte Lynn.

Irgendwo in meiner Bauchgegend explodierte eine Lachsalve und bahnte sich den Weg an die Oberfläche. Da ich befürchtete, im nächsten Moment loszuprusten, sah ich mich nach einer Fluchtmöglichkeit um.

In einer Ecke sah ich Sophie, die sich sehr angeregt mit Professor Geertz unterhielt.

»Ich guck mal nach den übrigen Gästen«, murmelte ich und entwischte zu der Prinzessin und meinem Noch-Arbeitgeber.

»Wo hast du gesteckt? Vera hat dich gesucht!«

»Ich weiß«, sagte sie ungerührt. »Deswegen bin ich mal kurz verschwunden. Meinst du vielleicht, ich habe Lust, mir das ganze Wochenende Stories über Embryonen anzuhören? Da ertrage ich schon lieber dich und diese Brillenschlange!«

»Oh, vielen Dank!«

»Ich guck mal, ob's hier noch was zu futtern gibt«, sagte sie. »Ich muß mich auf Vorrat vollstopfen. Bei dir ist ja nie was im Kühlschrank! Aber vielleicht ändert sich das ja, wenn du jetzt einen Job hast?«

»Das weißt du auch schon wieder?«

»Die Frau mit der bunten Brille hat's mir erzählt.«

»Irene?«

»Ja, ich glaub, so heißt sie. Die, die mit Paul zusammen gegangen ist? Also, für ein Pärchen zu arbeiten, stelle ich mir nicht einfach vor!«

»Was«, rief ich, »Irene ist mit Paul verschwunden?«

»Ja, die hatten's ziemlich eilig. Ich soll dir von ihr sagen, daß sie die Ausstellung und das ganze Drumherum sehr genossen hat.«

Das war offensichtlich.

Als ich meine Fassung wiedergewonnen hatte, sagte ich: »Anne und Bernd sind jedenfalls kein Pärchen. Die beschimpfen sich den ganzen Tag!«

»Genau deswegen!«

Sophie tippte sich mit dem Finger an die Stirn.

»Du hast aber 'ne lange Leitung! Die sind ineinander verknallt, das sieht doch ein Blinder!«

Sie schwirrte davon.

»Sie haben eine entzückende kleine Schwester«, sagte Geertz zu mir. »Wir haben uns sehr interessant über die Bilder unterhalten.«

»Wirklich?«

»Ja. Sie hat eine ausgezeichnete Beobachtungsgabe.«

Er fing an, mir von den Farben und Formen auf den Bildern zu erzählen, aber ich war viel zu aufgeregt, um ihm zuzuhören. Der Abend war sehr aufwühlend gewesen! Ich mußte an die frische Luft. Deshalb beendete ich das Gespräch, als ein Mann, den ich nicht kannte, auf Geertz zukam, um ihn zu begrüßen, und ging an den plaudernden Grüppchen von Menschen vorbei nach draußen. Der Hofgarten war in tiefes Dunkel gehüllt. Der Himmel war blauschwarz und sternenlos. Erste gelbe Blätter lagen auf dem Boden, und es roch nach Herbst. Im Halbdunkel sah ich eine bekannte Gestalt. Sie saß einsam auf einer Bank und scharrte mit den Füßen im Kies.

Ich setzte mich neben sie.

»Prost!« sagte Isabel und lächelte.

»Wir haben's geschafft!«

Ich hob mein Glas hoch und stieß mit ihr an.

»Auf uns!«

»Und wie wird's jetzt weitergehen?«

Ich grinste.

»Wir werden das schon machen!«

Auf dieses Stichwort hin mußten wir beide lachen.

»Ich habe vollstes Vertrauen!« riefen wir in die Dunkelheit.

Marlene Faro
Frauen die Prosecco trinken
Roman

163 Seiten. RBL 1552. 16,– DM
ISBN 3-379-01552-0

Dieses Frauenbuch legen wir allen »Hera-Lind-Geschädigten« ans Herz. Wohltuende Bösartigkeit, freche Dialoge und Selbstironie können sooo unterhaltsam sein.

Fritz

Ein Roman im Stil der nach wie vor angesagten Frauenbücher, aber besser als die meisten, weil doch ganz ordentlich (selbst-)ironisch.

Kultur! News

Leichte Lektüre für Strand oder U-Bahnfahrt ...

Der Tagesspiegel

Gisela Finke
Der Marktlückenmann

Roman

253 Seiten. RBL 1568. 16,– DM
ISBN 3-379-01568-7

»Und was machen Sie beruflich?« Das ist eine von den
Fragen, die Benno Schmitt, Großstadtsingle, Mitte Dreißig,
ungern hört. Soziologie hat er studiert, mit Abschluß immerhin, doch sich auf das »richtige« Berufsleben einzulassen, dazu mag er sich beim besten Willen nicht durch-
ringen. Seinem Geldbeutel bekommt das natürlich nicht;
gänzlich jedoch will Benno dem aufrechten Gang nicht ab-
schwören. So jobbt er mal hier, mal dort – als Taxifahrer,
Ghostwriter oder Vorleser, immer auf der Suche nach den
Marktlücken des Lebens. Bis er Birgit (mit Karriere) und
Susanne (mit Baby) kennenlernt und die Dinge plötzlich
aus dem gewohnten Takt geraten.

Ein Frauenroman? Ein Männerroman? Von wegen – statt
dessen: ein vergnüglicher Frauenmännerroman über die
Achterbahn des Lebens.

Gisele Finke, geboren 1952 in Wuppertal. Diplom-Psycho-
login. Schrieb mehrere Sachbücher. Lebt in München.

Lottemi Doormann
Die Mauern von Marrakesch

Eine Liebesgeschichte

125 Seiten. RBL 1564. 15,– DM
ISBN 3-379-01564-4

Eine ungewöhnliche Begegnung in Marrakesch – zwischen
Marie, einer deutschen Journalistin, und Abdou, einem
jungen Marokkaner. Eine eindringliche, schwebende
Liebesgeschichte, getragen von Sehnsucht und Begehren,
im Zwielicht unbestimmter Gefahr.

Lottemi Doormann, geboren 1943 in Berlin. Studium der
Germanistik, Kunstgeschichte, Theaterwissenschaft und
Soziologie. Autorin zahlreicher Bücher, Rundfunkfeatures
und Reportagen, u. a. für *Spiegel, Merian, Zeit, Geo*.
Veröffentlichte zuletzt *Ein Feuer brennt in mir. Die Lebens-
geschichte der Olympe de Gouges* (1993).
Lebt in Hamburg.

RECLAM-BIBLIOTHEK

Claudia Rosenkranz
Die letzte Fiesta

Roman

192 Seiten. RBL 1551. 16,– DM
ISBN 3-379-01551-2

Wer ist Johanna Schwartz? Welches Geheimnis verbindet
sie mit ihrem Neffen Georg Fehrer?
Der Roman führt in einen Hexenkessel der Emotionen:
Die Journalistin Karla Sandborn fährt im gutdotierten Auftrag Johanna Schwartz' nach Spanien, um Informationen
über Fehrer zu sammeln. In Pamplona, wo die berühmte
Fiesta tobt, heftet sie sich an seine Fersen. Man ißt und
trinkt zusammen, kommt sich nahe – ein brillant erzähl-
ter Psychothriller, ein Roman der unterschwelligen Lei-
denschaften treibt seinem Höhepunkt entgegen.

Claudia Rosenkranz, geboren 1948 in Marburg/Lahn. Studium der Theaterwissenschaft, Germanistik und Soziologie. Promotion. Mitherausgeberin der Anthologie »Frauen,
die pfeifen«. Lebt in Gießen.

Sibylle Berg
Ein paar Leute suchen
das Glück und lachen sich tot

Roman

180 Seiten. RBL 1577. 16,– DM
ISBN 3-379-01577-6

»Schnoddrig, komisch und ziemlich traurig zugleich ... ein
Buch über hoffnungslos aufgeklärte Glückssucher und das
unbelehrbare pochende Herz.«
Andrea Köhler in »Focus«

»All diese Geschichten, manchmal mehr Slapstick, manchmal Groteske und ganz kalt und präzise erzählt, laufen mit
einer unaufhaltsamen Mechanik ab, das ist die große Qualität dieses Debüts.«
Annette Meyhöfer in »SPIEGEL extra«

»Ein postmoderner Todesartenzyklus, verdichtet zu einer
bitteren Melange aus Ingeborg Bachmann, Stephen King
und MTV.«
Peter Henning in »Facts«

»Sibylle Berg bringt in ihrem ersten Episodenroman das
Gefühl der Leere auf den Punkt ... schnörkellos und
furchterregend genau.«
Verena Auffermann in der »Süddeutschen Zeitung«

Jan Beinßen
Zwei Frauen gegen die Zeit

Roman

311 Seiten. RBL 1576. 17,– DM
ISBN 3-379-01576-8

Um an historische Kostbarkeiten zu gelangen, ist der Antiquitätenhändlerin Gabriele Doberstein fast jedes Mittel recht. Ihre große Stunde schlägt nach dem Fall der Mauer: Sie durchstreift den Osten, fahndet in stillgelegten Bergwerken nach großer Kunst. Und Sina, die Freundin, muß ihr dabei helfen.
Eines Tages stößt das Frauenduo auf vielversprechende Unterlagen. Die Spur führt auf die Ostseeinsel Usedom, wo sich in einem Nazi-Bunker bei Peenemünde eine Schatzkammer verbergen soll. Als Gabrieles hochfliegende Erwartungen enttäuscht werden, erleben die Freundinnen eine gefährliche Überraschung: Unbekannte machen sich an den scheinbar verrotteten Schalt- und Steueranlagen der verborgenen Festung zu schaffen und nehmen Kontakt zu einer Rakete in der Erdumlaufbahn auf … zu einer Rakete, die in den letzten Jahren des Zweiten Weltkriegs von Peenemünde aus gestartet sein muß. Eine Katastrophe bahnt sich an …

Jan Beinßen, geboren 1965 in Stadthagen. Seit 1993 bei der »Abendzeitung« in Nürnberg.

Margit Hähner
Zwei Männer sind keiner zuviel

Roman

287 Seiten. RBL 1593. 16,90 DM
ISBN 3-379-01593-8

Marie steht zwischen zwei Männern und denkt nicht daran, diesen keineswegs unangenehmen Zustand Knall auf Fall zu beenden. Das alles will überlegt und beredet sein, im Kreis der stark interessierten Freundinnen, vor allem, als sich die Dinge nach und nach zuspitzen. Was tun? Wer bekommt den Zuschlag? Andreas oder Christian? Alle beide? Oder keiner?

Margit Hähners spritziger Roman ist eine freche Komödie aus den beziehungsreichen Neunzigern. Moral? Anstand? Sitte? Ach, wenn das so einfach wäre: »Man hätte mich mit verbundenen Augen in einen Raum mit hundert Männern stellen können, und ich hätte mit schlafwandlerischer Sicherheit genau den einen herausgepickt, der verheiratet, von höchster Instanz berufen oder anderweitig verhindert gewesen wäre.«

Margit Hähner, geboren 1960 in Leverkusen, studierte Germanistik und Katholische Theologie. Sie lebt heute als freie Journalistin in Köln.

RECLAM-BIBLIOTHEK

Robert Schneider
Schlafes Bruder

Roman

204 Seiten. RBL 1518. 16,– DM
ISBN 3-379-01518-0

Ich habe *Schlafes Bruder* mit Staunen und Freude gelesen.
Elias Canetti

Dieser Roman wird wie eine Droge wirken.
Martin Doerry, Der Spiegel

Seite für Seite gewinnen Schneiders Visionen an derartiger Klarheit, daß einer, der diese geschaut hat, sie sehr schwer vergessen kann.
Paola Capriola, Corriere della sera

Der Autor besitzt eine stilistische Genialität, die den Roman in den Rang eines der besten dieser Jahre veröffentlichten Bücher erhebt.
Emma Rodriguez, El Mundo

Ein unvergeßliches Buch.
Gérard Meudal, Libération

RECLAM-BIBLIOTHEK

Please, hold the line
Ein Telefon-Buch

Herausgegeben von Ulrich Baron.
206 Seiten. RBL 1561. 19,– DM
ISBN 3-379-01561-X

Zuneigung, Gleichgültigkeit und Haß begleiten seit jeher
dieses segensreiche Kommunikationsmittel, das in Zeiten
des Handys und des Anrufbeantworters zu ungeahntem
Einfluß kommt. Kein Wunder also, daß das Telefon, das
indirekte Medium, sich allenthalben in der Weltliteratur
eingenistet hat. Bei Franz Kafka zum Beispiel, bei Michail
Bulgakow, Ingeborg Bachmann, Patricia Highsmith, Adolf
Endler, Karl Kraus und natürlich bei Karl Valentin, dessen
Buchbinder Wanninger so gerne den richtigen Gesprächspartner gefunden hätte.

In Wolfgang Hildesheimers Roman *Tynset* findet sich das
Bekenntnis »Früher habe ich nachts hin und wieder gern
im Telefonbuch gelesen«. Wem das zu fad ist, der greife
beherzt zu Ulrich Barons merklich kurzweiligerer Anthologie *Please, hold the line* – erhältlich zum günstigen Frei-
zeittarif.